CW00956975

LE MANUSCRIT
INACHEVÉ

DU MÊME AUTEUR

La Chambre des morts, Pocket, 2006
La Forêt des ombres, Pocket, 2007
Train d'enfer pour ange rouge, Pocket, 2007
Deuils de miel, Pocket, 2008
La Mémoire fantôme, Pocket, 2008
L'Anneau de Moebius, Pocket, 2009
Fractures, Pocket, 2010
Le Syndrome E, Fleuve Éditions, 2010 ; Pocket, 2011
GATACA, Fleuve Éditions, 2011 ; Pocket, 2012
Vertige, Fleuve Éditions, 2011 ; Pocket, 2012
Atomka, Fleuve Éditions, 2012 ; Pocket, 2013
Puzzle, Fleuve Éditions, 2013 ; Pocket, 2014
Angor, Fleuve Éditions, 2014 ; Pocket, 2015
Pandemia, Fleuve Éditions, 2015 ; Pocket, 2016
REVЯR, Fleuve Éditions, 2016 ; Pocket, 2017
Sharko, Fleuve Éditions, 2017 ; Pocket, 2018

FRANCK THILLIEZ

LE MANUSCRIT INACHEVÉ

Il a été tiré de l'édition originale de cet ouvrage cent exemplaires sur papier Munken print cream numérotés de I à C hors commerce

© 2018, Fleuve Éditions, département d'Univers Poche
ISBN : 978-2-265-11780-8
Dépôt légal : mai 2018

Sholmès : « Voyez-vous, Wilson, nous nous sommes trompés sur Lupin. Il faut reprendre les choses à leur début. »
Wilson : « Avant même si possible. »

Maurice Leblanc,
Arsène Lupin contre Herlock Sholmès

Préface

« Juste un mot en avant : un xiphophore. »

Ainsi débute le livre de mon père Caleb Traskman. J'ai déniché son manuscrit dans un carton remisé au fond de son grenier, où il avait la fâcheuse tendance à tout entasser. Le paquet de feuilles format A4 se cachait dans ce fourbi depuis un an, bien au chaud sous une lucarne qui, cet été-là, déversait une belle lumière du Nord. Mon père n'avait jamais révélé l'existence de ce manuscrit à personne, sûrement l'avait-il écrit seul dans son immense villa, face à la mer, lors des dix mois durant lesquels ma mère mourait à petit feu dans un hôpital, rongée par Alzheimer.

Cette histoire, à l'époque sans titre, il ne l'a pas bouclée. Pourtant, j'estime qu'il ne devait manquer qu'une dizaine de pages sur les presque cinq cents que compte le manuscrit. Pas grand-chose en soi, mais une catastrophe pour le genre littéraire dont il était devenu l'un des plus illustres représentants. Les thrillers de mon père faisaient trembler des centaines de milliers de lecteurs, et je tenais entre les mains sans doute l'un de ses meilleurs romans. Tordu, labyrinthique, angoissant à souhait. L'un des plus noirs, aussi. L'histoire de cette écrivaine, Léane, forgée dans le même fer que lui, m'a subjugué et m'a rappelé à quel point les livres de mon père étaient les miroirs de ses peurs profondes et de ses pires obsessions. Je pense qu'il n'était en paix avec lui-même que lorsqu'il déversait ses horreurs sur le papier. Et des horreurs, il y en a dans ce roman, foi de Traskman.

Alors, cette fameuse fin, me direz-vous ? Cette conclusion où tout était censé se résoudre, nom de Dieu ? Pourquoi Caleb Traskman, le roi de l'intrigue et des dénouements grandioses, n'avait-il pas livré toutes les réponses ? Pourquoi n'était-il pas allé au bout de son dix-septième livre ?

J'aurais pu croire qu'il avait tout arrêté à la suite du décès de ma mère, laissé le manuscrit en plan, sachant peut-être déjà qu'il se tirerait une balle dans la tête trois mois plus tard avec une arme de flic. Ou alors il n'avait pas su boucler son histoire. Oui, j'aurais pu croire cela si certains éléments du texte ne me racontaient pas le contraire, ne me murmuraient pas à l'oreille que, dès le début de l'écriture, mon père savait qu'il ne le finirait pas. Comme si cette « non-fin » faisait elle-même partie de l'intrigue, du « mystère Caleb Traskman ». Un dernier coup d'éclat avant sa mort.

Malgré tout, les plus cartésiens d'entre vous penseront : pourquoi s'acharner à rédiger un livre sans fin ? Pourquoi passer un an de sa vie à construire une maison dont on sait qu'on ne posera jamais la toiture ? Il y a là encore, au moment où je vous écris, une véritable énigme à résoudre, mais qui relève plutôt de la vie privée.

Quand Évelyne Leconte, son éditrice de toujours, a été au courant de l'existence de ce manuscrit, elle a d'abord sauté au plafond. Mais quand elle l'a lu et a découvert que le livre se résumait à un tour de magie dépourvu de son ultime effet, elle a sombré dans un profond désespoir. Il était inconcevable de publier un roman posthume de Caleb Traskman sans sa flamboyante conclusion, même si, je présume, nombre de ses lecteurs se seraient tout de même jetés dessus.

Alors est venu le temps des théories, de la confrontation des idées pour essayer de résoudre le casse-tête proposé par mon père. Nos bains de neurones dans les bureaux parisiens ont duré des semaines. À chaque réunion, nous étions une dizaine autour de la table à avoir lu et relu le manuscrit, à en avoir décortiqué chaque page, dans le but de comprendre pourquoi Caleb avait souligné des palindromes, pourquoi son obsession des chiffres rayonnait dans ce livre.

Durant ces moments d'incompréhension et de doute, on se regardait en chiens de faïence. On s'est longtemps acharnés sur l'incipit, ce « Juste un mot en avant : un xiphophore ». Pourquoi cette phrase ? Quelle était sa réelle signification ? Croyez-moi, pas un employé de la maison d'édition n'ignore aujourd'hui qu'un xiphophore est un petit poisson d'eau douce tropical, que l'on appelle aussi porte-épée ou porte-glaive à cause de la forme de sa nageoire caudale. Vous voilà bien avancé, n'est-ce pas ?

Puis, un jour, Évelyne, celle qui le connaissait depuis plus de trente ans, a suggéré une solution.

LA solution.

Elle avait enfin trouvé la clé, elle avait décelé la mécanique implacable de l'esprit tortueux de mon père. Cette fin était somme toute évidente, à bien y réfléchir, et tous les éléments s'exhibaient devant nos yeux dès les premiers mots (et les derniers). Mais, confiée entre de bonnes mains, l'évidence est parfois ce qu'il y a de plus difficile à percevoir, c'était là tout le génie de Caleb Traskman.

Il ne restait plus qu'à la rédiger, cette fin, et les regards se sont alors tournés vers moi. Je n'ai pas le talent du patriarche mais j'avais, en digne héritier, publié deux polars sans prétention, quelques années auparavant. Vous trouverez donc, vers la fin du roman, une note indiquant le moment où j'ai pris la plume. Vous remarquerez également que l'on a laissé tels quels les mots soulignés et certains autres éléments importants tout au long de l'intrigue. Vous avez entre les mains ce qui s'est retrouvé entre les miennes l'été dernier.

Il existe quelques points que nous n'avons pas réussi à résoudre dans la rédaction de cette fin, ou que nous avons dû imaginer. Difficile de savoir où mon père voulait exactement aller et comment il avait prévu de conclure cette histoire. Face aux lacunes que le récit original ne nous a pas permis de combler, il a fallu faire des choix, prendre des décisions qui n'auraient peut-être pas été celles de l'auteur. Pour mesurer la complexité de la tâche, imaginez juste la Joconde sans son visage, et qu'on vous demande de le peindre, ce visage... En tout cas, j'espère que ma conclusion répondra à vos attentes, j'ai tout fait pour.

Et pour respecter jusqu'au bout le travail de Caleb, entretenir jusqu'au dernier mot l'esprit de ce livre, il fallait un dénouement comme celui que vous découvrirez. Si vous avez été attentif durant votre lecture, la réponse à la question que vous vous poserez forcément s'y trouve.

Ah, une dernière chose. Je pense aux lecteurs les plus assidus de Caleb, qui seront aussi les plus sceptiques quant à la nature même de ce prologue. Je devine leur raisonnement : c'est Caleb Traskman en personne qui est en train d'écrire ces mots, il en serait bien capable. Le prologue fait partie de l'histoire, ce qui implique que Caleb a également rédigé la fin en travestissant son style d'écriture. C'est votre droit, et jamais je ne pourrai prouver le contraire. Mais peu importe, au final. Un roman est un jeu d'illusions, tout est aussi vrai que faux, et l'histoire ne commence à exister qu'au moment où vous la lisez.

Ce livre que vous vous apprêtez à entamer (mais ne l'avez-vous pas déjà entamé ?) a pour titre *Le Manuscrit inachevé*. C'était mon idée, et toute la maison d'édition a adhéré. Il n'y avait pas d'alternative.

J.-L. Traskman

CALEB TRASKMAN

LE MANUSCRIT INACHEVÉ

« Juste un mot en avant : un xiphophore. »

Prologue

Janvier 2014

L'hiver. Affamé, teigneux, implacable. Il décourageait les coureurs du dimanche et balayait de son aile glacée, déjà, toutes les résolutions de la nouvelle année. Sarah y voyait au contraire une motivation supplémentaire pour son entraînement. Les championnats départementaux de demi-fond approchaient, et elle comptait y briller.

Chevelure blonde rassemblée sous son bonnet bleu et vert en laine, mains enfouies dans ses gants de running et lampe flash serrée autour du bras, la lycéenne de 17 ans dévala les marches de la villa et passa une tête dans le bureau.

— J'y vais, m'man !

Personne ne lui répondit. Sa mère marchait à coup sûr le long des dunes ou au bord de la mer, en quête d'inspiration pour son prochain roman. Quant à son père, chef de chantier en restauration de patrimoine, il ne rentrait jamais avant 19 heures, plutôt 22 heures d'ailleurs ces derniers temps. Il arrivait de plus en plus souvent à ses parents de ne pas se croiser, de se regarder à peine, de dîner sans discuter, face à face, comme deux poissons rouges. Voilà pourquoi Sarah ne se marierait pas. Déjà qu'elle ne tenait pas trois mois avec un mec, alors dix-neuf ans dans le même aquarium...

« L'Inspirante » s'imposait en retrait des dunes de la baie de l'Authie, à l'extrême sud de Berck-sur-Mer. Sarah trouvait ce nom crétin, « L'Inspirante », mais c'était entre les murs de la villa – une ruine achetée pas cher dix ans plus tôt, alors baptisée « La Rose des sables » – que Léane, sa mère, institutrice à l'époque, avait écrit son premier roman à succès. On y accédait par un chemin de goudron cabossé, trois cents mètres après avoir doublé le phare blanc et rouge qui veillait sur la côte. La maison anglo-normande marquait, quelque part, la fin de l'humanité et le début du règne de la nature. Ses seuls visiteurs se résumaient à une poignée de goélands ou de mouettes, perchés haut sur le toit en ardoise en permanence balayé par des vents chargés de sable. Sarah le détestait, ce sable, cette matière infecte qui s'incrustait dans le moindre interstice, fouettait les fenêtres, encrassait les voitures.

Elle fit un selfie, avec ses yeux qui riaient, deux grands lacs de lumière bleue, envoya la photo à sa mère, accompagnée du message « Suis partie courir », déposa son téléphone sur la table du salon, sortit et ferma à clé derrière elle. La jeune sportive passa devant la remise à chars à voile et s'enfonça sur un sentier à travers les dunes. Plus loin, elle rejoignit la voie bitumée, trait d'union entre la baie de l'Authie et l'esplanade.

En été, l'endroit grouillait de promeneurs, venus pour la plupart admirer la colonie de phoques et de veaux de mer installée là depuis une éternité. Mais, en ce 23 janvier 2014, à 17 h 30, ne subsistaient plus, dans l'obscurité à peine trouée par les lampadaires, que les fantômes des marchands de gaufres et les spectres insaisissables des cerfs-volants.

Si le froid ne la dérangeait pas, Sarah détestait le hors-saison et n'avait qu'une hâte : quitter la Côte d'Opale. Ces villes du bout du monde, exsangues la moitié de l'année, ressemblaient à des cimetières marins. Ses restaurants et bars, recroquevillés derrière leurs volets en métal, ses gens cloisonnés chez eux, à picoler ou se morfondre au coin du feu, accrochés à la robe noire de l'hiver… Un vrai mouroir. Ses parents – surtout sa mère, avec ses droits d'auteur importants – s'apprêtaient à acquérir un appartement en plein Paris. Troquer une villa de trois cents mètres carrés au cœur des dunes pour un trois pièces au cinquième étage avec vue sur la tour Eiffel lui irait très bien. Et puis il ne s'agissait surtout pas de vendre « L'Inspirante », mais juste d'avoir un pied-à-terre dans la capitale. Jamais sa mère ne pourrait écrire ses histoires de meurtres et de kidnappings ailleurs que face à la mer du Nord ; elle entretenait ce rapport particulier avec sa maison comme le vieux marin avec son bateau. Persuadée que la villa lui portait chance.

Fichues croyances d'écrivain.

En une demi-heure, Sarah ne croisa que quelques ombres traînées par l'ombre de leur chien. Les vagues fatiguées blanchissaient à peine en contrebas de la digue. Berck coulait comme une baleine morte vers les abysses. Lorsqu'un brouillard de givre transforma son visage en glaçon, la jeune femme décida de rebrousser chemin : motivée certes, mais pas folle non plus.

Elle longea l'hôpital maritime – le parfait décor pour un film d'horreur –, passa devant le phare et son œil de cyclope. Sur l'aire des camping-cars siégeaient quand même une dizaine de véhicules coincés entre des hangars à bateaux et des remparts de sable. Les grelots de lumière à l'intérieur témoignaient de la présence d'irréductibles venus s'échouer sur la côte, malgré des températures à pierre fendre. Elle les imaginait bien, enfoncés dans leur pyjama, à s'abrutir d'émissions de télé ou à s'enivrer d'interminables parties de cartes autour d'une bouteille de rouge.

Elle se fia à l'éclairage bleuté des lampadaires pour regagner le bord de la baie de l'Authie. Après une centaine de mètres difficiles dans le sable humide, guidée par sa seule lampe fixée au bras, elle put enfin apercevoir, dans la purée de pois, les lueurs ouatées de la villa, pulsations de vie dans l'enfer de sable. En dépit des couches de vêtements, l'épineux vent d'ouest la piquait jusqu'aux os. Elle aspirait déjà aux délices d'un bon bain, casque sur les oreilles, « Happy », de Pharrell Williams, à fond.

Elle prit la clé où elle l'avait déposée, l'enfonça dans la serrure, mais la porte n'était pas verrouillée.

— Maman, je suis revenue !

Elle ne remarqua pas l'ombre, derrière elle, qui levait haut son bras pour cogner.

La douleur sur le crâne.

Puis le noir complet.

Six mois plus tard, une mèche composée de cinq cent douze cheveux – pas un de plus, pas un de moins – arriva par courrier dans la boîte aux lettres de « L'Inspirante ». La police l'identifia comme celle de Sarah et relia l'événement au mode opératoire d'un individu toujours en liberté, auteur jusqu'à présent de quatre enlèvements. L'enveloppe avait été oblitérée à Valence, dans la Drôme, à huit cents kilomètres de là.

Léane et Jullian Morgan ne revirent plus leur fille.

1

Quatre ans plus tard, décembre 2017

Peu de temps après son départ de la pompe à essence, Quentin s'empara du portable dernier cri posé sur le tableau de bord. Il tenta de le déverrouiller, mais l'engin était protégé par une identification par empreinte digitale. Il l'éteignit – hors de question d'être repéré grâce à la géolocalisation –, le balança sur le siège passager et tourna le bouton de la radio. Nekfeu, « Nique les clones », remplaça la musique classique du CD et répandit son acide dans les enceintes de la berline.

Je ne vois plus que des clones, ça a commencé à l'école. À qui tu donnes de l'épaule pour t'en sortir ? Ici, tout le monde joue des rôles en rêvant du million d'euros. Et j'ai poussé comme une rose parmi les orties.

Une rose parmi les orties. Ce qu'il avait cru être au milieu de la cité. Un petit gars différent, capable de s'en sortir à la hargne, qui visait le bac pro mécanique, histoire de réparer des voitures. Son rêve, il aurait pu le vivre sous le capot des Ferrari, des Porsche, des Audi R8, à défaut d'en tenir le volant comme les caïds. Mais la cité l'avait rattrapé, avalé, digéré telle une ortie, transformé en clone de racaille. Il n'avait même pas le permis de conduire. La misère s'étalait comme une pieuvre. Une fois dans ses tentacules, englué dans son encre, impossible d'y échapper.

Quentin épongea la sueur sur son front, descendit la fermeture Éclair de son bombers et regarda dans son rétro. Personne sur la route. Juste des virages, la nuit et le rempart obscur des montagnes. En dépit de ce qu'il venait d'accomplir, il se sentait bien, serein, libre. Il aimait cette atmosphère de fin du monde, loin du béton, du bruit, des cris des femmes tabassées par les voisins de palier. Il allait bientôt les quitter, ces géantes de granit, et regagner sa barre misérable à Échirolles, pioncer à longueur de journée, fumer des joints, jouer à la Play jusqu'à la prochaine fois. Le théâtre de sa misérable vie, résumée en trois actes.

Il lorgna les billets répandus sur le siège passager sous son Beretta et le portable. Pas grand-chose, certes, mais, un jour, il aurait assez de fric de côté. Il partirait lui aussi, comme son père, mais pas pour les mêmes raisons. Il caressa la croix qui pendait au bout d'une chaîne en or accrochée au rétroviseur et sourit. Dieu veillait sur lui.

Les lueurs bleutées de gyrophares le cueillirent au détour d'un virage serré. Dans l'éclat de ses phares, un homme en gilet orange agitait un bâton luminescent. Un poids lourd était garé le long du parking, inspecté par un berger malinois et son maître-chien.

La douane française.

Quentin jura. Après son coup, il était sorti de l'autoroute et avait gagné les lacets montagneux pour éviter ce genre de pépins. Il leva le pied. Qu'est-ce que ces enfoirés fichaient là, à une heure pareille et en plein parc de la Chartreuse ? Les douaniers étaient de vraies teignes, ils ne se contentaient pas d'un contrôle d'identité, ils fouillaient de fond en comble et vous balançaient leur saleté de truffe à quatre pattes dans l'habitacle ou le coffre. Une fraction de seconde, il pensa à faire demi-tour mais, vu l'étroitesse de la route, le parapet, le ravin, il lui faudrait des plombes pour s'enfuir. Et puis le doua-nier l'avait vu, bien sûr, et lui ordonnait de se ranger sur le bas-côté.

Respirer, ne pas se démonter, et réfléchir... Cinq gaillards, trois véhicules, dont deux 308 boostées. Le jeune avait l'avantage de la surprise et prit sa décision ; il n'avait pas le choix, de toute façon. Alors, il fit mine de ralentir, de se garer et, lorsque le type arriva au niveau de la vitre ouverte côté conducteur, il enfonça la pédale de droite. Il entendit les hommes crier et en vit deux se précipiter vers leur véhicule.

Quentin roulait pour sa vie, pour sa liberté. Une dizaine de kilomètres de virages rageurs l'attendaient jusqu'à l'entrée de Grenoble. Aucune échappatoire, juste foncer et espérer survivre à l'enfer d'asphalte. Avec son casier déjà bien rempli, il prendrait cher en cas d'inter-pellation. Plus rien à perdre.

Une sirène hurla dans le désert minéral des mon-tagnes. Quentin enchaîna les accélérations, les rétrogra-dages, comme dans un jeu vidéo. Mêmes sensations, le ticket pour l'enfer en plus. Une première fois, il évita un parapet de peu et frôla le précipice. Les pneus arrière crissèrent, le véhicule zigzagua mais tint bon. Quentin poussa un cri de rage, il venait de distancer ses poursui-vants d'une cinquantaine de mètres. Aussi fort que son pilote virtuel sur le circuit du Nürburgring.

Sa dernière pensée fut pour sa mère quand la Fau-cheuse lui composta son billet, trois virages plus loin. Il n'avait pas mis sa ceinture de sécurité. Aussi, au moment du choc contre les blocs de béton d'un garde-fou, il traversa à moitié le pare-brise, la partie haute de son corps sur le capot, l'autre retenue par l'airbag. Le véhicule poursuivit son embardée sur dix mètres dans une gerbe d'étincelles avant d'être stoppé au bord du ravin. Le passage instantané de trente kilomètres par heure à zéro ne fut pas si violent, la fine chaîne avec la croix resta même accrochée au rétroviseur, mais Quentin, lui, fut finalement éjecté et chuta de plus de quarante mètres, comme une allumette qu'on balance dans le vide. Sa boîte crânienne s'écrasa la première contre les rochers, et la brusque décélération fit exploser ses organes internes. Le cœur se décrocha de l'aorte, un rein éclata.

Son existence, ses 18 ans, la somme de ses souvenirs, ses rires et ses pleurs furent pulvérisés en moins d'une seconde, sur une route anonyme de montagne, entre Chambéry et Grenoble. Le véhicule avait survécu, hormis les vitres en miettes et sa partie gauche défoncée.

Le chauffeur de la 308, Marc Norez, contrôleur des douanes depuis vingt-deux ans, appela la police ainsi que les pompiers. Une soirée qui aurait dû être tranquille mais finissait en cauchemar. Avant la course-poursuite, il avait eu le temps d'apercevoir le visage du fuyard, au niveau du barrage. De ces traits si jeunes ne subsistait plus qu'une silhouette minuscule sans tête, à peine visible malgré la portée de sa lampe. Quel gâchis. Pourquoi l'individu avait-il pris la fuite ? Qu'avait-il craint ? Que faisait-il sur cette route isolée à une heure si tardive ?

Norez discuta cinq minutes avec son coéquipier, puis longea le parapet et s'orienta vers ses autres collègues, juste arrivés. Le berger malinois et son maître sortirent, et l'animal montra soudain une agitation manifeste. Il fonça comme une flèche vers le coffre intact et se mit à aboyer. Il grattait la peinture avec ses pattes. L'un des officiers, arme en main, enfonça le bouton d'ouverture du coffre.

Il fit un bond en arrière lorsqu'il découvrit le cadavre d'une femme.

On lui avait arraché le visage.

2

Le blanc lunaire des éclairages, la nuit aux aguets derrière les arbres, comme un reptile prêt à surgir, et les dentelures noires des montagnes en troisième ligne imposèrent à l'esprit de Vic Altran un tableau de Pierre Seinturier. Le policier de la Criminelle ne connaissait ni l'artiste ni ses œuvres, ses yeux avaient juste croisé son nom et l'un de ses dessins quatre ans auparavant, quelque part, sans doute dans une galerie de Grenoble. Son cerveau était allé rechercher l'information comme le bras mécanique dans un juke-box et l'avait plaquée au-devant de sa conscience, sans qu'il puisse contrôler quoi que ce soit.

Depuis sa petite enfance, Vic entassait les souvenirs inutiles. Cinq ans auparavant, il était resté plus de quatorze semaines l'homme à abattre dans un jeu télévisé sur France 2, qui avait fait de lui la star de la brigade et de son quartier. Il avait gagné l'équivalent de dix mille euros en livres, dictionnaires, boîtes de jeux, dont il n'avait jamais pu se séparer et qui prenaient plus de place qu'une voiture dans un garage. Il pouvait répondre à des absurdités du genre « Citez-moi le nombre de coups de la partie d'échecs qui a opposé Karpov à Kasparov à Moscou le 9 novembre 1985 », ou donner la défi-

nition exacte du mot « vinculum ». Il disait être tombé
sur plus fort que lui le jour de sa défaite, au lendemain
de ses 40 ans, mais la plupart de ses amis et collègues
savaient que cette exposition médiatique l'avait lassé et
qu'il avait préféré retrouver sa vie de flic.

Une quinzaine d'hommes s'activaient déjà sur le lieu
du drame, emmitouflés dans leurs blousons, des bonnets cerclant leurs crânes. Pompiers, douaniers, pompes
funèbres, une équipe de la police scientifique et des collègues de la PJ de Grenoble, Ethan Dupuis et Jocelyn
Mangematin. Il salua chacun par son prénom et repéra
son coéquipier Vadim Morel qui donnait des instructions au photographe de l'Identité judiciaire.

Morel lui servit un café fort d'une Thermos qu'il
embarquait toujours, surtout lorsque les températures
bleuissaient aussi bien les cimes des arbres que les doigts.
Ce fut gobelet en main, le nez dans l'écharpe, que les
deux hommes se dirigèrent vers le parapet. De loin, on
aurait pu les confondre – brun tous les deux, même physionomie moyenne, une demi-vie au compteur, on les
appelait « V&V » –, mais Vadim Morel portait le visage
de son surnom, « Monsieur Patate » : grosses lèvres,
oreilles décollées et des soucoupes à la place des yeux,
qui semblaient avoir été découpées dans du papier et
collées trop près de son nez.

— Les douaniers étaient postés à quatre kilomètres
d'ici, avant Saint-Hilaire. Un contrôle de routine. Le
chauffeur a forcé le barrage avec sa Ford grise et a fini
dans le ravin.

Il tendit la carte d'identité. Quentin Rose, 18 ans,
domicilié à Échirolles. Encore un visage que Vic ran-
gerait dans son catalogue intérieur. Il la lui rendit et
observa au-dessus du garde-fou. Il discerna, en contrebas

et éclairées au cœur de la nuit, les fourmis de l'Identité judiciaire.

— Comment ils sont descendus ?

— Par un sentier un peu plus loin.

Ils s'approchèrent du véhicule aux vitres teintées, dont la porte avant droite était ouverte. Morel désigna les éléments posés dans des sacs à scellés sur le siège.

— Ils étaient par terre côté passager. Un peu de fric, un Beretta et un téléphone portable à l'écran en miettes. Mais c'est surtout dans le coffre que ça se passe.

Le coffre du véhicule accidenté abritait le cadavre d'une femme, à demi enroulée dans une bâche verte. Le corps avait été propulsé au fond du compartiment par la violence du choc. La tête était enfoncée dans un sac plastique transparent, noué avec un gros élastique bleu autour du cou, et tourné vers la lumière extérieure des halogènes. Le visage avait été écorché – une face rouge comme un bouillon de lave –, deux orbites creuses semblaient attendre leurs yeux. En retrait, des bidons de produits nettoyants, d'eau de Javel, des seaux, des serpillières, une pelle et deux sacs de chaux vive.

Vic souleva la bâche. Les deux mains manquaient, tranchées net. Les avant-bras étaient cerclés de plastiques jusqu'aux coudes, maintenus par du Scotch et non des élastiques, comme pour la tête.

— C'est dégueu. T'aurais pu me prévenir.

Vadim Morel leva son gobelet en signe de bienvenue.

— Tu n'avais pas l'air bien réveillé. Le divorce ?

— Nathalie veut garder MammaM[1]. Non mais tu te rends compte ? C'est ma chienne, et voilà qu'elle veut l'ajouter à l'interminable liste de tout ce qu'elle me vole déjà. Quel résultat, après quinze ans de mariage !

1. Notation originale.

— Sans mauvais jeu de mots, tu leur donnes la main, elles te prennent le bras. En parlant de mains, si tu les cherches, elles sont dans l'angle, là-bas.

Vic se décala pour ne pas faire obstacle à la lumière artificielle. Il repéra un épais sachet fermé lui aussi avec du Scotch, le long de l'aile droite, à proximité de l'emplacement pour le cric. Le genre de sac utilisé pour congeler de la nourriture.

— Elles étaient emballées, comme ça ?

— Telles quelles. Personne n'y a touché. Et c'était pareil pour les bras et la tête. Bien empaquetés comme de la vulgaire barbaque. Le type était prévoyant et ne voulait pas dégueulasser sa voiture.

— Et les yeux, et le visage, ils sont où ?

— On ne sait pas. Pas dans la bagnole, en tout cas.

Vic leva le paquet et l'orienta vers les lampes. Les mains, paumes plaquées l'une contre l'autre, se terminaient par des doigts de couleur cireuse. Les radius et cubitus semblaient avoir été coupés net. Morel sortit un chewing-gum d'une petite boîte et le fourra dans sa bouche.

— Le crâne est défoncé sur l'arrière, on dirait bien. Peut-être qu'il lui a écorché le visage au scalpel, et qu'il a enlevé les yeux à la petite cuillère, comme dans les films. Tu sais, genre Hannibal Lecter ? Quand tu penses que ce salopard avait même pas 20 ans.

Vic remit le sac en place et se focalisa sur le cadavre. La victime semblait être une jeune femme, courts cheveux blonds, âge impossible à estimer sans la peau ni les yeux, avec ce sang qui avait durci à la surface, comme un magma refroidi. Peut-être une vingtaine d'années. Vu la présence de la pelle et de la chaux vive qui accélérait la dégradation des matières organiques, il tombait sous le sens que Quentin Rose comptait enterrer le corps quelque part.

— Pas de papiers sur elle ?

— Rien. Pour l'autopsie, ce sera pas avant demain soir, en étant optimiste. Les légistes sont débordés depuis deux jours avec l'accident de bus à Chamrousse. Et pour les résultats des tests ADN éventuels, je préfère même pas y penser. Dans dix ans, avec un peu de bol.

— Ah oui, Chamrousse...

Le téléphone de Morel sonna.

— Excuse-moi, c'est Poirier, j'ai demandé une vérification d'immat. Ça, au moins, c'est du rapide.

Il s'éloigna pour discuter. Vic lapa son café, le gobelet serré entre ses gros gants. Les mains, comme le visage, les yeux, marquaient l'identité. Les empreintes digitales, la couleur des iris, la forme du nez... Il y avait eu, à l'évidence, une volonté de rendre la jeune femme anonyme. Rose comptait-il se débarrasser des mains à un endroit et du reste ailleurs ? Où se rendait-il ? Dans ce chaos infini de mélèzes et de pins, où il aurait pu enterrer sa victime sans l'ombre d'un témoin ?

Vic détestait les débuts d'enquête, trop de directions qui lui donnaient souvent la migraine. Avec un peu de chance, cette affaire-ci pourrait prendre fin avant même de commencer, puisque leur principal suspect – un visage sur une carte d'identité – était mort. Seul hic : comme il ne répondrait jamais à leurs questions, ils allaient devoir trouver les réponses eux-mêmes.

Le flic scruta les alentours, ces flashes de l'appareil photo qui crépitaient, les pins dressés en retrait, la courbe d'asphalte aux lignes blanches, son chef d'équipe en discussion avec le substitut du procureur, arraché lui aussi de son lit au beau milieu de la nuit. Un tableau lugubre se peignait en temps réel dans sa mémoire, une tranche d'horreur d'une précision extrême, volée à l'instant présent. Dans l'heure à venir, le magistrat allait autoriser la levée du corps, la voiture serait remorquée et l'enquête débuterait, pile à une semaine de Noël. En théorie, les congés de Vic tombaient ce vendredi-là. Ses premières vacances seul avec son chien, sans sa fille ni sa femme, avec la convocation au tribunal pour le 12 janvier, où Nathalie et lui s'arracheraient la garde de Coralie. On ne pouvait pas dire qu'il abordait la seconde moitié de sa vie sous les meilleurs auspices.

Après avoir raccroché, Vadim Morel courut vers son chef, puis fit signe à Vic de le suivre.

— Il y a eu un braquage à la pompe à essence, à une vingtaine de bornes d'ici, sur l'A41, entre Chambéry et Grenoble. Ça s'est passé un peu avant 22 heures. Je suis venu avec le boss, alors on prend ton épave.

Ils s'engouffrèrent dans l'habitacle. Morel souleva la pile de feuilles du siège passager, les canettes de Coca vides, et les balança à l'arrière.

— Aussi bordélique que dans ta tête. Et puis ça sent le chien, bordel. Quand est-ce que tu vas te décider à mettre un peu d'ordre ici ? Je comprends mieux pourquoi tu ne veux pas que je passe faire un tour chez toi. Sans ta femme, ça doit être Tchernobyl, là-dedans.

— Fiche la paix à mon chez-moi, à ma femme, à mon chien, et dis-moi plutôt en quoi un braquage nous concerne, alors qu'on a deux cadavres sur les bras.

Morel dut forcer sur sa ceinture pour l'enclencher. Il cracha son chewing-gum, prit une pastille à la menthe dans un sachet qui traînait au-dessus de la boîte à gants, et l'examina avant de la plonger dans sa bouche.

— Le mec a surgi de nulle part, a tiré quelques centaines d'euros dans la caisse et s'est fait la malle dans une voiture volée, après avoir menacé le conducteur qui mettait de l'essence.

— Laisse-moi deviner : Quentin Rose a tiré une Ford grise ?

— Et le cadavre qui allait avec, oui.

3

Une voiture de la gendarmerie du Touvet stationnait déjà sur place lorsque arrivèrent V&V sur l'aire
d'autoroute, aux alentours de 1 heure. L'endroit donnait le cafard, avec ses quatre pompes fermées suite au
braquage, son parking à l'agonie et sa boutique illumi-
née aux néons blafards.

Le gérant, un gros bonhomme à moustache, semblait
calme, il discutait au téléphone dans un rayon. Les deux
policiers se rapprochèrent du capitaine de gendarmerie
Patrick Rousseau, le premier informé du braquage. Un
vrai gars des montagnes, engoncé dans sa parka bleue et
blanche qui élargissait plus encore ses épaules de demi
de mêlée. Il leur tendit la main.

— On m'a prévenu voilà une demi-heure de l'arrivée
de deux gars de la Criminelle de Grenoble, sans m'en
dire plus. Vous m'expliquez ?

Vic lui arrivait au menton, et sa main maigrelette fut
avalée par celle du gendarme. Il prit les devants tandis
que Morel observait les lieux :

— Nous avons été sollicités par la douane, qui a pris
en chasse la Ford avant qu'elle ne heurte un parapet,
kilomètre 47 de la D30. Le conducteur, votre braqueur
présumé, a été éjecté et a fini au fond du ravin.

Les bras croisés, Patrick Rousseau était aussi expressif qu'une façade de crématorium. Plutôt du genre à penser qu'une petite frappe de moins sur cette Terre était un cadeau fait à l'humanité. En retrait, le compresseur d'un réfrigérateur ou d'un congélateur se déclencha. Vic se laissa distraire deux secondes par le ronflement et poursuivit :

— C'est une vérification d'immatriculation qui nous amène ici : la Ford grise immatriculée JU-202-MO, un faux numéro de plaque, a été signalée comme volée à cette pompe par vos unités en fin de soirée. Dans son coffre, nous avons découvert le cadavre d'une femme non identifiée, la vingtaine. Vu ses mutilations, il est évident qu'elle était morte avant l'accident.

— D'accord, je vois. Ça explique le comportement du propriétaire du véhicule volé. Il est parti à pied sans demander son reste. On a la vidéo de la scène. Venez.

Il les emmena derrière le comptoir. Vic ne put s'empêcher d'analyser le prix des barres chocolatées du présentoir, seize centimes plus chères que celles de la grande surface en face de chez lui. Il sentit son esprit partir dans le délire des comparatifs et se ressaisit à temps. Retour vers l'écran de l'ordinateur. Le gendarme cliquait sur un répertoire et affichait une première séquence.

— Même avec la qualité exécrable des enregistrements, on a une idée précise de ce qui s'est passé. Du noir et blanc, alors que n'importe quelle caméra couleur coûte moins de cent euros. C'est toujours comme ça quand on a besoin des vidéos, vous ne trouvez pas ?

Morel acquiesça en silence.

— Bref. D'abord, la caméra de la pompe numéro 2, 21 h 42. Regardez, le braqueur sort de cette camionnette, côté passager. On a réussi à interpeller le chauffeur juste à temps au péage de Chambéry. Il n'y est semble-t-il pour rien et explique avoir ramassé le jeune à la sortie de Grenoble. Le gamin prétendait vouloir se rendre à Chambéry, mais une fois sur l'aire d'autoroute, il lui a demandé de le larguer là, prétextant qu'il avait reçu un SMS durant le trajet et que quelqu'un allait venir le chercher.

L'œil de Vic emmagasinait le moindre pixel de l'image. Quentin Rose, bonnet sur le crâne, visage camouflé dans une écharpe, s'éloigne de la camionnette et se niche dans un coin, immobile. Un braquage opportuniste, estima le policier : le jeune n'avait pas de cible précise et avait frappé dans un endroit désert et sans risque. Le gendarme posa son index sur l'écran.

— Vous voyez, il attend le meilleur moment pour agir. La camionnette est repartie. Je bascule sur la caméra 4, la pompe la plus éloignée du magasin. Trois minutes plus tard, la Ford grise arrive à une pompe non automatique, se range…

Vic observait et mémorisait les deux vidéos en parallèle. Rose vient d'entrer dans le magasin, tandis que le conducteur de la Ford sort du véhicule, une casquette sombre sur la tête. Avec l'angle de la prise de vues, les épais vêtements d'hiver et le manque de luminosité, difficile de conclure à autre chose qu'une masse ensevelie sous une grosse doudoune. Il claque sa portière, ouvre le réservoir, se saisit du pistolet de gasoil sans stress. Il observe les alentours sans montrer de signe de nervosité. Jamais il ne lève un œil vers la caméra.

Morel alternait d'un écran à l'autre.

— Pas le genre à paniquer, le coco, malgré le cadavre au visage écorché dans son coffre. À ces heures-là, on n'est pas censé payer à la caisse avant de se servir ?

— À partir de 22 heures, c'est écrit à l'entrée. À dix minutes près, on l'aurait eu avec la caméra de la boutique, de face et éclairé comme un sapin de Noël.

Depuis la caméra intérieure du magasin, on voit à présent Rose forcer le gérant à ouvrir la caisse, l'arme pointée sur lui. En moins de trente secondes, il empoche sa poignée de billets et quitte la boutique, direction la Ford. L'inconnu le voit mais trop tard : le jeune le braque déjà et lui ordonne de reculer. Mais l'homme ne bouge pas, il semble vouloir négocier. Un coup de feu part en direction du sol. Cette fois, le propriétaire de la Ford fait deux pas en arrière. Toujours menaçant, Rose remet le bouchon du réservoir, s'engouffre dans l'habitacle et démarre dans la foulée. D'abord immobile, l'inconnu finit par disparaître du champ de la caméra. Le gendarme coupa les enregistrements.

— On pense qu'il a couru dans le sens opposé à l'autoroute. Sur la droite de l'aire, il y a une bande d'arbres, puis la nature. Il y a une sortie d'autoroute à cinq cents mètres, avec tout un tas de villages et de départementales alentour. Vu son comportement et le fait qu'il conduisait avec une fausse plaque, je ne vous ai pas attendus pour solliciter les gendarmeries du coin. Il fait nuit, peu de chances qu'ils le retrouvent, mais on ne sait jamais.

— Vous avez bien fait. D'autres témoins ?

— Personne à ce moment-là. Le gérant était sous le choc après le braquage et n'a rien remarqué. J'ai fait le tour des différentes caméras. On n'aura rien de mieux que ça.

— Donc, pas de visage. Faudra quand même jeter un œil à l'historique des vidéos de surveillance, comparer les modèles de voitures. Notre homme est peut-être déjà venu prendre de l'essence ici par le passé, avec sa vraie plaque.

Vic sortit, accompagné par les deux hommes, et se rendit à la pompe numéro 4. Le gendarme désigna le pistolet de gasoil au sol.

— On pourra peut-être récupérer l'ADN sur le pistolet ?

— Il avait des gants, on le voit sur la vidéo. Mais ne vous en faites pas pour l'ADN, on va en récolter des caisses pleines dans sa Ford.

Vic s'enfonça dans la nuit et observa les lueurs des maisons, sur les hauteurs, accrochées aux montagnes. Des centaines d'éclats de vie argentés en suspension dans l'espace. Leur homme s'était évanoui dans cette myriade d'étoiles. D'où venait-il avec son cadavre mutilé dans le coffre, et où allait-il ? Le flic pensa à la jeune victime aux mains tranchées. Peut-être que ses parents attendaient de ses nouvelles dans l'une de ces maisons. Que sa mère avait déjà essayé de la joindre, son père avait appelé ses copines. Ils ne la reverraient jamais.

Il prit conscience qu'il les comptait, ces lumières, qu'une maudite voix, dans son fichu cerveau déglingué, voulait à tout prix savoir combien il y avait de lampes allumées depuis l'aire d'autoroute, sortie Le Touvet, département de l'Isère, comme s'il s'agissait d'une information vitale. D'autres nombres tournoyaient dans sa tête, comme les un euro trente-cinq des barres chocolatées – seize centimes plus chères –, les cinquante-sept litres et trente-trois centilitres vus sur l'écran digital de la pompe 4, les horaires d'ouverture et de fermeture du magasin. Et il se souviendrait de tous ces chiffres, même sur son lit de mort, sans forcément savoir à quoi les rattacher. Et il voyait Morel discuter avec le gendarme, lui expliquant certainement que son collègue était bizarre, qu'il ne parlait pas beaucoup mais qu'il faisait avec, depuis plus de dix ans.

Dans un soupir, Vic passa un coup de fil à un technicien de l'IJ resté sur le lieu de l'accident, demanda qu'on vérifie si le numéro de châssis était lisible – marqué à froid sur la carrosserie à l'avant droit, sous le pare-brise, pour ce modèle de voiture, précisa-t-il –, puis raccrocha après avoir obtenu sa réponse. Il revint auprès des deux hommes et s'adressa à son collègue :

— Le numéro de série du châssis du véhicule a été effacé.

— Prudent, le bonhomme. Pas de visage, fausse plaque, pas de numéro de série. Et une Ford grise, il y en a un paquet, dans la région. Ça ne va pas être simple de remonter à lui *via* la voiture.

Vic enfonça les mains dans ses poches.

— Il a beau avoir pris toutes les précautions, cette nuit, on s'est invités dans son petit monde sans qu'il s'y attende. J'espère qu'on sera son plus beau cadeau de Noël.

4

— Vos livres abordent souvent les thèmes du double, de l'usurpation d'identité, de la mémoire et des souvenirs. *Le Manuscrit inachevé* ne déroge pas à la règle. C'est peut-être là votre livre le plus cru, le plus violent, vous vous attaquez à des sujets qui risquent de heurter les âmes sensibles, comme la torture, la séquestration et le viol. Vous vouliez mettre entre les mains de vos lecteurs un roman choc ?

Léane Morgan se tortillait sur sa chaise. À peine un quart d'heure que l'interview avait commencé, et elle saturait déjà. Après plus de quatre ans d'absence, les lecteurs s'étaient jetés sur le nouveau thriller d'Enaël Miraure. Le roman avait paru début décembre et avait grimpé dans le top 10 des meilleures ventes. Désormais, il fallait enchaîner les entretiens jusqu'à Noël pour en assurer la promotion.

— Je n'ai rien calculé. J'ai écrit comme c'est sorti. Il est violent, certes, mais vous pensez que le monde dans lequel on vit ne l'est pas ?

Léane se tut, et Pamela, son attachée de presse assise à la table voisine, lui fit les gros yeux. Le papier valait de l'or : une double page dans *Twin*, le mensuel féminin le plus acheté par un lectorat difficile à conquérir, sortie prévue pour les fêtes. La journaliste Géraldine Scordel griffonna sur son cahier, les lèvres pincées. Léane jouait le jeu pénible des interviews mais refusait les enregistrements audio, les radios et les télés, elle exigeait de relire les articles avant publication pour s'assurer qu'on parlait bien d'elle au masculin. Pas de photos, bien sûr, personne ne devait voir son visage. Si une poignée d'individus savaient qu'Enaël Miraure et Léane Morgan ne faisaient qu'un, le grand public, lui, ignorait que derrière l'auteur de leurs nuits blanches se cachait une femme. La romancière avait toujours su verrouiller sa vie privée, jusque dans ses retranchements les plus douloureux.

— Comment vous le résumeriez, votre roman ? Son histoire, je veux dire ?

— Vous l'avez lu ?

— Je lis tous les livres que je chronique. Mais je veux votre version.

Léane but une gorgée de chardonnay pour cacher sa nervosité. Elle avait toujours éprouvé des difficultés à parler de ses livres. L'entretien se déroulait dans un café anonyme du 10e arrondissement de Paris, loin des quartiers chics et des endroits traditionnels pour ce genre de rencontre. Elle fit un effort pour répéter ce qu'elle avait déjà raconté des dizaines de fois.

— C'est l'histoire de Judith Moderoi, une femme banale, institutrice, qui entretient une relation avec un vieil écrivain solitaire, un homme au passé trouble qui vit dans une immense villa sur une île bretonne, Bréhat, et n'a pas publié depuis des années.

— Janus Arpageon...

— Arpageon, oui. Il fait lire à Judith son manuscrit dont il n'a pas encore le titre et dont il n'a parlé à personne : il s'agit d'une sordide histoire de viols et de meurtres d'adolescentes commis par un écrivain, Kajak Moebius. Arpageon doit encore écrire les dix dernières pages, et surtout révéler aux flics du livre l'endroit où sont enterrées les victimes de Kajak. Judith trouve le roman fabuleux, elle ignore en fait qu'Arpageon a écrit sa propre histoire et que Kajak, le personnage principal de son livre, c'est lui.

— Une sorte d'autobiographie romancée.

— La longue confession d'un violeur et meurtrier multirécidiviste, plutôt, jamais attrapé, et qui décide de tout avouer à travers un roman, dans ses vieux jours. Quand ce dernier annonce qu'il va envoyer son manuscrit à son ancien éditeur en attendant de rédiger la fin, Judith décide de le séquestrer, de le torturer pour qu'il termine son roman.

— Comme dans *Misery*, de Stephen King. Vous l'avez lu ?

— Évidemment, et j'ai bien conscience que certains lecteurs vont faire le rapprochement, comme vous à l'instant. Mais le traitement que j'en fais n'a rien à voir. C'est davantage un hommage qu'autre chose.

— Des passages difficiles… Il y a une scène de viol stupéfiante commis par Arpageon dans le passé. Vous décrivez aussi avec précision la fabrication d'un instrument de torture que Judith utilise pour lui broyer le pied, vous donnez même la liste du matériel à acheter au magasin du coin. Vous expliquez comment détruire de l'ADN à l'eau de Javel, vous rappelez que la chaux vive permet d'enterrer des corps sans laisser de traces ni d'odeurs, vous dévoilez certaines techniques de la police. Vous n'avez pas peur que cela ne nuise aux vrais flics ? Que des personnes malintentionnées puissent utiliser les idées de vos livres à mauvais escient ?

— L'éternel débat... Nous, les écrivains de romans policiers, participons à accroître la violence dans le monde, c'est cela ? Croyez-vous que les gens malintentionnés, comme vous dites, attendent mon livre pour passer à l'acte ? Qu'ils vont s'en servir comme d'un livre de recettes ? Quelqu'un qui commet un meurtre ou un viol frappe par pulsion, par haine, par colère, ou à cause de son enfance. Le roman n'est qu'un prétexte ou un élément déclencheur, si vous voulez. Mais revenons-en à mon histoire, c'était bien le sujet, non ?

— Je vous en prie.

— Arpageon tient tête à son bourreau féminin et s'obstine à ne pas écrire cette fin. Alors Judith le tue avec un Sig Sauer, l'arme des flics, d'une balle dans la tête, et se débarrasse de lui en utilisant une technique qu'Arpageon décrit lui-même dans son livre : avec la chaux vive, le trou creusé dans la forêt, à un mètre cinquante de profondeur...

Léane eut un sourire pincé, et poursuivit :

— Oui, je sais, ça va à l'encontre de ce que je viens de vous dire sur le fait que les méchants ne s'inspirent pas de la fiction, mais là, c'est la fiction dans la fiction, vous voyez, ça reste donc de la fiction.

— Je vois.

— Bref, passons. Puis Judith invente le dénouement, censé révéler ce fameux lieu où se trouvent les victimes.

— Elle écrit elle-même la fin. Une dizaine de pages sur les cinq cents que compte le manuscrit.

— Oui, elle se débrouille comme elle peut, elle doit faire des choix, prendre des décisions qui n'auraient peut-être pas été celles de l'auteur, mais elle s'en sort plutôt bien. Et elle trouve un titre ironique, *Le Manuscrit inachevé*, puis elle envoie le livre à un éditeur qui le publie aussitôt.

— La plus belle arnaque de l'édition. Publier un livre qu'on n'a pas écrit et volé à un autre…

— Exactement, sauf que là, ça se retourne contre elle. Bien sûr, elle obtient la gloire, jusqu'à ce que la police débarque chez elle. Une seule personne savait que les meurtres décrits dans le livre existaient vraiment : l'assassin. Elle comprend alors qu'Arpageon était un véritable tueur en série, qu'il avait écrit sa propre vie. Et que, en lui dérobant son histoire, elle s'emparait de sa place.

La journaliste, qui prenait des notes, avait une écriture illisible.

— Et le piège se referme sur elle. Belle idée, un twist de fin, je dois l'avouer, très réussi.

— Merci.

— C'est sincère. C'est aussi une belle mise en abyme de votre métier. Vous, la romancière, qui raconte l'histoire d'un écrivain, Arpageon, qui raconte l'histoire d'un écrivain, Kajak Moebius. Et tous ces personnages imbriqués sont à l'évidence torturés. C'est comme une plongée dans la psyché de l'être humain, dans le labyrinthe de l'esprit, en quelque sorte, jusqu'à ses couches les plus profondes. Kajak Moebius étant monolithique, bestial, une représentation de l'instinct de violence. Arpageon, lui, est plus nuancé, traversé de peurs et d'obsessions. Un peu à votre image, non ?

— Je ne sais pas, je… J'aurais l'impression que, sans ça, je n'aurais rien à raconter. J'ai besoin que mes personnages souffrent. C'est comme… des flashes, lorsque j'écris. Des espèces de coupures au couteau dans ma tête.

La journaliste jeta un œil vers l'attachée de presse, puis se racla la gorge.

— Un rapport avec votre passé ?

— J'ai eu une enfance heureuse, normale, si c'est ce que vous voulez savoir. Il ne faut pas toujours chercher derrière les écrivains de thrillers des êtres tourmentés ou des psychopathes.

— Il y a souvent une raison enfouie qui pousse à écrire, mais passons. La scène de fin se déroule sur les falaises d'Étretat, au niveau de la passerelle et de l'aiguille que vous appelez l'Aiguille creuse. Après Stephen King, un hommage à Maurice Leblanc ?

— Maurice Leblanc, Conan Doyle, Agatha Christie… Un hommage à la littérature policière de manière générale, au whodunit, « qui a fait le coup ». Mais ne parlez pas de la fin dans votre article, s'il vous plaît.

— Bien sûr. Passons à autre chose. Quand on a des connexions avec la police comme moi, qu'on s'intéresse un peu aux affaires criminelles, ce n'est pas compliqué de trouver des points communs entre le mode opératoire du tueur de votre roman et celui d'Andy Jeanson, qui n'a rien de virtuel, lui.

Les doigts de Léane se crispèrent autour de son verre.

— Peut-être, je m'inspire aussi de l'actualité. Et alors ?

Géraldine Scordel posa son stylo, ôta ses lunettes et se massa les yeux.

— Écoutez, je ne vais pas y aller par quatre chemins. J'ai appris, de source sûre, qu'une certaine Sarah Morgan est l'une des victimes du « Voyageur », même si le tueur en série n'a toujours pas livré l'emplacement du corps. Je sais aussi que son procès n'a pas encore eu lieu, que l'affaire est sensible, et je ne prendrais pas le risque d'en parler dans mon article sans que vous me donniez votre version des faits. Je sais que vous tenez à rester anonyme, mais imaginez ceci : Enaël

Miraure est en fait une femme, et elle se confie sur le drame qu'elle a vécu – la disparition de sa fille, il y a quatre ans –, et sur tout ce qui a suivi, jusqu'à l'arrestation du tueur en série Andy Jeanson il y a deux ans.

Elle se tourna vers l'attachée de presse.

— Ce n'est plus une double page mais un dossier de six pages que je vous garantis. Avec une mise en avant pareille, on va faire exploser les compteurs, pour vous comme pour nous. Carton assuré.

Lorsqu'elle revint vers Léane, celle-ci se tenait debout, les deux poings sur la table.

— Et ma vie à moi, vous y pensez ? Allez vous faire foutre ! Lâchez un seul mot sur mon identité ou sur cette affaire, et je vous colle un procès au cul pour diffamation et atteinte à la vie privée, à vous et à votre magazine.

Elle enfila son manteau, prit son sac et quitta le café sans se retourner. Pam la rattrapa sur le trottoir.

— Je suis désolée, Léane. J'ignorais qu'elle irait sur ce terrain-là.

— T'étais dans le coup, c'est ça ?

— Jamais de la vie. Mince, tu m'en crois capable ? Tu connais Scordel, c'est une pro. Je vais arranger les choses, elle ne parlera pas de tout ça, si c'est ce que tu souhaites. Mais si…

Léane héla un taxi.

— Évidemment, que c'est ce que je souhaite ! Il n'y a pas de « mais si », Pam. C'est hors de question. Je n'ai pas passé dix ans de ma vie à cacher qui j'étais pour tout détruire avec une histoire sordide. Plus jamais on n'aborde le sujet, point barre.

— Comme tu veux. Et pour l'entretien avec *Libé* à 18 h 20 ?

— Non.

— On ne peut pas faire ça.

— Si, on peut, la preuve. Et veille à ce que rien ne soit divulgué, ou je t'en tiendrai pour responsable.

La romancière s'engouffra dans le véhicule, annonça son adresse au chauffeur et renversa sa tête sur la banquette. Quel cauchemar ! Au fond d'elle-même, elle s'était attendue à un épisode de ce genre. Il fallait bien que, tôt ou tard, un journaliste mieux renseigné que les autres aborde le sujet. Une romancière à succès qui écrit des histoires de viols, de meurtres et d'enlèvements, et qui vit les drames de ses propres livres, sûr que ça fait vendre du papier.

Le taxi la déposa avenue du Président-Wilson, dans le 16e, à une centaine de mètres du palais de Tokyo et du Musée d'art moderne. Une fois dans son soixante mètres carrés, elle alluma la radio d'un geste mécanique et se versa un nouveau verre de blanc. Elle savait déjà que deux autres suivraient avant le coucher. Picoler était le meilleur moyen d'affronter le vide abyssal de ses soirées. Elle détestait les réceptions, les cocktails, les rencontres où les gens venaient pour s'afficher. Le brillant, le factice, très peu pour elle. Même cet appartement, Paris, ses lumières lui semblaient étrangers.

Malgré la fatigue, Léane se connecta à son compte Facebook Enaël Miraure, quatre-vingt mille fans, surtout des femmes. Sur la photo de profil, que son éditeur avait achetée sur une banque d'images, Enaël était brun aux yeux gris, cheveux courts, la quarantaine, physique à la Eastwood. Léane avait des cheveux blonds ondulés jusqu'aux épaules, un fin nez retroussé, les iris au bleu variable en fonction de la luminosité.

Sur le sujet de l'usurpation d'identité, la journaliste ne s'était pas trompée, mais Léane avait besoin de se glisser dans la peau d'Enaël, de ressentir sa masculinité, son assurance. Parfois, en tant que Léane, elle subissait une forme d'angoisse inexplicable devant la feuille blanche. Souvent, quand la nuit tombait, une espèce de main crochue remontait dans sa gorge pour la bâillonner, l'étouffer. Comme si Enaël Miraure était prisonnier au fond d'elle et qu'il cherchait à sortir.

Elle traîna sur les réseaux sociaux un certain temps, seule au milieu de tous ses amis virtuels, puis s'emmitoufla dans un châle en laine et partit boire un verre de vin sur la terrasse. Sarah aurait aimé cette vue sur les toits de la capitale, les scintillements des lampes accrochées à la tour Eiffel, les miroitements argentés de la Seine. Léane, elle, n'appréciait cette ville folle que parce qu'elle l'empêchait de trop penser. Paris l'anesthésiait comme les gouttes d'absinthe qu'on verse sur un sucre.

Son portable sonna, elle soupira quand elle vit le nom qui s'affichait : Colin Bercheron... Elle ne répondit pas au flic et pensa à son mari. Elle ici, lui là-bas, accroché à la côte du Nord comme une moule à son rocher. Presque deux mois sans contact, hormis un message laissé l'avant-veille, où il lui signalait qu'il détenait une information importante. Elle avait essayé de le rappeler à plusieurs reprises, en vain. Bien son genre, ça, de lancer un hameçon et de ne pas donner suite.

Jullian s'était-il enfoncé davantage dans sa paranoïa ? Cherchait-il encore, malgré les évidences, les preuves, le cadavre de leur fille ? Léane redoutait le moment où il allait falloir officialiser leur séparation et demander le divorce. Depuis un an et demi qu'elle vivait ici, leur couple ne ressemblait plus à rien. Un autre deuil à affronter. Pourtant, au fond d'elle-même, une lueur brillait toujours. Un feu vieux de vingt ans ne s'éteignait jamais.

Le flic avait laissé un message, qu'elle s'efforça d'écouter.

Léane, c'est Colin. Désolé de te déranger aussi tard, mais ton mari a été agressé. Il est à l'hôpital de Berck, je n'en sais pas beaucoup plus pour l'instant. Dès que tu auras ce message, rappelle-moi.

5

Il se passe parfois un étrange phénomène lorsqu'on approche les villes côtières du Nord en plein hiver : en un battement de cils, une guillotine de brouillard s'écrase sur votre pare-brise, et vous avez l'impression d'être projeté dans un univers postapocalyptique, où les monstres peuvent surgir contre les vitres de votre voiture et vous emmener au large, dans les eaux troubles et glaciales. Un soir poisseux comme celui-là lui avait arraché Sarah, un soir où l'obscurité avait eu faim, où les dunes avaient bâillonné sa fille pour l'entraîner dans leurs replis les plus sombres.

Léane en eut la chair de poule et verrouilla les issues. Un acte stupide, elle le savait, mais ces peurs aussi irraisonnées que soudaines lui pourrissaient la vie depuis son adolescence. Des gueules déformées qui tournaient autour d'elle, des dizaines de mains qui la harcelaient dans ses cauchemars, des nuits à se réveiller en sursaut, jusqu'à ses 30 ans, avant qu'elle ne couche sur papier ses premières pages et qu'Enaël Miraure n'apparaisse, enfin, comme si l'écriture agissait tel un clapet d'évacuation. Elle n'avait pas voulu parler de ses angoisses à la journaliste. Là, dans l'instant, elle voyait le camping-car d'Andy Jeanson surgir de la brume, se mettre en travers de sa route et venir plaquer ses grosses mains noueuses contre la vitre de sa voiture. Même enfermé, celui qu'on surnommait le Voyageur la suivait comme son ombre, caché derrière chaque respiration, derrière le moindre battement de paupières. Il était son croque-mitaine.

Aux alentours de 1 heure du matin, elle arriva à l'hôpital situé en pleine campagne, à cinq kilomètres de Berck-sur-Mer. Colin l'attendait sur un banc dans le hall de l'accueil. Veste noire en vrac, l'une de ses éternelles chemises à carreaux. Une frange couleur feu tombait en virgule sur un regard volontaire et franc. Il était le flic d'une petite ville dont tout le monde se fichait, mais il ne prenait pas son travail à la légère et traitait avec autant de sérieux les affaires banales que celles plus excitantes mais plus rares et qui, la plupart du temps, finissaient entre les mains de juridictions supérieures.

Il se leva lorsqu'il la vit, avec la furieuse envie de la serrer contre lui. Il se contenta de la guider vers le distributeur de boissons et de glisser un euro dans la machine. Il constata à quel point elle avait les traits tirés, les paupières lourdes. En deux mois, il lui semblait qu'elle avait beaucoup maigri.

— J'attends des nouvelles du médecin, il ne devrait plus tarder. Il n'y a pas de pronostic vital engagé mais... ça a quand même été violent.

— Qu'est-ce qui s'est passé ?

Colin lui tendit son court sucré.

— C'est un promeneur qui l'a retrouvé inconscient, sur le chemin de promenade entre la baie et la digue, du côté du phare, vers 19 heures. Il était étendu au sol. Le Samu l'a amené ici. Il a été frappé au crâne et à la gorge, peut-être qu'on a essayé de l'étrangler, je n'ai pas plus d'informations pour le moment. Ça ne ressemble pas à une attaque pour vol : on a retrouvé son portefeuille, la clé de la villa et son portable dans sa poche. En fait, on connaît même son trajet, une application de santé tournait sur son smartphone. Jullian était en train de terminer une marche de cinq kilomètres le long de la digue, débutée une heure plus tôt, il devait rentrer à la maison.

Léane essaya de comprendre. Depuis quand Jullian utilisait-il ce type d'application ? Il détestait cette technologie qui gérait votre vie et vous permettait de maigrir, de vous sentir mieux, de connaître le nombre de pas effectués dans la journée. Il disait même qu'un jour les gens enverraient leur téléphone courir à leur place.

— Pourquoi on lui aurait fait une chose pareille ?

— Je n'en sais rien, mais Jullian n'avait pas que des amis. Ton mari allait à l'encontre de tout : la justice, l'enquête, les témoins. Tu l'ignores sans doute, mais, il n'y a pas trois semaines, on n'a pas été loin de le garder en cellule de dégrisement à cause de son comportement au commissariat. Il était soûl, nous a traités de tous les noms. S'il n'avait pas été ce qu'il est, je l'aurais coffré.

— Il cherche le corps de Sarah.

— Peut-être. Mais ça fait quatre ans, et aujourd'hui il erre dans les rues de Berck comme un fantôme. Ses recherches passent pour du harcèlement et n'excusent pas tout. Les flics bossent, quoi qu'il en pense.

— Tant que Jeanson n'aura pas révélé l'endroit où est enterré le corps de notre fille, Jullian continuera à détruire tout ce qui l'entoure. Et à se détruire, lui.

Son regard se fit vague.

— Viens là...

Colin la serra contre lui, d'un bras.

Il eut l'impression d'étreindre un parpaing. Léane s'écarta de façon assez abrupte et se rabattit sur son café.

— Excuse-moi, Colin, mais...

— Te bile pas. Je comprends.

Gêné lui aussi, Colin lorgna en direction de l'entrée, où rayonnait le gyrophare des pompiers ou d'une ambulance, puis revint vers Léane.

— J'ai examiné le journal des appels de son téléphone. J'ai vu que tu avais cherché à le joindre à plusieurs reprises, hier et avant-hier ?

— Il m'avait laissé un message. Je vais te le faire écouter.

À travers l'écouteur, la voix de Jullian sonnait grave, monocorde. Il parlait d'une information de taille au sujet de leur fille Sarah.

— Depuis, aucun signe de lui, et il n'a pas répondu à mes appels.

Colin nota l'information sur un carnet qu'il gardait depuis des années dans la poche intérieure de sa veste, à côté d'un stylo bas de gamme au capuchon tout mordillé. Il mit ce dernier entre ses lèvres.

— Son père l'avait appelé, il y a trois jours, pour prévenir qu'il remontait de Montpellier pour les fêtes. Je viens d'écouter le message sur le portable de ton mari – pour info, on garde son téléphone pour l'enquête. J'ai rappelé ton beau-père pour le prévenir de l'agression, pendant que t'étais en route. Il sera là demain.

Léane hocha la tête. Jacques Morgan avait perdu sa femme six mois plus tôt des suites d'un suicide médicamenteux. Léane n'avait jamais connu sa belle-mère heureuse. Il avait toujours brillé, au fond de son œil, une terrible tristesse dont Léane et même Jullian ignoraient l'origine. L'alcool, les antidépresseurs et les anxiolytiques avaient rythmé sa vie. Souvent, la romancière se demandait comment Jacques avait pu supporter cela.

Colin la tira de ses pensées :

— Et tant qu'on en est aux confidences, il y a un autre truc que tu dois savoir. Voilà deux mois environ,

Jullian nous a appelés tôt le matin au commissariat pour signaler un cambriolage.

Léane suspendit son geste, le gobelet au niveau du menton.

— Un cambriolage ?

— Il ne voulait pas t'en parler, et m'a demandé de me taire. Il ne voulait pas que tu t'inquiètes, il savait que ton livre sortait bientôt et que tu aurais la tête ailleurs. Je suis allé dans la villa pour constater, mais...

Il paraissait gêné. Léane était suspendue à ses lèvres.

— ... mais rien n'avait été retourné. Jullian dormait à l'étage et n'a pas entendu. Il nous a dit qu'on avait fouillé dans ses affaires, qu'il avait remarqué que des papiers avaient été déplacés, que l'individu était aussi allé dans la salle de bains voler des objets courants, comme des savons ou des brosses à cheveux. Et aussi qu'il manquait des exemplaires de tes romans qui se trouvaient dans la bibliothèque.

Léane avait l'impression de vivre le dernier round d'un match de boxe, elle prenait coup sur coup. Elle jeta le fond de son café à la poubelle. Son goût métallique lui restait en travers de la gorge.

— C'est du délire. Des savons ? Mes romans ? Pourquoi on aurait fait ça ?

— D'autant plus qu'il n'y avait aucune trace d'effraction. Jullian nous a certifié que toutes les portes étaient verrouillées. Le cambrioleur, si cambrioleur il y a eu, serait donc entré avec une clé.

— Tu penses qu'il délirait ?

— Il avait bu la veille, Léane. Comme l'avant-veille, et l'avant-avant-veille. Pas mal de bouteilles traînaient dans l'évier. Je te le répète, on l'a souvent ramassé à la sortie des cafés de la ville, ces derniers temps. Ces choses qu'il nous racontait, on n'avait aucun moyen de les vérifier. Des brosses à cheveux, tu parles ! Et qui aurait un intérêt à voler tes livres alors qu'on les trouve en librairie ? Pourquoi prendre le risque d'entrer chez vous pour faire ce genre de choses ? J'ai quand même pris sa plainte, mais je dois t'avouer qu'elle est restée lettre morte.

Léane frissonna. Jullian n'était plus lui-même depuis la disparition de Sarah. L'alcool, le désespoir, leurs recherches vaines... Combien de fois avait-il parcouru les kilomètres de dunes, en long, en large, même des mois plus tard ? Combien de kilomètres carrés de fonds marins sondés ? Existait-il la porte d'une maison à Berck à laquelle il n'avait pas frappé ? Un habitant qui n'avait pas lu l'un de ses tracts imprimés du visage de leur fille ? Comment avait-il pu continuer à vivre dans cette maison où, six mois plus tard, ils avaient reçu une enveloppe contenant les cheveux de Sarah ? Où ils avaient appris, un an et demi après, que leur fille avait été l'une des victimes d'Andy Jeanson, sinistre voyageur en camping-car qui violait, tuait et enterrait ses victimes dans des forêts puis, comme si ça ne suffisait pas, envoyait des mèches de cheveux aux parents ?

Léane, elle, avait fui « L'Inspirante ». Ces journées à tourner en rond entre ses quatre murs, ces cauchemars d'enfance qui avaient ressurgi et la faisaient hurler la nuit, ces heures à passer devant la chambre de leur fille vide, à ne plus être capable de trouver la moindre idée de roman, à espérer des nouvelles de l'enquête, à se refaire le scénario de la disparition. Et à avoir peur de cette maison, surtout, à imaginer Jeanson tapi derrière les dunes, enfoui dans le sable, prêt à entrer dans l'habitation pour se glisser sous son lit. Une présence invisible qui l'effrayait, comme le Horla de Maupassant.

Alors elle était partie, et Jullian avait refusé de la suivre dans l'appartement parisien, il avait voulu attendre le retour de Sarah, persuadé qu'elle réapparaîtrait un jour. Il s'était enfermé dans ses obsessions, ne voulait pas croire que Jeanson avait tué Sarah comme les autres et l'avait enterrée, pas tant qu'il ne verrait pas le corps de ses propres yeux. Il n'avait plus travaillé que pour survivre, bu pour cacher la vérité et, le reste du temps, il avait cherché, sur Internet, dans des forums, sur les routes, il avait balancé les photos de Sarah sur tous les réseaux sociaux, les devantures des magasins, des pompes à essence avec l'espoir qu'on lui dise enfin « Je l'ai déjà croisée, oui » ou « Je sais où elle se trouve, elle va bien ». Le suicide de sa mère n'avait rien arrangé.

Quant à elle, une fois seule à Paris, l'inspiration était revenue : elle raconterait l'histoire d'un écrivain pervers, violeur, assassin, qui se ferait enfermer par une folle pour rédiger la fin de son livre. Et avant même d'en écrire la première ligne, elle en connaissait le titre : *Le Manuscrit inachevé*. Le livre était devenu l'un des best-sellers de fin d'année.

La voix de Colin la ramena à la réalité :

— Tu comptes rester un peu à Berck ?

— J'ai pris quelques affaires, oui.

— Et la promo de ton livre ?

— Le livre se vend bien. Il y a des choses plus importantes.

À la façon dont il la regarda, Léane put deviner qu'il le prenait plutôt comme une bonne nouvelle. Le docteur Jean Grzeskowiak arriva. La romancière le connaissait depuis longtemps : voilà quelques années, il lui avait fourni de la documentation au sujet des troubles de la mémoire et avait répondu à ses questions pour l'orienter dans l'écriture de l'un de ses romans. Il la salua d'une poignée de main chaleureuse.

— On va emmener votre mari pour une batterie d'examens supplémentaires, mais je sais que vous avez fait de la route, alors vous pouvez venir le voir cinq minutes. Il va s'en tirer.

— Ses blessures sont graves ?

— Physiquement, il s'en sort bien. Pas de fracture, mais des contusions importantes au niveau de la gorge ont provoqué un gonflement qui risque d'écraser sa voix et de rendre les conversations difficiles quelques jours encore. Rien d'irréversible, cependant. Côté crânien, et c'était notre principale crainte, on n'a pas détecté de lésions ni d'œdèmes. Ses réponses verbales et motrices sont plutôt rassurantes. On va vite réaliser d'autres tests pour vérifier qu'il n'y a pas de séquelles cérébrales. Il a quand même perdu connaissance après son agression.

Colin avait sorti son carnet.

— Il a été cogné par-derrière ?

— Je crois. À mon avis, on a essayé de l'étrangler, puis on l'a frappé sur le dessus du crâne. Il n'y a pas de perforation du cuir chevelu, et le choc est réparti sur deux ou trois centimètres, l'arme était donc plutôt quelque chose de contondant, genre batte de base-ball.

Chaque terme heurtait Léane. Elle éprouva une vive colère envers elle-même, elle imaginait son mari seul, inconscient au sol, alors qu'elle sirotait du vin blanc à trente euros la bouteille. Pourquoi n'avait-elle pas pris la route suite au message laissé sur son répondeur, deux jours plus tôt ? Pourquoi n'avait-elle pas senti l'urgence dans la voix ni le danger qui, peut-être, planait déjà autour de lui ? Qu'avait-il à lui apprendre au sujet de leur fille ?

Ils bifurquèrent dans le couloir. Devant la porte 222, Léane serra les deux poings contre son corps et entra. Jullian était allongé sur les draps dans un pyjama blanc, immobile, perfusé, le visage orienté vers le plafond, un gros pansement sur la tête. Il se tourna vers elle, l'œil droit boursouflé et rouge de vaisseaux sanguins éclatés. Ses cheveux avaient été coupés court.

Une chaleur de fournaise brûlait dans le ventre de Léane. Elle ne se trouvait pas face à un patient quelconque mais devant son mari, le père de Sarah, l'homme avec lequel elle avait passé presque la moitié de sa vie, celui qui avait supporté ses obsessions plus qu'elle n'avait accepté les siennes – ces longues semaines où elle s'enfermait dans une pièce et dans sa tête, sans parler, sans rire –, celui-là même qui, jour après jour, s'était éloigné d'elle. Elle se précipita et vint lui caresser la joue du dos de la main. Ses doigts tremblaient.

— Je suis là, d'accord ?

Il la scruta avec une forme manifeste de panique au fond des yeux et lâcha, d'une voix écrasée que Léane reconnut à peine :

— Qui êtes-vous ?

6

Parmi les cent vingt-sept victimes que Vic avait déjà affrontées sur les tables d'autopsie, il y avait eu soixante-douze hommes, quarante-trois femmes, onze enfants et un nouveau-né. Une montagne de stats lui encombrait l'esprit, comme le nombre de noyés, de brûlés, d'accidentés, de blonds, de bruns, de chauves ; il se rappelait les adresses de chaque victime, les lieux, dates de découverte des corps, le poids, la taille, les conditions météo et, le pire, les visages, morbide galerie d'yeux crevés, de nez fracturés, de joues fendues, verdâtres, bleuâtres ou juste grises. Ça ne le rendait pas malheureux, ni fou ni obsédé, ça le transformait juste en vieille armoire des affaires criminelles, et ça lui encombrait la mémoire.

Vic souffrait d'hypermnésie, une faculté de tout retenir ou, plutôt, de ne rien oublier. Sa capacité exceptionnelle de mémorisation avait longtemps constitué un atout. Dans la petite enfance, il avait lu, écrit, appris, calculé plus vite que n'importe quel enfant de son âge. Mais l'éponge dans son cerveau, d'abord toute sèche, avait trop vite gonflé. Ses parents, conscients de ses incroyables prédispositions, l'avaient inscrit à des clubs d'échecs, d'astronomie, à des leçons de violon et de piano, ainsi qu'à une école pour élèves précoces. Ils l'avaient abonné à des dizaines de revues, en science, en histoire, en géographie, lui avaient acheté des dictionnaires à Noël, s'étaient amusés à l'imaginer en chercheur réputé, Nobel de physique, pianiste prodige... Vic, lui, avait rêvé de jouer au foot, de courir avec ses copains, de faire des parties de cache-cache, mais on ne lui en avait pas laissé le temps. À 22 ans, il récitait le nombre Pi à mille quatre cents décimales après la virgule et remportait son premier concours sur la mémoire, au milieu d'adultes acharnés qui le percevaient davantage comme un adversaire que pour ce qu'il était : un enfant.

Tout était parti en vrille, surtout à l'adolescence. Il détestait les cours, ne pouvait plus voir une pièce d'échecs en peinture et se fichait de connaître la valeur de racine carrée de 2 au-delà de ce qu'une calculatrice était en mesure d'afficher. Il jouait Mozart, Schubert, Vivaldi sans être capable de lire une partition – juste des airs appris par cœur. La soif d'apprendre se tarissait, son cerveau manquait de place, d'oxygène, et Vic avait déjà plus de souvenirs que n'importe qui en fin de vie. On l'adorait – c'était une fierté d'avoir un ami capable de retenir un jeu de cinquante-deux cartes complet en moins d'une minute –, mais on le détestait plus encore. Jamais de normalité, d'équilibre. Il avait vécu ses premières relations amoureuses en accéléré, il avait su comment séduire, émouvoir, où frapper pour énerver ; il avait deviné les mensonges – des réponses différentes aux mêmes questions, à des mois d'intervalle. Si l'existence était composée de la somme de nos souvenirs personnels, alors Vic, lui, avait plusieurs existences. Ou aucune.

Il avait aimé son année à l'armée. L'exercice physique, la discipline, le maniement des armes, le même uniforme pour tous, le traitement d'égal à égal avec ses camarades qui ignoraient tout de lui. Les marches dans l'hiver et la boue, les pieds en sang. Sur le ring, à prendre des coups. Ce fut une révélation. Il ne serait pas chercheur en astrophysique mais servirait son pays, noyé dans la masse grise des uniformes. On lui parla du métier de flic dans sa chambrée, il fit vite son choix. Sa mémoire encyclopédique l'aiderait à résoudre des enquêtes, à traquer les criminels.

Trois ans plus tard, il sortait lieutenant de l'école de police de Cannes-Écluse et choisissait son affectation à Grenoble, là où il avait grandi. L'année d'après, ses parents avaient déménagé et n'étaient pas venus à son mariage. Ils avaient fait une croix sur leur fils, et « misérable » avait été le dernier mot qu'il avait entendu des lèvres de sa mère. Des années plus tard, Vic avait accepté de participer à une émission de télé sur la mémoire, avec l'espoir que sa mère et son père le voient, soient fiers de lui et renouent le contact. Après ses quatre-vingt-trois victoires d'affilée qui l'avaient porté au jour de ses 40 ans, il n'avait toujours pas reçu de coup de fil. Il perdit la partie suivante et retourna à ses cadavres.

Et, plus de vingt-quatre heures après sa découverte dans un coffre de voiture, le cent vingt-huitième macchabée l'attendait, sorti du frigo et allongé sur la table en acier, mordu par la lumière trop crue d'une lampe Scialytique.

Ophélie Ehre, l'une des légistes de l'IML de Grenoble, s'affairait déjà autour du corps lorsque V&V s'étaient présentés à l'accueil, aux alentours de 1 heure du matin. Pas une heure pour pratiquer une autopsie, mais l'accident de bus de Chamrousse avait été médiatisé, et au plus haut sommet de l'État. Le bus avait brûlé de part en part et digéré les corps. On avait exigé que les examens des cinquante-deux victimes – autopsies, ADN – priment sur les autres affaires, quelles qu'elles soient.

Ehre avait le nez protégé par un masque en papier.

— J'ai démarré sans vous. Pesée, rasée, j'ai commencé à ouvrir le crâne. Désolée, mais c'est mon septième client depuis 8 heures du mat et j'ai juste envie d'aller me coucher. Et pour l'autopsie de l'individu éclaté sur les rochers, ce ne sera pas avant deux ou trois jours, il y a encore du boulot avec Chamrousse.

— C'est moins urgent pour lui. On sait ce qui lui est arrivé, et il a seulement volé la mauvaise voiture.

Rose resterait donc au frais dans son tiroir. Les flics avaient consigné ses affaires – l'argent, le Beretta, le téléphone portable trouvé dans l'habitacle et un autre, au fond de sa poche – dans des scellés enfermés dans une armoire de la brigade. Pour le moment, Rose ne les intéressait pas, c'était surtout la victime du coffre et la recherche de l'inconnu de la pompe à essence qui retenaient l'attention des enquêteurs.

— Tant mieux. Bon, je vous explique. Nous avons là un sujet féminin, un mètre soixante-dix, type caucasien, environ cinquante-huit kilos. Blonde naturelle, cheveux courts. À vue de nez, une vingtaine d'années, l'anthropo sera sans doute plus précis. Vêtue d'une simple culotte et d'un maillot de corps blanc et sale. Aucune marque caractéristique qui pourrait permettre de l'identifier, ni tatouage ni piercing. Les boucles d'oreilles ont été ôtées il y a peu, les trous dans les lobes n'étaient pas rebouchés. Importante fracture à l'arrière du crâne, le sujet a été frappé avec un objet lourd et perforant, genre marteau, qui a entraîné une grave hémorragie dans la boîte crânienne. La peau du visage a été ôtée sur toute sa surface. On voit ici les marques de la découpe. On a dû s'y prendre avec un scalpel et dessiner un ovale autour du visage, passant par le front, les tempes, le menton, puis on a tiré comme je le fais pour les autopsies... Quant aux yeux, ils ont été enlevés avec doigté : énucléation, globe oculaire tranché net.

Vic s'approcha, le nez plissé. Le crâne avait été rasé et ouvert, mais la calotte était brisée là où on avait frappé. Vic chercha le cerveau et le repéra, posé sur le pèse-organes. À côté, les mains tranchées, deux vulgaires araignées blanchâtres qui donnaient l'air de vouloir vous sauter dessus. Il revint vers le cadavre.

— Rapports sexuels ?

— Je vous dirai ça dans une demi-heure. Il y a des marques d'entraves ici, sur la zone de coupure de cet avant-bras et là-bas, aux mains. J'ai également préparé quelques échantillons à faire partir pour la toxico. Cheveux, ongles, humeur vitrée, ça permettra peut-être d'en savoir un peu plus sur son régime alimentaire de ces dernières semaines et la présence de stupéfiants ou de médicaments dans son organisme. Mais va falloir attendre là aussi, une petite semaine, je dirai. Le labo est engorgé, avec Chamrousse.

Vadim ne bougeait pas, les mains dans les poches. Vic comprit qu'il avait plus froid encore qu'à l'extérieur. Les autopsies le dégoûtaient, mais qui pouvait prétendre aimer ça ? Et puis, cette victime était à peine plus âgée que leurs filles respectives. Coralie, comme Hélène, juste 16 ans, auraient pu être cette jeune morte.

Vic chassa vite cette idée insupportable et il vit, au visage de son partenaire, qu'ils avaient eu la même pensée. Seul un malade avait pu faire une chose pareille. La légiste les emmena à proximité des mains et désigna un trait d'encre bleu autour des poignets, juste au niveau de la tranche.

— On dirait qu'il a tracé ces cercles autour des poignets pour la précision de la découpe. Il les a suivis au millimètre près. (Elle montra une longue cicatrice sur le dos de la main droite.) Voilà une vieille blessure qui doit remonter à des années. Je vais faire partir tout ça chez l'anapath, il pourra nous en dire plus.

Ils retournèrent auprès du cadavre. La légiste pratiqua son incision en Y. Vic songea au taré qu'il fallait être pour ôter un visage, mutiler, torturer de la sorte. Il revit cet homme en casquette, engoncé dans sa doudoune, tranquille à la pompe. C'était cette banalité qui rendait certains de ces prédateurs si difficiles à appréhender. À l'instar d'Andy Jeanson, ils pouvaient être le voisin, l'ami, l'amant, et mener de parfaites doubles vies. Ouvrier le jour, bourreau la nuit.

Lorsque la médecin écarta les larges pans de chair de part et d'autre du sternum et des côtes, lui parvinrent des effluves qui semblaient contenir toute la pourriture du monde. Les cadavres étaient un peu comme les whiskys, aptes à dégager des odeurs variées en fonction de leur ancienneté, de l'environnement dans lequel ils avaient vieilli, de l'humidité de l'air… Vic s'écarta pour laisser la légiste officier. À la voir manipuler ses instruments et se déplacer de la table aux paillasses, il l'imagina en chef d'orchestre du macabre, en exploratrice de la mort devant laquelle les organes chantaient, les ligaments vibraient comme l'archet d'un violon. Ehre s'attarda sur les organes génitaux, qu'elle pesa et disséqua. Elle confirma la présence de matière lubrifiante, type préservatif. *On mutile mais on prend ses précautions*, pensa Vic avec horreur. Une caractéristique des tueurs organisés, ceux qui parvenaient à se maîtriser, malgré la montée en puissance de l'excitation et de l'envie de tuer.

Après l'examen, Ophélie Ehre recousit du mieux possible une enveloppe vide, une vulgaire poupée de chair qui allait finir au fond d'un tiroir coulissant, peut-être des années durant, le temps qu'on l'identifie, ou si l'ADN ne parlait pas. Vic observait les avant-bras tranchés. Pourquoi les avoir découpés ainsi et avoir désolidarisé le corps des mains ? Il fit plusieurs allers-retours entre la paillasse et la table, dubitatif, avec l'impression soudaine qu'un truc clochait.

— Vous avez un mètre ?

La légiste lui tendit un ruban souple.

— « Misdirection », tu sais ce que c'est ?

Ehre haussa les sourcils.

— Une technique d'illusionniste, qui consiste à focaliser l'attention de l'auditoire sur un point précis pendant qu'une autre action est en cours. Ça fonctionne parce qu'il est impossible pour un être humain de traduire avec précision l'intégralité des stimuli qu'il reçoit. J'ai l'impression que...

Vic mesura le diamètre du membre amputé gauche, puis sa circonférence, et fit de même pour les poignets des mains tranchées. Il fixa la légiste avec effroi.

— ... que c'est ce qui s'est passé ici. La misdirection. On a tous regardé ce corps, on lui a logiquement associé les mains sans faire attention, ce n'est pas notre faute, c'est... c'est notre cerveau qui nous joue des tours.

Vic s'empara des mains.

— Quand on observe bien, on se rend compte que ce ne sont pas les mêmes dimensions que pour les poignets, il y a plus d'un centimètre d'écart…

Il les positionna au plus près des bras tranchés. Ehre arracha son masque de papier dans un souffle, elle voyait soudain où Vic voulait en venir.

— Merde. Ce ne sont pas les siennes.

7

Sur la gauche, une statue aux airs de dieu grec fixait Vic de ses yeux de nacre. En retrait, un sanglier empaillé à la fourrure tachée de sang humain et, accolé à son flanc droit, une roue de camion, colossale, avec des éclats d'os incrustés dans le caoutchouc. Plus loin, des motos pulvérisées, des vélos tordus, des œuvres d'art emballées, protégées, numérotées à l'aide d'étiquettes jaunes. La mort rayonnait de chaque objet, dans des odeurs de cire, de poussière, de métal froid.

Après l'épisode de l'IML et un passage éclair par la brigade, Vic avait décidé de finir la nuit seul, dans l'entrepôt sécurisé des scellés de la police judiciaire, ces objets volumineux que l'on ne pouvait pas stocker dans des enveloppes, des boîtes ou des sacs. Chaque pièce sensible, quelle que fût sa taille, devait être gardée en lieu sûr au moins six mois après le verdict du procès. On se trouvait ici dans une espèce d'extension du cerveau de Vic : la mémoire des affaires criminelles.

D'abord surpris par sa visite, le gardien de nuit l'avait laissé entrer. Vic aimait travailler en équipe avec Morel mais il avait aussi besoin de tracer sa propre voie, surtout à 4 heures du matin. On lui avait souvent reproché ses virées en solitaire, son caractère un peu trop casanier pour un flic, mais cette solitude lui était nécessaire. Le calme, personne pour lui casser les oreilles ni encombrer plus encore sa mémoire. Et puis traîner ici lui évitait de rentrer dormir dans son clapier.

Sous l'éclairage de gros néons, il se dirigea vers le véhicule qui, deux jours plus tôt, avait heurté le parapet, provoqué la mort du jeune Quentin Rose et libéré l'enfer du fond de son coffre. La Ford gisait contre la paroi de droite, à une dizaine de mètres de l'entrée, et avait déjà été passée au crible par les équipes techniques.

Vic avait lu le rapport : les gars de l'Identité judiciaire avaient réussi à prélever un poil sur le tapis du conducteur et relevé des traces de sperme sur le volant, le tissu du siège et la poignée intérieure de la portière. Dans les laboratoires, on disposait donc du matériel génétique de l'homme à la casquette. Alain Manzato, leur chef, faisait le forcing pour obtenir les analyses ADN le plus vite possible.

Le coffre se révélait d'une propreté irréprochable, à peine moucheté de marques de peinture blanche. Les techniciens avaient relevé des traces de sang sur les serpillières humides et dans les seaux. Le flic se rappela la présence de produits ménagers et d'eau de Javel. Selon toute vraisemblance, leur homme avait nettoyé quelque chose, peut-être la scène de crime, et veillé à ne laisser aucune trace. Et la présence de chaux vive ainsi que la pelle indiquaient qu'il comptait sans doute enterrer le corps ailleurs. Un méticuleux. Le lieutenant resta là, penché, les deux paumes posées sur le pare-chocs arrière, encore sous le coup de leur découverte à l'IML deux heures plus tôt.

Les mains étrangères empaquetées, dans le compartiment du cric, signalaient l'existence probable d'une deuxième victime. Une autre fille, anonyme, qui n'existait que par ces mutilations, qui n'avait ni visage, ni taille, ni couleur de cheveux. Deux mains arrachées au néant qui changeaient la donne : leur homme avait tué et mutilé à deux reprises, au minimum. Ces victimes étaient-elles les premières ? Y en avait-il eu d'autres ? Vu les caractéristiques peu communes du crime, avaient-ils affaire à une série macabre ? Existait-il un autre Andy Jeanson dans la nature qui, lui aussi, enterrait ses victimes après les avoir violées et tuées ?

Le Voyageur avait-il fait des adeptes ?

Vic n'éprouvait aucune excitation, juste du dégoût et de la souffrance liés à son impuissance. Même s'ils finissaient par retrouver le criminel, rien ne pourrait ramener les victimes à leurs proches. Ces assassins abandonnaient un sillon d'acide pur partout où ils frappaient et, quand on en enfermait un, un autre prenait le relais, pire encore.

Il observa d'abord les plaques d'immatriculation en détail. Tordues, sales, anciennes ; les rivets en revanche étaient neufs. Il passa le doigt sur leurs contours et récupéra d'infimes particules de fer, à l'avant comme à l'arrière. Cette limaille résultait du perçage, seul moyen d'ôter sans dommages une plaque d'immatriculation. Pour Vic, à l'évidence le tueur faisait alterner la fausse et la vraie plaque. Les différentes marques d'usure sur le plastique du pare-chocs et autour des rivets le confirmaient. En temps normal, l'inconnu de la station-service roulait dans les règles, à bord d'un véhicule milieu de gamme, un modèle populaire. Les pneus en bon état témoignaient d'un entretien régulier. L'homme ne voulait aucun souci avec les forces de l'ordre. Un individu *lambda*.

Il fit le tour de la voiture défoncée sur la partie gauche, s'installa côté passager et referma la portière, frigorifié. En face, une sculpture de bronze aux arêtes saillantes et au visage aplati lui rappela une œuvre de Giacometti. Le fait qu'elle le fixe le dérangea et le ramena à sa condition : seul, paumé sous la tôle ondulée d'un entrepôt, pour repousser le moment de rentrer, sans femme ni fille qui l'attendaient.

Il sonda l'habitacle. Les voitures parlent pour leurs propriétaires. Si celle de Vic témoignait du chaos qui régnait sous son crâne et dans sa vie, celle-ci respirait l'ordre. D'ailleurs, les gars de la Scientifique n'avaient trouvé ni rognures d'ongles, ni cheveux, ni mégots ou chewing-gum écrasé. Cendrier vide, comme les poches latérales. Dans la boîte à gants, l'éthylotest, le triangle et le gilet jaune étaient encore emballés. Siège passager neuf, pas usé au niveau du dos ou de la tête. Aucun papier de bonbon ou d'emballage de biscuits, les ceintures arrière bloquées sous les sièges ne servaient jamais. Pas d'enfants.

En revanche, les techniciens avaient détecté des traces de solvant sur le volant – un peu comme les produits qu'on se passe sur les mains pour les nettoyer –, et, comme dans le coffre, d'infimes traces de peinture blanche sur les poignées des portières. Ils avaient aussi ramassé un ticket de péage entre les pédales : d'après les données, leur homme était entré sur l'autoroute au niveau de Chambéry, à 21 h 25, vingt minutes avant de se retrouver à la pompe à essence. Il avait donc roulé avec prudence, à une moyenne de cent vingt-cinq kilomètres par heure.

Vic photographia avec son téléphone la croix suspendue par sa chaîne en or au rétroviseur et songea aux traces de sperme détectées sur le siège avec le Crimescope. Il imagina le conducteur en train de se masturber face à Jésus. Il avait éjaculé dans la voiture, peut-être à la vue de ses futures victimes ? Ou avec l'idée qu'il les retrouverait le soir, après le boulot, pour les torturer ? Ça expliquait les vitres teintées : voir sans être vu et pouvoir s'adonner à ce genre de truc dégueulasse. Ses déductions le ramenaient au prédateur sexuel. Une pure machine à enlever, violer et tuer, une scorie de la nature comme il en existait des milliers dans le monde.

Vic avait lu quantité d'ouvrages de criminologie, il connaissait aussi par cœur le dossier Jeanson, géré par la brigade de Lyon, il savait que ce type d'individus, organisés et planificateurs, étaient les plus difficiles à interpeller, car ils se fondaient dans la masse. Mais une fois seuls, quand l'excitation montait, ils se transformaient en redoutable machine à tuer. Le Voyageur avait agi de la sorte pendant plus de deux ans, avant de commettre une bourde et de tomber dans les filets des collègues lyonnais.

Pourquoi le propriétaire de cette voiture coupait-il les mains et ôtait-il les yeux ? Que faisait-il du visage ? Était-il fétichiste ? Collectionneur ?

Il tourna la clé de contact et alluma l'autoradio. Il y avait un CD dans le lecteur. Une mélodie enlevée envahit l'habitacle : un concerto de Mozart. Vic ferma les yeux et visualisa la main droite du pianiste soutenue par la légèreté des violons. Comme la croix, cet étrange raffinement le surprit : le *Concerto pour piano n° 22*, troisième mouvement, était l'une des œuvres les moins connues du compositeur.

Avait-il affaire à un connaisseur ? Pourtant, les enceintes et le système autoradio n'étaient pas de bonne qualité et ne collaient pas avec l'exigence d'un mélomane. Vic détestait quand un détail clochait de cette façon. Son cerveau risquait de tourner en boucle toute la nuit.

Il augmenta le son, riva ses yeux sur l'imitation du Giacometti, alors que les instruments à cordes s'exprimaient jusqu'aux parois de l'entrepôt. Le tueur conduisait-il musique classique à fond ? Une idée lui traversa alors l'esprit : l'assassin avait peut-être chargé le corps et les mains dans le coffre, pris la route et enfoncé dans la foulée le disque dans le lecteur ?

Vic chercha le boîtier du CD, en vain. Il avait sans doute été éjecté hors du véhicule lors du choc, ou bien le tueur l'avait laissé chez lui. Il remit le disque au début et chronométra la durée de lecture jusqu'à l'*allegro vivace assai* du *Concerto pour piano n° 22*. Quarante-deux minutes environ.

Quarante-deux minutes… Il en avait fallu vingt pour aller du péage de Chambéry à la pompe à essence, d'après le ticket. Il en restait vingt-deux. Si la théorie de Vic se révélait juste, et si Rose avait coupé la lecture du CD juste après le vol, alors leur homme venait des proches environs de Chambéry, peut-être de l'un des innombrables bleds perdus dans les montagnes. Un gars du cru.

Vic estima que le véhicule lui avait livré ses secrets. Ils disposaient de l'ADN du meurtrier, de sa physionomie grossière, de sa voiture, et avaient une idée de son trajet, cette nuit-là. Si leur homme était intelligent – et Vic n'en doutait pas –, il savait tout cela, ne serait-ce qu'en lisant les journaux : on y parlait de l'accident de Rose et de la découverte du cadavre dans le coffre.

Ça le transformait en un prédateur traqué et dangereux.

Le policier remercia le gardien et sortit. Il se dirigea vers une zone commerciale, à un quart d'heure en voiture du centre de Grenoble. Les néons bleus et rouges des enseignes se répandaient en flaques diffuses sur l'asphalte, comme des morceaux d'aurore boréale tombés du ciel. Les rues, les magasins n'étaient que des tableaux fades. Les gens ne devraient pas sauter des ponts mais venir passer une nuit ici s'ils cherchaient à se suicider.

Il se gara sur le parking de l'hôtel et entra dans l'établissement bas de gamme, esprit Formule 1 des années 2000. Le gérant, une paille aux airs de lord anglais, soupira à sa vue. Il posa sa clé de chambre ainsi qu'une enveloppe sur le comptoir.

— Il y a votre femme qui est passée en soirée pour vous remettre ça. Et elle avait l'air furieuse.

Vic piqua un fard. Alors Nathalie savait qu'il créchait dans cet hôtel minable, avec douches et toilettes communes, vingt-deux euros la nuit, petit déjeuner compris. Depuis quand était-elle au courant ? Comment avait-elle su ? Il fixa le responsable avec une panique soudaine dans les yeux et l'incita à poursuivre.

— Elle a demandé, pour votre chien. J'ai dit que je ne savais pas, que… Enfin bref, vous inquiétez pas, il est toujours dans sa niche, bien planqué au fond de mon jardin. À ce sujet… les croquettes, j'ai dû en racheter un paquet, c'est pas donné, et…

Vic se prit la tête entre les mains.

— Oui, oui, je sais, j'ai encore oublié, je…

Il sortit un billet de vingt, le plaqua sur le comptoir.

— Merci, Romuald.

Il prit sa clé, son enveloppe et disparut dans le couloir, où il ouvrit le courrier. À l'intérieur, une simple feuille sur laquelle était inscrit, en lettres majuscules, « ENFLURE ».

8

Léane sursauta lorsqu'elle sentit la main sur son épaule. Elle émergea de sa somnolence et roula des yeux. Colin se tenait debout à ses côtés, le visage crayeux et fatigué. Jullian dormait d'un sommeil profond, juste à sa droite. Les bips lancinants des différents appareils, les ombres bleutées dans la chambre, les étoiles de givre accrochées à la fenêtre... Alors cette sale histoire d'agression n'était pas qu'un cauchemar de plus. Elle se massa la nuque dans une grimace.

— Quelle heure est-il ?

— 7 heures du mat.

Le policier ramassa une photo de Sarah, juste sous les pieds de Léane, et la lui tendit. Elle s'était endormie avec le portrait de sa fille entre les mains. Sur le papier glacé, abîmé à force de manipulations, Sarah souriait en tenue de sport, son bonnet vert et bleu, avec son gros pompon, enfoncé jusqu'aux yeux, ses doigts faisant le V de victoire. C'était la photo qu'elle avait envoyée le soir de sa disparition, la dernière image d'elle en vie dont Jullian s'était servi pour imprimer des milliers de tracts. Léane la rangea avec amertume dans son portefeuille.

— Allez, viens, dit Colin avec un mouvement de tête, je vais te raccompagner à la villa. Je veux m'assurer que tout va bien là-bas et que tu y seras en sécurité.

— Non, je préfère rester auprès de lui.

— Ils vont bientôt l'emmener pour de nouveaux examens, il y en aura pour plusieurs heures. Le médecin souhaite qu'il ne soit pas trop perturbé avant les tests, c'est important. Et puis, il faudrait te reposer un peu.

— Non, je reste quand même. Je vais attendre à côté de l'accueil.

Léane fixa son mari avec tristesse.

— Il ne l'a même pas reconnue... Sa propre fille. Il a tout oublié. Comment on peut oublier un drame pareil ? Un drame qui... te déchire au plus profond de toi-même ?

Elle embrassa tendrement son mari sur le front, elle avait mal pour lui, et elle était en colère. Qui avait pu l'agresser de la sorte ? Et pour quelle raison ?

Elle détacha l'un des doubles de clé de maison posée sur la table de nuit, sortit en silence et rejoignit le flic, qui essayait de la rassurer comme il pouvait.

— Jullian a reçu un violent coup sur la tête, ce n'est pas à toi que je vais dire que ce genre de perte de mémoire peut arriver. Au moins, il sait encore qui il est. L'amnésie n'est pas totale.

— Oui, mais ça peut durer des semaines, même sans traces visibles sur les scanners. Il est même possible que... que certains épisodes de sa vie ne lui reviennent pas. Que les souvenirs soient définitivement perdus.

— Les médecins prennent toujours des précautions et évitent d'être trop optimistes, tu sais bien.

— Je mourais d'envie de lui parler de la mort de Sarah, pour provoquer une espèce d'électrochoc. C'est horrible de le voir comme une enveloppe vide, lui qui s'est tant battu, qui n'a rien lâché. Comment je vais faire ? Comment on réapprend à quelqu'un à se souvenir d'événements aussi traumatisants ? Comment lui expliquer ce qu'a fait Jeanson à notre fille ? Ce... Ce n'est pas explicable.

Colin lui adressa un pâle sourire.

— Ce ne sont pas les meilleures circonstances pour un retour dans le coin, mais ça va te faire du bien de te poser un peu, au calme, loin du tumulte. Donne du temps au temps, et surtout laisse les médecins faire leur job, d'accord ? Jullian va s'en sortir, retrouver la mémoire, et tout va redevenir comme avant. Lui ici, toi à Paris. Normal, quoi.

Il y avait de l'aigreur dans sa voix. Il resta à ses côtés le temps des examens de Jullian. Quand le médecin vint à leur rencontre à la fin de la matinée, Léane n'en apprit pas beaucoup plus. Il fallait maintenant analyser les résultats et, surtout, laisser Jullian se reposer. Après le départ du praticien, Colin agita ses clés de voiture.

— Bon, je te suis. Sois prudente, le vent a chassé le brouillard, et ça souffle fort.

Léane eut l'impression d'un vide abyssal lorsqu'elle s'installa dans l'habitacle de son véhicule. Son mari amnésique, privé de ses souvenirs. Elle connaissait les mécanismes de la mémoire, elle avait écrit un roman six ans plus tôt autour d'une héroïne amnésique, agressée et violée. Les amnésies rétrogrades étaient la conséquence de chocs physiques ou psychologiques. Rouler à vélo, marcher, réciter ses tables de multiplication ou les noms des présidents de la République était un jeu d'enfant, mais se rappeler d'événements personnels relevait de l'impossible. Jullian ne se souvenait pas d'elle alors qu'ils se connaissaient depuis vingt ans. Elle n'avait vu briller aucun éclat dans son regard, juste deux morceaux de charbon froid. Il aurait suffi qu'elle enfile une blouse pour qu'il la prenne pour un médecin parmi d'autres.

Une étrangère.

Cette pensée lui fut insupportable. Jusqu'à quel point la mémoire de son mari était-elle brisée ? Que se passerait-il quand il apprendrait le malheur arrivé à leur fille ? Ressentirait-il des émotions ou resterait-il aussi indifférent que si on lui annonçait la visite de l'ambassadeur de Patagonie en France ?

Sa gorge se serra lorsque la silhouette du phare de Berck se plaqua contre son pare-brise et que la petite route cabossée en direction de leur villa se déroula sous ses roues. Cette ville ressemblait à un organisme en mutation, une dangereuse bête de conte fantastique. Léane ressentait désormais pire que la simple peur. Un empoignement viscéral, qui lui nouait les boyaux, comme chaque fois qu'elle voyait ce phare balayer de son faisceau la côte noire, doublait les camping-cars, imaginait les ombres le long des rochers. L'impression que cette ville elle-même était un parasite qui avait grandi dans son ventre, y avait pondu ses œufs infects. Elle revit la main noire d'Enaël Miraure remonter du fond de sa gorge et eut la nausée.

Des serpents de sable glissaient sur le bitume, s'enroulaient autour des nids-de-poule, les dunes se resserraient autour d'elle comme pour l'ensevelir, l'étouffer. Ce sable, encore et encore, comme craché des forges de l'enfer. Léane jeta un œil dans son rétroviseur pour s'assurer que Colin était toujours derrière elle. Le premier voisin habitait à plus de trois cents mètres, et vous pouviez hurler à la mort sans que personne vous entende.

La route se terminait en cul-de-sac devant « L'Inspirante ». Jullian n'avait pas mis le 4×4 dans le garage, un geste inhabituel pour lui qui était un maniaque de l'ordre.

Elle se gara derrière le véhicule et sortit, blottie dans son manteau. Colin fit de même et l'aida à porter ses bagages, courbé sous les rafales. Une avalanche de fragments de coquilles, de roches, de tout ce que l'érosion avait digéré durant des siècles fouettaient les lattes des volets et crachait un bruit semblable à un bâton de pluie. Une haleine saturée de sel et d'algues jaillissait du large, les râles perdus des vagues venaient agresser le flux naturel de l'Authie. Les sons, les odeurs… Léane sentait déjà les mauvais souvenirs refluer, elle grimpa vite les marches en teck et glissa sa clé dans la serrure, qui résista.

— Mince, il a changé la serrure, on dirait.

— Sûrement à cause du cambriolage.

— J'ai pensé à prendre sa clé sur la table de nuit, je vais essayer.

Elle la piocha dans sa poche, souffla entre ses mains gelées et tenta : ça fonctionnait. Au moment où elle ouvrit, cinq bips retentirent, puis une alarme lui déchira les tympans. Mains sur les oreilles, Léane aperçut une console blanche bardée de boutons. L'écran réclamait un code. Elle essaya quatre ou cinq combinaisons, en vain, avant de ressortir : vu la puissance sonore, il était impossible de rester à l'intérieur.

Ils se réfugièrent dans la voiture de Colin, qui terminait une conversation téléphonique.

— J'ai appelé le numéro noté sur le boîtier de l'alarme. Un type de l'agence de surveillance était déjà au courant et va arriver d'ici à dix minutes.

Il fit tourner le moteur pour allumer le chauffage.

— Sinon, du côté de l'enquête, on a contacté le fournisseur d'accès du téléphone de ton mari et décortiqué le relevé qu'il nous a fourni pour ces trente derniers jours. Pas grand-chose à dire, mais il y a quand même eu un étrange coup de fil passé vendredi dernier. Jullian a appelé un psychiatre de Reims et a effacé l'appel de son historique, c'est pour ça qu'on n'a rien au départ.

— Un psy, à Reims ?

— Oui. J'ai pu le joindre, il s'appelle John Bartholomeus. Il m'a juste dit qu'il n'en savait pas plus : Jullian voulait un rendez-vous pour ce matin. Mais il n'y est pas allé, et pour cause...

— Jullian, consulter un psy ? Et quand bien même, pourquoi aurait-il pris un rendez-vous aussi loin ?

— C'est sûr, vu la distance, je doute que ton mari ait sollicité une séance pour un problème d'ordre psychique. Mais Bartholomeus est aussi expert psychiatrique auprès des tribunaux. Il se déplace un peu partout en France quand c'est nécessaire. J'ai demandé à tout hasard s'il travaillait sur le dossier Jeanson, ce n'était pas le cas. Mais il y a peut-être un truc à creuser de ce côté-là, je m'en occuperai.

L'alarme continuait à hurler. Léane se demanda à quoi elle pouvait servir : personne ne l'entendait et, en dix minutes, il pouvait s'en passer, des choses. Toujours est-il que le type de l'agence de surveillance finit par débarquer. Colin montra sa carte de police, Léane assura être la propriétaire des lieux, papiers d'identité à l'appui, et expliqua que son mari était absent, sans donner davantage de détails. Le technicien n'avait pas l'air trop tatillon, il mit fin aux hurlements en moins d'une minute. Léane et Colin purent se mettre à l'abri. Elle secoua ses vêtements persillés de sable.

— Depuis quand il y a une alarme ?

— Des techniciens de l'agence l'ont installée il y a environ deux mois à la suite d'un cambriolage. C'est le haut de gamme. Toutes les issues sont munies de capteurs, impossible d'entrer là-dedans sans déclencher le système. Je vais vous donner le nouveau code pour activer ou désactiver, c'est 2882.

Léane nota l'information sur son téléphone.

— Pourquoi un nouveau code ? Vous devez le changer à chaque intervention ?

— Non, c'est à la demande de M. Morgan, après les faits de la nuit dernière.

— Qu'est-ce qui s'est passé, hier dans la nuit ?

— L'alarme s'est déclenchée, il était... environ 1 heure. J'ai appelé sur le portable de M. Morgan dans la minute. Il a répondu et a annoncé que l'alarme s'était mise en route quand il est entré. Je lui ai demandé son nom et le mot de passe comme l'exige la procédure, mais il a dit ne plus se souvenir ni du code de désactivation ni du mot de passe. Il avait l'air... plutôt guilleret.

— Il avait bu ?

— Oui, et pas qu'un peu. Alors je me suis déplacé pour constater que tout allait bien.

Colin avait sorti son carnet, les sourcils froncés. Léane, elle, se frottait les épaules. Malgré la chaleur dans la maison, elle n'arrivait pas à se réchauffer, les événements étranges s'enchaînaient plus vite que dans ses thrillers.

— Et c'était le cas ? Pas de pépin particulier ?

— Non. M. Morgan revenait sans doute d'un bar de Berck. Les issues étaient intactes, j'ai fait le tour des installations, rien ne clochait. M. Morgan a demandé que je change le code avec le nouveau numéro qu'il m'a fourni, 2882. Il a signé un papier, avec bien du mal, puis je suis reparti. Vous voulez que je vérifie la maison ?

— Ça va aller.

Après avoir demandé une signature sur un document d'intervention, le technicien expliqua à Léane le fonctionnement de l'alarme. Au moment où il regagnait sa voiture, la romancière se précipita et s'enquit :

— Au fait, c'était quoi, le mot de passe qu'il aurait dû vous donner au téléphone ?

— « SarahPoussin ». Il a repris le même, c'est celui-là que vous nous fournirez en cas de problème.

Quand il fut parti, Léane lorgna autour d'elle, les yeux plissés. Le sable étincelait et s'envolait de la dune, comme une poignée de poussière d'or soufflée par un géant. Elle retourna dans la maison avant de refermer la porte à double tour.

Entre-temps, Colin avait fait un bref état des lieux du rez-de-chaussée.

— Tout a l'air en ordre. Tu devrais rentrer les voitures si tu veux être capable de redémarrer demain. Quelle plaie, ce sable ! Rien que pour ça, et si j'en avais les moyens, je n'achèterais jamais ta maison.

— « L'Inspirante » n'est pas à vendre, de toute façon. Bon, je vais aller voir dans le congélateur. Il y aura bien une pizza qui traîne. Ça ira ?

— Parfait.

Les pièces lui parurent trop vastes, trop vides en comparaison de son appartement. On devinait la présence de Jullian par touches subtiles – une veste abandonnée sur un fauteuil, une paire de chaussures sur un tapis, ses DVD de la danseuse de flamenco Sara Baras, en tas sur la table – mais pas de désordre, de chaos comme elle aurait pu s'y attendre. Elle se rendit compte à quel point « L'Inspirante », cette maison qui lui avait tout donné et tout pris, lui était désormais étrangère.

Elle réchauffa une pizza au micro-ondes et revint vers Colin. Il lisait la notice de l'alarme, appuyait sur des boutons. Elle lui tendit son assiette.

— Laisse, je m'en occuperai plus tard.

— Je veux être certain que tu seras en sécurité.

— T'inquiète… Les serrures ont été changées, et il y a cette sirène infernale qui découragerait même un sourd.

Ils mangèrent dans un silence qui fit du bien. Léane était de retour chez elle, dans cette villa sublime qu'elle n'arrivait plus à aimer.

— Merci, Colin. Pour tout.

— Il n'y a pas de quoi. Tu sais, à peine en congé, et je commençais à m'ennuyer.

— Ah, parce que tu…

— Pas de problème, je ne descends pas chez mes parents avant le 30, pour le Nouvel An. Je me demandais déjà comment j'allais occuper mes journées. Je n'ai pas l'intention de laisser une telle agression impunie.

Léane lui adressa un sourire. Il fallait être aveugle pour ne pas voir que Colin en pinçait pour elle, et ce depuis qu'il était arrivé dans leur vie, à la disparition de Sarah. Léane s'était abandonnée dans ses draps, une nuit, juste une nuit de désespoir. Puis elle avait lu la tristesse dans ses yeux lorsqu'elle avait annoncé son départ pour Paris et qu'elle ne reviendrait plus dans cette maison. Dans la capitale, elle disparaissait *ad vitam aeternam*. À Berck, elle se tenait au bras de Jullian, mais elle était là, accessible, même en rêve.

Léane voulut mettre fin à ce léger malaise qui s'insinuait entre eux. Elle se dirigea vers la bibliothèque, un ensemble de niches creusées dans la pierre au bout du salon. Sur la gauche, une grande fenêtre donnait, par temps clair, sur une partie de la baie, sa mer grise et moirée quand le soleil pointait le bout de son nez. Léane appuya sur un bouton qui fit descendre tous les volets et inspecta les étagères.

— Je gardais quatre exemplaires de tous mes romans. Il n'en reste plus que trois de chaque. Je crois que Jullian avait raison, quelqu'un est entré ici.

Colin prit un cadre posé à côté de la bibliothèque entre ses mains. Dessus, une photo de Jullian dans une tenue de pêcheur, ciré jaune, bottes en caoutchouc, en train de ramasser des moules.

— Ou alors c'est Jullian qui les a rangés ailleurs ? Peut-être qu'il a voulu relire tes livres ?

— Il n'y a pas que l'agression, Colin, il se passe des choses étranges. Jullian utilisait le mot de passe « Sarah-Poussin » partout, pour son ordinateur, ses comptes Internet… Même en ayant bu, comment il a pu l'oublier, c'était le surnom qu'il donnait à notre fille ! Et pourquoi il n'a pas pu se rappeler le code de l'alarme non plus ?

— L'alcool peut jouer de sales tours. Je crois que tu ne mesures pas à quel point Jullian avait sombré.

Il remit le cadre à sa place et consulta sa montre.

— Déjà 15 heures… Je vais me mettre en route. Je ne me suis pas posé depuis hier midi, mon chat ne doit plus rien avoir à manger et, quand il ne mange pas, il fait des dégâts. Ça doit être des espèces de crises de jalousie ou je ne sais pas quoi, faudrait que je voie avec un véto.

Il prit les clés du 4×4 sur un meuble.

— Allons rentrer les voitures, avant.

Léane descendit au sous-sol par un escalier se trouvant au bout du couloir et remonta la porte de garage. Colin avait déjà démarré le 4×4 de Jullian, qu'il rangea à proximité des vélos. Léane fit les manœuvres avec sa petite citadine. Une fois les deux véhicules à l'abri, elle referma le garage. Lorsqu'elle arriva en haut de l'escalier et se retourna, Colin n'était plus derrière elle.

— Colin ?

Pas de réponse. Elle redescendit une marche.

— Colin ?

— Je suis là... Je... Viens voir. J'ai découvert quelque chose.

Son ton était grave. Léane sentit le stress monter. Qu'allait-il lui apprendre, encore ? Quelle nouvelle bizarrerie ? Elle aperçut sa chevelure ébouriffée et un peu clairsemée dépasser du coffre ouvert du 4×4. Colin prenait des photos avec son téléphone portable, le visage fermé.

— J'ai voulu jeter un œil au coffre, juste au cas où.

La romancière s'approcha et plaqua ses mains contre son visage. Elle avait sous les yeux une suite de lettres grossières, inscrites sur la partie intérieure et métallique du coffre, autour de griffures d'ongles. Quelqu'un avait gratté là-dedans, quelqu'un qui avait voulu sortir à tout prix.

Les lettres de sang formaient un mot, un mot qui s'abattit sur la conscience de Léane comme un coup de massue.

« VIVANTE ».

9

Léane était passée de la tisane au whisky, assise sur le canapé, sous le choc de leur découverte. Une image effroyable, incompréhensible, la hantait : Sarah, enfermée dans la voiture de Jullian, à gratter la tôle, à essayer de griffonner un message avec ses doigts ensanglantés. Elle fabulait : Sarah avait disparu depuis quatre ans et était morte, assassinée comme les autres par Andy Jeanson. Morte !

— Tout ce qui est en train de se passer, ce n'est pas possible, Colin. Tu as vu mon mari se détruire à rechercher notre fille. Des années à ne plus exister autrement que dans l'espoir de la retrouver. Il n'y a pas trois mois, il était encore aux portes du commissariat de Lyon pour essayer de récupérer des éléments du dossier Jeanson. Mais ce mot écrit avec du sang, ces griffures… Quelqu'un était enfermé dans le coffre de SA voiture et c'est récent, parce que je l'aurais vu quand je vivais encore ici, sinon. Une femme qui s'est écorché les doigts et qui a choisi ce mot. Elle n'a pas choisi « à l'aide », ou « au secours », mais « vivante ».

Colin gardait un calme de statue, penché vers l'avant, en pleine réflexion, enfermé dans un silence de plomb qu'il finit par briser :

— Il va falloir manœuvrer avec habileté. L'agression de ton mari a permis d'ouvrir une enquête judiciaire qui nous donne pas mal de possibilités. Je vais faire passer des analyses ADN de ce sang sur le compte de l'instruction. Je vais récupérer un échantillon de celui de Jullian à l'hôpital, ça t'évitera la prise de sang et on pourra faire un test de filiation entre son ADN et celui du coffre.

Léane acquiesça. Le phrasé monocorde et procédural du policier la heurtait.

— Pourquoi tout ça, alors qu'il te suffit de comparer l'ADN du sang du coffre avec le profil ADN de Sarah dans le fichier des empreintes génétiques ?

— Je ne veux pas que le dossier nous échappe de nouveau. Une requête dans le FNAEG[1] sur le profil de Sarah va attirer l'attention des flics lyonnais et les faire débarquer ici, je n'ai pas envie de ça. Tant qu'on peut gérer cette affaire comme ce qu'elle est, c'est-à-dire une agression, on gardera la main. La voiture est liée à ton mari, c'est justifié que je fasse ce genre de requête auprès du juge.

Léane fit rouler son verre entre ses deux paumes ouvertes. Colin avait peur de se faire piquer l'affaire. Elle fixait le tas de cendres, dans l'âtre de la cheminée.

— Si tu penses que... que le sang pourrait appartenir à Sarah, ou qu'elle pourrait avoir elle-même écrit ce message, c'est que... que tu crois encore, quatre ans après, que Jullian pourrait être mêlé à ça ? Et que tout le monde se goure avec Andy Jeanson ? Mais enfin, Colin, tu te rends compte ?

— Il y a du sang dans le coffre de la voiture de ton mari, je me dois de considérer l'ensemble des possibilités.

Il s'enfonça dans le fauteuil, une main posée sur son crâne comme un vieux penseur.

1. Fichier national automatisé des empreintes génétiques.

— Écoute... J'ai eu le temps de ruminer ici, tu sais, pendant toutes ces années. Il n'y a rien à faire à Berck l'hiver, hormis cogiter. Alors j'ai cogité, je me suis posé des questions. Jour après jour, <u>ressasser</u> les éléments de l'enquête. Mais quand on n'est qu'un petit flic de province comme moi, c'est difficile d'avancer, parce que tu n'as pas accès aux arcanes du dossier et que, même au cœur de l'affaire, tu en deviens presque étranger. Quand tu demandes à lire des choses, ou que tu exposes tes théories, on te fait comprendre que tu ferais mieux de continuer à gérer tes petits accrochages entre alcoolos, au fin fond de ton bled paumé. Ces mecs de la Crim de Lyon, là, ce ne sont pas les plus sympas de la Terre.

Il sortit son carnet et l'agita devant lui.

— Alors, faut y aller à la débrouille, faire des trucs dans ton coin, récupérer les infos par des voies détournées. C'est le même carnet depuis quatre ans. Dédié à... à ta famille. Tout y est, mes remarques, la chronologie de l'affaire. Tu ne peux imaginer combien de fois je l'ai relu, combien de fois j'ai repensé à chaque élément en notre possession. Tu veux mon sentiment, aujourd'hui ? Il y a des choses bizarres autour de Jeanson et de la disparition de ta fille.

Entendre ces mots de la bouche de Colin lui procura un nouveau frisson. Jamais il n'était allé à l'encontre d'une décision, et l'aurait-il pu ? Il le disait lui-même, il n'était personne.

— Explique.

— Tu es prête à entendre encore l'histoire ? À la reprendre depuis le début, tout ce qu'on sait depuis cette fameuse nuit où Sarah a disparu ? Et... Enfin, tous ces détails sordides, ce n'est pas simple, je ne voudrais pas que tu...

— Ça fait quatre ans. Avec Jullian, on a affronté l'horreur et je suis prête, Colin. Je sais ce que Jeanson a fait à ma fille, aux autres kidnappées, j'essaie d'apprendre à vivre avec. Je sais quel monstre il est. Alors, allons-y.

10

Leur conversation et les pages griffonnées du carnet de Colin ramenèrent Léane à ses souvenirs douloureux. La soirée du 23 janvier 2014 s'imposa à elle comme si c'était la veille. Elle se rappelait sa promenade sur la plage déserte à chercher une idée de livre qui ne venait pas, le clapotis des vagues, la fuite des crabes dans les rochers après leur longue ligne droite sur le sable mouillé, le brouillard arrivé en rouleaux épais par la mer. Elle avait reçu le message et le selfie de Sarah un peu avant 17 h 30, alors qu'elle atteignait le block-haus situé dans la partie sud de la baie, à environ un kilomètre de la villa. À 19 h 45, elle avait cherché à joindre Jullian sur son portable, inquiète de l'absence de leur fille plus de deux heures après son départ, et lui avait laissé des messages à maintes reprises. Il n'avait répondu qu'aux alentours de 20 h 30, prétex-tant avoir travaillé tard dans la crypte de la basilique Notre-Dame de Boulogne-sur-Mer, à quarante kilo-mètres de là.

— On n'a pas tardé à découvrir que Jullian avait menti. Pendant que ta fille disparaissait, il n'était pas au travail, mais avec Natacha Dambrine, sa supérieure, architecte du patrimoine. Il a mis du temps à avouer la vérité et a bien failli aller en prison pour une histoire de cul.

Léane but une gorgée d'alcool. Elle se rappelait les accusations, insupportables, à l'encontre de son mari, et comment Jullian avait été pitoyable quand il avait dû reconnaître son adultère devant elle et les flics. La honte qui l'avait écrasé, sa descente aux Enfers juste après. Et elle qui n'avait rien vu, absorbée par sa recherche d'idées pour un livre qui allait devenir, quatre ans plus tard, *Le Manuscrit inachevé*. Malgré la colère, la déception, elle l'avait soutenu et était restée à ses côtés : seule la disparition de leur fille comptait. Mais le ciment de leur couple s'était effrité.

— L'alibi de ton mari tient en trois points : un, la parole de Dambrine. Deux, l'existence de leur petite niche douillette qu'on a découverte dans la tour du fort d'Ambleteuse. Trois, la localisation de son téléphone qui indiquait bien une position GPS à Ambleteuse, à soixante bornes d'ici, au moment de tes appels signalant le retard de Sarah.

Pas besoin d'être devin pour voir que Colin, même s'il ne le montrait pas de manière frontale, détestait Jullian.

— La piste de ton mari est abandonnée par la PJ. Il aurait fallu être aussi tordu qu'un personnage de tes livres pour enlever sa propre fille en laissant son téléphone portable dans le fort d'Ambleteuse afin de simuler une présence là-bas, entraîner sa maîtresse dans le mensonge et donc la rendre complice.

— Jullian adorait Sarah, jamais il ne lui aurait fait le moindre mal. C'est mon mari, et ce n'est pas envisageable.

— Il y a un tas de raisons qui font qu'on peut faire du mal à quelqu'un, même en l'adorant. Mais passons, de toute façon, on n'a pas trouvé de faille, de preuve allant à l'encontre de leur récit de ce soir-là. Dès lors, l'enquête s'est résumée à du brassage de vent. Pas de témoin, pas de suspect, pas de mobile, un néant de six mois, jusqu'à ce que vous receviez cette mèche de cheveux postée dans la Drôme, le 20 juillet 2014. L'information circule dans les fichiers de la police et remonte à l'équipe de la Crim de Lyon : ils enquêtent depuis un an et demi sur trois disparitions. La première à côté de Villefranche-sur-Saône en janvier 2013, la deuxième à Arcachon en juillet de la même année, la troisième à Gap en novembre. Le seul point commun qui relie l'ensemble et qui en fait une seule affaire, c'est la mèche de cheveux, envoyée par courrier, quelques mois après l'enlèvement, au domicile des victimes…

Léane fixait un point sur la table basse. Le moment atroce où elle avait ouvert l'enveloppe et découvert les longs cheveux blonds resterait gravé dans sa mémoire jusqu'à la fin de ses jours. Jullian, à bout de forces, s'était effondré et avait dû être emmené à l'hôpital.

— Et c'est là que celui qu'on ignore encore être Andy Jeanson entre en piste…

— Oui. Des filles jeunes, jolies, qui disparaissent sans laisser la moindre trace. On suppose que le criminel réussit à entrer chez certaines victimes, mais il n'y a jamais d'effraction. Les lieux des enlèvements sont éloignés les uns des autres, les lettres sont postées dans des villes différentes, mais les cachets de la poste indiquent toujours le même département, la Drôme, là où habite vraisemblablement le kidnappeur. Et surtout, il y a les mèches de cheveux, qui relient sans ambiguïté les quatre disparitions…

Il écrasa son index sur un chiffre noté au beau milieu d'une page.

— Cinq cent douze. Il y a quand même un flic qui a eu l'idée de les compter, ces cheveux, et de découvrir qu'il y en avait cinq cent douze chaque fois. Pas un de plus, pas un de moins. Cinq cent douze cheveux pour chaque mèche envoyée. Notre kidnappeur fait dans le détail. Les policiers essaient de dresser un profil et pensent à un prédateur migrateur, un type qui voyage mais qui a un point d'attache dans la Drôme. Un tueur qui se poste quelque part et frappe dès qu'il en a l'occasion. D'où son surnom, « le Voyageur ». Et tout ça nous ramène à l'aire des camping-cars, à cinq cents mètres d'ici... Et une hypothèse prend forme : et si le kidnappeur de Sarah stationnait en camping-car à Berck parmi les quelques personnes présentes, la nuit de sa disparition ?

Il tourna la page de son carnet. Il connaissait l'affaire par cœur, bien sûr, mais sa propre écriture l'aidait à retrouver un moment précis, un lieu, une atmosphère.

— On va y revenir, à ces camping-cars. Poursuivons. En 2014 et 2015, cinq autres filles disparaissent après Sarah. Elles habitent Saint-Malo, Toulon, Trappes, Vannes et Creil, ce qui porte le nombre de disparues à neuf, en comptant ta fille. Neuf jeunes femmes sans histoires, bien intégrées, dont plus personne n'a jamais eu de nouvelles. Fin 2015, c'est le tournant. Une autre affaire. Laure Bourdon, 22 ans, disparaît à Marseille. Deux jours après son enlèvement, elle parvient à s'échapper du camping-car où son kidnappeur la retient, alors qu'il s'est arrêté en pleine campagne suite à une crevaison. Elle court sur la route, une voiture la récupère et le chauffeur a le réflexe de noter le numéro de la plaque d'immatriculation du camping-car. La police interpellera le conducteur de l'engin quelques heures plus tard, à un péage.

— Andy Jeanson, 45 ans.

— Oui, un chef de chantier au chômage, obsédé par les casse-tête, les problèmes de logique. Le chiffre 2 et ses multiples, ainsi que des coups de parties d'échecs noircissent les murs de sa chambre, dans sa maison située près de Lyon. Des centaines de constructions en métal, en bois, des cadenas à chiffres encombrent des pièces entières. Un vrai taré. L'affaire est d'abord gérée par la gendarmerie, mais les flics de Lyon ne tardent pas à être mis au courant de ce dossier et sont persuadés de tenir enfin le kidnappeur, l'homme invisible qui leur donne du fil à retordre depuis trois ans... Andy Jeanson.

Léane avait croisé les yeux noirs d'Andy Jeanson une seule fois, lors de la reconstitution de l'un des enlèvements à Villefranche-sur-Saône. Un rideau de policiers les avait séparés du tueur, son mari et elle, et avait fini par les emmener à l'écart parce que Jullian, devenu incontrôlable, avait voulu se jeter sur Jeanson. Le tueur les avait considérés avec une absence totale d'émotion. Pas la moindre compassion derrière sa moustache grise et ses yeux éteints.

Colin revint avec deux verres d'eau et but le sien cul sec, avant de poursuivre :

— ... Problème : Jeanson ne livre pas toute la vérité, il dilue ses informations au compte-gouttes. Il ne nie pas les neuf enlèvements mais, dans les premières semaines de détention, ne révèle pas l'endroit où se trouvent les corps. Mais même sans ces corps, il n'y a aucun doute, c'est bien lui. Les enveloppes trouvées dans le tiroir d'un meuble de sa maison sont les mêmes que celles contenant les mèches de cheveux reçues par les proches des victimes. Son camping-car regorge, dans des compartiments cachés qu'il a fabriqués lui-même, d'entraves, de rouleaux de ruban adhésif, de sédatifs et drogues en tout genre, et on découvre une cache astucieuse sous le lit, de la taille d'un corps, servant à y enfermer ses victimes.

Léane se tourna vers les volets fermés, écouta le sable frapper les lattes, imagina l'obscurité, à l'extérieur, et les ombres qui s'y tapissaient.

— ... Depuis les barreaux de sa prison, il finit par parler. Il indique, après trois mois d'incarcération, l'emplacement de trois cadavres dans des forêts de montagne, dans les Alpes. Ce salopard emmène les flics sur les lieux et leur donne les coordonnées GPS exactes des tombes. À cause...

Il hésita. Léane lui signifia d'un geste qu'il pouvait poursuivre :

— Je te l'ai dit, je peux entendre, Colin.

— Très bien. À cause de leur état de dégradation dû à l'humidité des sols et à la chaux vive, les corps sont impossibles à identifier, mais l'ADN parle et révèle que ce sont ceux des première, troisième et septième filles kidnappées. Jeanson revendique les viols et les mutilations, il donne tous les détails avec une jubilation à faire vomir. Voici son mode opératoire : il garde ses victimes quelques jours dans son camping-car, les force à des actes sexuels, avant de les tuer à mains nues, la plupart du temps, en les étranglant ou en les frappant à la tête pendant leur sommeil. Puis il s'en débarrasse dans la nature, les enterrant profondément, les saupoudrant de chaux vive qu'il achète dans des magasins de jardinage à droite, à gauche, pour ne pas se faire repérer. Une ordure qui se complaît dans ses explications et qui aime jouer avec la police.

Léane inspira bruyamment. Quand Jeanson avait été arrêté, elle avait voulu savoir, tout connaître du calvaire de sa fille, affronter la bête, comme Jullian, comme les autres parents. Les flics n'avaient pas réussi à leur cacher la vérité.

— Du fond de sa prison, il se souvenait au chiffre près des coordonnées GPS de chaque corps.

— Oui. Et, jusqu'à ce jour, il a livré l'emplacement de huit des neuf corps, la dernière révélation remontant à plus d'un an. Il lui reste une victime à livrer, et c'est Sarah…

Léane baissa ses yeux qui s'embuaient. Elle aurait tout donné pour savoir comme les autres parents. Être fixée, une fois pour toutes. Mais il fallait des derniers, et c'étaient Jullian et elle qui souffriraient jusqu'au bout, jusqu'à ce que ce salopard se décide à parler.

— … Il donne les emplacements dans le désordre. Il brouille les pistes, il s'amuse. Il aime attirer toute l'attention sur sa personne, alors il fait durer les révélations, un jeu de plus pour lui, une façon de se distraire derrière les barreaux et de revivre ses fantasmes. Chaque révélation est un moyen pour lui de sortir prendre un bon bol d'air dans la nature. Quand tu penses que cette ordure de tueur en série reçoit des lettres de femmes de tous âges fascinées par lui… Tout ça me dégoûte.

Une grimace vint appuyer ces mots.

— À son domicile, on n'a pas retrouvé la moindre trace des filles, il ne les y emmenait jamais. Il était soigneux, nettoyait souvent son véhicule. Les techniciens de l'Identité judiciaire n'ont pas grand-chose. Ce fumier est une vraie savonnette, qui sait se montrer impassible quand tu plantes devant son nez les photos des disparues. C'est comme s'il livrait un énième problème à résoudre aux enquêteurs. Ça fait presque deux ans qu'il est enfermé, et son procès n'est pas près d'avoir lieu, vu la complexité du dossier. Mais pourquoi ne révèle-t-il pas où est Sarah, alors qu'elle fait partie des premières disparues ? Pourquoi toutes les autres, et pas elle ?

Il referma son carnet d'une main et fixa Léane d'un air sombre. Elle faisait tournoyer le fond de son verre, incapable d'oublier les traces de griffes dans le coffre du 4 × 4. Le message téléphonique de Jullian l'obnubilait. « Il faut que je te parle de Sarah. J'ai découvert quelque chose de très important. »

— Je ne devrais peut-être pas te dire ça, mais avec la découverte du coffre... Tu sais, il n'y a qu'un seul vrai élément qui relie en définitive Sarah à Jeanson, c'est cette mèche composée de cinq cent douze cheveux. C'est un lien solide qu'on ne peut pas remettre en question. Mais est-ce que ça fait du tueur en série le coupable à coup sûr ? N'importe qui au courant de l'histoire des cheveux et de la disparition aurait pu vous envoyer le courrier. Et il y a du monde. Des flics, des juges, des proches des victimes...

— T'es en train de me dire que l'un d'eux pourrait avoir fait une chose pareille pour faire porter le chapeau à Jeanson ?

— Pourquoi omettre cette piste ? Un kidnappeur qui n'a rien à voir avec Jeanson, qui détient Sarah, coupe une mèche de cheveux, vous l'envoie, et le tour est joué. Il y a eu quelques fuites, des gens pouvaient savoir. Ça expliquerait que Jeanson n'ait pas encore révélé l'emplacement du corps : il ne sait pas. Tu écris ce genre d'histoire tordue dans tes bouquins. Tu es mieux placée que quiconque pour savoir que l'imagination de certains individus en matière criminelle est sans limites.

Léane lança un regard vers la bibliothèque.

— Et donc, tu mets Jullian dans le lot... Toujours ces soupçons sur lui... Non, non, ça ne fonctionne pas, il ne pouvait pas savoir pour les cheveux avant qu'on reçoive la mèche. Il n'est jamais allé à Valence ou je ne sais où pour poster ces fichues lettres. Jeanson connaissait cet endroit, il est venu ici, à Berck. Il a décrit Sarah comme il a décrit les autres victimes, il a parlé de la baie, des dunes, de la maison. Comment tu l'expliques ?

— Je n'accuse pas Jullian, qu'on soit bien clairs. Je dis juste que Jeanson est peut-être étranger à tout ça. Tu sais comment se passe un interrogatoire de police. On essaie de pousser les suspects dans leurs retranchements pour qu'ils avouent, on leur met des photos sous les yeux, on leur dit des trucs du style « Allez, parle ! C'est toi, hein, qui l'as enlevée ? C'est dans ces dunes-là que tu t'es caché pour la surprendre ? Regarde ces photos, et parle ! » Enfin, tu vois le genre. Jeanson a très bien pu emmagasiner toutes ces données, s'en servir et les répéter. Ajouter une victime de plus à son palmarès.

— OK, admettons l'impossible, Jeanson n'a pas kidnappé Sarah… Et qu'est-ce que tu fais de ce couple de témoins qui affirment avoir vu son camping-car sur le parking, le soir de la disparition de Sarah ? Tu les as toi-même retrouvés, ils stationnaient sur l'aire le 23 janvier 2014. Ils ont juré sur l'honneur.

— Deux ans après, Léane. On leur a montré la photo d'un camping-car deux ans après.

Il rouvrit son carnet et présenta la photo collée d'un modèle Chausson Welcome 55.

— Voilà ce qu'ils ont vu. Je passe sur cette aire de parking au moins trois fois par semaine, et tu sais combien je croise de modèles de ce genre ? C'est l'un des plus répandus. Nos témoins ont vu le véhicule, pas son occupant. Oui, d'après eux, un camping-car du même modèle que celui de Jeanson s'est mis en route au milieu de la nuit, et, oui, ça peut paraître étrange, mais y a-t-il une heure pour quitter une aire de parking ? Peut-être que le propriétaire du véhicule travaillait le lendemain, qu'il avait une urgence, ou juste de la route à faire et qu'il préférait rouler de nuit ?

Le ton de Colin avait changé, il vibrait d'une excitation nouvelle, comme si ces étranges rebondissements de l'agression et de la découverte dans le coffre étaient une opportunité pour s'arracher aux griffes de l'hibernation.

— Quand on est persuadé de quelque chose, toutes les coïncidences auxquelles on ne prêterait même pas attention d'ordinaire se transforment en indices. En éléments qui ressemblent à des messages qui nous sont adressés. Alors que ça ne reste que des coïncidences... Tu vois ce que je veux dire ?

— Oui, je vois, et c'est ton avis. Mais pas le mien.

Léane n'en pouvait plus, elle tenait à peine debout, et la dernière fois où elle se rappelait avoir dormi une nuit complète remontait à une éternité. Ils discutèrent encore cinq minutes, puis elle raccompagna Colin jusqu'à la porte. Il lui rendit les clés du 4 × 4.

— J'ai fermé les portières et le coffre, je reviendrai demain, en fin de matinée ou en début d'après-midi, pour le sang et l'ADN. Ne touche pas à la voiture d'ici là.

Il baissa les yeux, les releva.

— C'est bien que tu sois là.

Quand il fut parti, Léane laissa ses affaires en plan et monta à l'étage, pressée de s'allonger. La porte de la chambre de Sarah était entrouverte. Elle y jeta un regard, la gorge serrée. Rien n'avait bougé. Les mêmes posters de sportifs, les mêmes vêtements posés au bout de son lit, la même douleur chronique, quatre ans après. Une plaie ouverte dans une maison qui n'en finissait pas de saigner. Pas étonnant que Jullian soit parti à la dérive.

Elle alla dans la chambre conjugale, y déposa la valise et s'étendit sur le lit sans même ôter ses habits, les bras en croix. Quel cauchemar ! Elle, seule dans cette grande villa isolée, comme l'un de ses personnages balancé au milieu de la tempête. Perdue, déboussolée, secouée. Elle imaginait un romancier qui prendrait plaisir à la manipuler, à la rendre folle. Elle se voyait en train d'écrire le livre de sa propre histoire, comme Arpageon l'avait fait dans *Le Manuscrit inachevé*, et y mettre toute la noirceur du monde. Noir, toujours cette couleur, ce même noir de ses vêtements d'adolescente, ce noir qu'elle aimait et qui pourtant l'avait fait hurler tant de nuits, il y avait si longtemps.

Elle se redressa d'un coup, transie de froid. Une main invisible et glacée l'avait effleurée. Elle l'avait sentie pour de vrai.

C'est dans ta tête…

Croisant ses bras pour se réchauffer, elle se rendit à la salle de bains pour une toilette rapide. Elle ne put dire s'il manquait des objets, si quelqu'un était venu pour se servir dans leurs affaires intimes. Elle s'intéresserait de près à des détails plus tard. Elle éprouva néanmoins de la peine : Jullian avait remisé ses crèmes, ses savons, ses shampoings au fond de l'armoire. Il avait gommé sa présence.

Existait-elle encore pour l'ancien Jullian ? Qu'allait-il se passer désormais, avec le nouveau Jullian, celui sans mémoire ? Dans ce malheur, y avait-il une possibilité de reconstruire un avenir à deux ? Y avait-il une seconde chance ?

Aux alentours de 20 heures, ce mercredi, elle se coucha dans leur lit vide, du côté de Jullian, les jambes repliées, dans la position du fœtus, comme pour se rassurer. Fixa la porte, ouverte sur l'obscurité du couloir, se releva pour la fermer à clé et plongea de nouveau sous les couvertures.

L'oreiller sentait le musc. C'était la caresse de l'odeur de son mari, le souvenir de sa force tranquille. Avant de baisser l'intensité lumineuse – elle écrivait des horreurs mais ne voulait pas dormir dans le noir, pas cette nuit –, elle retira sa montre et voulut la mettre dans le tiroir de la table de nuit. Son cœur fit un bond lorsqu'elle y découvrit une arme.

Elle la reconnut au premier coup d'œil, elle en avait déjà croisé lors de ses recherches : un Sig Sauer 9 mm Parabellum.

L'arme des flics, elle le savait : dans son livre, Judith avait abattu Arpageon avec le même pistolet.

Elle le prit par la crosse. Un vrai flingue, elle avait déjà tiré avec ce type d'arme dans un centre d'entraînement. Le numéro de série n'avait pas été limé, il ne s'agissait donc sans doute pas d'un joujou qui circulait sur les marchés parallèles ou qu'on refourguait contre une poignée de billets. Qu'est-ce qu'un tel instrument de mort fichait là ? Où Jullian se l'était-il procuré ? Pourquoi le modèle exact tel que décrit dans *Le Manuscrit inachevé* ?

Elle appuya sur un poussoir et fit glisser le chargeur vers le bas.

Le magasin était presque plein. Presque.

Comme dans le livre, il manquait juste une balle.

11

En ce jeudi midi, Vic ne savait pas où se mettre sur le trottoir qui faisait face au lycée ni comment se tenir, il avait l'impression que tous les jeunes le dévisageaient, de ce fait il allait et venait, téléphone à l'oreille. Il écoutait des messages en boucle pour s'occuper et observer les élèves qui sortaient. Depuis la rentrée de septembre, dans le bordel qu'était devenue sa vie, il se rendit compte qu'il n'était jamais venu chercher sa fille. Ça lui mit un coup au moral.

Quand il aperçut Coralie parmi un groupe de copines, il empocha son portable et lui fit des signes. En pleine discussion, elle ne le vit pas.

— Coralie !

La jeune femme se retourna en vitesse, lui adressa un regard aussi noir que le maquillage autour de ses yeux et poursuivit sa route, sac sur l'épaule, le pas encore plus rapide. Vic courut et finit par lui agripper le bras.

— Faut qu'on parle.

— Qu'on parle de quoi ? J'ai rien à te dire.

— Moi si.

Elle comprit qu'il n'abandonnerait pas et, sachant qu'on les observait, qu'elle risquait de se taper la honte avec ce père que personne n'avait jamais vu, au blouson un peu ringard, à peine coiffé, elle l'emmena sur un carré de verdure, à proximité d'arbres dépouillés et de bancs vides. À la voir ici, ailes déployées parmi tous ces presque adultes, Vic remarqua à quel point elle n'était plus la gamine qu'il avait vue grandir. Il agita ses clés de voiture.

— Tu reprends les cours à quelle heure ? J'aimerais qu'on aille manger quelque part.

— Pas le temps, et même si j'avais le temps, je viendrais pas.

— Tu sais ce qu'a fait ta mère ? T'es au courant pour le mot ?

Elle croisa les bras, le torse bombé sous son gros manteau, comme pour dresser une barrière encore plus franche entre son père et elle.

— Que tu dormes dans un hôtel miteux en baratinant que tu vis dans un appartement, c'est déjà pas cool, papa.

— Je ne voulais pas que... Enfin, ce n'est pas rigolo d'avoir un père qui dort à l'hôtel, j'ai voulu t'éviter ça.

— Merci pour l'attention. Mais tu sais, ce qui est surtout dégueu, c'est que t'as oublié mon gala annuel de danse. Je te demandais même pas d'y assister, je sais que c'est au-dessus de tes forces, je voulais juste que tu m'y conduises, avec ta brouette. Mais vous étiez pas là, devant la maison, au moment où ça comptait le plus pour moi !

— Je... Je sais, je... Il y a cette enquête qui m'est tombée dessus, les trucs avec ta mère, et... plein de choses... Et... pourquoi tu ne m'as pas appelé, bon sang ? Je serais tout de suite venu, je...

— Maman a pas voulu que je t'appelle. Mais ça va, on s'est débrouillées comme d'hab, pas de souci.

— Ma puce, ton gala, j'y ai pensé tout le week-end, je te promets, c'était même écrit en grand sur la porte de ma chambre.

— La porte de ta chambre ? Tu pouvais pas enregistrer ça, je sais pas, dans ton téléphone ?

— Y aurait trop de trucs dedans, et... et surtout, je ne penserais pas à regarder. Tu sais comment ça marche, non ? Ces engins censés remplacer la mémoire, c'est pas fait pour moi. Écoute, je voulais t'accompagner et venir, je te promets, mais je suis rentré trop tard à l'app... à l'hôtel hier soir. C'est compliqué en ce moment pour ta mère et moi. Et toi, t'es au milieu de tout ça.

Il observa les lattes vertes du banc, en face de lui. Douze lattes parallèles, espacées de cinq centimètres, peut-être six. Était-ce le cas pour le banc de droite, et l'autre, juste derrière ? Il se ressaisit et fixa sa fille dans les yeux.

— Je ne voudrais pas que tu parles de ça au juge.

— Maman a déjà prévu de le faire. C'est entouré en rouge sur son carnet. Et elle va pas oublier, elle.

Le téléphone de Vic sonna au plus mauvais moment. Vadim. Il voulut couper la sonnerie et s'empêtra à cause de ses gants, si bien que l'appareil lui glissa des mains et chuta au sol. Coralie poussa un de ces soupirs d'adolescent.

— T'es même pas fichu de t'occuper de toi-même, p'pa, ou de te louer un simple appartement pour vivre, c'est pourtant pas compliqué. Un jour, t'oublieras de nourrir MammaM et on la retrouvera morte de faim, c'est pour ça qu'elle peut pas rester avec toi. T'as la mémoire de dix éléphants mais, malgré ça, tu serais capable d'oublier de respirer. Maman est fatiguée, p'pa, elle n'arrive plus à gérer tout ça.

Le flic ramassa son téléphone dans un grognement et, lorsqu'il se redressa, Coralie s'éloignait. Il fit deux, trois pas, mais elle traversait déjà.

— Tu seras avec moi pour le réveillon de Noël ? On pourrait aller, je ne sais pas, dans un restaurant chinois ? Il y en a un pas loin de l'hôtel et...

Sa fille se retourna, elle secoua la tête, les lèvres pincées, des lèvres qui, lui sembla-t-il, voulaient dire oui, des lèvres qui résistaient néanmoins, et elle s'éloigna à toute vitesse, son crâne caché sous son bonnet. Vic ne réagit pas, au milieu des flocons qui s'étaient mis à tomber, entouré des parents qui, depuis leur voiture, avaient assisté à ce pitoyable spectacle d'un père en perdition.

Il fixa l'écran de son portable en miettes.

— Et merde !

Dieu merci, l'engin fonctionnait, l'écran tactile réagissait encore. Vic écouta le message de Vadim et, quand il regagna sa voiture, il connaissait le nombre de lattes des autres bancs. Et chaque fois qu'il passerait devant ce lycée, il se souviendrait de ce nombre, de chaque mot de leur discussion dans ce parc, des flocons qui s'étaient mis à tomber à 12 h 22 et de ce gala de danse qu'il avait, dans une exemplaire médiocrité, oublié.

12

Une demi-heure plus tard, la paire V&V se reconstituait devant le laboratoire d'anatomie et de cytologie pathologiques humaines, pas loin du parc Hoche. Julien Ferrigno, l'anatomopathologiste mandaté par le substitut, voulait les voir d'urgence. Il se tenait devant les deux mains dont l'extrémité des dernières phalanges avait été pelée au scalpel.

— On ne sait toujours pas à qui sont ces mains ?

— Non. Les retours des analyses ADN ne tomberont pas avant deux ou trois jours. L'affaire Chamrousse sature le labo. C'est pénible, ces histoires de priorités, comme si un double homicide, ce n'était pas important. Pour l'instant, on n'a pas assez de critères pour rechercher quoi que ce soit dans le fichier des disparitions. Quant au SALVAC[1], il ne renvoie aucun crime comparable ces dernières années. En l'état actuel, nos deux victimes restent anonymes.

Ferrigno portait la blouse fermée jusqu'au col, il avait le teint cireux de ses gants en latex qui lui collaient aux doigts comme une seconde peau.

— J'ai plusieurs choses à vous annoncer.

---

1. Système d'analyse des liens de la violence associée aux crimes.

Il s'empara d'une scie à métaux et la plaqua entre les mains de Vic.

— En préliminaires, les membres de vos deux victimes – la propriétaire de ces mains d'un côté, et celle aux mains manquantes de l'autre – ont été découpés avec ce modèle de scie, à denture alternée. On le voit à la forme des stries sur l'os, j'ai aussi détecté des traces de revêtement bleu antirouille. J'ai relevé quelques particules de métal laissées par la scie, je vous les transmettrai pour analyses si vous en voyez l'utilité.

Vic observa la scie, le genre d'outil banal qu'on trouve dans n'importe quel magasin de bricolage. Leur tueur avait œuvré de manière artisanale. Le médecin saisit la main gauche.

— J'ai une bonne et une mauvaise nouvelles. Je commence par laquelle ?

Vadim fut le plus rapide :

— La bonne.

— Très bien. J'ai peut-être des éléments qui vont vous aider dans votre enquête.

Il exposa la main à la lentille d'une loupe à bras articulé.

— Bon, il y a cette grande cicatrice disgracieuse au dos, ça remonte à longtemps, chirurgie réparatrice, pas grand-chose à en tirer. Mais... (il tourna la main) vous voyez ces coupures sur la paume ? Elles sont récentes.

Vic fronça les sourcils. Les cicatrices semblaient regroupées et régulièrement espacées.

— On dirait qu'elles ont été faites volontairement et qu'elles forment des motifs.

Ferrigno acquiesça.

— Vous avez raison. Et c'est pareil sur l'autre main. Les motifs sont identiques. Aucun hasard ici, la propriétaire de ces mains s'est infligé ces blessures, comme pour signifier quelque chose.

— Ou alors, c'est l'assassin qui l'a fait.

Ferrigno eut un sourire franc.

— Je ferais un bien mauvais flic. Ce n'est pas tout. Venez.

Il les emmena à proximité d'un microscope. Sous ses lentilles, des morceaux de peau étaient aplatis entre des lamelles de verre. Le spécialiste alluma un écran qui présenta le dessin d'une trace papillaire.

— J'ai analysé, agrandi et numérisé les dessins des dernières phalanges, tranche par tranche, comme si je pelais ces doigts avec une râpe en couches de quelques microns. Voici donc, par exemple, différentes tranches du dermatoglyphe de son pouce droit. Les crêtes sont tout à fait normales, d'une couche à l'autre, elles sont identiques.

Il appuya sur une touche de son clavier.

— L'index, à présent.

Vic tiqua. Sur certaines coupes, des crêtes digitales manquaient, comme si elles avaient été effacées avec une gomme.

— C'est quasi invisible à l'œil nu, mais les couches de cellules qui constituent la surface de l'épiderme ne sont pas de hauteur égale. J'ai vérifié pour tous les doigts : seules les dernières phalanges des index gauche et droit présentent ces caractéristiques.

— C'est comme si elle s'était abîmé le bout des index à force de frotter. Mais frotter quoi ? Du bois ? Du papier de verre ?

— Ça aurait causé davantage de dégâts, l'épiderme aurait été attaqué plus en profondeur, de façon irrégulière. Ici, c'est subtil. Tout en douceur. Un rapport avec un métier qui solliciterait ces deux doigts-là ? Elle travaillait peut-être dans la couture, au contact de tissus, quelque chose comme ça. J'espère que ces observations pourront vous orienter un peu.

Vadim agita la main, l'air de dire : « couci-couça ».

— C'est mieux que rien, mais ce n'est pas vraiment ce que j'appelle une bonne nouvelle. Faut pas demander la mauvaise.

Ferrigno fit claquer les extrémités de ses gants en les ôtant.

— On y vient. J'ai eu le retour toxico concernant les deux victimes. Celle au crâne fracassé ne présente rien de particulier dans le sang, si ce n'est des carences en fer, en sels minéraux, ce genre de choses, compatibles avec une détention longue, vous verrez le rapport dans le détail. Mais… pour la propriétaire de ces mains, c'est une tout autre affaire. Les analyses ont révélé de fortes quantités de carvédilol.

Vic inclina la tête.

— Un bêtabloquant qui diminue la pression sanguine et le rythme cardiaque.

— Oui. Il faut savoir que ce médicament chasse le sang des extrémités, les patients sous traitement ont souvent les pieds et les mains froids. Il y avait aussi des traces de buflomédil, un vasodilatateur destiné lui aussi à baisser la pression artérielle.

— La victime était peut-être sous traitement ?

— Pas avec de telles posologies. Et l'analyse de la kératine des ongles ne démontre pas de traces anciennes de ces médicaments. Mais ce n'est pas terminé, on a aussi détecté de la morphine à des taux très élevés. Je ne vous fais pas un dessin, c'est un antalgique de niveau 3, qui permet de traiter les douleurs fortes, voire insupportables.

— Comme après une amputation…

— Oui, sauf que, si on en a décelé la présence dans ces mains, ça implique que votre victime avait de la morphine dans le corps avant l'amputation.

Vadim n'était pas sûr de comprendre.

— Vous n'êtes quand même pas en train de nous dire qu'elle était vivante quand il lui a tranché les mains ?

— Si. J'ai même l'impression que votre homme a tout fait pour atténuer la douleur et les saignements. Autrement dit, il n'est pas impossible que la propriétaire de ces mains soit encore en vie au moment où je vous parle.

13

Vadim s'était assis sur un banc du parc Hoche, au pied d'une rangée de peupliers au branchage ébouriffé qui jouait avec les flocons. Ça faisait déjà des semaines que les montagnes avaient revêtu leur blanc manteau, qu'elles ne quitteraient plus avant avril. Frileuses, les montagnes. Le flic tira une cigarette d'un paquet et l'inséra entre ses lèvres charnues.

— C'est quand tu te décides d'arrêter de fumer qu'il y a toujours une cochonnerie qui te fait replonger. Je pensais que cette période des fêtes serait paisible, propice aux bonnes résolutions. Tu parles !

Vic restait debout, devant lui, les mains au fond de ses poches. Une fine pellicule de poudreuse tapissait le dessus de sa chevelure et ses épaules. Le jardin d'ordinaire plein de vie était désert. Juste un type qui promenait son chien, au loin. Vic se dit qu'il y avait toujours des types pour promener leur chien dans les parcs, à n'importe quelle heure et par n'importe quel temps.

— T'as entendu ce qu'a dit Ferrigno, Vic. Si les saignements ont été maîtrisés au moment de l'amputation, et avec les bons médicaments, des changements de pansements réguliers, elle a pu survivre... Mais sans soins appropriés, elle va finir par mourir d'une infection ou, en tout cas, souffrir le martyre. Ces mains, on les a trouvées dans le coffre quand ?

— Lundi, 22 heures… et neuf minutes.

— Je m'en fous des minutes, bordel ! L'important, c'est que ça fait au moins trois jours. Trois jours que…

Il tira une bouffée.

— À qui on a affaire, Vic ? Quelle saloperie de tordu ? Je veux dire, les collègues se sont coltiné Andy Jeanson il y a deux ans et ce fumier continue à leur en faire baver même derrière les barreaux. Maintenant, nous, on se tape l'Écorcheur, un cinglé qui n'a rien à lui envier…

Andy Jeanson… Le Voyageur… Vic suivait encore le dossier de près et avait un étrange rapport avec le tueur. Lors d'un déplacement à Lyon pour une formation de quatre jours sur des sujets antiterroristes, environ un an et demi auparavant, les collègues pataugeaient dans l'affaire Jeanson. Vic avait eu l'occasion de voir les photos des mèches de cheveux des différentes victimes du Voyageur. Le dernier matin de la formation, il avait demandé à accéder aux scellés afin de compter le nombre de cheveux de chaque mèche. Pourquoi ? Il ne le savait pas lui-même, « une envie de compter », avait-il répondu. On lui avait ri au nez et demandé de rentrer chez lui.

Deux jours plus tard, on l'appelait pour le féliciter : quelqu'un avait compté et était arrivé au nombre de cinq cent douze, chaque fois. Les collègues lyonnais avaient alors questionné Jeanson : pourquoi cinq cent douze ? Le tueur n'avait pas répondu, mais avait voulu rencontrer le flic qui avait été capable de décrypter ce qu'il appelait « une porte d'entrée dans son monde ».

Vic avait alors eu accès libre au dossier Jeanson, aux différents procès-verbaux, à une panoplie de rapports – autopsies, police scientifique, expertises psychiatriques – afin de s'imprégner au mieux de la personnalité du tueur. Andy Jeanson, bien qu'intelligent, avait eu une enfance compliquée, avec un père violent, des brimades à l'école à cause d'un physique disgracieux, des années passées dans un internat réputé difficile, où les enfants grandissaient dans l'environnement hostile et isolé des montagnes. Devenu adulte, il n'avait jamais réussi à avoir un emploi stable.

L'entretien avait eu lieu dans les locaux de la brigade criminelle de Lyon, avec l'espoir que Jeanson se livre davantage à Vic et indique l'emplacement des derniers corps. En vain. Il n'avait rien révélé d'autre que ce que les équipes savaient déjà. À la fin de l'entretien, il avait demandé un papier, un crayon, et avait écrit : *Kasparov-Topalov, 1999.* Le tueur était alors retourné en cellule, avec un seul, un unique mot lâché à la sortie de la salle d'interrogatoire : « misdirection ». Ou l'art de détourner l'attention.

Comme les collègues, Vic s'était cassé la tête sur la partie d'échecs Kasparov-Topalov, l'une des plus remarquables, gagnée en quarante-quatre coups par le célèbre champion russe Garry Kasparov. On la surnommait aussi l'Immortelle. Personne n'avait, à ce jour, compris le sens de cette énigme. La résoudre aujourd'hui pousserait-il Jeanson à révéler enfin l'emplacement du dernier corps, celui de Sarah Morgan ?

Vic secoua la tête, tandis que Vadim continuait à parler.

— ... Ça fait beaucoup en peu de temps. Tu crois que c'est le monde dans lequel on vit qui veut ça ? Une espèce d'accélération de la violence ?

Vic songea à l'insulte déposée par sa femme à l'hôtel, au divorce, à sa dispute avec Coralie devant le lycée, à ces hommes politiques, ces animateurs, ces journalistes qui s'étripaient par médias interposés ou à coups de messages assassins sur les réseaux sociaux, et aussi au fait qu'il passerait Noël seul, à 45 berges dans une chambre minable, le nez sans doute plongé dans des dossiers criminels en guise de dinde.

— C'est le monde dans lequel on vit qui va trop vite. La violence ne fait que s'adapter, suivre le rythme.

— Pourquoi il la maintient en vie ? Et pourquoi il a fracassé le crâne de l'autre ? À elle aussi, il a coupé les mains, mais elle était déjà morte, d'après Ferrigno. Je n'arrive pas à piger sa logique.

— Pourtant, il en a forcément une. Notre homme suit un chemin. À la pompe à essence, il n'a même pas paniqué alors qu'on lui tirait sa voiture avec un mort dedans. On doit juste entrer dans sa tête.

— Entrer dans sa tête... Bien... Quand t'auras réussi, tu me fileras son adresse, alors.

Vic se mit à aller et venir, l'œil rivé sur sa main ouverte devant lui. Il se rappelait les microblessures sur les paumes, qui semblaient ordonnées. Des marques volontaires, des motifs qui n'étaient ni des chiffres ni des lettres. Un code ?

— On doit se concentrer sur ce qu'on a. Ces deux mains... Qu'est-ce qui pourrait modifier avec tant de délicatesse la surface des traces papillaires au bout des index droit et gauche, à ton avis ?

— J'en sais rien, peut-être qu'elle tapait sur un clavier, comme nous tous.

— Avec les index uniquement ?

— Ou bien, elle pointait des avions sur des écrans radar ou elle fourrait ses doigts dans des pots de pâte à modeler ? Merde, Vic, qu'est-ce qu'on en sait ? À quoi ça va nous servir, ces conneries à deux balles ? On ferait mieux d'aider les autres à chercher d'où pouvait provenir cette fichue Ford.

— Mimolette et Dupuis sont en train d'éplucher tous les enregistrements de la pompe sur les deux derniers mois. Jusqu'à présent, la Ford ne s'y est jamais arrêtée.

— Et ? Faudrait aller frapper aux portes des maisons des villages derrière la pompe à essence, par exemple. Se bouger le cul, quoi, au lieu d'aller butiner de labo en labo.

— C'est ce qu'on fait, on se bouge le cul... On réfléchit...

— Je préférerais réfléchir sur le terrain, à botter les fesses de cet enfoiré. Je ne suis pas comme toi, j'ai pas le cerveau qui ressemble à une éponge de mer. J'ai besoin de me dégourdir les jambes, tu vois.

Vic frictionna ses index l'un contre l'autre.

— Elle frottait sur quelque chose, mais quelque chose qui n'accroche pas la peau. Il a parlé de tissus. C'est... la répétition du geste qui usait la surface des dermatoglyphes. Ces doigts-là... Seulement l'extrémité de ces doigts-là.

Des métiers défilèrent dans sa tête, comme les pages d'une encyclopédie qu'on tourne en accéléré. Vadim se leva et écrasa du talon sa clope à peine entamée. Il secoua son blouson, puis se mit à avancer vers la sortie du parc.

— On réfléchira à ça plus tard, OK ?

Lorsqu'il se retourna, il constata que Vic était resté sur place. Son collègue, immobile, fixait l'homme avec son chien, qui déambulait dans leur direction. Morel connaissait trop bien son partenaire pour savoir que des rouages venaient de s'enclencher sous son crâne, que la machine à neurones crachait peut-être une solution que seule cette cervelle pouvait produire. Vic était une catastrophe en tant que flic – dans le respect des procédures, la paperasse, de surcroît il tirait au pistolet comme un manche –, mais il savait parler aux gens et avait des fulgurances incompréhensibles qui, souvent, faisaient bondir l'enquête et lui évitaient de finir dans un placard. Comme cette fois où il avait eu l'idée de compter les cheveux des mèches.

Morel revint vers lui d'un pas lourd.

— Vas-y. Quel métier ?

Vic lui demanda de patienter d'un geste. Puis il tourna son écran de téléphone vers son collègue.

— Toutes ces vieilles coupures sur les mains, elles forment des motifs en braille. C'est écrit « PITIÉ ».

— Du braille ? Tu déconnes ?

— On lit le braille avec le bout des index de chaque main. C'est ce mouvement répété sur les reliefs qui efface au fur et à mesure les dermatoglyphes.

Les deux flics échangèrent un regard grave.

— Elle est aveugle.

14

— Je crois que je la tiens.

Vic se précipita sur l'ordinateur de Vadim, situé en face du sien. Les deux hommes travaillaient depuis plus de dix ans dans le même bureau de la section criminelle de l'antenne de Grenoble, qui dépendait, comme Chambéry, Annecy, Valence et Saint-Étienne, de la direction interrégionale de la police judiciaire de Lyon. L'endroit n'avait rien de glamour – quatre murs plus très blancs recouverts de posters et de photos –, était trop chaud l'été et un peu trop froid l'hiver, mais c'était leur nid et ils s'y sentaient bien. Morel tourna son écran.

— Apolline Rina, 18 ans, disparue il y a un mois et demi. C'est le seul cas de disparition inquiétante d'une aveugle ces dix dernières années. Il y a de grandes chances pour que ce soit elle.

Morel se recula sur son siège, sous le coup de sa découverte. Les données indiquaient que la jeune femme avait disparu au domicile familial de Saint-Gervais-les-Bains, une ville située à une bonne centaine de kilomètres de Grenoble.

— C'est les collègues d'Annecy qui gèrent le dossier.

Vic se planta devant la fenêtre où quelques flocons tournoyaient. Leur victime ne se résumait plus qu'à une paire de mains, elle avait désormais un nom, un visage, un sourire. Apolline avait de longs cheveux bouclés et des lèvres un peu relâchées. C'était une jolie fille, aux traits fins. Le flic regarda sa montre : plus de 15 heures.

— OK, je fonce jusqu'à Annecy. Tu les appelles, tu leur expliques pour les mains et tu les préviens que j'arrive. Raconte tout ça au boss, aussi, qu'il se mette d'accord avec eux et qu'on puisse échanger les dossiers le plus vite possible. La vie d'une jeune fille est peut-être en jeu.

Morel acquiesçait à peine que son collègue avait empoché des photos et disparaissait. D'ordinaire, Vic aimait ces journées où l'enquête prenait un bon rythme, où les pistes s'ouvraient et où le temps fusait comme une étoile filante. Mais cette fois, c'était autre chose. Il s'éloignait de Coralie et se rapprochait d'un démon, un être qui avait détenu, torturé et mutilé au moins deux filles. Apolline, aveugle, et le cadavre au visage écorché et aux yeux volés. Il y avait un rapport avec le sens de la vue. Une obsession du tueur ? Avait-il peur d'être scruté, jugé, à tel point qu'il avait privé sa victime de ses yeux et détruit son visage ?

Le flic se rappela aussi ces lettres en braille, inscrites dans chaque main. PITIÉ. Apolline avait appelé à l'aide, à sa façon. Et personne ne lui avait répondu. Elle était seule, dans le noir de son existence, privée de ses membres, dans l'attente peut-être qu'on vienne la sauver.

Aix-les-Bains, Annecy, pleins gaz. Une heure et demie plus tard, Vic longeait le lac d'Annecy, aux eaux grises et endormies. Les sommets se perdaient dans des nuages bas, gonflés d'humidité, la ville se comprimait là comme un homme recroquevillé et malade. Les villes de montagne, l'hiver, devenaient elles-mêmes montagnes.

Le flic qui l'accueillit était le capitaine Philippe Boulgronier, le chef de groupe du dossier Rina. Il l'emmena dans son bureau tapissé des photos de la gamine, de croquis, de noms et lieux reliés par des flèches, et lui servit un café. Le bureau était sombre, encombré comme un cagibi. Le capitaine se tassa sur sa chaise à roulettes, choqué, lorsque Vic lui montra les clichés du coffre de la Ford, de l'autopsie…

— Quand on travaille sur ce genre de disparition, on s'attend toujours au pire. Mais là, ces mains sans corps, et ce corps sans mains. Deux victimes, vous dites… Et Apolline qui serait peut-être encore en vie, malgré ses mains coupées ? C'est… impensable.

Vadim lui avait expliqué par téléphone. Le vol de la Ford, le corps dans le coffre, les membres amputés, les index abîmés par la lecture du braille… Bien sûr, il faudrait attendre les résultats de l'ADN, mais il y avait de fortes chances pour que ces mains soient celles d'Apolline.

Boulgronier écrasa sa paume droite sur un dossier épais.

— Apolline souffrait d'une rétinopathie pigmentaire, une maladie dégénérative qui a détruit les cellules des rétines. À 12 ans, elle devenait aveugle et sombrait dans le noir le plus complet.

Vic fixait une photo où la gamine portait une robe à fleurs.

— Comment a-t-elle disparu ?

— Ça s'est passé chez ses parents, le 2 novembre de cette année, en fin d'après-midi. Ils habitent un beau chalet sur les hauteurs de Saint-Gervais. L'endroit est isolé. Les parents s'étaient absentés, laissant Apolline seule avec Valkan, son chien guide. Lorsqu'ils sont rentrés le soir, le labrador se tenait devant la maison en train de pleurer, et Apolline avait disparu. On suppose que le kidnappeur l'a enlevée alors qu'elle se promenait. Elle aimait marcher dans les bois alentour avec son chien.

— Vous avez des pistes ?

— L'enquête est compliquée. Pas de traces, aucun témoin. Rien de similaire ne s'est jamais produit à Saint-Gervais ou dans les environs. Le chien n'aurait pas fait de mal à une mouche, donc difficile à dire si le kidnappeur connaissait sa victime ou pas.

Il s'approcha de la carte de la région qui occupait une partie d'un mur.

— C'étaient les vacances de Toussaint quand ça s'est produit. Le reste du temps, Apolline est en internat dans un institut pour jeunes aveugles, les Senones à Montagnole, à quelques kilomètres de Chambéry. La structure accueille jusqu'à cent jeunes, de 14 à 20 ans.

Il désigna une photo de l'institut, aux hauts murs de pierre et aux arches de granit. Un bâtiment d'un autre siècle qui ressemblait lui-même à un pan décroché de montagne. Vic eut l'image d'un couvent, avec ses sœurs en cornette et ses cantiques qui résonnaient dans des couloirs austères.

— Les déficients visuels vivent là-dedans toute l'année, hors vacances scolaires, et sont, pour une partie d'entre eux, scolarisés à l'extérieur, à Chambéry, dans des structures de l'Éducation nationale. Malgré leur handicap, ils essaient d'avoir une vie de jeune adulte la plus normale possible.

Vic pointa la partie gauche de la photo.

— C'est une chapelle ?

— En effet. Les Senones étaient une ancienne école catholique, certaines traditions religieuses sont restées. Pas mal de ces jeunes aveugles prient ou vont se recueillir dans la chapelle. Il faut bien se raccrocher à quelque chose quand tout est noir autour de soi.

Vic revit la croix religieuse scintiller au bout de sa chaîne suspendue au rétroviseur de la Ford. Et si leur tueur avait un rapport quelconque avec l'institut ? Un employé ?

— Vous avez fait le tour du personnel ?

— On avance, petit à petit. Difficile de tout vous expliquer en quelques minutes, vous lirez le dossier. Les jeunes ont de multiples activités, croisent pas mal de monde, entre les profs, les médecins, les formateurs, les simples employés, les parents. On ignore si le kidnappeur connaissait Apolline ou s'il s'agit d'un enlèvement opportuniste. En tout cas, on ne peut écarter cette possibilité. On a bien sûr interrogé les copains et copines d'Apolline, aux Senones. Rien de suspect, pas de secret ni de petit ami, rapports classiques avec l'équipe encadrante. Le kidnappeur est peut-être juste quelqu'un de passage devant chez elle, à Saint-Gervais, un prédateur qui a vu une jeune femme vulnérable se promener et l'a enlevée. Facile, de s'en prendre à une aveugle.

— Je ne crois pas, non. Des éléments me portent à penser que notre homme vit dans les alentours de Chambéry.

— Quels éléments ?

— Une demi-intuition.

— Une « demi-intuition » ? C'est ça que je vais devoir dire aux parents, moi, une « demi-intuition » ?

— J'ai le sentiment qu'il a rencontré Apolline à l'école ou même à l'institut. Il savait où elle habitait, il devait bien la connaître, ou alors il avait accès à son dossier. Peut-être a-t-il attendu les vacances pour qu'on évite de faire un rapprochement trop évident avec Chambéry ou Montagnole. Pour focaliser votre attention et vos recherches ailleurs.

— Vous avez juste des « demi-intuitions », ou vous avez des preuves ?

— Vous vous forgerez votre propre opinion en lisant nos rapports. Je crois que nos chefs se sont mis d'accord pour qu'on échange rapidement les dossiers ?

— Vu l'urgence de la situation, on a intérêt à travailler ensemble, en effet.

Vic se leva avec une idée en tête. Dehors, la nuit s'était installée et la neige tombait à gros flocons.

— Il vaut mieux que je me remette en route si je ne veux pas rester bloqué ici.

Boulgronier observa une dernière fois les photos de scène de crime et les rendit à Vic.

— Qu'est-ce qui relie Apolline et l'autre victime du coffre, à votre avis ?

— Il est trop tôt pour le dire.

Les deux hommes se serrèrent la main et, au moment où Vic voulut sortir :

— Lieutenant Altran ?

Boulgronier lui tendait son écharpe. Vic la récupéra avec un sourire.

— C'est au moins ma cinquième cette année. J'ai tendance à perdre les objets (il effleura sa tempe), en plus de la mémoire.

— On connaît tous ça. Et ça ne va pas s'arranger avec l'âge. Au fait, un truc qui me turlupine depuis votre arrivée : vous ne seriez pas déjà passé à la télé ? Une émission de jeu, un truc dans le genre ?

— Vous devez vous tromper.

Plus tard, Vic regagna l'autoroute, direction Grenoble. Au bout d'une demi-heure, il faisait un crochet par la départementale D1006, téléphone sur haut-parleur, en ligne avec Vadim.

— Et donc, tu crois vraiment que notre homme fait partie du personnel de cet institut ? Tu te doutes que les collègues d'Annecy ont déjà fait le tour !

— L'établissement dispense un enseignement religieux, et il y avait cette chaîne avec cette croix au rétroviseur de la Ford. Les <u>Senones</u> sont quasiment sur ma route. En tout cas, je ne risque rien à demander au directeur s'il reconnaît la Ford grise. Juste une visite de courtoisie.

— Une visite de courtoisie ? Pas de conneries, Vic, d'accord ? On ne va pas se mettre les collègues d'Annecy à dos, et on n'a pas encore la paperasse pour agir comme on veut.

— C'est bien ça le problème, la paperasse. Pense à Apolline, Vadim. Pense une seconde à Apolline.

Vic raccrocha d'un geste rageur. Ras le bol, des procédures. Un salopard avait coupé les mains d'une gamine, sa vie tenait à un fil, comment se permettre d'attendre des fichus papiers ? Les éclairages publics se raréfièrent, juste des trouées de vie dans la perpétuelle nuit de la roche. Les routes se mirent à zigzaguer, de moins en moins larges, comme enfoncées dans un univers de chaos où seule régnait l'obscurité. Malgré les ténèbres, la neige tapissait déjà l'asphalte d'une fine couche moirée.

Bientôt, le panneau « MONTAGNOLE » se dessina dans l'éclat de ses phares, puis la silhouette d'ogre de l'institut des <u>Senones</u>, au pied du massif de la Chartreuse. Seules trois ou quatre lucarnes illuminées perçaient la nuit, çà et là, sur les deux étages de l'établissement. Ça lui paraissait peu, mais il se rappela où il arrivait : dans un monde où la lumière n'existait plus.

15

Jullian lisait lorsque Léane arriva à l'hôpital ce jeudi au milieu de l'après-midi. Tandis que Colin et une équipe de l'Identité judiciaire s'activaient autour du coffre du 4×4, elle avait préféré quitter la maison, après une nuit d'enfer, à ruminer la raison de la présence du Sig Sauer dans le tiroir de la table de nuit. Elle n'en avait pas parlé à Colin, attendant d'avoir l'esprit un peu plus clair.

Elle tira une chaise et s'installa à proximité du lit.

— Comment tu te sens ?

Jullian leva son livre : *Le Manuscrit inachevé.*

— C'est le médecin qui me l'a apporté ce matin, après les examens, je l'ai déjà presque terminé. Il va me passer tes autres livres. Ça me fait drôle de découvrir ma femme à travers un roman, surtout quand l'auteur de ce roman est un homme. Il paraît qu'il ne faut pas révéler que c'est toi ?

— Quelques personnes savent ici, forcément, mais j'y tiens, oui. Et toi aussi.

— Il faut que je me détache de ton héroïne qui séquestre l'écrivain, cette Judith Moderoi, sinon je vais avoir l'impression de l'avoir en face de moi. Tu écris des choses tellement... complexes et... horribles. Dis-moi que cette femme ne te ressemble pas.

— Pas le moins du monde. Elle est juste sortie de mon imagination.

Il posa le roman, fit tourner son alliance. Léane comprenait ses mots, même s'ils semblaient sortis d'un goitre de pélican.

— Et on est mariés depuis quand ? Comment ça se fait que je ne sois pas parti en courant ? J'habite quand même avec une sacrée psychopathe !

Léane s'efforça de sourire.

— Ça ne fait que dix ans que j'écris. *Le Manuscrit ina-chevé* est mon cinquième livre. On se connaissait depuis dix ans quand je suis devenue écrivaine. J'ai grandi à Dunkerque et j'enseignais à Berck, comme mes parents. Mes parents, tu ne les verras pas souvent, ils sont partis s'installer en Thaïlande à leur retraite. C'est pas qu'ils nous ont abandonnés mais... ils veulent vivre leur vie, profiter...

Elle eut les yeux dans le vague.

— Quand on s'est connus, toi, tu bossais déjà dans la restauration de bâtiments... Un chantier dans mon école, et c'est comme ça que c'est parti, nous deux.

Il se redressa et s'assit face à elle.

— Et d'un, je vis avec quelqu'un de célèbre. Et de deux, je vais avoir de la lecture. Cinq livres, tu dis ? Je compte bien les dévorer, madame « Enaël Mirraure[1] ». Mirraure pour miroir, je suppose ?

Lorsqu'il prononça son pseudonyme, Léane eut une sensation qu'elle ne put expliquer mais qui la mit mal à l'aise. Était-ce parce qu'il l'avait prononcé d'une façon différente, ou parce qu'il la détaillait comme s'il la décou-vrait, comme un nouveau roman dont on attend la sortie

---

1. Deux « r » ici, tel que dans le texte d'origine. Une note en marge du manuscrit de Caleb Traskman indique que c'est volontaire.

depuis des mois et qu'on possède enfin, pressé d'en dévorer les lignes ? Léane tenta de cacher son trouble.

— On peut dire ça.

— Et d'où ça te vient ? Je veux dire… Prendre le pseudonyme d'un homme ? Écrire ces trucs sinistres ?

Léane n'avait jamais su répondre à cette question ni compris les mystères de la création. Elle avait été institutrice, comme l'avaient été ses parents avant elle. Elle n'avait pas brûlé les ailes des mouches en étant gamine ni été férue de films d'horreur dans sa jeunesse. Elle avait lu beaucoup de romans policiers, certes, mais cela ne pouvait pas expliquer la noirceur de sa plume. Elle botta en touche :

— J'ai discuté avec le médecin. Il a été plus rassurant qu'hier. Tes autres mémoires, celles de l'apprentissage, des gestes automatiques, sont intactes. Ils n'ont pas remarqué de lésions au cerveau… Il paraît que tu as déjà eu une espèce de flash, ce matin ?

— L'orthophoniste m'a donné des fruits, un par un, et parmi eux, il y avait une banane. Ça n'a duré qu'une fraction de seconde, mais je me suis vu, en short bleu, au milieu d'une bananeraie. Tu te trouvais à mes côtés. C'est possible ?

Léane eut beau chercher au fond de sa mémoire, rien ne lui vint. Elle fit mine de se rappeler.

— Les souvenirs les plus anciens sont les plus robustes. Ce sont eux qui te reviendront sans doute en premier.

— Je l'espère. Raconte-moi tout de nous. Où on vit, qui je suis, ton métier, le mien. Est-ce qu'on a fait d'autres voyages ? On a des enfants ? Dis-moi, on a des grands enfants ? La photo que tu m'as montrée hier, c'est notre fille, je suppose ? Où est-elle ?

Léane éprouva le besoin de se blottir contre lui, d'enfouir son visage dans le creux de son épaule. Elle pleurait lorsqu'il s'écarta d'elle. Il cueillit une larme avec ses doigts, lui caressa la joue. Des gestes tendres qu'il n'avait pas eus depuis une éternité.

— Qu'est-ce qui se passe ?

— Excuse-moi, ça me fait drôle de... Enfin, ton amnésie et cette impression que... que tu ne connais rien de nous. Tes petits gestes, tes regards. C'est comme si on arrêtait tout, comme si on remontait le temps et qu'on redémarrait notre histoire au début.

Il agita le roman.

— Comme ton livre, *Le Manuscrit inachevé*. Des histoires qui recommencent et ne se finissent jamais.

Il sourit.

— Le docteur dit que la plupart des patients amnésiques ont peur. Pas moi. Parce que tu es là.

— Pour répondre à ta question, oui, on a une fille, elle...

Le médecin avait recommandé de ne pas violenter Jullian sur le plan psychologique. L'édifice sous son crâne était fragile, qu'il s'agisse de sa mémoire ou de son psychisme. Il fallait y aller doucement. Elle sortit la photo de son portefeuille et la lui montra.

— C'est Sarah. Elle suit des études à Saint-Luc, en Belgique. Son truc, c'est la photo, elle adore ça, elle tire des photos tout le temps, tu la verrais ! Je... Je ne lui ai pas parlé de ton agression. Pas encore. Elle... Elle a des examens blancs pendant plusieurs jours et... je ne voulais pas la perturber.

Jullian frôla le papier glacé. Léane était torturée par ses mensonges, à deux doigts de craquer, de lui lâcher la vérité, d'un coup. Mentir sur la mort de leur enfant, qu'y avait-il de pire ? Son mari la dévisagea.

— Elle te ressemble tellement.

— Elle nous ressemble à tous les deux.

— Je peux la garder ? Ça m'aidera peut-être à me souvenir.

— Je t'en donnerai une autre. Celle-là, je la conserve toujours avec moi.

Jullian acquiesça et lui rendit la photo. Il la fixa avec gravité, cette fois.

— Ce qui m'est arrivé, cette agression... Est-ce qu'il y avait des raisons ? Est-ce qu'il se passait quelque chose de grave autour de nous ? Il y a ce flic qui est venu en fin de matinée, ce...

— ... Colin Bercheron.

— Oui, Colin Bercheron. Il m'a dit qu'on ne m'avait rien volé, que ça s'était passé pendant une promenade. Mais... je ne sais pas, on aurait dit qu'il était méfiant, qu'il... me reprochait quelque chose. Il n'a pas l'air de m'apprécier. Pourtant, il me tutoie.

— On vit dans une petite ville... Colin est un flic consciencieux, qui fait juste son travail. Pour l'instant, personne ne comprend ce qui t'est arrivé.

Jullian regarda derrière Léane. Un homme se tenait debout. Jacques Morgan, du haut de son mètre quatre-vingt-dix, s'approcha et vint étreindre son fils.

— Ce qu'ils t'ont fait, ces salopards...

Il se rendit rapidement compte de l'état désastreux de la mémoire de Jullian et en discuta avec Léane dans le couloir. Son crâne chauve, éclaboussé de taches brunes, luisait sous les néons. L'âge lui avait tassé les os, mais, à 62 ans, Jacques Morgan dégageait encore une vraie force. Jullian avait hérité de ses grands yeux noisette, de la forme en cœur de la lèvre inférieure – mêmes gènes, même défaut de fabrication. Léane lui expliqua la situation, répéta ce que lui avaient dit les médecins et ce qu'elle avait raconté au sujet de Sarah. Jacques ne mâcha pas ses mots. Franc, tête baissée, tel un bélier :

— Mentir à ce point, c'est monstrueux...

— Il vaut mieux dans un premier temps, c'est pour son bien. Il faut qu'on soit sur la même longueur d'onde, vous et moi. Évitez de parler de Sarah, de notre séparation. Pour lui, on vit tous ensemble dans la villa, Sarah étudie à Saint-Luc, d'accord ? On doit y aller progressivement. Pour le reste... pas de raison de mentir.

— Et en ce qui concerne sa mère ? Son suicide ?

— Je ne sais pas, peut-être faut-il le lui dire. Discutez-en avec les médecins.

— Très bien.

— Je n'ai pas pris beaucoup de nouvelles ces derniers temps, j'en suis navrée. Comment allez-vous, Jacques ?

— On fait aller. La mort de Jeanne a laissé un vide, c'est sûr. Mais je préfère ce vide à ce qu'elle était devenue.

Il rentra le menton, enfonça les mains dans ses poches de son caban. Léane n'insista pas. L'histoire de Jeanne Morgan et le ciment qui, malgré tout, avait uni ce couple depuis plus de quarante ans resterait sans doute un mystère. Ils reprirent la direction de la chambre.

— Vous pouvez dormir à la maison, si vous voulez.

— Ça ira, je ne veux pas être envahissant. Je vais alterner entre ici et la maison de pêcheur, celle à l'autre bout de la digue. J'ai pris du boulot avec moi, il y a tous les bilans de fin d'année de mes clients à clôturer. Peut-être que Jullian sera sorti pour le réveillon ? Et qu'on pourra, je ne sais pas, faire un petit quelque chose ensemble à la villa, avant que je redescende ?

Léane acquiesça. Noël était déjà dans quatre jours. Jacques entra dans la pièce alors qu'elle répondait à un appel téléphonique.

— Colin ? Tu peux me rappeler plus tard ? Je suis à l'hôpital et...

131

— Avec les équipes, on est en train de passer le 4×4 au crible. Il faut que tu viennes. J'ai encore découvert quelque chose.

— Quoi ?

— Je préfère que tu voies par toi-même. Je t'attends dans le sous-sol de ta villa. Fais vite.

Il raccrocha. Léane eut la boule au ventre lorsqu'elle serra son mari contre elle, transie par cette peur de ce qu'allait révéler cette fichue analyse de sang dans le coffre. Elle pensa à l'arme avec la balle en moins. Et si Jullian avait franchi les limites ? Et s'il avait commis un acte par vengeance, colère, haine, un acte qu'elle ne comprenait pas encore ?

Elle dit au revoir à son beau-père et reprit la route, morte d'angoisse. Elle répondit à l'appel de son attachée de presse qui se demandait où elle était passée. Léane lui expliqua que son mari avait été agressé, qu'il avait perdu la mémoire et qu'elle devait rester à ses côtés pour une durée indéterminée. Ce roman qu'elle avait mis plus de quatre ans à écrire, qu'elle avait arraché à ses tripes, à la noirceur de ses entrailles, ce roman était désormais le cadet de ses soucis.

— Je comprends, Léane, prends le temps qu'il faudra, le livre suit son chemin, les ventes explosent à l'approche de Noël. Mais si je t'appelle, c'est parce qu'on a un gros souci avec le livre, justement. François doit te contacter. Quelque chose qui… Mince, c'est le bordel.

16

— Explique-toi.

— Un type sorti d'on ne sait où veut déposer une plainte pour plagiat, répliqua Pam.

Léane se gara sur le bas-côté.

— Plagiat ? C'est une plaisanterie ?

— Michel Eastwood, ça te parle ? *La Ronde de sang* ?

— Jamais entendu parler.

Un long silence suivit, qui n'augurait rien de bon.

— Le type est un parfait inconnu, mais il a écrit sous pseudo deux livres policiers il y a plus de vingt ans, dont le fameux *La Ronde de sang*, sorti en 1991... Un petit livre, deux cent cinquante pages.

1991. Son adolescence. Léane lisait déjà beaucoup de romans policiers et avait une mémoire d'éléphant en ce qui concernait ses lectures. Ni le titre ni le nom de l'auteur ne lui évoquaient quoi que ce soit.

— ... J'ai regardé les chiffres, il n'en a pas vendu mille. Mais peu importe le nombre d'exemplaires écoulés, je viens de lire son livre, et il y a des similitudes plus que troublantes avec *Le Manuscrit inachevé*.

Léane, saisie d'une furieuse envie de raccrocher, avait d'autres chats à fouetter que de s'occuper de tous ceux qui voulaient se faire de l'argent sur son dos.

— Du genre ?

— Son personnage principal est lui aussi un vieil écrivain, porté disparu lors d'une sortie en mer. Mais en réalité, il est retenu dans la maison d'une folle qui le force à écrire pour elle. Il va au bout de son histoire, elle le tue et publie le livre sous son nom, intitulé *La Fin de l'histoire*.

— Et alors ? C'est la meilleure, celle-là ! Et lui, il ne s'est pas inspiré de *Misery* de Stephen King ? Et tant qu'on y est, on va aussi attaquer tous les écrivains qui pondent une histoire d'amour impossible en les accusant de plagier *Roméo et Juliette* ? Je ne vois vraiment pas où est le problème. Et puis, *La Fin de l'histoire*, *Le Manuscrit inachevé*, ces titres n'ont rien à voir.

— Oui, enfin, tu colles un roman inachevé à la fin d'une histoire, t'as le livre complet.

— Ha, ha…

— Je ne plaisante pas. Je veux dire, on peut trouver un lien. Mais surtout, il existe d'autres détails que Michel Eastwood et son éditeur se sont empressés de nous mettre sous le nez. Oh, pas grand-chose, mais… Son écrivain s'appelle Orpojon, il n'habite pas Bréhat mais l'Île-Grande, une île bretonne. Ton Arpageon a un passé de tueur en série, le sien de pédophile. Je sais, ce n'est pas pareil, je…

— Ça n'a aucun rapport, tu veux dire !

— Tu m'as comprise. Toujours est-il que ces deux fouille-merde sont en train de passer au crible les deux textes. Ils trouveront des points communs là où ils voudront en trouver, même sur des éléments très différents.

— Arpageon, Orpojon, la Bretagne… Ce sont des coïncidences, rien d'autre. Ça ne fait pas de moi une coupable. Je n'ai jamais volé les idées de quiconque.

— Bien sûr, je sais, Léane. Mais avec la mort de ta fille, tu étais dans une période difficile, tu n'arrivais pas à écrire et...

— Et tu ne crois pas que j'aurais été plus maligne que ça si j'avais voulu lui voler ses idées ? Mais réfléchis... Mon écrivain, je l'aurais appelé Martin ou Boulanger, je l'aurais installé dans le Sud et non en Bretagne.

— Faudra leur expliquer tout ça. On les a sur le dos. C'est toujours compliqué de prouver un plagiat, c'est probable qu'ils n'y arrivent pas, mais on risque de traîner cette affaire comme un boulet pendant des mois. Je t'ai posté son bouquin, tu ne le trouveras plus en librairie. Lis-le. En deux heures, c'est fait.

Elle raccrocha. Léane n'en revenait pas. Cette histoire, elle l'avait arrachée à ses tripes, à coups de nuits blanches et de mois d'écriture, seule dans son appartement. Le nom d'Arpageon lui était venu comme ça, sans même savoir s'il existait vraiment. Elle l'avait noté sur sa feuille, sans même y réfléchir.

Des coïncidences, rien d'autre.

Elle se remit en route, malgré une farouche envie de retourner à Paris, d'avaler un <u>Xanax</u> et de dormir, dormir, pour se réveiller ensuite avec l'espoir que tout irait mieux... Une demi-heure plus tard, elle rejoignit Colin qui l'attendait devant son sous-sol, la mine fermée. Colin, dont les soucis se résumaient à savoir si son chat allait bien. À ce moment-là, elle envia sa vie simple de flic.

Sur place, les équipes de la Scientifique avaient déjà remballé leurs halogènes, leur matériel et quitté les lieux.

— T'en a mis, du temps.

— Un petit problème à régler avec... ma maison d'édition.

Le flic l'entraîna dans le garage et referma la porte derrière eux.

— Ça risque de se compliquer.

Léane le fixa sans desserrer les lèvres, elle avait envie de hurler : « Sans déconner ? » Il ouvrit le coffre. Le morceau de moquette qui permettait de dissimuler le compartiment de la roue de secours avait été plié en deux. Il sortit un scellé de la poche de son blouson.

— C'est sous ce tapis qu'on l'a trouvé, bien caché. À ton avis, c'est celui que Sarah portait le soir de sa disparition ?

Léane en eut la respiration coupée. De ses mains tremblantes, elle saisit le plastique. À l'intérieur, un bonnet bleu et vert en laine avec un pompon.

Celui de Sarah.

17

Il était tard, déjà, le vent forcissait dehors et crachait des rafales de sable contre les baies vitrées. Les grandes marées avec des coefficients historiques avaient débuté la veille. Dans ces moments-là, la météo changeait – plus âpre, avec vents violents, un voile noir sur le monde. La Côte d'Opale tout entière, les digues, les chemins en bord de mer se voyaient submergés par des vagues de plusieurs mètres. La baie de l'Authie, au plus fort de la montée des eaux, pouvait disparaître du paysage. Les flots venaient alors lécher le pied des dunes, à une dizaine de mètres seulement de « L'Inspirante ».

Assise sur le canapé, Léane fouillait dans les albums de vacances, à la recherche du souvenir de la bananeraie dont lui avait parlé Jullian. Si une simple banane avait pu rappeler cette scène du passé, peut-être la vue et le toucher du bonnet bicolore allaient-ils raviver les souvenirs liés à Sarah ? Peut-être son mari serait-il à même d'expliquer ce qu'il fichait avec un vêtement que sa fille portait au moment où elle avait été enlevée ?

Selon Colin, ce n'était qu'un bonnet bicolore avec un pompon, comme on devait en trouver dans nombre de magasins, mais Léane n'en avait jamais vu de tels dans le commerce : ce bonnet-là était unique, car il avait été tricoté par la grand-mère de Sarah. Bien sûr, le flic l'avait emporté pour analyses. Il espérait y déceler des traces d'ADN, issues de la sueur, de squames et même de cheveux.

Léane tournait les pages, elle aussi à la recherche de ses propres souvenirs enfouis. Incapable de se faire à l'idée que l'homme qu'elle connaissait depuis vingt ans ait pu faire du mal à quelqu'un, une femme enfermée dans le coffre, qui qu'elle fût. Et puis, la présence de ce bonnet n'avait aucun sens. S'il appartenait à Sarah, que ferait-il dans le coffre, quatre ans plus tard ?

Vivante. Léane ne voulait pas se résoudre à cette hypothèse. Sa fille ne pouvait pas être vivante. Jeanson l'avait kidnappée, tuée, enterrée dans la nature et finirait tôt ou tard par livrer l'emplacement du corps. Son mari ne pouvait pas être impliqué.

Colin lui avait promis des résultats d'analyses, pour le lendemain et, si l'impossible se produisait, c'est-à-dire si ce bonnet appartenait à sa fille, le flic lancerait une perquisition dans la maison, à la recherche d'indices, à défaut de pouvoir interroger Jullian.

Restait une dernière nuit à vivre dans le plus épouvantable des doutes.

Elle tomba enfin sur une photo qui prouvait que Jullian ne s'était pas trompé. Il portait en effet un short bleu au milieu d'une bananeraie, et elle posait à ses côtés. Beau, bronzé, il souriait à l'objectif. Les souvenirs affluèrent par une lucarne ouverte sous son crâne. Les îles Canaries. Leur premier voyage, leur amour, les projets.

Si elle ne s'était plus remémoré cet épisode de vacances, pouvait-il en être de même pour un livre complet ? Avait-elle eu vent de ce Michel Eastwood ? Comment aurait-elle pu oublier une lecture intégrale ?

Elle avait créé *Le Manuscrit inachevé* de toutes pièces, elle se rappelait la façon dont les idées avaient jailli, les lumières qui s'étaient allumées dans son esprit au fil de ses réflexions. Il résultait du fruit de son travail, sans aucun doute possible.

Elle lança néanmoins une recherche sur Internet, autour des sujets « plagiat », « vol d'idées », « oubli ». Après une demi-heure de fouilles infructueuses, elle faillit abandonner puis tomba sur un article qui concernait une chose dont elle n'avait jamais entendu parler : la cryptomnésie. Un processus qui relevait davantage de la psychologie, par lequel on pouvait s'approprier, de façon inconsciente, les idées des autres.

Léane n'en croyait pas ses yeux. Dans les domaines de l'art, comme le cinéma ou la littérature, on pourrait associer ce phénomène à une sorte de plagiat inconscient : des souvenirs perdus ressurgissaient dans la conscience, émergeant dans une force créatrice. On était alors convaincu que l'idée que l'on avait lue, vue, croisée un jour dans sa vie émanait de nous.

Des souvenirs perdus. Pouvait-elle avoir été confrontée à ce phénomène, cette espèce de vampirisme mental du travail d'un autre ? Avait-elle vraiment pu oublier ce roman et, pire, en voler des bribes pour créer sa propre histoire ? Avait-elle, elle aussi, perdu un morceau de sa mémoire, comme Jullian ? Impossible...

Elle s'efforça de revenir à l'album et en tourna les pages. Les photos étaient comme des fragments de mémoire, elles pouvaient presque suffire à reconstituer une vie de couple, avec les hauts, les bas, les moments de joie, les peines. Elle avait été heureuse avec Jullian, l'avait aimé, il avait toujours été là, malgré des périodes difficiles. Le temps avait émoussé la passion mais laissé place à d'autres sentiments aussi forts : la confiance, la tendresse, la simple joie d'être ensemble et de ne penser à rien. Cette collection de clichés pouvait en témoigner.

Et elle l'aimait encore, malgré les crevasses de malheur qui les avaient séparés.

Elle se demanda comment allaient se passer les prochains jours, lorsque son mari serait de retour à la maison. Pourrait-elle reconstruire avec lui un présent sans Sarah ? Redémarrer une nouvelle existence à ses côtés ? Faire de cette vie-là un manuscrit inachevé, et en commencer un autre ?

Elle s'empara des albums photo plus récents, avec leur fille, frotta les larmes au coin de ses yeux. Ce que Sarah lui manquait... Comment continuer à s'épanouir après la perte d'un enfant ? Pouvait-on combattre une absence ? Au mieux, on se contentait de survivre, comme elle. Au pire, on sombrait, comme Jullian.

Elle tiqua lorsqu'elle découvrit les nombreux trous dans les albums qu'elle tenait. Les clichés d'elle, de Jullian y étaient, mais toutes les photos de Sarah avaient disparu. Elle fouilla partout dans les tiroirs, sans les retrouver, et songea à cet étrange cambriolage ayant eu lieu deux mois plus tôt, d'après Jullian. Avaient-elles été volées avec les romans et les objets dans la salle de bains ?

Elle se rendit dans le bureau de son mari, décidée à y voir plus clair. Que cachait-il ? Qu'avait-il fait, seul dans cette maison, ces dernières semaines ? Avait-il sombré dans des accès de folie, de paranoïa, suspicieux envers la Terre entière ? Elle releva l'écran de l'ordinateur portable, pour jeter un œil à l'historique de ses mails et de ses pages Internet. Mais elle n'avait plus accès à rien, les données avaient été effacées.

Elle n'avait pas dit son dernier mot. Elle alla déposer le portable en ville, chez Maxime Père, un ancien collègue et ami de confiance, un vrai crack en informatique. Ils burent un verre rapide, Maxime était content de la revoir. Léane lui expliqua pour l'agression de Jullian et lui demanda s'il pouvait analyser l'ordinateur. Il lui promit de se mettre au travail dès qu'elle aurait franchi sa porte.

Elle rentra chez elle et poursuivit la fouille, notamment dans une armoire du bureau. Jullian notait l'ensemble de ses recherches et de ses pistes, et accumulait la paperasse de son enquête personnelle dans de gros classeurs. Mais l'armoire était vide. Où se trouvaient les documents ? Qu'en avait-il fait ? Elle se rappela le tas de cendres, dans la cheminée qu'ils n'utilisaient jamais. Avait-il brûlé son travail ? Pourquoi cette terrible volonté de tout effacer ? Elle se mit sur la pointe des pieds, passa une main sur le dessus du meuble et tomba sur un paquet de feuilles oubliées.

Il s'agissait de pages photocopiées d'un roman, qu'elle reconnut illico : *Le Manuscrit inachevé*. Elle avait envoyé une copie à son mari un mois avant la sortie, pour qu'il lui donne son avis, comme il l'avait toujours fait. Il ne l'avait pas rappelée, mais il l'avait lu, c'était certain : il avait entouré les passages où elle y décrivait les pires supplices et la manière dont on pouvait confectionner des instruments en bois ou en métal susceptibles de vous broyer les os des pieds.

Elle éprouva l'envie de retourner à l'hôpital et de le frapper, jusqu'à ce qu'il parle. Ses propres pensées l'effrayèrent.

Elle devait comprendre les mystères qu'avait abrités cette maison en son absence. Elle enfila son manteau, sortit avec une torche et se précipita vers la remise à chars à voile, une cabane en bois, à une dizaine de mètres de la maison. Jullian y rangeait ses outils et y bricolait de temps en temps. S'il avait eu un objet quelconque à fabriquer à partir de ses écrits, il l'aurait fait à cet endroit.

L'accumulation de sable sur la paroi ouest donnait l'impression que l'abri penchait. La porte était verrouillée avec un gros cadenas qui, lui sembla-t-il, était neuf. Elle hésita, prit son inspiration et cassa la seule vitre avec le manche de sa torche. Après avoir chassé les éclats de verre, elle se glissa dans l'ouverture.

Les chars reposaient dans leur coin, leur voile roulée et protégée par une housse. Des cerfs-volants pendaient, en légère rotation, et projetaient des silhouettes lugubres sur les murs où des cannes à pêche s'emmêlaient. Un nuage de sciure virevolta et la fit éternuer. Cela provenait de l'établi, sur lequel reposaient la scie circulaire, des clous et des vis. Léane se pencha. Sous un marteau, le plan dessiné de l'instrument à broyer les pieds. L'objet, lui, manquait. Ne restaient que des chutes de bois et des copeaux.

Alors il l'avait fait. Il avait réalisé l'instrument de torture décrit dans son livre et l'avait embarqué quelque part.

Vivante.

Elle lutta contre l'envie de s'enfuir. Le souffle court, elle éclaira un poncho de pluie jaune à capuche, ainsi que le pantalon de pêcheur imperméable, avec ses bretelles, accroché à gauche de l'établi. Au sol, des bottes en caoutchouc crottées, prises dans une flaque d'eau gelée. Jullian avait utilisé cette tenue il y avait peu, aucun doute là-dessus, et pas pour aller ramasser des moules. Elle revint sur le poncho, promena sa torche sur chaque centimètre carré, inspecta les poches du pantalon. Sa poitrine se serra quand ses doigts se rétractèrent sur une clé ancienne.

Elle l'observa à la lumière. Elle avait déjà vu ce genre de clé lorsque Jullian avait été interrogé par la police, quatre ans plus tôt. Elle avait la quasi-certitude qu'il s'agissait d'une des clés du fort d'Ambleteuse, situé à soixante kilomètres de là.

Qu'est-ce qu'il fichait avec ça ? Natacha Dambrine, sa maîtresse de l'époque, avait quitté la région depuis des lustres et, aux dernières nouvelles, le fort était fermé, interdit d'accès car jugé trop vétuste et dangereux. Elle savait que Jullian avait décroché un chantier d'étude sur l'étanchéité et l'enrochement des remparts, mais les travaux ne devaient démarrer qu'au printemps. Alors pourquoi gardait-il la clé dans la poche de son ciré trempé ? Pourquoi s'était-il rendu là-bas avant son agression ?

Dix minutes plus tard, elle prenait la direction d'Ambleteuse. Elle songeait aux traces de sciure, aux clous, au revolver, au sang, au bonnet dans le coffre du 4×4. Cette clé allait ouvrir bien plus que la grille d'un fort à l'abandon.

Elle allait déverrouiller les portes de l'enfer.

18

Le directeur de l'institut des <u>Senones</u> s'apprêtait à mettre les voiles lorsque Vic fut amené par un éducateur à son bureau. Florent Leviel n'avait rien du vieil ours qu'on aurait pu imaginer au fin fond de ses montagnes. La trentaine, cheveux noirs gominés vers l'arrière, allure décontractée, avec ses manches de chemise retroussées jusqu'aux coudes par-dessus un gilet à col en V. Il venait de décrocher sa doudoune du portemanteau et la garda entre ses mains.

— La Criminelle ? Comment se fait-il que je ne vous aie jamais vu ?

Vic lui montra sa carte tricolore.

— Je viens de Grenoble. Je ne peux pas vous donner tous les détails, mais nous travaillons aussi sur une affaire qui, selon toute vraisemblance, a des connexions avec la disparition d'Apolline.

Le policier sortit des photos de sa poche et les tendit au directeur.

— Voici la fameuse connexion : la voiture de celui que nous pensons être le kidnappeur de votre pensionnaire. Il s'agit d'une Ford Mondeo grise munie d'une fausse plaque à ce moment-là. Elle est en notre possession, dans un entrepôt de pièces à conviction.

Leviel considéra les clichés avec attention.

— Il y a également des photos de l'individu prises par une caméra de surveillance d'une pompe à essence au niveau de la sortie du Touvet, entre Grenoble et Chambéry. On n'y voit pas distinctement, mais ça peut peut-être vous aider. La physionomie générale, la casquette...

Le directeur secoua la tête.

— Il peut y avoir jusqu'à une trentaine de véhicules garés ici pendant la journée, mais... je pense que s'il y avait eu cette voiture, je l'aurais remarquée. Or là, ça ne me dit rien du tout. Quant à cette silhouette... c'est beaucoup trop vague. Et personne ne porte de casquette ici, à ma connaissance. Pas au boulot, du moins.

Il rendit les clichés.

— Vos collègues d'Annecy ont déjà fouillé, il ne se passe pas une semaine sans qu'on en voie un venir poser des questions. Sachez que mon personnel a été largement interrogé, et qu'il est intègre. Ce sont des gens passionnés et qualifiés, qui aiment leur job et les jeunes. Cette présence policière et cette disparition qu'on ressasse stressent nos pensionnaires non-voyants et pourraient briser leur confiance en leurs éducateurs. C'est horrible, cette disparition, Apolline est une jeune fille appréciée de tous ici et on espère sincèrement que vous allez la retrouver, mais mon centre n'a rien à se reprocher.

Vic rempocha les clichés, déçu que son intuition ne se soit pas concrétisée.

— Rien de remarquable parmi vos employés depuis lundi dernier ? L'un d'entre eux qui ne serait pas venu travailler pour une raison quelconque ?

— Non, aucune absence n'a été signalée. Pour votre gouverne, nous sommes tous en congé demain soir, les jeunes retournent dans leur famille pour les vacances de Noël et le centre ferme. Donc inutile de revenir ici dans les jours prochains, mais vous pourrez m'appeler, je reste joignable.

Il tendit une carte de visite à Vic.

— Si je peux aider d'une quelconque façon pour qu'on retrouve Apolline…

Il enfila sa doudoune.

— Désolé, il faut vraiment que j'y aille. Je suis attendu à une réunion à Chambéry, et vu qu'il neige…

— J'aimerais jeter un coup d'œil à la chambre d'Apolline avant.

Il invita Vic à sortir et ferma son bureau à clé.

— Comme vos collègues. Qu'est-ce que vous espérez y trouver ? Ils l'ont déjà fouillée de fond en comble.

— Ce ne sera pas long. J'ai juste besoin de voir où elle passait une bonne partie de son temps.

— Seulement deux minutes, alors.

Ils évoluèrent dans les couloirs de l'institut. Vic s'était attendu à des murs froids, des pièces sans âme, des croix religieuses partout, mais les couleurs explosaient dans les salles d'activité, la décoration se révélait moderne et lumineuse. De gros sapins de Noël encombraient la salle de transcription braille et les ateliers manuels. Plus loin, on percevait des bruits de percussions. Des garçons, positionnés en rond, frappaient sur des djembés. Au centre, des filles dansaient, sous les yeux des formateurs qui donnaient le rythme avec des claquements de mains. Replié dans son manteau de neige et coupé du monde, l'institut vibrait de vie.

La chambre d'Apolline était à l'image du reste : cosy, chaleureuse, l'espace intime de n'importe quelle jeune femme de 18 ans. Un iPod, un casque audio, une collection de flacons de parfum… Le directeur s'arrêta près de la porte.

— Ce n'est qu'en observant dans le détail que l'on peut déceler la déficience visuelle.

Dès lors, Vic se rendit compte de l'absence de photos ou de posters sur les murs, discerna les angles des meubles arrondis, les bandes podotactiles à l'entrée de la pièce et au pied du lit, les commodes avec des poignées de formes différentes, tous ces détails qui fourmillaient autour de lui et qu'il n'avait pas remarqués à son arrivée.

— On n'a touché à rien, en espérant qu'elle revienne.

Vic manipula le chien en peluche posé au milieu du lit et tourna sur lui-même. Il remarqua la croix religieuse, au-dessus de la fenêtre qui donnait sur la chapelle.

— Apolline est croyante.

— Oui. Elle passait beaucoup de temps à la bibliothèque, nous y avons une bible en braille qui occupe une étagère complète. Elle allait aussi prier dans la chapelle, une ou deux fois par semaine. Mais vos collègues ont déjà demandé tout ça, ils ont même interrogé Bertrand, notre gardien qui habite ici à l'année, c'est lui qui veille sur les installations. Ça n'a rien donné. Et si vous vous posez la question, Bertrand possède une vieille Citroën que vous trouverez garée juste à côté de la chapelle.

— Couleur gris taupe, immatriculée 2022 TA 69... Phare arrière gauche cassé... (Vic fit rouler sa main au niveau de sa tempe.) C'est... ma mémoire.

— Ah... Impressionnant.

— Impressionnant, oui. Mais dans quatre-vingt-quinze pour cent des cas, ça ne sert à rien, si ce n'est à encombrer encore plus mon petit grenier intérieur. Je retiens tout, mais au fil des années je ne sais plus forcément à quoi les numéros ou les noms correspondent. Autrement dit, ma mémoire est une vraie poubelle.

Le flic se dirigea vers une armoire fermée, sur laquelle se trouvait un clavier en braille. Le directeur vint appuyer sur les boutons.

— Son code est 2962. Dans un monde où tout n'est qu'obscurité, nos pensionnaires ont besoin de savoir que leurs affaires plus intimes sont un minimum protégées.

Vic écarta les battants. Des bacs de différentes formes, pour chaque type de vêtement. Une boîte à secrets, qu'il ouvrit. Des bijoux fantaisie, un médaillon de la Vierge, sans chaîne.

— Vous savez où est la chaîne ?

— Apolline nous a dit l'avoir perdue. On ne l'a jamais retrouvée.

À l'aide de son portable, Vic afficha la photo de la chaîne accrochée au rétroviseur de la Ford et la montra au directeur.

— C'était celle-là ?

Leviel observa, l'air grave.

— Une fine chaîne en or... Je ne pourrais pas vous dire. Mais si c'est bien elle, qu'est-ce qu'elle ferait là, accrochée à ce rétro ?

— Quand l'a-t-elle perdue ?

— Ça remonte à... à juin dernier. Juste avant les grandes vacances.

Vic s'empara d'une pile de livres audio – Jules Verne, Alexandre Dumas, Caleb Traskman –, il observa les CD sur l'étagère du dessus et soudain prit le premier boîtier. Il se tourna vers Leviel.

— Elle aimait la musique classique ?

— Beaucoup, oui. Elle n'écoutait que ça et jouait du piano. Mozart était son compositeur préféré. C'était... C'est une jeune fille brillante. C'est horrible, on ne sait jamais s'il faut parler des gens au présent ou au passé quand ils ont disparu.

— Le présent, c'est bien.

Vic parcourut avec hâte les autres boîtiers. Il tira alors celui des *Concertos pour piano n°s 21 et 22* de Mozart et l'ouvrit.

Vide.

Il se tourna vers Leviel.

— Il est venu ici, dans cette chambre. Il a eu accès à cette armoire, a volé le disque et remis le boîtier en place avec les autres.

Le directeur de l'établissement se passa une main nerveuse sur le visage.

— Non... Vous vous trompez.

— Le disque, on l'a retrouvé dans le lecteur CD de sa voiture, la fameuse Ford.

Leviel semblait sonné. Vic attendit un peu avant de poursuivre :

— Apolline est une jolie fille, intelligente, cultivée. Lui, il est ici, dans votre centre, il entre dans sa chambre. Elle doit le connaître pour le laisser s'approcher, ou alors il pénètre ici en son absence, je suppose que c'est assez facile. Il fantasme sur elle, il sait qu'elle est vulnérable. Il détient son code secret, peut-être l'a-t-il vue le composer ? Il vole d'abord des objets lui appartenant, des choses qu'elle aime. Il écoute ce qu'elle écoute chaque jour, au volant de sa voiture. Il est probable qu'il se masturbe en pensant à elle – nous avons trouvé de traces de sperme dans son véhicule.

— C'est monstrueux.

— Les semaines passent. Arrive le moment où la pulsion est trop forte, où ni les simples pensées ni les objets ne suffisent. Il doit posséder Apolline. Alors il décide de passer à l'acte. Mais il ne se précipite pas, il observe, réfléchit. Il n'agit pas ici, au centre, ce serait trop risqué, et la liste des suspects trop réduite. Non, il attend qu'elle retourne chez ses parents, à Saint-Gervais, pendant les vacances de la Toussaint. Il est patient, prudent. En frappant là-bas, des mois après son intrusion, il noie le poisson.

Vic lui mit le boîtier entre les mains.

— L'homme que je cherche est venu dans cette chambre, régulièrement. Vous parliez de juin dernier pour la disparition de la chaîne en or. Si vous n'avez pas repéré de Ford Mondeo grise, c'est peut-être parce qu'il avait un véhicule de fonction à l'époque ? Ou qu'il n'est venu qu'occasionnellement ? Un thérapeute ? Un médecin spécialisé ? Un professeur de piano ? Réfléchissez, monsieur Leviel, et dites-moi de qui il s'agit.

— Je ne vois pas, je...

Il se tut, pensif, le poing sur les lèvres.

— ... Enfin si, il y a bien eu cette petite entreprise de rénovation et de nettoyage, qui est intervenue environ un mois, de mi-mai à mi-juin.

— Expliquez.

— On avait constaté des infiltrations l'hiver dernier et fait changer une partie de la toiture. Restait à refaire un peu d'enduit et à repeindre certaines chambres. Celle d'Apolline en faisait partie. Je... Je n'ai même pas pensé à en parler aux policiers d'Annecy, c'était avant les grandes vacances et...

— Le nom de cette entreprise ?

Leviel lui fit signe de le suivre. Ils marchèrent à vive allure dans les couloirs.

— C'est Delambre Déco. Ils étaient deux. Un type maigre et un gars d'une quarantaine d'années, beaucoup plus costaud, qui pourrait éventuellement coller avec l'homme de votre photo. Et puis...

— Et puis ?

— Il avait effectivement une casquette, si mes souvenirs sont bons. C'est lui qui s'est occupé de la chambre d'Apolline. Pas un grand bavard, je me souviens, et plutôt renfermé. Mais il bossait vite et bien. Je lui avais parlé de travaux à faire chez moi au noir, à l'occasion ; il m'a laissé ses coordonnées personnelles.

Une fois dans son bureau, le responsable du centre fouilla dans son tiroir et en sortit un papier qu'il tendit à Vic. Dessus, un nom et un numéro de téléphone portable. Leur dépeceur avait désormais une identité : Félix Delpierre.

Le flic remercia le directeur et quitta le centre au pas de course. Il se réfugia dans l'habitacle de sa voiture et, après avoir mis en marche les essuie-glaces pour chasser la couche de neige, appela Vadim.

— C'est Vic. Je crois qu'on le tient.

19

Félix Delpierre, 42 ans, habitait sur les hauteurs d'Aillon-le-Vieux, un bled situé dans le massif des Bauges, à une quinzaine de kilomètres de Chambéry.

Vic attendait les équipes depuis quatre interminables heures dans sa voiture, garée sur un parking le long de la départementale D206. Il ne cessait d'arrêter et de démarrer le moteur pour se réchauffer et faire fondre la neige sur son pare-brise. Il se sentait seul comme un menhir, là, au bord d'une route de montagne paumée, à trois jours du réveillon. Il songea à sa femme, qui malgré tout souffrait elle aussi, à Coralie, qui allait porter sur ses frêles épaules le poids de leur séparation.

Il n'espérait qu'une chose : qu'elle ne sombre pas à l'école, qu'elle ne tourne pas mal dans ce vaste espace de liberté qu'était le lycée. Tout lui paraissait si compliqué. Sur le film de buée de sa vitre, il traça le mot « Misérable ». Vic le misérable... Était-ce un regard de pitié que lui avait adressé sa fille devant son établissement scolaire ? Était-ce ce qu'elle pensait de lui ? Misérable ? Il souffla sur la vitre avec amertume, et les lettres s'évanouirent.

Dans son rétroviseur, quatre paires de phares crevaient la nuit par intermittence, virage après virage.

Les véhicules armés de leurs pneus neige, dont une ambulance, approchaient à allure réduite. Morel jaillit de l'un d'eux et vint s'installer à ses côtés, paré pour les grands froids : bonnet noir, blouson à la fermeture remontée jusqu'au menton, gants fourrés. Ils redémarrèrent sur cette piste aux allures de patinoire en fermant le convoi.

— Vous en avez mis, du temps !

Morel ôta ses gants avec les dents et plaqua une photo sur le volant.

— Voilà notre écorcheur de visage. Beau spécimen, comme tu peux le constater...

Félix Delpierre avait le front haut, et des poignées de cheveux noirs qui avaient poussé sur le dessus du crâne comme les feuilles d'un palmier. Ses yeux, séparés par une fine arête nasale, formaient deux ronds parfaits, protégés par une épaisse barre de sourcils. Vic comprenait mieux quand le directeur disait « renfermé ». Delpierre avait la tête d'un type né dans un sous-sol.

— Des infos viennent juste de remonter des bureaux. On a déjà un dossier sur Félix Delpierre, il a eu des soucis avec la justice. Une affaire qui date de sept ans, mais c'est pas nous qui nous en sommes occupés.

— Qui a géré ?

— L'équipe Krawick. Bon, je te la fais courte. Delpierre a été élevé dans une ferme familiale isolée, là où on va. Depuis ses 18 ans, il bosse dans des morgues, des funérariums de Grenoble ou Chambéry, ne parle à personne, froid comme un congélo. Il n'est pas méchant et fait le job avec rigueur et passion, jamais un problème ni un retard. Il a fini dans le laboratoire d'anatomie de l'école de médecine de Grenoble où il a obtenu la place en or : il y travaillait comme préparateur. Pour résumer, il était chargé de découper des cadavres pour que les étudiants puissent s'entraîner à la chirurgie. Je sais pas si t'as déjà vu comment ça se passe là-dedans.

— C'est comme à la boucherie, on y va à la hache ou à la scie.

— Dans le genre, oui. Une nuit, Delpierre a été surpris en train de charger un cadavre dans le coffre de sa voiture, pour… usage personnel.

— Usage personnel ?

— Nécrophilie, fétichisme, la totale. Le mec est gratiné. Il avait volé des membres, des troncs, même une tête, et ce depuis des mois, sans que personne s'aperçoive de rien. Ce n'est pas trop contrôlé, ces trucs-là, visiblement. Les gars de Krawick ont cru débarquer chez le mec de *Massacre à la tronçonneuse*. C'était en plein été, ils ont retrouvé les restes putréfiés dans des sacs-poubelle au fond d'un hangar, où il y avait tellement de mouches que tu ne pouvais pas ouvrir la bouche sans en avaler une. Il a pris un an ferme à Bonneville, est sorti, a repris sa vie et suivi une formation dans le bâtiment. Il travaille depuis trois ans pour Delambre Déco, planqué dans ses montagnes, en dehors des écrans radar de la police. On a regardé en détail sur Google Earth. Il a toujours habité la ferme, à deux kilomètres d'Aillon-le-Vieux.

Morel sortit son Sig Sauer de sa poche et vérifia le chargeur.

— Depuis qu'on a récupéré sa voiture, Delpierre sait qu'il est piégé et que notre arrivée n'est plus qu'une question de temps. Il doit s'attendre à notre visite.

Vic ne répondit pas. Le nez collé au pare-brise, il suivait les feux arrière des véhicules de la brigade d'intervention, essuie-glaces à fond, en pleine réflexion sur l'étrangeté de la nature humaine, sur le mystère de la génétique. Là où lui devait composer avec cette anomalie de la mémoire, d'autres avaient sans doute à le faire avec des replis bien plus sombres de l'esprit. Pour des individus de la trempe de Delpierre ou de Jeanson, à cause d'un mauvais câblage dans leur tête, kidnapper une pauvre fille ou violer un mort était aussi naturel que jouer une partie de backgammon.

Les habitations, autour, se firent de plus en plus rares, les montagnes se dressaient comme des crocs et, après trois kilomètres, il n'y avait plus âme qui vive. Vic fixait les flocons qui zigzaguaient dans les phares et venaient étouffer la végétation. Qui pouvait entendre les victimes crier, dans ce désert de roche ? Sans le vol de la Ford, combien de temps Delpierre aurait-il continué à agir en totale impunité ?

Les voitures s'engagèrent sur une route en pente, serrée entre des pins blanchis, et se garèrent sur le bas-côté où, déjà, se formaient des congères. Alain Manzato, leur commandant, vint frapper contre la vitre avec le manche d'une torche.

— Phares éteints. On continue à pied. La piaule est à trois cents mètres. GIPN devant, nous derrière. À partir de maintenant, on la boucle, V&V, compris ? Et reste bien en retrait, Altran. Faudrait pas que tu te tires une balle dans le pied.

Il était comme ça, Manzato, tout en finesse, Vic avait l'habitude. Jocelyn Mangematin et Ethan Dupuis, leurs deux autres collègues de l'équipe, les accompagnaient. Une colonne de silhouettes noires et armées se déploya comme l'aile d'un corbeau. Vic était précédé par un individu au blouson barré de l'inscription « NÉGOCIATEUR ». Le silence les enveloppait, juste perturbé par le craquement de la neige croûteuse sous les grosses semelles des rangers d'intervention, et ce halètement d'hommes sous tension, aux poumons saisis par le givre.

La mission se révélait périlleuse : neutraliser Delpierre et sauver, s'il y en avait, les survivants.

20

Les hommes poursuivirent leur progression. Au bout de deux minutes, un carré de lumière se dessina au loin, à l'étage d'un corps de ferme en pierre. Un coup de pince eut raison de la chaîne verrouillant le portail. Dans la cour intérieure, un véhicule de fonction, Delambre Déco, était rangé le long d'autres bâtiments massifs. Même privé de sa Ford, Delpierre avait continué à se déplacer et, semblait-il, il n'avait pas cherché à fuir ni à se cacher.

Vic eut un mauvais pressentiment : tout lui paraissait trop simple, on eût dit que leur homme leur déroulait le tapis rouge et leur demandait d'essuyer leurs pieds avant d'entrer chez lui.

Ils s'approchèrent et se figèrent lorsque l'un d'eux éclaira les portes d'une grange, côté gauche. Une rangée de fusils d'assaut se braqua sur la silhouette crucifiée à même le bois. Vic mit quelques secondes à comprendre : il s'agissait d'un animal, un cochon de petite taille, lui sembla-t-il, vêtu d'une longue robe légère à fleurs. Un épouvantail de chair cloué, mutilé, saupoudré d'une mince couche de neige. Vic plissa les yeux, il avait déjà vu cette robe sur une photo dans le bureau d'Annecy. Il se tourna vers Vadim.

— C'est la robe d'Apolline...

Dégoûté, Morel finit par détourner la tête.

— C'est sa manière de nous souhaiter la bienvenue.

Les flics quadrillèrent les issues du corps de ferme aussi vite que possible, et le chef de colonne lança l'assaut avec des mouvements codifiés des bras. La porte d'entrée principale céda après trois coups de bélier.

À ce moment exact, deux flambées illuminèrent la fenêtre de l'étage. Des coups de feu venaient de retentir. Comme un poids lourd impossible à arrêter, la colonne s'engouffra dans l'escalier, nichée derrière un bouclier Ramsès. De toutes les portes fermées du couloir, seule une laissait échapper un rayon lumineux sur le sol.

Le Dépeceur était reclus à l'intérieur d'une pièce. Vic se tenait dans l'escalier, plaqué derrière le dos d'un colosse, avec l'angoisse de l'instant à venir, celui où tout pouvait basculer. Partout, dans la cage d'escalier, sur les murs, des bustes d'animaux empaillés, des cerfs, des sangliers, même des loups, aux orbites vides et couverts de poussière. Les bêtes n'avaient pas une expression sereine, neutre, mais des gueules tordues, des dentures brisées. Delpierre était un chasseur, un tueur, un traqueur. Vic l'imaginait derrière la porte, armé d'un fusil à pompe. Ces deux coups de feu au moment où ils étaient entrés... Avait-il abattu Apolline avant de retourner l'arme contre lui ?

Soudain, une balle arracha un morceau de porte et s'écrasa dans le mur opposé.

— Allez vous faire foutre, enculés !

Le négociateur n'eut pas le temps d'ouvrir la bouche pour tenter de raisonner le forcené. Un deuxième coup partit, suivi du bruit sourd d'une masse s'écroulant par terre. Silence... On respirait à peine. Les hommes se laissèrent encore une vingtaine de secondes avant de se décider à entrer.

Tableau d'horreur. Un fusil de chasse sur le plancher. Du sang et des morceaux de cervelle, jusqu'au plafond. Dans un lit médicalisé, un autre corps gisait, non pas celui d'Apolline mais celui d'une vieille dame au visage creusé par la mort, aux cheveux blancs et hirsutes, à la peau plissée, d'un blanc de nacre qui virait légèrement au bleu. Deux fleurs rouges fleurissaient sur les draps, au niveau du cœur.

Dans la minute qui suivit, la tempête GIPN libéra l'espace et partit inspecter les autres pièces. Vic et Vadim se plantèrent aux abords de la chambre. Ça puait l'urine et le sang. Delpierre, avait, semblait-il, abattu sa mère malade avant de se donner la mort. Sur une table de nuit, une Vierge Marie, une bible et des dizaines de boîtes de médicaments, dont des doses de morphine.

Vic quitta la pièce d'un pas martial. Le monstre vivait dans ce terrier glauque avec sa mère souffrante, et il avait fait le ménage avant de se suicider.

Où était Apolline ?

21

Après avoir passé Boulogne-sur-Mer, Léane avait l'impression de rouler vers une lande de bout du monde. Le mince ruban d'asphalte juste éclairé par ses phares s'enfonçait dans le parc naturel régional des Caps, entre campagne et falaises. C'était un univers de terre humide et brune, de craie abrupte, de galets ronds chahutés par les vagues, de petites stations balnéaires désertées et de feux accrochés à une côte déchiquetée, dangereuse et immuable.

Si Ambleteuse rayonnait l'été, le bourg gisait l'hiver, fouetté à sang par les marées, attaqué par les embruns et le sel. Les maisons du front de mer, vides pour la plupart, se serraient les unes contre les autres comme pour se réchauffer et faire bloc face aux éléments – vents violents, pluies diluviennes, crachin permanent. Les bateaux colorés, qui d'ordinaire égayaient la côte, prenaient la poussière au fond de leurs garages fermés à clé. Tout était exsangue, figé, sauf les flux et reflux perpétuels, aux mélodies hypnotiques de pierres qui roulent, de sable qui grince, et ces cris glauques de mouettes, toujours, venus d'on ne savait pas vraiment où.

Léane se gara dans la rue la plus au nord de la ville, le long de la Slack, un minuscule cours d'eau dont les eaux mouraient dans la baie et peinaient à rejoindre la mer à marée basse. Ce bout de nature était isolé, plongé dans l'obscurité et protégé par un léger relief qui le coupait de la vue d'éventuels curieux.

Lampe torche éteinte à la main, elle poursuivit à pied, passa devant un parking à bateaux où gisaient des remorques et put deviner le fort, aux remparts en forme de fer à cheval ouvert sur la mer, à l'architecture toute militaire, et dessiné il y avait plus de trois cents ans par Vauban. On y accédait par une bande de rochers couverts de coquilles de mollusques, qui disparaissaient sous les eaux à marée haute et isolaient le bâtiment. Différents panneaux en interdisaient l'accès aux personnes non autorisées et annonçaient de prochains travaux de restauration. Le chantier de Jullian, sans doute.

Léane n'en tint pas compte, enjamba une chaîne suspendue entre deux barrières et s'engagea avec prudence en direction du fort. Par-delà les rochers lui parvenait une odeur de vase, d'algues, de sel. Elle ne connaissait pas les horaires des marées mais elle distinguait la mer qui flirtait au loin avec l'horizon : ça lui laissait le temps. Hors de question de rester coincée dans le bâtiment les six heures durant lesquelles les eaux l'encerclaient de ses puissants courants.

Elle grimpa une volée de marches et enfonça sa clé dans la serrure d'une porte en bois massive. Un déclic… Et l'angoisse qui montait. Elle voyait encore le ciré jaune avec la capuche, les bottes crottées, les passages entourés dans son dernier livre, les traces de fabrication de l'instrument de torture.

Une fois dans le corps de garde, elle alluma sa lampe torche, jeta un œil aux différentes pièces. Elle traversa la cour intérieure et alla explorer la tour, d'abord vers le haut. Jullian et Dambrine s'étaient retrouvés à plusieurs reprises au deuxième étage, dans la casemate, et avaient couché ensemble, alors que sa maîtresse était censée mener des analyses sur le fort.

La salle était vide, hormis un canon rouillé poussé dans un coin et des seaux posés à même le sol, remplis aux trois quarts et collectant l'eau des fuites. Frigorifiée, Léane redescendit, explora le bâtiment, tête par moments baissée sous les voûtes. L'humidité rongeait la chaux, suintait des pierres, rendait les marches glissantes.

Un bruit soudain la paralysa, au beau milieu de l'escalier. Elle braqua sa torche droit devant elle, retint son souffle. Avait-elle rêvé ? Le bruit recommença, plus franc, plus distinct. Une espèce de raclement d'acier contre de la pierre, qui venait d'en bas.

Elle n'était pas seule.

— Il y a quelqu'un ?

Plus un son. Le vent ? Impossible. Elle prit son courage à deux mains et s'engouffra dans les profondeurs du fort. Elle crut se rappeler qu'il y avait, au bout de cet escalier, une pièce sans fenêtre, en pierre, qui servait jadis à entreposer la nourriture des militaires. Elle stoppa net devant une photo maintenue par un clou dans le mur de droite : un portrait de Sarah, 13 ans à peine. Puis une autre, plus bas... Et encore une. Sarah partout. Les photos manquantes des albums étaient toutes là, par dizaines, accrochées à la pierre.

L'antre de la folie.

Un pied après l'autre, la peur chevillée au corps, elle s'enfonça plus encore. Sa lampe creva l'obscurité de la réserve. Elle braqua son faisceau, balaya le mur opposé et frôla l'arrêt cardiaque lorsque le cercle de lumière s'arrêta sur des poignets menottés, puis sur un visage qui n'avait plus rien d'humain, tant il était tuméfié.

22

Chaque fois qu'un criminel mettait fin à ses jours sans payer la facture de ses crimes, Vic éprouvait l'envie furieuse de raccrocher les gants. De tels échecs – celui-ci en était un, et pas des moindres – le blessaient comme une plaie au couteau sur sa poitrine.

Il fouillait le hangar, déplaçait des ballots de paille, éclairait des recoins sombres, vidé de ses forces. Y avait-il une infime chance qu'Apolline fût encore en vie, enfermée quelque part ? Trois hommes s'escrimaient à décrocher un cochon d'une porte en bois – le bourreau avait utilisé une cloueuse pneumatique trouvée au pied de l'animal vêtu de la robe d'Apolline. On ne vous apprenait pas à faire ce genre de choses, dans la police.

Les équipes de la Scientifique venaient d'arriver. Elles s'étaient déployées dans le corps de ferme, prélevaient douilles, arme à feu, relevaient des échantillons de sang, photographiaient la position des corps, des objets. Les flashes crépitaient sous la grande main noire des montagnes, qui s'était resserrée sur cette ferme de l'horreur. Vic regarda les hommes ôter avec une incroyable délicatesse la robe de l'animal – il y avait un côté à la fois ridicule et effroyable dans cette scène – et retourna à l'intérieur, le pas plombé, sans un mot. Sa femme lui avait toujours reproché ses silences et son manque de conversation, mais que répondre à des questions du genre « Alors, ta journée ? », quand on vivait des instants pareils ?

Le procédurier de leur équipe – Jocelyn Mangematin, un type aussi roux qu'une tomme de mimolette, d'où son surnom – enfournait les indices dans des sacs à scellés, tandis que leur commandant passait des coups de fil. Morel et Dupuis continuaient à fouiller les lieux. La maison était si calme que Vic sursauta lorsque le téléphone portable posé en évidence au milieu de la table du salon émit le coassement d'une grenouille. L'écran afficha un SMS de Pascal Delambre : « Le chantier chez Mme Fourneuil débutera à 8 h 30. Bonne soirée et à demain. »

La normalité, songea Vic. Un type comme un autre qui, chaque jour, entrait chez des gens, leur souriait, allait décorer leur maison, repeindre leur chambre, alors qu'il avait du sang sur les mains. Combien étaient cachés comme lui derrière un masque ? Morel vint lire le SMS, il eut un rire nerveux, et son visage se tordit en une étrange grimace.

— Il sera pas là, mec, demain, ton brave petit employé. Ton salopard de violeur de morts a pris son ticket pour l'enfer. Et je l'emmerde !

Sans affronter la tempête d'yeux soudain braqués sur lui, il retourna dans le couloir. Ça lui arrivait de temps en temps, à Vadim, de péter un câble, en mode Gilles de La Tourette. Malgré son visage en pâte à modeler et son air de marionnette, c'était un sanguin.

Muni de gants, Vic jeta un coup d'œil rapide au téléphone de Delpierre avant que le procédurier ne le place sous scellés. Il contenait quelques contacts, libellés

« clients » ou « collègues », des messages apparemment d'ordre professionnel. Rien de flagrant ou d'étrange, sauf le dernier, envoyé par Delpierre tard la veille, à un numéro en 06 non enregistré : « À toi qui vas bientôt entrer chez moi sans permission, quand tu seras descendu bien bas, tourne la roue du bonheur. Et gagne la surprise ! »

Vic n'en comprit pas le sens, il avait l'impression que la phrase était adressée à eux, les flics. Il tendit le téléphone à Mimolette, qui le consigna. L'engin allait être décortiqué par les spécialistes de la police scientifique.

Il rejoignit Vadim à l'étage, près de la chambre en cours d'expertise. Les corps avaient été levés, mais on voyait encore la violence des actes aux taches et gouttes de sang sur les draps, les murs, dont certaines avaient déjoué la gravité en se projetant vers le haut. Vic observa le plateau-repas posé sur la table près du lit – un bol de soupe, un peu de pain –, puis les boîtes de médicaments. À la vue des noms des molécules, du matériel médical, le flic n'eut aucun doute.

— Elle avait un cancer, phase terminale...

Morel grinçait des dents.

— Delpierre prenait soin d'elle. Il lui apportait de bons petits plats, lui faisait sa toilette, accueillait probablement le médecin ou l'infirmière plusieurs fois par semaine, bien poli, serviable, alors que...

Il s'éloigna dans le couloir, s'approcha d'une fenêtre qui donnait sur la nuit étoilée. On pouvait deviner les montagnes aux crêtes nimbées d'une douce lumière d'ambre.

— Ce salopard aimait sa mère. C'est au cœur qu'il l'a visée, pas à la tête. Le cœur, Vic. Il n'a pas été un gosse battu ou martyrisé, il s'occupait encore de sa mère malade. Il était juste comme ça... Une bête... Le pire, c'est qu'on n'aura peut-être jamais d'explications. Qu'est-ce qu'on va dire aux parents d'Apolline ? Qu'on ne l'a pas retrouvée ?

Vic le savait : Vadim détestait son métier, dans ces moments-là.

— Peut-être que... Delpierre était juste de passage sur cette Terre pour faire ce qu'il avait à faire, et disparaître. Comme une scorie, un objet mal fabriqué qui se mêle aux autres avant d'être jeté à la poubelle. D'autres comme lui existent, il faut faire avec. Quand on peut les attraper, c'est bien. Sinon...

Vic vint à ses côtés, les mains dans les poches.

— Tu te rends compte qu'on est à trois jours de Noël et que je n'ai toujours rien pour Coralie ?

— Merde, Vic, je te parle de... de choses sérieuses, et toi, tu me dis que tu n'as pas de cadeau pour ta fille. Pourquoi tu me racontes ça ?

— Parce que j'y pense maintenant. Parce que ma putain de mémoire me distribue les cartes quand elle veut, il n'y a pas de règles, avec elle. Chaque jour, je me dis que je dois m'arrêter devant un magasin, n'importe lequel, et lui acheter quelque chose, je ne sais même pas quoi. Et chaque jour, j'oublie. Sauf là, maintenant, à presque minuit, au milieu des tripes et du sang.

L'ombre d'un regret passa comme un voile devant ses grands iris sombres.

— Quel genre de père je suis, pour oublier ça ? C'est ma fille.

— Fais comme Martine et moi, donne-lui de l'argent, elle ne le prendra pas mal, au contraire. Tu sais, à cet âge-là, le fric, c'est bien. Même plus tard, d'ailleurs. Bon... Revenons à Delpierre. On a fait le haut, le bas.

J'ai vu qu'il y avait une cave. Les gars du GIPN sont déjà descendus mais rapidement. On se la fait ?

— On se la fait, ouais…

Ils retournèrent au rez-de-chaussée en silence. Des hommes montaient et descendaient, chargés de matériel ou d'échantillons. Il y avait même une voiture du *Dauphiné libéré*, à l'extérieur, avec le journaliste qui patientait dans le froid. La maison de Delpierre n'avait sans doute jamais été aussi animée.

Les deux flics descendirent les marches de la cave. La voûte les força à se courber. Après un passage dans un court tunnel, ils gagnèrent une vaste pièce carrée, éclairée avec deux ampoules, baignée dans des odeurs de viande fumée et de sel. Des dizaines de bois de cerfs, noués ensemble par une corde, pendaient du plafond, ainsi que des jambons enveloppés dans de grands torchons blancs dont les pointes venaient presque caresser le sol. Vic retint son souffle lorsqu'il souleva l'un d'eux et il fut rassuré de constater qu'il s'agissait de vrais morceaux de porcs. Morel eut un nouveau rire nerveux, venu des entrailles.

Ils traversèrent la forêt de fantômes, qui s'agitaient avec mollesse comme des sacs de boxe. Plus loin, ils découvrirent des stocks de nourriture, des chaises empilées, un amas de bustes et de têtes d'animaux empaillés, aux côtés d'yeux en verre, de pinceaux, de ballots de paille. Il y avait aussi un peu de matériel de quincaillerie et une plaque d'immatriculation, à coup sûr celle d'origine de la Ford. Un ancien meuble de cuisine contre le mur du fond, sur lequel étaient accrochés une visseuse électrique et un vélo d'enfant rouillé, hors d'âge, avec des lanières aux poignées. À l'arrière de la selle, l'inscription « FÉLIX DELPIERRE ». Vic en fit tourner la roue et la fixa de longues secondes, interloqué.

La voix de Morel résonnait au loin, comme jaillie d'outre-tombe.

— ... fous ? On remonte.

Vic ausculta le vélo en détail, une main au menton.

— Il y avait un SMS dans le portable de Delpierre, envoyé de son téléphone hier soir à un numéro inconnu. C'était écrit : « À toi qui vas bientôt entrer chez moi sans permission, quand tu seras descendu bien bas, tourne la roue du bonheur. Et gagne la surprise ! » Ce portable, il était posé en évidence, au milieu de la table du salon, sans code d'accès. Comme placé là pour qu'on le remarque.

Vadim revint auprès de son collègue. Il observa le vélo sous tous les angles, le décrocha du mur. Vic allait et venait, téléphone en main.

— La cave, le vélo, la roue... ça a l'air de coïncider, mais je ne vois pas. C'est quoi, la surprise ?

— Ça te démange d'appeler le numéro à qui Delpierre a envoyé le message, hein ?

— C'est peut-être ce qu'il faut faire pour comprendre ?

— Oui, peut-être, mais peut-être aussi que c'est un piège. On ne peut pas prendre le risque, il vaut mieux attendre l'analyse du portable et savoir qui se cache derrière ce 06.

Ils réfléchirent. Pourquoi un SMS ? Pourquoi Delpierre ne l'avait-il pas envoyé à lui-même, ce message, s'il voulait s'adresser directement à eux ? Ou pourquoi n'avait-il pas simplement pris un papier et un crayon ? Qui se trouvait au bout de la ligne téléphonique ?

Vic se figea soudain devant le vieux meuble et s'accroupit : des roulettes étaient incrustées dans les pieds, ce qui les rendait quasi invisibles. Il se décala sur le côté et poussa le bahut. Une planche de contreplaqué d'un mètre sur un mètre et vissée dans le mur se dévoila.

Sans un mot, Vadim s'empara de la visseuse électrique et s'agenouilla. Un bruit strident résonna dans la cave.

V&V sentirent le courant d'air leur effleurer le visage.

Face à eux, de dimensions à peine inférieures à celles de la planche, une ouverture.

23

Tout cela ne pouvait pas exister.

Léane était juste en train de faire un cauchemar. Bien-tôt, elle se réveillerait chez elle, dans son appartement cosy à Paris. Une écharpe autour du cou, elle irait boire son café boulevard Iéna, lirait le journal et observerait les gens, essayant, déjà, de créer la prochaine histoire, un nouveau thriller qui prendrait ses lecteurs à la gorge.

Mais sa nouvelle histoire, inutile de l'imaginer : elle la vivait en ce moment même. La clé du fort, trouvée dans la poche d'un pantalon de Jullian, l'avait menée à un type enchaîné au visage en sang qui était avachi devant elle, immobile, le menton écrasé sur la poitrine. Comme Arpageon dans son livre, ses bras étaient sus-pendus au-dessus de sa tête, retenus par des menottes et des chaînes. Sur sa gauche, dans le halo de la torche, un sac-poubelle, un seau, des bouteilles d'eau, des boîtes de conserve, comme ceux du *Manuscrit inachevé*. Livre que Jullian avait lu, dont « on » avait entouré des pas-sages en rapport avec ce qui se passait ici.

Léane eut un haut-le-cœur et dut faire face à l'évi-dence : tout indiquait que ce « on » était Jullian. Et pourtant, quelque chose en elle se refusait à le croire. L'être qu'elle s'imaginait avoir fait ça ne collait en rien avec l'homme qu'était son mari. Même au fond du trou, désespéré, malade, Jullian ne pouvait pas être coupable.

Hors de question de rester là à ne rien faire. Elle se précipita vers le malheureux et fut assaillie par une odeur d'urine. Il était pieds nus, le gauche faisait le double du droit, tout bleu, aux ongles noirs, et ses orteils étaient gonflés comme des montgolfières. Fracturés, sans doute.

Elle porta deux doigts tremblants à la gorge quand, soudain, une bulle de salive éclata entre les lèvres immobiles.

Il était en vie.

Léane eut un mouvement de recul. Les lèvres étrangères se mirent à remuer, un murmure incompréhensible remonta de la gorge. Un signal, qui revenait, seconde après seconde, un mot que l'homme répétait en boucle.

— De l'eau.

Léane posa sa lampe par terre et se rua sur une bouteille neuve. Elle alluma une baladeuse suspendue au plafond par un câble et s'agenouilla devant l'individu. Elle appliqua avec délicatesse le goulot au bord de ses lèvres craquelées. Une poche bleuâtre l'empêchait d'ouvrir l'œil droit. Il avait une mèche de cheveux noirs collée au front, des pommettes acérées, des poignets de bûcheron. Costaud, large d'épaules, entre 40 et 45 ans. Léane avait envie de vomir à cause de l'odeur. Elle eut beau chercher, elle ne connaissait pas cet homme.

— Voilà… Doucement.

Il vida ainsi le tiers de la bouteille, une quinte de toux roula dans sa gorge – tel un orage d'été –, puis sa tête retomba d'un bloc sur sa poitrine. Léane savait qu'avec une telle position des bras, les muscles de son cou devaient lui faire souffrir le martyre. Son Arpageon imaginaire avait été attaché de cette façon.

Elle sortit de sa poche un paquet de mouchoirs en papier, elle en humidifia quelques-uns et frotta avec précaution les joues, les arcades sourcilières et le nez. Une plaie au front avait souillé ce visage. Elle nettoya du mieux qu'elle put et repéra alors un impact de balle dans le mur. On avait dû ouvrir le feu à proximité, sûrement avec l'arme trouvée dans le tiroir. Du sang avait coulé de l'intérieur de l'oreille droite de l'individu.

Après l'avoir recouvert de son manteau pour le réchauffer un peu, elle se redressa et mit les mains sur son crâne. Elle repéra l'instrument de torture, dans un angle, le sabot avec des vis, comme dans son roman, qui réduisait de taille chaque fois qu'on serrait. Elle imaginait à peine l'enfer que cet homme avait traversé. Blesser quelqu'un à la jambe revenait à l'empêcher de s'échapper. C'était le meilleur moyen de le soumettre.

Elle saisit son téléphone, il fallait appeler Colin. Elle hésita néanmoins à composer le numéro. Prévenir les flics, c'était pointer directement Jullian du doigt. Il était amnésique, il ne pourrait pas se défendre. Il prendrait cher. Lui, le père de Sarah, son mari, derrière des barreaux... Il en crèverait.

Mais elle ne pouvait pas laisser mourir cet homme.

Pas de réseau. Elle s'apprêtait à remonter quand l'homme supplia :

— À l'aide.

Léane revint vers le prisonnier. Il avait redressé le menton, ouvert l'œil gauche.

— M'abandonnez pas...

— Je vais revenir, il faut juste que je trouve un endroit avec du réseau pour appeler les secours.

Il agita ses chaînes sans force.

— La clé des menottes... Sous la pierre, dans le coin, là-bas.

Les menottes étaient elles-mêmes maintenues au mur par la chaîne et un cadenas.

— D'accord, d'accord.

Elle se précipita vers l'angle de la salle, souleva le pavé positionné derrière les packs d'eau et les conserves, et découvrit en effet une clé. Elle gisait sur une photo de Sarah, où la jeune fille posait avec son père dans la baie de l'Authie, avec les phoques en arrière-plan. Jullian avait toujours gardé cette photo dans son portefeuille. Tous deux rayonnaient. Elle la ramassa et lut la note en bas, à l'encre bleue : *Quoi qu'il dise, il ment.* Et, juste dessous : *Donne-moi la force de ne jamais oublier ce qu'il a fait.* C'était l'écriture de son mari.

Léane sentit ses jambes se dérober et dut s'accroupir. C'était comme si une lame de fond venait de l'engloutir et de la retourner dans tous les sens, l'empêchant de remonter à la surface. Elle tourna les yeux vers l'inconnu, qui la scrutait, elle, à demi dissimulée par les réserves de nourriture, et les pensées qui lui arrivèrent d'un coup lui glacèrent le sang.

Et si ce type avait un rapport avec la disparition de Sarah ? Et si son mari avait découvert un élément primordial qui l'avait mené à l'enlever et le torturer ? Était-ce pour cette raison qu'il lui avait laissé un message sur son répondeur, deux jours avant son agression ? Il faut que je te parle de Sarah. J'ai découvert quelque chose de très important.

Elle se redressa, sous le choc, avec cette clé serrée dans son poing, ce morceau de métal qui avait le pouvoir de libérer un homme et d'en emprisonner un autre. L'inconnu la fixait, de sa face blanche, bleue, grise, cassée, entaillée, et elle pouvait presque voir l'espoir renaître dans l'éclat de son œil.

— Merci... Merci...

Léane se baissa à son niveau.

— Pourquoi vous êtes ici ?

Il se tut, surpris par la soudaine question, posée avec calme, et par le fait qu'elle lâche la clé sur le sol, tout près d'eux, une clé qu'il ne pouvait que convoiter de son regard éteint. Il se passa la langue sur les lèvres pour les humidifier et grimaça lorsqu'il voulut remuer la jambe.

— Alors vous êtes avec lui... Vous êtes avec ce malade... Bien sûr...

— Dites-moi seulement pourquoi vous êtes ici.

Il la sonda dans un silence qui s'étira. Les murs du fort étaient si épais que, d'ici, on n'entendait ni la mer ni le vent. Un vrai tombeau. Puis l'homme rassembla ses forces, agita ses poignets écorchés dans ses bracelets d'acier et hurla.

— Je... J'en sais rien ! Je vous jure que j'en sais rien ! Il m'est tombé dessus, je me suis réveillé dans... dans ce trou !

— S'il vous a enlevé et torturé, c'est qu'il avait une raison.

— Il est complètement fou, c'est ça, la raison. Il croit que... que j'ai quelque chose à voir avec la disparition de sa fille. Mais je sais même pas qui elle est. Écoutez, je n'y comprends rien, je n'en peux plus. Ça fait... combien de temps qu'il me retient ici ? Combien de jours, de nuits ? Il... ne revenait pas, j'ai cru que... Je sais plus... Je... vous en supplie, ouvrez ce cadenas...

Il se mit à pleurer, Léane eut le cœur serré de voir un homme brisé, démoli à ce point. Elle n'avait qu'une envie, le libérer de ses chaînes. Mais si Jullian avait raison ? Et si cet homme pouvait lui révéler où se trouvait Sarah ? Ou son corps ? Ce qu'on lui avait fait ?

Léane saisit son téléphone, afficha le selfie de sa fille du soir de sa disparition et lui montra l'écran.

— Regardez bien cette photo. Vous la reconnaissez ?

Son œil gauche s'agrandit, la paupière droite remua à peine et laissa apparaître une partie d'iris noir. Il se tordit dans une grimace.

— Merde, c'est votre fille... Et vous... vous êtes sa femme, c'est ça ? La romancière dont... il m'a parlé... Miraure... Alors, vous... vous ignoriez que j'étais ici ? Vous ignoriez que... que votre mari séquestrait un innocent ?

Léane ne se laissa pas déstabiliser. Elle maintint l'écran devant son visage boursouflé.

— C'est vous qui étiez enfermé dans le coffre du 4×4, il vous a kidnappé. C'est vous qui avez gratté et écrit « VIVANTE » sur le métal. Pourquoi ?

— Vous... êtes aussi folle que lui.

— Et... C'est vous qui possédiez le bonnet de ma fille, pas Jullian. C'est pour ça qu'il vous a enlevé, hein ? Qu'est-ce que vous faisiez avec ce bonnet ? Où est-elle ? Où est Sarah ?

Il agita ses mains au-dessus de lui.

— Je ne sais pas ce... ce qui s'est passé avec votre mari... Je ne sais pas... pourquoi vous êtes ici à... à sa place, mais vous n'êtes visiblement pas au courant de... tout ceci... Alors, vous...

Il grimaçait à chaque mot prononcé.

— ... vous allez tout de suite appeler... la police et... et leur expliquer... Je leur raconterai tout... tout ce qui s'est passé... Je dirai la vérité. Que c'est la première fois que je vous vois... Que... Que vous n'étiez pas au courant. Et je...

Léane n'écoutait plus. Les dominos chutaient les uns après les autres.

— Ça explique aussi son agression de l'autre soir. Peut-être quelqu'un qui savait que mon **mari** vous

retenait, et qui vous cherchait. Qui c'était ? Un salopard de complice ? Mon mari n'a pas lâché le morceau,
alors on le tabasse et on le laisse pour mort sur la plage.

L'homme renifla et se frotta le nez contre son épaule.

— Je ne comprends rien à... à ce que vous racontez... La clé. Ouvrez, maintenant...

Léane plongea sa main dans la poche du pantalon du
type, et dans celle de sa chemise ouverte et tachée de
sang. Elle se redressa et alla fouiller parmi les stocks
de nourriture. Rien, pas un papier. Elle revint vers lui
d'un pas décidé.

— Dites-moi qui vous êtes.

— Vous ne pouvez pas faire ça... Vous... Vous allez
être sa complice. Appelez la police ou... libérez-moi,
mais... mais ne me laissez pas comme ça.

— Pourquoi vous refusez de donner votre nom ?
Pourquoi vous ne me dites pas ce que vous faisiez avec
le bonnet de ma fille ?

Elle avait hurlé. L'homme avait rentré la tête dans ses
épaules, les sourcils froncés.

— Je m'appelle Grégory Giordano. Et je suis flic.

24

Léane encaissa. Elle tenta de rester debout, mais son corps menaçait de s'effondrer.

— Flic...

— Flic, oui. Vous allez appeler des secours, et tout se finit au mieux pour vous comme... comme pour moi. Si vous... si vous persistez, vous vous rendez complice, et moi, je... je crève ici sans que ça change quoi que ce soit pour... pour votre fille.

L'homme claquait des dents, tremblait de froid et ne parlait que par intermittence.

— Pourquoi vous êtes ici ? Où travaillez-vous ? Comment mon mari vous a-t-il trouvé ?

Il serra les lèvres et ne prononça plus un mot, mais il ne la lâcha pas des yeux. Léane eut beau lui poser des questions, il ne répondait plus, à demi conscient. Elle revint vers le pavé et prit la photo entre ses mains. *Quoi qu'il dise, il ment.* Elle en voulait à Jullian, elle s'en voulait de ne pas avoir réussi à le rappeler à temps. Elle était incapable de décider, chaque choix paraissait pire que celui qu'elle s'apprêtait à faire l'instant d'avant.

Envoyer son mari en prison.

Séquestrer un innocent.

Libérer un coupable.

Se rendre complice d'enlèvement, de torture et de séquestration.

Elle inspira un bon coup et se tourna vers l'homme.

— Je dois vérifier que vous ne mentez pas. Avant de faire quoi que ce soit, je dois juste m'assurer de votre identité, d'accord ?

Elle pointa son téléphone vers lui et le prit en photo. Aveuglé par le flash, il détourna la tête dans une grimace.

— J'ai besoin de réfléchir. Je vais revenir. Si vous dites vrai, j'appellerai la police. Je vous le promets.

Elle posa son manteau sur les épaules et le torse de l'homme, ôta son pull et en enveloppa d'un geste délicat les pieds meurtris. Ensuite, elle approcha deux bouteilles d'eau et des boîtes de conserve, puis elle lui libéra une seule main. La partie gauche du corps de l'homme s'affaissa. Elle ouvrit les boîtes et les posa à ses côtés.

— En attendant mon retour, vous allez pouvoir manger et boire. Je…

Elle partit chercher un seau en métal.

— Pour vos besoins. Avec une main libre, vous vous débrouillerez. Je… reviens dès que possible.

— Me laissez pas ici ! J'ai du fric, si c'est ce que vous voulez !

Se bouchant les oreilles, elle remonta dans ce couloir tapissé des photos de sa fille, au bord de la nausée, courut à en perdre haleine dans la cour du fort et, plaquée contre les remparts, poussa un long hurlement vers le large. La mer grondait, en route vers le fort, dorée avec douceur par un timide clair de lune. Le calme au-dehors contrastait avec l'enfer qu'elle vivait.

Transie de froid, elle quitta le fort au pas de course, sans oublier de refermer à clé la lourde porte.

Son mari n'avait plus de mémoire et lui léguait le plus ignoble des romans inachevés.

C'était à elle d'en écrire la suite.

25

À l'examen des joints des briques, plutôt récents, il était évident que Félix Delpierre avait lui-même divisé la cave en deux parties : celle avec les jambons et son matériel d'un côté, et une cache secrète de l'autre. Par le biais du SMS, il les invitait à *gagner la surprise*. Les deux hommes redoutaient déjà le pire. Vic tendit le bras.

— À toi l'honneur.

Vadim ne le remercia pas. L'arme entre les mains, il se baissa à hauteur du trou et passa de l'autre côté. Ses doigts caressèrent de la moquette rouge et épaisse. Un toucher agréable. Une lampe de Wood à lumière noire se déclencha dans un grésillement et lui souleva le cœur. Lorsqu'il se redressa, il dut lutter pour ne pas fuir en courant.

— Sacré putain de nom de Dieu !

Sous l'éclairage, un corps rapiécé, traversé de cicatrices et de sutures, se dressait face à eux dans la position de l'*Homme de Vitruve*, les bras et les jambes écartés. Il était en suspension, à dix centimètres du sol, comme dans un spectacle de lévitation. Il fallait déjouer l'effet produit par la lampe pour se rendre compte qu'il était maintenu à l'intérieur d'un gros cadre en bois par des centaines de fils de pêche très fins qui semblaient l'emprisonner dans une toile d'araignée géante. Des crochets à peine visibles, espacés avec régularité, lui perforaient la chair pour le relier au cadre.

Ce n'était ni un homme ni une femme. Vic observa le visage qui paraissait flotter, les beaux cheveux blonds qui l'encadraient, les yeux occupant les cavités oculaires, sur lesquels les paupières retombaient à mi-hauteur.

Le torse n'appartenait pas à la même personne. Ni les mains. Pas plus que le pied gauche, la jambe droite, ou n'importe quelle autre partie de la « chose » que les policiers avaient devant eux. Car cette « chose », elle était tout, elle n'était rien. Une déconstruction autant qu'un assemblage de chair, de pièces rapportées et jointes les unes aux autres par des sutures de fil transparent, des agrafes, des vis. Malgré la grossièreté de l'œuvre inachevée, Félix Delpierre avait essayé d'embellir l'ensemble, avec des couches de fond de teint, du vernis rouge sur les ongles, des bijoux aux doigts, au cou. La tête était coiffée, une pince rouge ornait les cheveux, de chaque côté d'une raie parfaite. Les jambes portaient des bas placés au centimètre près à la même hauteur.

Vadim s'avança, à la limite de tituber, tandis que Vic s'approcha d'une table métallique semblable à celle des IML, observa les divers instruments – du scalpel au rasoir en passant par le mètre de couturière –, les cathéters, les aiguilles, les médicaments. Au sol, des bidons d'eau de Javel, des bassines vides, empilées, des rouleaux de sacs-poubelle, des cordes, des bâches, des paquets de sel, des écorces d'arbre. Il revint vers « la chose », la palpa avec dégoût.

— Regarde, le visage, les mains et les yeux sont réels, mais le reste…

Il gratta un peu au niveau des sutures et dévoila de la matière luisante.

— ... C'est de l'écorchage. Des morceaux de peau tannée, imputrescibles, cousus les uns aux autres sur... J'en sais rien, une structure métallique, quelque chose dans le genre. Je crois qu'on a retrouvé le visage et les yeux de la fille du coffre, Vadim.

Ça sentait le tannin, les écorces d'arbre. Vadim se tenait à genoux sur la moquette, sa lampe braquée devant lui, la bouche tordue en une grimace.

— Je crois que... que Delpierre violait ce... ce machin. La lumière noire fait ressortir de petites taches blanches. Des traces de... de sperme. Partout. Là, sur l'entre-jambe, sur la moquette.

Vic vint à ses côtés, il peinait à imaginer la scène. Le bas du cadre en bois reposait sur des roulettes, ce qui permettait à Delpierre de déplacer son œuvre à sa guise. Autour, les murs étaient tapissés de tentures rouges, qui pendaient telles des robes légères. Il y avait même des bouteilles d'alcool sur une étagère, une chaîne hi-fi, un écran vidéo, une caméra sur trépied dans un coin. Vic repéra une courte chaîne vissée dans le mur, terminée par un cerceau d'acier. Il y avait des traces d'ongles et un peu de sang, partout sur la brique près du pieu. Des restes discrets de nourriture au sol. Un pot de chambre vide.

— C'est ici qu'il les retenait vivantes... Il devait mettre ce cerceau en acier autour de leur cheville.

Il retourna vers la « chose » et se pencha sur la poitrine, deux boules énormes en silicone tapissées de peau. On devinait à peine les taches bleues, noires, marron, tant le fond de teint recouvrait l'ensemble. Vic renifla.

— Elle sent bon. Le parfum... Les cheveux sentent le shampoing.

— « Elle » ?

Vadim se redressa, fébrile et en colère, ses lèvres retroussées sur ses canines qui luisaient dans la lumière ultraviolette.

— Tu parles de qui, bordel ? De la propriétaire du visage ? De ces morceaux de peau cousus les uns aux autres sur cette saloperie de mannequin en fer ? Comment tu peux dire « elle » ?

— Il faut bien la nommer. La peau du visage, les mains sont encore fraîches. Le reste semble beaucoup plus ancien.

— Je n'ai jamais vu un truc pareil. Et pourtant, j'en ai vu, des trucs glauques, dans ma vie. Mais là, c'est le summum.

Morel se mit à tourner autour du cadre, observa la moindre suture.

— Combien d'êtres humains écorchés pour... fabriquer ça ?

Un flic désespéré est sans doute ce qu'il y a de pire à voir. Comme un chien qu'on abat avec un flingue, et qui vous adresse un dernier regard.

— On cherchait Apolline... Je crois qu'on l'a trouvée... Peut-être ce pied, ce bras... Un morceau de dos...

Vic se dirigea vers le meuble qui supportait la chaîne hi-fi et l'écran vidéo. À l'écart, bien visibles, il y avait une pile de boîtiers de DVD anonymes avec, posé sur le dernier d'entre eux, une enveloppe. Il la retourna, elle était entrouverte. Il appela Vadim.

— Tu crois que c'est pour nous ? Un message d'adieu ?

— Ce fumier continue à jouer. Ouvre...

La gorge serrée, il rajusta ses gants et écarta avec prudence le rabat de l'enveloppe, persuadé que pouvait en jaillir un serpent. Mais à l'intérieur, il n'y avait qu'un simple bout de papier arraché, sur lequel était inscrit : *La surprise vous a plu ? Et maintenant voici mon héritage, enculés de poulets. Bon film.*

26

Contrairement à ce qu'affirmait la phrase sur la photo de Sarah, le prisonnier du fort n'avait pas menti.

Son portrait en gros plan, trouvé sur Internet, était affiché sur l'ordinateur portable de Léane. Des airs d'Al Pacino, même gueule sombre, un visage tout en arêtes. D'après les données que la romancière avait pu récupérer sur le Web, Grégory Giordano, 46 ans, était lieutenant de police à la brigade de répression du proxénétisme à Lyon. Son nom ressortait sur plusieurs sites, mais surtout dans de vieux articles de presse concernant la traque des réseaux de traite des êtres humains. Il avait travaillé sur les filières de prostitution des pays de l'Est et sur l'esclavagisme moderne. Son affaire médiatisée la plus récente datait de sept ans, autour du démantèlement d'un réseau venu de Roumanie. Depuis, plus rien.

Son téléphone sonna. Colin... Pas le moment. Elle ne répondit pas.

Elle eut beau fouiller dans les moteurs de recherche, elle ne trouva aucune info après 2010, et rien de privé sur Giordano. Où vivait-il ? Avait-il une femme ? Des enfants ? Elle voulut se connecter à Facebook et voir s'il avait un compte mais se ravisa. Peut-être sa disparition avait-elle été signalée et que, en ce moment même, on surveillait les connexions à son profil. Léane avait appris ces astuces grâce à ses recherches pour ses thrillers et à force de côtoyer des flics : il fallait rester prudente et se contenter de ces maigres données.

Des miettes de pain.

Elle ôta ses lunettes de lecture et s'enfonça dans son siège. Inspiré par ses écrits, son mari avait séquestré, nourri avec des conserves, tabassé et laissé pour mort un flic de la police judiciaire. Malgré le brouillard derrière ses paupières, elle essaya de réfléchir. Giordano travaillait dans les locaux de la PJ de Lyon, là où la brigade criminelle gérait le dossier Jeanson. Mais la BRP et la Criminelle étaient deux services différents, l'hôtel de police avait la dimension d'un gros immeuble. Jullian était allé plusieurs fois là-bas pour tenter d'avoir des nouvelles du dossier. Y avait-il croisé Giordano ? Avait-il entendu des propos au détour d'un couloir qui avaient attiré son attention ? Ça paraissait improbable. Mais comment diable en était-il venu à enlever ce flic dont la presse vantait le travail ?

Quoi qu'il dise, il ment. Mais non, il n'avait pas menti. Jullian s'était trompé, sur ce coup-là. Elle se leva et fixa la baie vitrée, avec l'impression d'avoir une épée de Damoclès au-dessus de la tête. Elle pensait bien sûr aux propos de Colin, à sa conviction que le tueur en série Jeanson était peut-être étranger à la disparition de Sarah. Ça lui paraissait dément, et pourtant...

N'importe qui au courant de l'histoire des cheveux et de la disparition aurait pu vous envoyer le courrier, avait dit Colin.

Grégory Giordano, bien qu'employé dans un autre service, était à l'évidence au fait des éléments sensibles de l'affaire Jeanson. Les policiers discutaient en permanence de leurs dossiers respectifs. Et alors ? Ça en faisait un coupable ?

Entre les dunes, l'onde noire se rapprochait de la côte, comme une mare de pétrole. D'ici à deux heures, le fort serait inaccessible, les vagues des grandes marées dévoreraient la digue et Giordano passerait une nuit de plus menotté dans sa cave, à attendre qu'on vienne le libérer. Que faire ? Léane n'en pouvait plus, de son impuissance et, en même temps, de son pouvoir. Elle tenait le sort de trois existences entre ses mains : le sien, celui de Jullian, celui de Giordano. Trois destins désormais emmêlés telle une pelote de laine inextricable.

Elle avait le temps de tenter une dernière chose avant de prendre une décision. Elle imprima une photo de Giordano extraite d'Internet, récupéra un vieux blouson à elle plié dans un tiroir du dressing et se rendit à l'hôpital.

Il était presque 22 h 30, les couloirs étaient quasi déserts. Juste les bips des appareils, le glissement des semelles souples des infirmières sur le linoléum, le battement des portes des sas.

Avant d'entrer dans la chambre de Jullian, elle reçut un SMS de Colin.

« Je suis passé chez toi en début de soirée, personne. J'ai essayé de t'appeler : pas de réponse. Premier retour du labo : ils ont découvert un cheveu au fond du bonnet. Il est naturellement blond, mais teint en noir. La suite demain, avec l'analyse du sang trouvé dans le coffre. J'espère que tout va bien, appelle-moi pour me rassurer. Colin. »

Un nouveau choc, qui laissa Léane groggy et multiplia plus encore ses doutes. Sarah avait les cheveux blonds au moment de son enlèvement, mais si on les lui avait teints en noir ? Et si ce cheveu lui appartenait vraiment ?

Elle hésita à faire demi-tour et à rappeler Colin dans la foulée. Tout lâcher. Elle pénétra néanmoins dans la chambre. Jullian dormait. Elle s'approcha en silence et s'installa sur une chaise, juste en face de lui. Le calme l'apaisa un peu. Ça faisait des années qu'elle ne l'avait pas regardé dormir.

Elle jeta un coup d'œil vers les romans empilés sur la table de nuit. Il s'agissait de ses histoires. Vu la position du marque-page, son mari avait le nez dans *L'Homme du cimetière*, le deuxième thriller qu'elle avait écrit, celui qui mettait en scène une héroïne amnésique. Jullian risquait d'y découvrir une résonance forte avec sa propre histoire. Lui aussi avait été agressé, et lui aussi avait perdu la mémoire. Léane ne put s'empêcher de penser que, ces derniers jours, la fiction flirtait un peu trop avec la réalité.

Elle observa son mari, serein, et ses poils se hérissèrent rien qu'à imaginer la façon dont il avait séquestré et torturé Giordano. Lui, Jullian, le pacifiste qui fabriquait ses cerfs-volants, qui parcourait la baie en char à voile, l'amoureux de la nature, ardent défenseur de la colonie de phoques présents sur la côte et incapable d'écraser une fourmi… Comment avait-il pu déverser une telle haine ? D'un autre côté, comment avait-elle fait pour douter de son innocence et de son engagement pour retrouver leur fille ? Jullian était prêt à tout, et il avait sûrement eu une sacrée bonne raison pour s'en prendre au flic. Peut-être même avait-il cru détenir la preuve de sa culpabilité avec le bonnet ?

Mais il fallait se rendre à l'évidence : il s'était trompé, et elle aussi, ce bonnet pouvait appartenir à une inconnue. L'histoire se terminerait forcément mal. Rendre la liberté à Giordano revenait à sceller le futur de l'homme qu'elle avait toujours aimé. Laisser le flic enfermé ? Une mèche de pétard mouillé. Il faudrait bien le relâcher un jour.

Une autre solution. Ne rien faire, le laisser crever au fond de son trou... Se débarrasser du corps... Jullian et toi, libres... Une nouvelle vie qui commence pour vous deux...

Elle chassa ces pensées infectes, ces murmures crachés par une petite voix étrange. Elle tuait dans ses livres, certes, ses personnages faisaient disparaître des corps, mais elle, elle n'était pas une meurtrière.

Elle toussota, et Jullian ouvrit les yeux dans un sursaut. Il se redressa.

— J'ai fait un cauchemar, et tu étais dedans. Tu nageais avec des tortues, tu étais accrochée au dos de l'une d'elles et elle s'est mise à plonger vers le fond. Tu n'arrivais plus à remonter à la surface, tes mains étaient collées sur sa carapace et tu as disparu dans l'obscurité en me suppliant de t'aider. Et moi, je ne pouvais rien faire, parce que je n'avais pas assez de souffle pour descendre. Je... Je t'ai regardée mourir.

Il se serra contre elle. Léane ressentit une tension dans son corps, une sorte de répulsion qu'elle s'efforça de contenir. En réalité, elle lui en voulait de l'avoir mise dans cette situation, d'avoir utilisé ses écrits – d'une certaine façon, il l'avait prise en otage, elle – pour faire du mal à un homme.

Jullian continuait à parler :

— C'était affreux. J'ai eu tellement peur pour toi. Et pourtant, je ne te reconnais pas encore vraiment. Mais je sais que... que quelque chose, au fond de moi, t'a toujours connue.

Léane finit par s'abandonner à l'étreinte de son homme.

— On a nagé avec les tortues, c'était il y a longtemps. C'était... loin, en vacances. Tu voulais m'emmener au soleil, à la lumière parce que... parce que c'était une période où je faisais des cauchemars, où... ça n'allait pas forcément bien dans ma tête.

— Pourquoi ? Qu'est-ce qui s'était passé ?

Elle haussa les épaules.

— Rien de spécial. Juste des angoisses.

— J'ai encore manipulé des objets pendant ma séance avec l'orthophoniste, ils font émerger des souvenirs. Je me suis souvenu d'une voiture grise, une 4L, en touchant une voiture miniature. C'était pareil avec des peluches, j'ai revu un chien marron à poil ras qui courait partout.

— Ranzor, notre premier animal.

Jullian la gratifia d'un vrai sourire, comme elle n'en avait pas vu depuis longtemps. Et ça lui faisait encore plus mal.

— Les souvenirs arrivent un peu n'importe comment, mais grâce à ces objets, ils reviennent. L'orthophoniste est plutôt content. À ce sujet, tu pourras rapporter des photos de nous demain ? Ils pensent que ça serait bien pour nos séances.

Elle acquiesça. Il lui caressa le visage, ferma les yeux.

— J'ai tellement hâte de me retrouver auprès de toi, chez nous. Te redécouvrir... C'est terrifiant de ne plus avoir de mémoire, mais à la fois si particulier. Comme une renaissance. Retrouver des lieux, des visages, des odeurs, avec la saveur de la toute première fois. Tu es tellement belle. Et Sarah ? Elle sera avec nous à Noël ?

Léane s'efforça de lui sourire et de confirmer. Jullian fronça les sourcils.

— Qu'est-ce qui ne va pas ? Je te sens toute crispée. Il y a quelque chose au sujet de notre fille que je devrais savoir ?

La romancière sortit de sa poche le papier plié avec le portrait de Giordano.

— Est-ce que tu reconnais ce visage ?

Il prit la photo, la scruta et la lui rendit, impassible.

— Ça ne me dit rien du tout.

— Tu es bien certain ? Dis-moi vraiment.

— Non, non, rien. Qui est-ce ?

Elle hésita à aller plus loin, à lui montrer l'image de Giordano démoli, captée avec son téléphone portable, à le confronter à ce qu'il avait fait. Mais ce serait sûrement inutile. Elle rempocha le papier.

— Oublie ça. Oublie ma visite.

— Oublier ? Tu ne crois pas que j'ai déjà suffisamment oublié ? Que se passe-t-il, Léane ? Mon père aussi a un comportement étrange dès que j'aborde le sujet de Sarah. Qu'est-ce qui est arrivé à notre fille ?

— Elle est morte !

Les mots avaient jailli sans qu'elle puisse les contrôler. Léane tremblait d'émotion, ses nerfs étaient à vif. Elle voulut se relever mais ce fut comme si elle avait du plomb dans les jambes. L'électrochoc, c'était maintenant ou jamais. Jullian resta figé, abasourdi.

— Morte ? Mais tu m'as dit que…

— Elle a été kidnappée, il y a quatre ans. Elle revenait d'un footing, tu étais… au boulot, et je marchais sur la plage… Ça s'est passé dans notre villa. Un tueur en série du nom d'Andy Jeanson a été attrapé il y a presque deux ans, il est aujourd'hui en prison et attend son procès.

Jullian semblait vouloir parler, mais les mots ne venaient pas. Léane imagina la tempête dans sa tête.

— C'est lui qui a détruit nos vies. Il reconnaît avoir kidnappé et tué Sarah mais refuse de dire où il l'a enterrée. Derrière les barreaux, il a livré l'emplacement des corps au compte-gouttes, huit en tout, sauf celui de notre fille... On attend depuis des mois qu'il se décide à parler.

Elle serra ses deux mains, de toutes ses forces.

— Tu la cherches depuis toutes ces années, Jullian, à en devenir fou. Tu ne peux pas avoir oublié. Dis-moi que quelque chose te revient, dis-moi que tu n'as pas que des vieux souvenirs de bananes et de tortues.

Jullian pinça les lèvres, la tête basculée vers l'avant. Il fit passer ses mains au-dessus de celles de Léane.

— Je suis désolé...

Il se leva et la prit dans ses bras. Léane était sur le point de craquer. Elle l'embrassa sur la bouche, longtemps, avec ardeur, amour, et se défit de l'étreinte. Il la considéra d'un air hébété, deux doigts sur ses lèvres, comme s'il voulait attraper ce baiser et ne plus le lâcher.

— On aurait dit un baiser d'adieu.

— J'espère que tu me comprendras...

Elle sortit et l'entendit qui l'appelait en criant. Elle le laissait avec ses interrogations.

Qu'est-ce qu'elle avait fait ?

Elle s'enferma dans sa voiture, elle n'en pouvait plus, et il était hors de question qu'elle attende des jours, des semaines que la mémoire revienne à son mari, alors qu'un homme crevait au fond d'une cave. Même la révélation du kidnapping de Sarah n'avait rien provoqué. Dans une inspiration douloureuse, elle sortit son téléphone et chercha le numéro de Colin. La pire décision de sa vie. Peut-être le flic berckois trouverait-il la solution qui limiterait les dégâts ? Peut-être l'aiderait-il à se sortir de ce guêpier ?

Au moment où elle se lançait, un appel arriva. C'était Maxime Père, son pro de l'informatique. L'ordinateur de Jullian... Elle avait oublié. Elle décrocha.

— T'as réussi ?

— Oui, j'ai pu récupérer quelques données. Je ne peux pas t'expliquer ça par téléphone. Faut que tu viennes et que tu voies de tes propres yeux. C'est au sujet du bonnet de ta fille. Je sais qui le portait.

27

Maxime Père vivait à proximité de l'hôpital maritime – le lieu de tournage du film *Le Scaphandre et le Papillon* –, dans une maison bleue et blanche, aménagée façon pêcheur, au fond d'une impasse où la lumière ne pénétrait jamais. Il enseignait encore dans l'une des écoles primaires de la ville où elle avait elle-même exercé pendant plus de dix ans. Il l'invita à entrer, verrouilla la porte à double tour et l'emmena dans un bureau où circuler relevait de l'exploit, tant livres, matériel informatique et <u>DVD</u> encombraient le moindre recoin.

— Un café ? Un petit remontant ? Tu n'as pas l'air dans ton assiette.

— Ça va aller. Il est tard, je suis fatiguée et, pour tout te dire, je n'ai pas dormi beaucoup ces derniers jours.

Il installa une chaise devant l'ordinateur de Jullian où Léane put s'asseoir, et s'installa à ses côtés, une chope de bière aux lèvres.

— Bon... Tout avait été effacé avec méthode : les cookies, les historiques de navigation, les mails, les fichiers audio, les photos. J'avais l'impression d'être devant un ordinateur quasi neuf.

— Un ordinateur amnésique, oui, comme Jullian. Toutes ses recherches ont disparu de la maison. Comme si lui ou le cambrioleur voulait faire table rase de son passé.

— Exactement. Mais, comme pour la mémoire, on n'efface jamais réellement un disque dur tant qu'on ne l'a pas formaté ; la plupart des données restent quelque part dans le système. Et tant qu'on n'installe pas de nouvelles applications, qu'on ne sature pas le disque avec des gigas de films, alors on peut espérer récupérer une partie d'entre elles.

— Tu as parlé du bonnet. Qu'est-ce que tu as trouvé ?

— Avant d'en venir au bonnet, il y a plusieurs choses.

Il pianota sur le clavier.

— Les réseaux sociaux, d'abord. Tu savais que Jullian avait multiplié la création de groupes de soutien, sur lesquels il publiait régulièrement des photos de Sarah ?

— Oui, oui, j'ai toujours été contre. Il sollicitait les internautes en leur demandant de relayer les informations, d'en parler partout autour d'eux, d'imprimer des tracts et de le contacter *via* des messages privés, s'ils pensaient pouvoir l'aider. Instagram, Twitter, Facebook... Jullian était partout et avait réussi à être suivi par des milliers d'abonnés. J'en faisais partie, bien sûr, pour... surveiller un peu ce qu'il fabriquait. Les gens suivaient ses recherches, ses états d'âme, même s'il ne postait plus grand-chose, ces temps-ci... Ce que Jullian ne comprenait pas, c'est que les internautes s'intéressaient à lui par pur voyeurisme. Ils contemplaient juste le feuilleton d'un père de famille à la dérive. Un simple spectacle pitoyable.

— C'était ce que je pensais aussi. Mais... il semble que ton mari ait eu raison de persévérer et de croire en l'aide des gens.

Il cliqua plusieurs fois, jusqu'à faire apparaître un répertoire au nom interminable et illisible.

— C'est mon outil de récupération de données qui a créé ce répertoire. C'est un peu technique, je t'épargne les explications. Bref, j'ai regardé vite fait les derniers mails qui avaient été effacés. Rien de frappant, Jullian n'avait plus beaucoup d'activités sur son ordinateur ni beaucoup de gens à qui parler, visiblement : les mails n'étaient que des pubs ou des spams. Ensuite, en essayant de me connecter à ses groupes de soutien, je me suis rendu compte qu'ils étaient inaccessibles. Ton mari a tout clôturé, pas plus tard qu'il y a deux jours.

Léane chaussa ses lunettes.

— Quand exactement ?

— Mardi, aux alentours de 12 heures. Toutes les données sur l'ordinateur ont été effacées dans la foulée.

Léane essaya de remettre les événements dans l'ordre.

— Dans la nuit de lundi à mardi, à 1 heure du matin, l'agence de surveillance appelle Jullian, car l'alarme de la maison s'est déclenchée. Il ne se souvient plus des codes, il a bu. Tu me dis qu'aux alentours de midi, ce même mardi, il ferme les comptes sur les réseaux sociaux, nettoie l'ordinateur. Puis, à 18 heures, d'après une application de santé installée sur son téléphone portable, il se met en route vers la digue, pour une marche de cinq kilomètres. On le retrouve inconscient une heure plus tard, agressé, pas loin du phare...

Elle essaya de chasser l'image insupportable du visage ensanglanté de Grégory Giordano et réfléchit à voix haute, le poing sur le menton.

— Tu fermes des comptes, tu effaces les données d'un ordinateur, tu oublies des mots de passe que tu remplaces par d'autres, comme s'il y avait une forme d'urgence et, après tout ça, tu vas tranquillement te promener ?

— Il avait peut-être peur de quelqu'un ?

— Justement, s'il avait eu peur, il ne serait pas sorti se balader dans le noir avec une fichue application dénombrant ses pas ! Il se serait enfermé, il aurait fui en voiture, je ne sais pas ! Mais aller marcher ? Je n'y comprends rien, il y a quelque chose d'illogique dans son comportement.

Léane pensait à Giordano. Jullian avait peut-être voulu se décider sur le sort du flic qu'il retenait prisonnier au fort en prenant l'air ? Mais pourquoi l'application de santé ? Elle revint sur la raison de sa présence chez son ancien collègue.

— Tu m'as parlé du bonnet de Sarah.

Il acquiesça avec gravité.

— Oui. Mais il y a encore un truc avant. C'est dans son historique de navigation sur Internet que j'ai réussi à récupérer. Ça m'ennuie de te parler de ça mais...

— Vas-y.

— Ton mari est allé sur un site un peu particulier, celui du Donjon noir. C'est un club privé, visiblement select, situé dans le 3ᵉ arrondissement de Lyon.

Il se connecta au site.

— Pas grand-chose là-dessus, mais, d'après ce que j'ai pu glaner çà et là, il s'agit d'un club aux pratiques plutôt extrêmes, style sadomasochisme et soirées spéciales. Vu certaines de mes découvertes, ça peut aller très loin : suspensions avec des crochets, ce genre de truc...

Léane plissa le nez. Lyon... Là où travaillait Giordano. Pourquoi Jullian s'était-il rendu sur ce site ? Était-ce le flic prisonnier qui lui avait dit de le faire ?

— Tu peux m'en dire plus ? Pas de noms, de contacts qui pourraient aider à savoir ce qu'il cherchait ?

— Rien, désolé.

Il se tut, ferma la fenêtre.

— Je sais que ça ne t'aide pas beaucoup, mais bon, j'ai préféré t'en parler.

— Tu as bien fait.

— Passons au bonnet, maintenant. J'ai restauré une photo effacée qui est peut-être à l'origine de tout ce qui s'est passé. Accroche-toi, c'est très troublant.

Il cliqua sur un fichier, dont le contenu se déploya sur l'écran. Un article de journal ou de magazine scanné s'afficha. On y voyait, sur la moitié de la page, la photo en couleurs d'un groupe d'une vingtaine de jeunes, debout au milieu d'une piste de stade de quatre cents mètres. Ils levaient les bras au ciel. Parmi eux, le visage d'une jeune fille avait été entouré au feutre rouge. Ses cheveux noirs dépassaient d'un bonnet bleu et vert avec un pompon.

Maxime zooma sur le visage et fixa Léane d'un air grave.

— On dirait le bonnet de Sarah, non ?

Léane se pencha vers l'écran, scruta le visage, avec l'espoir que... Mais bien sûr, ce n'était pas Sarah, même s'il y avait de vagues airs de ressemblance. La fille était beaucoup plus petite. L'article parlait du Téléthon et des jeunes athlètes de Mâcon, qui avaient couru durant vingt-quatre heures pour reverser l'argent récolté à l'association « Les pistes de l'espoir ». Elle se recula sur sa chaise.

— Le pompon, les couleurs... Le bonnet de Sarah, il a été fait main, il est unique. Oui, c'est le sien.

— Dans ce cas, qu'est-ce qu'il fait sur la tête de cette nana, quatre ans après ?

Maxime lança une impression couleurs et la lui tendit.

— L'article provient du magazine de la ville de Mâcon, il date d'il y a quinze jours. Peut-être que l'un des internautes qui suivent ton mari sur les réseaux sociaux a lu le magazine complètement par hasard, a reconnu le bonnet que Sarah portait le soir de sa disparition et a envoyé le scan par message privé ?

Léane fixa le visage au large sourire sur le papier. Qui était cette fille ? Elle comprenait mieux l'origine du cheveu teint en noir trouvé dans le bonnet par Colin. Cette photo avait vraisemblablement déclenché les événements : l'enlèvement de Giordano, l'agression...

Elle se sentait de plus en plus mal, taraudée par le doute, chahutée telle une bouteille de verre à la mer.

— Tu n'as rien d'autre ?

— C'est déjà pas mal, non ?

Elle plia la feuille, la mit au fond de sa poche. Maxime débrancha le câble connecté à l'ordinateur et regarda Léane dans les yeux.

— Ce bonnet, ce n'est peut-être rien du tout. On sait tous qu'Andy Jeanson est le coupable. Il finira par dire où il a enterré Sarah. C'est à cela que tu dois te préparer, et non pas entretenir de faux espoirs. Ça fait quatre ans...

Léane se leva.

— Qu'est-ce que tu ferais, à ma place ?

— Ah, moi, tu sais... Ce qui est sûr, c'est que, le connaissant, Jullian est sûrement allé voir cette fille. Il avait la ville, le nom de l'association, la date de l'article, facile de la retrouver. La preuve...

Il lui tendit un papier, sur lequel était inscrit *Roxanne Braquet, 17 ans, 8 bis, rue Pillet, Mâcon*. Léane écarquilla les yeux.

— Ce n'était pas compliqué, le 06 de l'association est sur Internet. Un petit coup de fil, et le tour était joué. Le responsable n'avait pas le souvenir d'un autre appel au sujet de Roxanne, mais Jullian est peut-être passé par la mairie ou un autre biais pour obtenir les coordonnées de la fille. Mais c'est sûr qu'il y est allé. Que s'est-il passé ensuite ? Je n'en sais rien. Ce club, le Donjon noir, on ne peut pas en tirer grand-chose en l'état si on ne sait pas quoi chercher. Ton mari a été agressé, Léane, il s'est peut-être mis dans de beaux draps à cause de cette photo ou de ses recherches... Je serais toi, j'irais voir la police dès demain matin, ils s'occuperont d'interroger la fille, elle aura forcément une réponse claire à leur donner et tu verras que ça n'a rien à voir avec la disparition de Sarah.

Il lui colla l'ordinateur entre les bras et lui adressa un petit sourire.

— C'est bon de te savoir dans le coin, même si ce n'est pas dans les meilleures circonstances. J'ai lu ton dernier livre, tu sais ? Il est hard, mais formidable. J'arrête pas d'en parler à l'école.

— Merci, Maxime. Pour tout. J'ai un dernier service à te demander...

— Je t'écoute.

Elle lui prit le papier des mains.

— Ne parle de ça à personne. Ni de ma visite ni de tes découvertes. Tu n'as jamais vu l'ordinateur de Jullian ni entendu parler de Roxanne Braquet. C'est très important.

Il plissa les yeux et garda le silence quelques secondes.

— Tu ne vas pas aller voir les flics, c'est ça ?

— Je peux compter sur toi ?

— Je suis prêt à t'aider. N'hésite pas si tu as besoin de moi. Mais fais attention, surtout.

Léane le remercia encore et regagna sa voiture. Le temps avait filé, minuit approchait. La mer montait, une grosse mâchoire noire qui dévorait tout sur son passage. Pour le moment, la partie basse des remparts du fort devait commencer à être immergée. Les rochers entre la berge et la porte d'entrée seraient sous l'eau quand elle arriverait. Il était trop tard pour aujourd'hui.

Elle fixa le papier avec l'identité et l'adresse. Elle se raccrocha à l'espoir d'obtenir une réponse à ses questions dès le lendemain pour surmonter le fait que, coupable ou innocent, Giordano allait passer une nuit supplémentaire en enfer.

28

Ils avaient visionné le premier <u>DVD</u> en groupe à 4 heures du matin, dans une salle de réunion de la brigade. Cinq hommes réunis autour d'une table, les traits creusés, qui avaient affronté de plein fouet quatre-vingt-dix minutes de pure démence. À l'aide d'une caméra posée sur un trépied, Félix Delpierre avait filmé ses actes au fond de la cave. Un bouillon d'horreur, un déversement des instincts les plus primaires et bestiaux de l'être humain, gravés pour l'éternité sur une surface de polycarbonate en une série de 0 et de 1.

Dans un premier temps, Vic avait hérité de la mission de passer la journée à visionner les huit autres films et à en sélectionner les éléments importants, qu'ils pourraient verser au dossier. Parce qu'on estimait qu'il n'y avait pas meilleur observateur que lui et qu'il était un vrai magnétoscope sur pattes.

Merci du cadeau.

Si l'auteur des crimes était mort, il fallait encore retracer sa sinistre épopée, dénombrer et identifier toutes ses victimes, retrouver les corps, y compris celui d'Apolline. Des pelleteuses et des hommes munis de détecteurs allaient fouiller dans la matinée les environs de la ferme, tandis que la légiste se pencherait sur la « chose », qui avait demandé une heure à deux hommes afin qu'ils en ôtent tous les fils, les hameçons et la décrochent de son cadre.

On avait souhaité bonne chance à Vic avant qu'il ne reparte chez lui, après plus de vingt heures non-stop, les copies des films et un lecteur sous le bras. Il retourna dans sa chambre d'hôtel où il ne restait pas beaucoup de place pour circuler, à cause de ses affaires, des cartons, qu'il n'avait pas voulu laisser dans un box : neuf mètres carrés pour vivre, dont cinq encombrés de vieux souvenirs, la plupart inutiles, mais Vic n'aimait pas jeter. Il y avait aussi, posé sur une table, un jeu d'échecs, avec l'Immortelle de Kasparov en cours, que les obsessions de Vic poussaient à rejouer sans fin, coup après coup, à la recherche des secrets de Jeanson. La femme de chambre était prévenue, et le gérant tolérait cette situation atypique – Vic était un client sans problèmes, généreux en pourboires, et grâce à qui il arrondissait ses fins de mois, avec la pension pour <u>MammaM</u>.

Au petit matin, Vic ouvrit la fenêtre pour chasser les odeurs et s'effondra sur le lit surélevé qui frôlait presque le plafond. Après avoir enfoncé des boules Quiès dans ses oreilles, il s'endormit aussitôt, émergea quatre heures plus tard, frigorifié : il avait oublié de refermer la fenêtre. Il mit le chauffage électrique à fond, but deux cafés d'affilée, avala une tranche de pain avec de la confiture récupérée au buffet du petit déjeuner et s'installa devant le téléviseur, après avoir branché son lecteur de <u>DVD</u>. À 9 heures du matin, il était temps d'affronter Félix Delpierre dans les yeux. Caresser les ténèbres.

Comme les murs étaient en carton et qu'on pouvait entendre un couple s'envoyer en l'air trois chambres plus loin, il brancha un casque. Il y avait neuf films. Vic visionna la vidéo qui succédait à celle qu'ils avaient vue tous ensemble à la brigade. Son contenu était du même acabit.

Sur la première séquence, Félix Delpierre arrive avec le cadavre d'une fille sur l'épaule, qu'il pose sur la table en métal tel un morceau de viande. La tête est enfoncée dans un sac plastique scotché autour du cou. Il rapproche alors la caméra et s'assure que la scène est dans le champ.

Vic observa le corps dénudé avec attention. Vu la facilité avec laquelle le tueur le manipulait, il était encore souple, donc tué moins de six heures plus tôt. La fille semblait châtain – quelques cheveux dépassaient du plastique, mais impossible d'en savoir davantage. Elle avait morflé : hématomes sur les membres, escarres. Son enlèvement, lui, ne devait pas dater de la veille. Pourquoi Delpierre n'avait-il pas filmé la détention, les tortures, la mise à mort ? Les vivants l'intéressaient-ils moins que les macchabées ?

Vic s'efforça de ne pas accélérer la vidéo quand Delpierre viola le cadavre, qui portait toujours ce plastique sur la tête. Dès qu'il le pouvait, le dépeceur observait la caméra, les mâchoires serrées, le front en sueur. Chaque détail, chaque parole qu'il prononcerait pour lui-même ou pour la caméra pouvait être important. Le policier avait les poings crispés et enfoncés dans les coussins, il luttait pour ne pas abandonner. Il ne sauta pas non plus la séquence où le tueur écorche, au rasoir ou à la trancheuse – du genre de celle qu'on utilise pour couper les kebabs –, les bras et le dos, sale, puis suspend les lambeaux frais pour les faire dégorger.

Le tueur se dirige ensuite vers le mannequin, une espèce de squelette en métal, sans tête ni mains, dont une partie du torse a, selon toute vraisemblance, été couverte de la peau de la victime du premier DVD. Avec des pinceaux, des chiffons, du maquillage, il rend la peau tannée plus rose, les sutures plus discrètes. Il veut redonner un simulacre de vie à la mort.

Ensuite, il coupe l'enregistrement.

Une heure et demie de pure abjection. Le travail de tannage avait dû prendre des jours, aussi Delpierre avait-il fait un montage digne d'un professionnel, avec des coupes, des plans-séquences, des effets pour réduire la durée du film. Quand cela avait-il été réalisé ? Il n'y avait aucune indication temporelle. Ça pouvait être des semaines, des mois ou des années plus tôt. En tout cas, on en était au début de la fabrication de la « chose ».

Vic sortit prendre l'air, en chemise, par moins deux degrés, il se chauffait aux images d'horreur qui lui brûlaient la carcasse. Il regrettait tant de ne pas avoir vu les visages des victimes, à cause des sacs. Il aurait voulu ne pas les oublier. Qui étaient-elles ? Quand avaient-elles été enlevées ? Ils ne disposaient d'aucun critère pour rechercher dans les fichiers. Rien qu'en France, chaque année des dizaines de milliers de personnes disparaissaient de façon inquiétante. Où chercher ?

Il longea une rangée de voitures garées devant l'hôtel. Elles appartenaient à beaucoup de jeunes venus faire l'amour, ou des couples adultères qui n'avaient pas les moyens de se payer des chambres haut de gamme. Puis il marcha jusqu'à la boulangerie dans la galerie marchande de la grande surface située à deux cents mètres de là. Ainsi vêtu, les passants lui jetaient des regards en coin, comme à un type échappé d'un hôpital psychiatrique ou débarqué d'on ne sait quel pays. Il s'y acheta un sandwich et un paquet de chips pour le midi, observa des enfants jouer dans la neige entre l'hôtel et le magasin. Ils se lançaient des boules, se poursuivaient, riaient quand le projectile frappait son but. Si jeunes, les instincts se manifestaient déjà. Course, fuite, survie.

Il retourna dans sa chambre, gelé, et se remit au travail. Cette fois, il accéléra le visionnage pour les disques suivants. Delpierre portait les cadavres à la tête empaquetée, prenait des mesures, traçait des lignes sur les dos, les poitrines. Les corps restaient quasi intacts, il ne les massacrait pas, juste des lambeaux qu'il coupait, ici et là, avant de les enrouler dans des bâches. Son œuvre prenait de l'ampleur, petit à petit le métal du squelette disparaissait sous les lambeaux de peau. Le flic pensa à un artisan de haute couture.

À 13 heures, il mangeait son sandwich et ses chips avec des gestes mécaniques, sans appétit, parce qu'il fallait bien continuer à vivre.

Au milieu d'un film, il eut alors une fulgurance face à un corps qui aurait pu être sa fille. Il ne manqua pas le coche, si bien que, un quart d'heure plus tard, il errait dans les rayons de Noël de la grande surface, à la recherche d'un cadeau pour Coralie. Comme il ne savait pas quoi prendre – qu'est-ce qui intéressait une adolescente de 16 ans ? –, il opta pour une boîte de chocolats et un bon cadeau à dépenser dans n'importe quel rayon du magasin. C'était sans doute mieux que l'argent que suggérait Vadim. Ou pire.

Avant de retourner à l'hôtel, il reçut un appel du technicien chargé d'analyser le portable de Delpierre trouvé sur la table de son salon.

— L'étrange SMS avec cette histoire de « roue du bonheur » a été envoyé par Delpierre à un type du nom de « Docteur Watson », domicilié à Hyères. Et ce n'est pas un gag.

— Une fausse identité…

— Comme souvent. Le numéro de portable de ce Docteur Watson est relié à un fournisseur qui s'appelle

LionMobile, et qui existe uniquement sur Internet. Une vraie plaie, ces fournisseurs.

Vic savait que l'on pouvait sans peine obtenir une carte SIM et un numéro de téléphone, il suffisait de remplir des formulaires en ligne et donner n'importe quelles informations. Les dealers, les transporteurs de drogue en *go fast*, les vendeurs d'armes et même les terroristes avaient toujours sur eux deux ou trois portables enregistrés sous des noms d'emprunt, ce qui les rendait difficiles à identifier.

— Pourvu qu'on puisse tracer le portable de ce Docteur Watson, à condition qu'il soit encore actif, mais cela va prendre plus de temps. Pour l'heure, il reste complètement anonyme.

Vic le remercia et raccrocha, interloqué. Qui se cachait derrière l'identité de l'un des personnages des romans de Conan Doyle ? Et pourquoi Delpierre lui avait-il envoyé ce seul et unique SMS au sujet du vélo de la cave ? Un message qui semblait pourtant leur être destiné à eux, les flics.

Une véritable énigme pour Sherlock Holmes.

Sur ces questionnements, il retourna en enfer, enfermé dans sa chambre. Il enchaîna les images insoutenables. Certains corps étaient perclus d'hématomes, de brûlures de cigarette, le flic distingua même des morsures. Delpierre faisait preuve d'une froideur, d'une rigueur et d'une régularité effroyables. *Un chasseur*, se répéta Vic. Il avait l'habitude de tuer, d'écorcher, de naturaliser des peaux de bêtes. Il faisait la même chose avec des êtres humains.

Au neuvième et dernier DVD, Apolline apparut. Vivante.

Vic se décolla de sa chaise et se rapprocha de l'écran, les mains sur les genoux. La jeune aveugle était attachée à la chaîne au fond de la pièce, assise sur des coussins entre les tentures rouges. Elle n'avait pas encore été mutilée. Elle pleurait, suppliait dans son bâillon, à moitié dénudée. C'était insupportable à regarder, et Vic dut lutter pour poursuivre. Le film avait forcément été tourné après novembre, date de l'enlèvement. Delpierre allait vers Apolline, la caressait, lui brossait les cheveux, lui marmonnait des choses inaudibles, même avec le son poussé au maximum. *Sa poupée*, songea Vic, *elle était sa petite poupée.*

Le film montra « l'œuvre » presque terminée, couverte de peau, il lui manquait encore le visage sur la tête en polystyrène et les deux mains.

Sur le plan d'après, le temps avait passé, Apolline avait les cheveux un peu plus longs, et elle était allongée sur la table en métal où Delpierre écorchait ses victimes. Immobile, les pupilles dilatées malgré la lumière, mais vivante à l'inverse des autres, et sans bleus, sans ecchymoses. Delpierre terminait de lui injecter un liquide – sans doute de la morphine. Le flic dut couper le son et baisser les yeux lorsque le bourreau officiait avec sa scie puis cautérisait les avant-bras. Lorsqu'il observa de nouveau l'écran, Apolline ne bougeait plus, inconsciente.

Delpierre tombait dans une rage folle quand il découvrait, au moment où il plaçait la main droite en regard du moignon droit de son « œuvre », les blessures en braille qu'Apolline s'était infligées sur la paume. *Idem* pour la gauche. Il semblait désarçonné, se mettait à faire les cent pas, le poing serré sous le menton. Vic comprit que les blessures récentes qui ne guériraient jamais le gênaient, que malgré la monstruosité de sa construction, il cherchait la perfection dans les éléments qu'il assemblait : pas de brûlures, de coupures, d'hématomes. Un vrai point commun, d'ailleurs, que Vic découvrit à ce moment-là : Delpierre n'utilisait que des lambeaux de peau épargnés par ses actes barbares. Voilà pourquoi il lui fallait tant de corps.

Il n'eut pas le temps de tirer les conclusions de sa réflexion. D'un coup, Delpierre se précipitait vers Apolline d'un pas rageur, comme pour l'achever. Elle bougeait à peine mais elle était vivante. Soudain l'homme s'immobilisait lorsqu'une brève mélodie – Vic reconnut celle de la plupart des portables qui indiquait l'arrivée d'un SMS – retentissait. Le bourreau sortait alors du champ, et la caméra coupait.

Fin du film. Fin de la série.

Le policier écrasa ses mains sur son visage dans un long souffle, avec l'impression d'avoir une bouilloire à la place du crâne. Il alla boire de l'eau au goulot d'une bouteille et resta là, interdit, les yeux rivés sur la fenêtre de sa chambre. Plus loin, les enfants avaient disparu depuis longtemps en abandonnant un bonhomme de neige. Ils avaient assemblé et compacté la matière, apporté carotte, boutons, chapeau. Eux aussi, ils avaient fabriqué leur chose. Ainsi était fait l'humain, il avait besoin d'exister par ses créations.

Vic ferma les yeux, il se revit devant le coffre ouvert, le lundi précédent, en pleine nuit. Les mains trouvées à l'intérieur étaient bien celles d'Apolline, pas encore putréfiées et chargées de morphine. Il s'était donc écoulé peu de temps, peut-être quelques heures, entre le moment où Delpierre avait filmé les mutilations d'Apolline dans sa cave et le vol de sa Ford. Dans cet intervalle, le criminel avait tranché les deux mains et volé les yeux bleus ainsi que le visage d'une nouvelle victime, qu'il avait ensuite mise dans son coffre à côté des mains abîmées d'Apolline.

Vic ne comprenait pas : où la victime du coffre avait-elle été retenue ? Il ne la voyait pas sur le <u>DVD</u>. Un endroit qu'ils n'avaient pas trouvé dans la ferme de Delpierre ? Ou à des kilomètres de là ?

Le lieutenant avait toujours les yeux clos et des boules Quiès dans les oreilles. Coupé du monde, il pensa à Apolline, à la « chose ». D'après ce qu'il avait vu sur place et sur les <u>DVD</u>, la jeune aveugle ne faisait pas partie de l'horrible assemblage de peau. Delpierre l'avait-il néanmoins tuée ? Cachée dans un lieu sûr ? Était-il possible qu'elle fût encore en vie ?

Il essaya à présent de retracer l'épopée de Delpierre, le soir du vol de sa voiture. Il est chez lui, dans sa cave, à voler les yeux, le visage et les mains d'une nouvelle victime, avant de l'empaqueter et de le charger dans son coffre. Ensuite, il se met en route, prend l'autoroute en direction de Grenoble avec l'idée de se débarrasser du corps et des mains, mais s'arrête à la pompe à essence pour faire le plein.

Vic se redressa d'un coup, le haut de son crâne percuta la barre du lit. Il se tordit en deux, les mâchoires serrées, mais l'idée qui avait jailli surpassait la douleur. Si Delpierre était à ce point organisé, s'il changeait sa plaque à chaque déplacement, ne dépassait pas la limite autorisée et emballait les corps pour ne laisser aucune trace, comment avait-il pu prendre le risque de s'arrêter pour faire le plein d'essence avec ce qu'il transportait ? Pourquoi ne pas l'avoir fait avant ? Vic se rappelait le nombre de litres sur l'écran digital de la pompe : cinquante-sept. Un coup d'œil sur Internet lui révéla que ce genre de modèle, une Ford Mondeo, avait un réservoir de soixante litres. Delpierre aurait presque pu tomber en panne au milieu de la route.

— Parce qu'il ne le savait pas ! Ce trajet n'était pas prévu !

Vic claquait des doigts sans interruption, il allait et venait entre les cartons. Ce que Morel avait pris pour du zèle ou de la provocation n'était que de la précipitation. Delpierre avait agi dans l'urgence, cette nuit-là.

Le flic remit le dernier <u>DVD</u> à la scène finale : le tueur, furax, qui vient de s'apercevoir des blessures sur les mains d'Apolline. Il se précipite vers elle pour l'achever mais il y a cette fameuse sonnerie de téléphone. Ensuite, plus rien.

Le flic pouvait presque entendre le cliquetis des engrenages s'enclencher dans sa tête. Tout s'éclaira soudain.

Delpierre n'agissait pas seul.

29

Depuis 6 heures du matin, Léane était garée en face du 8, rue Pillet, à Mâcon. Trois heures de route, nuit blanche, douleurs dans la nuque, les articulations. Elle somnolait, et chaque fois que ses paupières se baissaient, des flashes jaillissaient. Grégory Giordano qui hurlait, suppliait, avec son œil violacé et son front en sang. Sa main qui grattait « VIVANTE » dans le coffre. Le visage démonté de Jullian, Jullian l'homme qui jouait au cerf-volant, Jullian l'amoureux qui lui avait fait livrer cent une roses blanches, un jour, comme ça. Ce même Jullian, celui qui lui avait souvent reproché sa violence dans ses romans, sa noirceur... et celui qui avait tabassé à mort son prisonnier, qui lui avait broyé le pied dans d'immondes craquements d'os, de lents mouvements de manivelle, parce que, avec ce genre d'engin, on ne pouvait pas aller vite.

Des pas claquèrent sur le trottoir, à ses côtés, et la tirèrent de sa torpeur. Ne pas céder aux sirènes du sommeil, surtout. Elle riva de nouveau ses yeux sur la sortie de l'immeuble et guetta l'apparition éventuelle des résidents. On était vendredi 22 décembre, dernier jour avant les vacances scolaires. Roxanne Braquet avait 17 ans, elle devait aller au lycée et finirait bien par se montrer.

Léane songea encore à son mari, aux révélations qu'elle lui avait faites sur Sarah, à la manière dont elle l'avait abandonné avec ses questions. Il rentrerait peut-être à la villa bientôt, une vraie catastrophe, vu la situation. Il demanderait des explications, sur la disparition de leur fille, sur Jeanson, sur le déroulement de ces quatre dernières années. Il découvrirait ses valises dans la chambre et comprendrait qu'ils ne vivaient plus ensemble. Qu'allait-elle lui raconter ?

Chaque chose en son temps. Elle préféra ne pas y penser et se focalisa sur l'immeuble. Des silhouettes engoncées dans des tenues d'hiver en sortaient, bonnets, écharpes sur le nez, gants. Léane essaya de se concentrer sur ces bouts de visage, ces allures. Elle n'avait pas beaucoup d'informations sur Roxanne, un seul article scanné.

Une première fois, elle crut avoir affaire à elle. Elle jaillit de sa voiture et agrippa le bras d'un jeune homme aux cheveux longs qui la prit sans doute pour une barge. Elle retourna s'enfermer, sur les nerfs : elle devait à tout prix se calmer et, surtout, procéder de façon plus délicate si elle ne voulait pas effrayer la jeune fille.

À 7 h 22, une frêle silhouette glissa le long du trottoir d'un pas pressé, un sac en bandoulière sur l'épaule. Une cascade de cheveux noirs échappés d'un bonnet bleu bouillonnait dans sa nuque et sur le col de son trois-quarts. Pas moyen de voir le visage, mais Léane ne pouvait pas la laisser filer. Avec plus de discrétion cette fois-ci, elle traversa, progressa plus vite que sa cible et, quand elle fut à proximité, lança :

— Roxanne Braquet ?

La jeune femme tourna la tête sans s'arrêter de marcher. Le trouble envahit Léane : Roxanne était d'une grande beauté, avec des yeux d'un bleu rare comme ceux de sa fille, très profond, en forme d'amande. Elle l'imagina même sans sa teinture, en blonde, et elle se demanda, une fraction de seconde, les motivations d'une si jeune femme pour se teindre en noir.

— Oui ?

La romancière vint à ses côtés. Elle portait des vêtements neutres, avait elle aussi un bonnet, noir, sous lequel disparaissait l'intégralité de sa chevelure, une écharpe. Il fallait qu'elle reste le plus anonyme possible et pèse chacun de ses mots.

— Je bosse depuis quelques jours pour l'association « Les pistes de l'espoir », tu connais bien, je crois ?

Roxanne ralentit le pas.

— Oui, qu'est-ce qu'il y a ? Un problème ?

La jeune se méfiait d'emblée, un comportement normal vu l'heure et l'endroit.

— Non, non, aucun problème. Je sais, il est tôt, je surgis, comme ça, mais... j'ai juste une petite question à te poser, ce ne sera pas long. Il y a eu un article au début du mois, dans le magazine de la ville. (Léane sortit l'impression de sa poche et la lui tendit.) Tu apparais dessus, et je...

— Mais qu'est-ce que c'est que ce bordel ? Fichez-moi la paix avec ça, OK ?

Elle accéléra le pas, Léane s'accrocha.

— Quelqu'un te l'a déjà montré, c'est ça ? Un homme aux cheveux noirs, quarantaine d'années, dans les un mètre quatre-vingts ?

— Ouais, un vrai taré, ce mec. Avec mon père, ils étaient à deux doigts de se battre.

Jullian était donc venu. Léane sentait que ses réponses pouvaient jaillir des lèvres de la jeune fille, là, maintenant. Sans réfléchir, elle sortit un billet de cinquante euros de son portefeuille et le plaqua dans la main de Roxanne. Pas classe, mais efficace.

— Réexplique-moi.

L'adolescente hésita, puis empocha le billet.

— C'était pas le week-end dernier, mais celui d'avant. Je le passais chez mon père. On revenait des courses le samedi matin. Il y avait ce type dont vous parlez, l'homme aux cheveux noirs, qui attendait devant la maison. Un gars nerveux. Quand il nous a vus approcher, il a cherché à me parler. Mon père lui a demandé ce qu'il voulait, c'est là que le type a sorti l'article, comme vous, et qu'il m'a demandé où j'avais eu le bonnet... Ce bonnet-là.

Elle posa son doigt sur le papier, puis traversa la route. Léane la suivit.

— Que lui as-tu répondu ?

— Rien. Mon père s'est interposé, il m'a dit de rentrer, ce que j'ai fait. Mais le ton est monté entre eux, je vous dis, ils ont failli en venir aux mains. Après une altercation qui a duré une ou deux minutes, le type est finalement reparti.

— Et tu ne l'as plus jamais revu ?

— Non. Impossible de savoir qui il était, mon père m'a juste dit que c'était un cinglé, on n'en a pas reparlé.

Léane réfléchit : Jullian n'avait pas pu abandonner la piste. Pas lui. Il avait dû revenir à la charge, à un moment ou à un autre.

— Tu dis que tu passais ce week-end-là chez ton père. Tes parents ne sont plus ensemble ?

— Ils sont divorcés depuis un bout de temps. Mon père est resté à Ecully, en banlieue lyonnaise, ma mère a déménagé ici, à Mâcon. C'est elle qui a la garde. Je ne le vois plus souvent, mon père, pour des raisons de...

— ... de ?

Roxanne serra les lèvres puis changea de sujet :

— J'irai peut-être chez lui au Nouvel An. Mais on ne peut pas dire qu'il cherche à prendre des nouvelles, ces derniers temps. Pas un coup de fil, rien. Il croit sûrement que ses chèques me suffisent.

Elle enfonça le nez dans son écharpe. Des signaux clignotaient en rouge dans la tête de Léane.

— Banlieue lyonnaise, tu dis. Braquet, c'est le nom de ton père ?

Roxanne parut méfiante, et renifla.

— Non, c'est le nom de ma mère, mon nom d'usage. Mais mon vrai nom de famille, c'est Giordano.

30

Léane n'en croyait pas ses oreilles. Elle enfouit ses mains dans ses poches pour éviter qu'elles ne tremblent. Elle imaginait Jullian revenir à l'attaque, pas auprès de Roxanne mais de Grégory Giordano. Il avait fini par le kidnapper, sans doute après le retour de la jeune fille à Mâcon. Roxanne n'avait plus eu de nouvelles, elle n'était pas au courant de la disparition de son père.

Léane imagina sans mal la suite : Jullian avait enfermé Giordano dans le coffre, avec le bonnet, et l'avait enchaîné dans le fort. Ça faisait peut-être dix jours que Giordano croupissait dans la pièce glaciale, torturé, battu, et elle, elle était en train de discuter avec sa fille !

Elle essaya de contrôler le ton de sa voix.

— Ce bonnet, d'où venait-il ?

— Alors vous aussi… Qu'est-ce qui se passe avec ce bonnet ? C'est sûr que vous ne faites pas partie de l'association. Vous êtes qui ?

Léane mit de nouveau la main au portefeuille, la meilleure des réponses.

— S'il te plaît, Roxanne, c'est très important.

— C'est comme dans les films, hein ? Vous me donnez du fric, je parle ?

— On peut dire ça.

— Désolée de vous décevoir, mais il n'y a rien à dire sur ce bonnet. C'est mon père qui l'a trouvé, c'est tout. Il l'a mis sur ma tête, comme ça, au-dessus du bonnet que j'avais déjà, j'avais l'air d'une truffe, on s'est bien marrés... Le bonnet était sympa, on est repartis avec. Mon père aime bien quand je le porte. Ça me fait d'ailleurs penser que... que je l'ai oublié chez lui la dernière fois.

Plusieurs questions taraudaient Léane, mais elle alla à l'essentiel. Elle savait que le temps était compté, qu'il suffisait que Roxanne se referme, et c'était fini.

— Quand l'avez-vous trouvé ? Où ?

— C'était l'hiver dernier, en février, pendant les vacances. Mon père m'a emmenée randonner dans le Vercors. Il est fou de nature.

— Le... Le bonnet, il... Est-ce qu'il aurait pu être là où vous l'avez trouvé depuis... depuis longtemps ? Depuis des années ? Est-ce qu'il était sale ? Enterré sous des feuilles ?

— Ah non. Le bonnet était juste un peu recouvert de neige. Je ne sais pas, ça faisait maxi deux ou trois jours que la personne avait dû le perdre, sinon il aurait complètement disparu sous la neige. C'est froid et rude, là-bas, l'hiver. Il neige souvent.

Jeanson avait été arrêté en janvier 2016. S'il avait vraiment tué Sarah, comment Roxanne aurait-elle pu retrouver le bonnet de sa fille presque un an plus tard dans les montagnes ? Et si le couvre-chef était resté dans la nature des mois, il aurait été abîmé, troué, détruit par les éléments.

Elles arrivaient à un arrêt de bus. Roxanne regarda Léane en coin.

— Ce bonnet, il appartient à quelqu'un que vous connaissez, c'est ça ?

— Tu... Tu te rappelles l'endroit exact où vous l'avez découvert ?

— Comment vous voulez ? Mon père loue souvent un appart dans un immeuble résidentiel à Saint-Agnan-en-Vercors, dans la Drôme, pas loin des pistes de ski. C'est pendant une randonnée au milieu de nulle part qu'on l'a trouvé. C'était, je ne sais plus, aux alentours de La Chapelle-en-Vercors, ou un de ces bleds. Désolée, difficile d'être plus précise.

Le bus scolaire arriva et ouvrit ses portes.

— Faut que j'y aille.

— J'aimerais te recontacter pour discuter plus longuement. Je peux avoir ton numéro ?

— Désolée. Vous savez bien, faut se méfier des inconnus, blablabla. Je n'aurais même pas dû vous parler.

— Encore une question : tes cheveux noirs... Une teinture, pourquoi ?

Roxanne la fixa et plissa les yeux, un voile sombre obscurcit son visage. Très vite, la jeune fille se retourna. Juste avant qu'elle ne s'engouffre dans le bus, Léane l'interpella une dernière fois et la prit en photo avec son portable.

— Hey ! Faites pas ça !

Roxanne la foudroya du regard, sur le point de redescendre mais, comme le chauffeur s'impatientait, elle finit par disparaître dans le bus. La romancière laissa le véhicule s'éloigner avec amertume. Elle aurait aimé avoir davantage de réponses. La piste ne pouvait pas s'arrêter là. Sarah avait peut-être été emmenée dans les montagnes alors que Jeanson était déjà en prison. Peut-être que, comme le pensait Colin, le tueur en série n'avait rien à voir avec sa disparition.

Et si Sarah était encore en vie ? Peut-être Jullian avait-il eu raison de mener son combat, durant toutes ces années ?

Léane observa la photo qu'elle venait de prendre. Si Roxanne disait la vérité, Grégory Giordano avait trouvé le bonnet par hasard, au gré d'une randonnée dans le Vercors. Peut-être avait-il avoué cela sous la torture, et que Jullian n'avait jamais voulu l'admettre. Le fait qu'il soit flic à Lyon, travaille à l'hôtel de police où on gérait le dossier Jeanson avait dû renforcer l'intime conviction de Jullian.

Et pourtant... Léane avait encore un doute enfoui en elle qui l'empêchait de croire totalement à l'innocence de Giordano. Cette histoire de garde, de divorce, les silences de Roxanne dès qu'elle abordait le sujet. Normal, Léane était une parfaite inconnue, mais quand même...

Elle regarda l'heure et pianota sur son téléphone. Il lui fallut moins de cinq minutes pour dégoter l'adresse du flic : il habitait à une heure d'ici environ. Elle démarra et prit la direction du sud. Elle devait finir de se persuader qu'elle séquestrait un innocent.

Mais, au fond, elle avait conscience que son voyage n'était qu'une cavale pour ne pas rentrer à Berck et affronter ce qui l'y attendait.

31

La maison de Grégory Giordano était un splendide pavillon individuel, au toit de chaume en forme de champignon, grandes baies circulaires, le tout planté au cœur d'un vaste jardin. Léane se gara un peu plus loin et s'en approcha à pied, la tête baissée, juste une ombre furtive le long du trottoir. Lyon et sa banlieue étouffaient sous la neige. Dans la rue, on entendait le bip désagréable d'un camion qui déversait ses jets de gros sel. L'endroit était calme, peu fréquenté. Il faisait encore sombre, et Léane savait que le soleil n'apparaîtrait pas de la journée.

D'un mouvement vif, elle bascula dans l'allée. Les seules traces dans la neige étaient celles d'un chat matinal. Elle monta quatre marches et se retrouva devant la porte d'entrée. Elle frappa, par acquit de conscience, et lorgna autour d'elle. Après tout, Giordano était peut-être en couple.

Pas de réponse. Mains gantées, elle tenta d'ouvrir : porte close. Elle redescendit, fit le tour de l'habitation. La neige craquait sous ses semelles, et Léane eut l'impression qu'elle allait alerter tout le quartier. Pas de vitre brisée, véranda à l'arrière verrouillée et intacte. Jullian aurait-il enlevé Giordano ailleurs ? Elle eut sa réponse au niveau de la porte du garage : la poignée tournait dans le vide, comme si elle avait été forcée.

Elle entra, referma derrière elle et claqua ses chaussures contre le béton pour se débarrasser des amas de flocons. Une voiture dormait dans le garage. Léane inspecta le coffre, au cas où. Rien. Elle trouva une première porte qui donnait sur le jardin à l'arrière, et une seconde sur le hall de la maison. Combien de fois avait-elle décrit ce type de scène dans ses livres ? L'héroïne en rupture avec la loi, marchant dans l'obscurité d'une demeure inconnue… Elle frissonna rien qu'à cette idée et réfléchit : que cherchait-elle, en définitive ? Des traces de Sarah ? Des preuves de la culpabilité de Giordano ? Un panneau qui lui dirait : « C'est lui / Ce n'est pas lui » ?

Dans le salon, elle remarqua les albums photo posés pêle-mêle sur un meuble, des papiers renversés, des tiroirs et des portes de placards ouverts. Jullian était passé par là, bien sûr, il avait fouillé.

Les volets étant fermés, elle alluma un halogène dont elle régla l'intensité au minimum. Les albums étaient restés ouverts sur des photos de la famille réunie. Grégory Giordano, à côté de sa femme, une tige blonde, et leur fille au milieu, d'une blondeur de blés, elle aussi. Léane fut marquée par l'âpreté du cliché : personne ne souriait. Les visages étaient fermés, presque agressifs, les regards fuyants. Elle feuilleta, remonta les années, fit défiler le temps. Elle comprit, aux expressions sur les clichés d'ensemble qui se faisaient de plus en plus rares, que la famille heureuse allait éclater. Roxanne avait parlé d'un divorce.

Elle poursuivit la fouille et trouva des cartes de visite, par terre, à côté d'une cartouche de cigarettes et d'un briquet Zippo en argent. Autre surprise, et de taille : Grégory Giordano ne travaillait plus dans la police, mais chez un concessionnaire automobile lyonnais. Pourquoi avait-il quitté son job ? Quand ? Après 2010 semblait-il, d'après les articles qu'elle avait découverts sur Internet à son sujet.

Et si tout était lié ? Le divorce, le changement de travail, Sarah... Et si, au contraire, il n'y avait aucune relation ? Léane savait que, à force de chercher des liens, on finissait toujours par en trouver, même les plus absurdes. N'en avait-elle pas la preuve avec cette histoire de plagiat dont lui avait parlé Pam ?

Un tour dans la cuisine, puis à l'étage. La chambre de Giordano... Lit défait, draps en vrac. Elle s'approcha, remarqua la giclée de sang sur la taie d'oreiller. Elle imagina Jullian surgir ici, pendant que l'homme dormait, et le cogner au crâne. Là aussi, les placards étaient ouverts. Tout avait été retourné, sans demi-mesure. Elle fouina dans les vêtements mais n'y vit rien d'étrange.

Elle sortit de la chambre, direction le bureau. L'impression qu'une tornade était passée. Les livres de la bibliothèque gisaient par terre, des feuilles jonchaient le parquet. Léane se colla au mur, une main sur le front. Elle prenait conscience qu'à chaque minute qui passait, qu'à chaque nouveau geste elle devenait de plus en plus la complice de son mari. Elle aussi était en infraction dans la maison d'un ancien flic, à fouiller ses affaires. Elle aussi le retenait prisonnier, finalement.

Ses yeux tombèrent sur un livre particulier. Cette couverture... Elle se baissa : c'était bien *L'Homme du cimetière*, l'un de ses titres. Elle se mit à genoux et fouilla parmi les autres ouvrages. Elle était cernée de romans policiers, dont les siens. Il ne s'agissait pas de ceux volés chez elle qui, à la différence de ceux-ci, affichaient un tampon « SERVICE DE PRESSE » en première page.

Elle se redressa, s'appuya sur le bureau. Ces romans, ça ne voulait rien dire, Grégory Giordano était juste un amateur de polars et l'un des lecteurs d'Enaël Miraure, comme des centaines de milliers d'autres.

Elle respira, tenta de rester concentrée, observa les papiers au sol. Des factures, des photocopies, des brouillons. Elle nota la présence de câbles, mais pas d'ordinateur. Jullian l'avait-il embarqué pour le consulter à la villa ? Pas impossible, il s'en était sans doute débarrassé après.

Son cœur faillit lâcher lorsque son téléphone sonna. Colin. Elle ne répondit pas, écouta le message qu'il laissa sur son répondeur : « Léane ? Il faut que tu répondes, s'il te plaît. C'est au sujet du sang dans le coffre. J'attends ton appel. »

Elle se dirigea vers la fenêtre, jeta un œil discret vers la rue, toujours aussi déserte. Elle rappela Colin aussitôt.

— J'ai eu ton message…

— Où es-tu ? Il est à peine 10 heures, je viens de passer chez toi, j'ai encore trouvé porte close. *Idem* à l'hôpital : personne. Tu joues les fantômes depuis deux jours, tu ne me rappelles même pas pour savoir comment avance l'enquête. Ça ne t'intéresse plus ? Qu'est-ce qui se passe ?

— Un… Un souci à Paris, j'ai dû rentrer en urgence, je n'ai eu le temps de prévenir personne, désolée. Je… Je suis accusée de plagiat pour mon dernier livre.

Léane en avait peut-être trop dit, mais elle devait paraître crédible.

— Plagiat ? De qui ?

— Un petit auteur inconnu qui cherche juste à se faire de l'argent sur mon dos. Ça arrive de temps en temps. Je serai de retour dans la journée. (Elle se prit le front.) Bien sûr, que l'enquête m'intéresse, je ne pense qu'à ça. Tu parlais du sang dans le coffre. C'est... C'est celui de Sarah ?

— Non. Le groupe sanguin est identique, mais les profils ADN divergent.

Un silence. Léane le savait déjà, mais elle répliqua :

— J'ignore si je dois être soulagée ou pas... Et on a une chance de savoir à qui il appartient, ce sang ?

— Ce n'est pas une chance, Léane, on sait à qui il appartient, on connaît son propriétaire. T'es bien accrochée, tu n'es pas en train de conduire, au moins ?

Léane se figea. Bien sûr... Grégory Giordano avait appartenu à la police, son profil ADN devait traîner dans un fichier. Comme les criminels, les policiers laissaient parfois sur les scènes de crime leur ADN, que les techniciens pouvaient prélever par erreur. Le fichage évitait les fausses pistes et les recherches inutiles.

Il fallait se fier à l'évidence : Jullian et elle étaient fichus. Colin viendrait ici, constaterait la disparition, les fouilles dans la maison, il n'aurait plus aucun doute sur leur culpabilité. Elle dut respirer un bon coup pour que sa voix ne tremble pas.

— Qui est-ce ?

— Ton mari. Jullian.

32

Léane encaissa le choc, figée au milieu de la pièce.

— Jullian ? C'est... C'est impossible.

— Et pourtant, c'est son sang et son ADN, Léane, on en est sûrs à cent pour cent. On a comparé avec l'ADN de son sang prélevé à l'hôpital, il est rigoureusement identique. Aussi incompréhensible que cela puisse paraître, c'est Jullian qui était enfermé dans le coffre de sa propre voiture. C'est lui qui a gravé en lettres de sang « VIVANTE », et c'est probablement lui qui a caché le bonnet sous la moquette, au niveau de la roue de secours, le prenant pour celui de ta fille.

Léane s'assit sur le sol et regroupa ses jambes contre son torse.

— Léane ? Tu es toujours là ?

— Oui, oui... Je... J'essaie d'y voir clair. Il... Jullian était enfermé dans le coffre de son propre 4×4... Et on le retrouve blessé après une agression sur... sur la digue.

— Peut-être qu'il n'a pas été agressé sur la digue, justement. J'ai une hypothèse là-dessus, quelque chose de saugrenu, mais qui pourrait fonctionner, même si ça n'explique pas tout. Tu te rappelles, l'autre fois, tu m'as dit que Jullian détestait les applications de santé, qu'il ne les utilisait jamais ?

Léane émit juste un son en guise de réponse.

— Imagine, quelqu'un l'a enfermé dans le coffre. Jullian tient le bonnet qu'il prend pour celui de Sarah, récupéré on ne sait comment, et est persuadé que votre fille est en vie. Il le cache dans le logement de la roue de secours pour qu'on le retrouve plus tard et grave comme il peut ce mot, « VIVANTE », pour nous laisser un message. Peut-être qu'il pense qu'il va mourir, qu'on va l'exécuter. Peut-être que la voiture roule, qu'elle vient d'une autre ville. Là où il a récupéré le bonnet ? Bref, elle s'arrête au bord de la digue, dans un endroit à l'abri des regards, pas loin du phare, ce n'est pas ce qui manque. Ensuite, l'agresseur de Jullian ouvre le coffre, assomme ton mari, prend son téléphone portable et va marcher le long de la digue…

— … pour faire croire que c'est Jullian qui a parcouru le trajet.

— Exactement. Puis il revient au coffre, transporte Jullian où on l'a trouvé, va remettre le 4×4 devant la villa, et non dans le garage comme le fait systématiquement Jullian. Ensuite, il disparaît dans la nature.

Léane vit soudain des papillons noirs, elle se sentit fébrile, comme vidée de son sang.

— Pourquoi l'agresseur aurait fait une chose pareille ?

— Pour qu'on n'y comprenne rien, pour nous tromper, nous mettre sur de mauvaises pistes. C'est un fichu manipulateur, j'ai l'impression. C'est probablement quelqu'un de plus proche qu'on ne le croie, quelqu'un qui gravite autour de vous…

— Mais qui, bon sang ?

— Je le découvrirai. J'ai autre chose d'incroyable, écoute bien. Je suis allé à l'agence de sécurité voir le type qui est venu arrêter l'alarme le soir où tu es rentrée dans la villa. Tu te rappelles, Jullian avait appelé l'agence de surveillance la nuit d'avant, vers 1 heure du matin, il avait prétexté ne plus se souvenir des codes à cause de l'alcool.

— Oui.

— J'ai montré la photo de Jullian à l'agent. Malheureusement, il est incapable de m'assurer que c'est ton mari qu'il a vu cette nuit-là, il ne s'en souvient plus, en fait.

— Tu... Tu crois que c'est l'agresseur qui lui a ouvert ? Ce qui expliquerait qu'il ne connaissait pas les codes ?

— J'en suis certain. L'agent a dit que l'homme avait la clé de la porte d'entrée et qu'il était éméché. Il n'y avait pas d'effraction, alors l'agent a naturellement pensé que c'était le propriétaire. Il a coupé l'alarme, puis lui a fait signer la fiche d'intervention, que j'ai sous les yeux. Ce n'est pas la signature de Jullian. L'homme qui a fait sonner l'alarme était un imposteur.

Léane n'y comprenait plus rien. Qui était l'inconnu qui avait investi leur maison, agressé son mari ? Était-il celui qui avait déjà cambriolé « L'Inspirante » deux mois plus tôt et volé ses livres ? Était-ce lui qui avait fait disparaître tous les documents, les dossiers sur Sarah ? Elle repensait aussi à l'ordinateur de Jullian, vidé de son contenu. Quelqu'un avait eu un intérêt à effacer ses découvertes. Et ça ne pouvait pas être Grégory Giordano, qui avait été, selon toute logique, enfermé dans le fort avant l'agression de Jullian.

— Qu'est-ce que tu vas faire ?

— Demander une recherche complète et plus poussée dans l'habitacle de la voiture, ainsi qu'une recherche dans ta maison. S'il s'est installé au volant, s'il a conduit, s'il s'est déplacé chez toi, notre agresseur a peut-être laissé des empreintes sur les meubles, dans la voiture...

Enfin bref, un détail nous permettra peut-être de l'identifier. Je compte venir dans l'après-midi avec une équipe. Seize heures, ça ira ?

Léane jeta un œil à sa montre.

— Dix-huit heures plutôt, si c'est possible pour toi. Le temps que je finisse ce que j'ai à faire à Paris.

— OK. Mais si tu rentres avant, évite de mettre tes empreintes partout, notamment sur les poignées de portes. Je sais que tu en as déjà déposé pas mal depuis que tu es revenue, et je veux me laisser une chance de découvrir des traces étrangères.

Soudain, Léane entendit un claquement de portière dans la rue. Elle se précipita vers la fenêtre. Un homme et une femme sortaient d'une voiture blanche sérigraphiée aux couleurs de la nation. Lui rajustait sa veste grise, elle fermait son blouson. Léane aperçut l'éclat d'un pistolet.

Des flics.

33

— Un nettoyeur ?

En ce vendredi soir, sur l'insistance de Vic, les deux collègues étaient revenus dans la pièce cachée de la cave de Félix Delpierre. V&V avaient de nouveau affronté la route, le froid, les virages, et même si la plupart des voies avaient été déneigées, rouler demeurait dangereux et pénible, surtout en montagne. Morel, occupé par les autopsies, n'avait pas assisté au brief que Vic avait fait à l'équipe après la visualisation des <u>DVD</u>. Pour l'heure, il croquait dans son deuxième thon-mayonnaise de la journée et chassait du dos de la main les miettes qui se déposaient sur le col de son blouson. Vic regarda sous les tentures rouges.

— Un nettoyeur, oui, c'est ce que je pense. Félix Delpierre se débarrassait juste des corps, il ne les torturait pas. Certaines des victimes présentent de nombreuses brûlures de cigarette, notamment sur les parties génitales et les seins. Ehre t'a bien dit que Delpierre n'était pas un fumeur ?

— Ouais. Poumons et dents propres, bouts des doigts sans traces de nicotine. À confirmer par la toxico, bien sûr. Mais il fumait peut-être à l'occasion ? Ou il achetait des cigarettes uniquement pour ses tortures ?

Morel lança un regard vague, pupilles éteintes, vers l'endroit où, la veille, ils avaient découvert le cadre avec le corps dans la position de l'*Homme de Vitruve*. Les autopsies, en particulier celle de la « chose », si on pouvait appeler ça une autopsie, avaient été un chemin de croix. Ehre et deux assistants s'étaient attachés à déconstruire ce que Delpierre avait conçu, et à isoler chaque morceau de peau prélevé sur le squelette en métal. Des échantillons étaient ensuite partis dans les services de toxicologie et de biologie. Un puzzle macabre.

Le flic se ressaisit et croqua un bon coup dans son sandwich. Comme à son habitude, Vic ne lui avait pas donné la raison de leur retour dans la ferme et avait maintenu le mystère.

— Me dis pas qu'on est revenus dans ce trou à plus de 20 heures pour chercher des cigarettes ? On a fait le tour, on n'en trouvera pas. Il n'y a pas un seul cendrier qui traîne.

— De toute façon, je te l'ai dit, ce n'est pas Delpierre qui a brûlé ces filles. Un téléphone portable… Voilà ce qu'on cherche.

Vadim tourna sur lui-même.

— Un portable ? Mais on l'a déjà. Posé au milieu de la table quand on est venus ici.

— On cherche un second portable non référencé. Un téléphone qu'il devait utiliser pour autre chose. La preuve est sur le dernier <u>DVD</u>. Alors qu'il s'apprêtait à tuer Apolline, une sonnerie d'arrivée de SMS a retenti, et ce n'était pas le « coassement de grenouille » du portable de la table du salon. Un message a tout déclenché, cette nuit-là. On doit découvrir de quoi il s'agissait.

— Delpierre nous attendait de pied ferme. Il a fait le ménage. S'il avait un deuxième portable caché, il s'en est débarrassé. Sinon, il l'aurait laissé sur la table du salon, avec l'autre, accompagné d'un petit mot à notre intention comme il l'a fait avec les <u>DVD</u>, du genre : « Éclatez-vous bien, les amis. »

Vic chercha une dizaine de minutes, puis frotta ses mains l'une contre l'autre.

— On va faire ses poubelles.

— Très romantique. Une heure de route pour fouiller des ordures.

Ils remontèrent vers la cuisine.

— Donc, d'après toi, ils seraient deux ?

— Oui. Delpierre n'a pas mutilé lui-même les victimes. *Primo*, il choisissait des parties de corps exemptes de toutes blessures ou brûlures pour les écorcher et construire sa « chose ». On le voit sur certains films, ces mutilations le dérangent. *Secundo*, c'est son comportement avec Apolline qui me le fait penser : il en prenait plutôt soin, il voulait l'abîmer le moins possible. Elle était un objet sexuel pour lui, c'est certain, un sujet d'excitation, mais il ne prenait pas son plaisir dans la torture. Ce n'était pas sa came.

— Sa came, c'était juste violer des cadavres et de les peler ? Ouf, ça va alors.

Morel se passa les mains sur le visage dans un souffle.

— Excuse-moi. Hier, ma femme m'a demandé sur quoi je travaillais. Je rentre tard, je suis crevé, je zappe Noël… J'ai encore dû mentir, parce que, ce qu'on vit, ce n'est pas racontable. Ma fille a l'âge de toutes ces victimes, bordel, et pendant que j'assistais à l'autopsie, il n'y a pas une seule putain de seconde où je n'ai pas imaginé Hélène à la place de n'importe laquelle d'entre elles.

Il enfonça machinalement le reste de son sandwich dans l'emballage et le posa sur la table, avant de sortir dans la cour avec un sac-poubelle et de le retourner.

Vic, lui, s'occupa du contenu de la grosse poubelle en plastique. Il avait allumé la lumière du perron.

— J'ai tendance à oublier que c'est bientôt Noël. Je suis désolé.

— Ça va. Revenons-en à nos moutons.

— OK. Lundi dernier, Delpierre reçoit un message alors qu'il vient de trancher les mains d'Apolline pour terminer son œuvre. Il s'agit d'un message urgent, imprévu, puisque Delpierre en oublie de faire le plein d'essence, lui qui est si organisé. On lui demande de venir, je pense que c'est pour récupérer un corps et nettoyer une scène de crime : celle de la fille au visage écorché. Tu te rappelles la présence des serpillières humides et ensanglantées dans le coffre, les bidons de Javel, les seaux et même la chaux vive ?

Morel acquiesça, les mains dans les détritus.

— Il change sa plaque d'immatriculation, embarque le corps, fait du nettoyage, mais au lieu d'aller se débarrasser directement du cadavre, il refait un détour rapide par chez lui pour prélever les yeux, le visage et les mains. Les yeux d'Apolline ne lui plaisent pas, sans doute ce strabisme qui le dérange. Quant aux mains, puisqu'elles sont abîmées par les coupures en braille, il faut bien qu'il en trouve d'autres. Il n'a pas le temps de filmer, contrairement à d'habitude. Il agit cette fois dans la précipitation. Il coupe les mains, récupère le visage et les yeux de la nouvelle victime. Ceci fait, il rembarque le corps mutilé, les mains inutilisables d'Apolline et prend l'autoroute pour aller enterrer le tout. On connaît la suite avec l'épisode de la pompe à essence.

Morel se redressa :

— Rien trouvé...

— Qu'est-ce qu'il a fait d'Apolline ? La question demeure.

— Elle est morte, Vic. Il lui a tranché les deux mains, bordel. Qu'est-ce que tu crois ?

— S'il l'avait tuée, pourquoi elle n'était pas dans le coffre, alors, ce soir-là ? Pourquoi on n'a pas retrouvé son corps à la ferme ?

— Il l'a tuée plus tard et enterrée loin d'ici.

— Pourquoi il aurait fait ça s'il savait qu'il allait se faire prendre ? Pourquoi avoir cloué un cochon avec la robe d'Apolline, plutôt qu'Apolline elle-même ? Elle est vivante, quelque part. J'en suis sûr.

Vic non plus ne trouva rien dans le sac-poubelle, hormis un paquet d'enveloppes, un carnet de papier à lettres de qualité et un flacon de parfum. Il s'en empara et vaporisa. Fragrances féminines, notes boisées. Il inspecta le papier à lettres pour vérifier qu'il n'y avait rien d'écrit. Des feuilles avaient été arrachées. Sur la couverture du carnet, dans un coin, était noté au stylo bleu *27654*. Vic fronça les sourcils : il avait déjà vu ce numéro.

Vadim poussa un soupir.

— Il y a un truc que je ne comprends pas. Pourquoi se casser la tête à se débarrasser des corps ailleurs, avec transport et compagnie, alors qu'il y a ces horreurs à sa cave ? Pourquoi il ne les enterre pas dans son jardin ?

Vic explora les cases de sa mémoire. Où avait-il croisé ce fichu nombre ? Quand ? Il interrogea Vadim, mais ça ne lui disait rien. Il arracha le morceau de papier et referma le sac-poubelle, troublé et incapable de s'en souvenir. Il finit par revenir à leur conversation :

— Les corps sont les points faibles de tous les criminels. Tu sais bien que les jardins, c'est les premières choses qu'on fouille. Et puis, ça peut attirer les bêtes sauvages, surtout ici. Sans parler des gens qui devaient venir pour la mère : médecin, infirmiers... Delpierre connaît le processus de la mort, il découpe la chair, il sait faire disparaître un cadavre sans laisser de traces. C'est son rôle dans cette histoire, sa compétence, pour ainsi dire. Pas de corps, pas de crime.

— Oui, mais tu oublies la « chose » ?

— Je ne l'oublie pas. Delpierre aurait dû se débarrasser intégralement des corps, mais ses pulsions ont été les plus fortes. Il est nécrophile, Vadim, c'est un malade. Tu crois que la prison peut mettre un terme à de telles pulsions ? Avant de les faire disparaître Dieu seul sait où, il leur fait leur fête et leur pique un peu de peau à chacun. Évidemment, c'est son petit jardin secret, sa faille. Son complice, peut-être celui qui se fait appeler Docteur Watson, n'est pas au courant.

Morel garda un temps le silence, puis acquiesça.

— Ouais, ça se tient. Mais qu'est-ce que tu fais de la jeune aveugle, là-dedans ?

Vic haussa les épaules et se redressa à son tour.

— Je n'en sais rien. Peut-être que le fait de la voir, chaque jour pendant le chantier à l'institut des Senones, ça l'a excité davantage que ses cadavres et ses DVD. Une aveugle, vulnérable, fragile... Un objet vivant... Il pénètre lentement dans sa vie, lui vole des objets, fantasme sur elle. À un moment, il franchit le pas et la kidnappe à Saint-Gervais. Il veut l'avoir pour lui. Hors de question qu'il soit juste un nettoyeur, un type qui balaie la merde des autres. Lui aussi, il veut le pouvoir, montrer de quoi il est capable.

Vic fourra le sac-poubelle refermé contre le mur et retourna dans l'habitation. Morel suivit.

— Donc, ils seraient deux... Delpierre et... un salopard de Docteur Watson qui torture ces filles.

Vic n'écoutait plus, immobile au milieu du salon, l'œil rivé sur des pistolets de collection accrochés au mur. Morel eut beau l'interroger, il n'obtint aucune réponse : son coéquipier n'était plus avec lui. Vadim l'imita, essaya de comprendre ce qu'il voyait dans ces armes, ce qu'elles lui évoquaient. La folie, l'obsession de Delpierre ? Son goût pour le sang ? Ou Vic y lisait-il une partition que seul son étrange cerveau pouvait décrypter ? Quand il fonça vers sa voiture comme un chien fou, Morel se contenta de le suivre.

En route, sans doute, pour une nouvelle révélation dont son collègue hypermnésique avait le secret.

34

Vic roula jusqu'à l'hôtel de police sans desserrer les lèvres, *Les Quatre Saisons* de Vivaldi en boucle et à fond dans les haut-parleurs. Il se gara à l'arrache sur le parking, laissa sa portière ouverte, demanda à son collègue de l'attendre et ressortit du bâtiment cinq minutes plus tard, avec quelque chose sous le blouson que Morel ne parvenait pas à distinguer.

— On peut arrêter les devinettes à la con et tu m'expliques ce que tu fais ?

— Encore un peu de patience. On file à l'IML, Ehre nous y attend. Elle termine un rapport.

— Tu sais que c'est pénible de bosser avec toi ?

— Merci.

— Donne-moi au moins un indice.

— Les pistolets de collection chez Delpierre... ça m'a fait penser à l'arme sur le siège passager de Quentin Rose. Et, par association d'idées, au téléphone qu'on a trouvé en même temps.

— Admettons. Et ?

— Quoi ? Tu ne vois pas ? Delpierre, c'est à nous qu'il a envoyé le SMS !

— Je pensais que c'était au Docteur Watson.

— Delpierre EST le Docteur Watson.

— Et moi je suis le pape. Putain, Vic, je ne comprends rien.

— Ça va venir.

Morel se tut. Il préféra fixer les lampadaires qui défilaient, les réverbérations orangées sur la neige chassée sur les trottoirs, les décorations suspendues dans les airs. Des étoiles jaunes, des sapins clignotants, qui lui rappelaient que les fêtes s'annonçaient les plus pourries de son existence. Il réfléchissait aux récentes conclusions dégagées à la ferme : Félix Delpierre n'était peut-être qu'un sbire dont le rôle se résumait à faire disparaître les corps. Ses fantasmes l'avaient rattrapé et poussé à commettre ces actes horribles sur des morts, à kidnapper Apolline.

Mais, s'il nettoyait, qui tuait ? Qui mutilait et achevait ces pauvres filles, avant de les lui livrer ? Quel événement avait déclenché cette forme de panique, le soir où Delpierre avait commis une imprudence et s'était fait voler sa voiture ?

Ils arrivèrent sur le parking presque désert de l'IML. Un vent polaire les cueillit lorsqu'ils sortirent. Ehre vint leur ouvrir à l'accueil.

— On ne se quitte plus, dites donc. Il était temps, dans cinq minutes, je partais sous les cocotiers jusqu'à l'année prochaine. Vacances.

— Je suis en vacances officiellement ce soir. Et Vadim aussi.

Vadim haussa les épaules.

— Ouais, on est tous en vacances. Sauf que nous, demain, on sera pas sous les cocotiers. Mais les noix de coco, on les aura profond là où tu sais.

La légiste éclata de rire et, à la demande de Vic, ils descendirent à la morgue. Un néon crépita dans le silence, une lumière d'un blanc laiteux leur agressa les rétines et fit luire l'acier des tiroirs alignés sur plusieurs rangées.

— C'est Delpierre que j'ai besoin de voir.

La légiste acquiesça, puis se dirigea vers l'un des caissons. Elle tira d'un coup sec, le chariot jaillit des ténèbres comme une langue diabolique. Un sac noir apparut. Vadim se grattait le crâne, il essayait de résoudre l'énigme. Vic ouvrit la fermeture Éclair et dévoila le visage à moitié arraché du bourreau.

— Salut, Docteur Watson.

De sa poche, il sortit le sachet à scellés qui contenait le téléphone portable à l'écran brisé. La batterie et la carte SIM avaient été ôtées, pour des raisons de procédure. Morel fronça les sourcils.

— Qu'est-ce que tu fais avec le portable de Rose ? Merde, Vic, c'est une pièce à conviction, t'as pas le droit de...

— On l'a trouvé au pied du siège passager de la Ford, avec le fric et le Beretta. Mais qui a dit que c'était le sien ?

Les yeux de Morel se mirent à briller.

— Putain ! Ce serait celui de...

— On s'est plantés. Félix Delpierre conduisait dans l'urgence, ce soir-là. Peut-être qu'il recevait et envoyait des messages en même temps, il gardait ce second téléphone à portée de main. Quand il est sorti mettre de l'essence, il l'a naturellement laissé sur le siège à côté de lui.

— Et nous, après l'accident, on l'a ramassé avec le fric et le Beretta, on a cru qu'il appartenait à Rose, on n'y a plus prêté attention...

— Quand Delpierre a envoyé son curieux SMS avec son portable officiel, il savait qu'on avait en notre possession son portable fantôme, puisqu'on avait sa voiture. Il nous adressait directement ce message, il savait qu'on allait finir par le retrouver.

Vic craqua le sachet par le bas, face à un Morel dépité.

— C'est pas les sacs à scellés qui manquent. Et t'inquiète pas, je vais pas toucher à la SIM.

Pour respecter la procédure, il fallait éviter les relocalisations, la destruction de données, d'où l'interdiction de réactiver la carte SIM en dehors d'un laboratoire de police scientifique. Vic se contenta de positionner la batterie dans son compartiment et alluma le téléphone, qui était verrouillé.

— C'est un appareil dernier cri. Identification par empreinte digitale...

Puis il s'empara de la main du cadavre, força un peu pour la décoller du corps, saisit le pouce et l'appuya sur l'écran.

Le téléphone se déverrouilla et afficha des données illisibles à cause de l'écran en miettes. Vic tourna un regard satisfait vers son collègue.

— Docteur Watson vient de nous ouvrir les portes de sa maison. Là-dessus se trouve le message qu'il a reçu au moment où il s'apprêtait à tuer Apolline, et qui a tout déclenché. Y a plus qu'à.

35

Si elle ne sortait pas de la maison de Giordano à l'instant, elle était fichue.

Les flics avançaient dans l'allée. Ils allaient voir les traces de pas, faire le tour de la propriété, entrer de la même façon qu'elle.

Léane ne réfléchit plus, elle dévala les marches et se rua dans le hall, puis le garage. Elle ouvrit sans bruit la porte de derrière et fonça au fond du jardin sans se retourner. Les semelles alourdies par la neige, elle se faufila entre deux cyprès, escalada la clôture et se retrouva sur une autre propriété. À bout de souffle et après un parcours du combattant à escalader des grillages, des brise-vent, des barrières, elle parvint à un chemin, qu'elle remonta à petites foulées.

Le bitume trempé, enfin. Une rue, des voitures. Léane avait l'impression de fumer comme une vieille chaudière. Elle ouvrit son blouson pour reprendre son souffle et libéra un nuage de condensation. Au bout de cinq minutes à essayer de se repérer, elle reconnut les lieux et regagna son véhicule.

Les flics étaient toujours là lorsqu'elle passa devant l'habitation de Giordano. La femme téléphonait, son collègue avançait dans le garage. S'ils ignoraient jusqu'à présent que Giordano avait disparu, d'ici à cinq minutes, ils le sauraient. Ils allaient fouiller, découvrir le sang, lancer une enquête pour disparition inquiétante.

Elle pria pour que Jullian n'ait laissé aucune trace, aucune empreinte. Si tel était le cas, rien ne les reliait à Giordano, hormis le bonnet. Les flics interrogeraient sans doute Roxanne, qui leur expliquerait leur rencontre, mais personne ne comprendrait.

Elle se rendit compte que ses mains tremblaient encore sur le volant quand elle arriva sur l'autoroute après de méchants bouchons en partie causés par les conditions météo. Elles étaient toutes blanches. Léane avait fui, sans réfléchir, sans à aucun moment penser à se rendre ni à expliquer la situation dans laquelle elle s'était fourrée. À cet instant, elle comprit, sans ambiguïté, qu'elle avait franchi la frontière. Elle protégeait son couple.

Les paysages coiffés de neige s'effacèrent progressivement pour céder la place aux étendues infinies de terres noires et gelées. Le père de Jullian lui passa un coup de fil aux alentours de midi : où était-elle ? Comment pouvait-elle ne pas être auprès de son mari ? Jullian la réclamait, et il posait toutes ces questions sur Sarah. Jacques hurlait dans l'écouteur, Léane raccrocha, l'oreille en feu.

Elle s'arrêta sur une aire d'autoroute à 14 heures, fit le plein, mangea sur le pouce et se remit en route. Une fois sur l'A1 – il commençait à faire nuit –, elle appuya sur le champignon pour arriver à « L'Inspirante » à 16 h 45. Ses oreilles bourdonnaient encore du long trajet, ses muscles étaient durs, fatigués par la position assise. Elle se débarrassa des photocopies de son livre et cacha le pistolet dans un sac, lui-même en hauteur, au fond de son dressing. Elle terminait à peine que Colin débarqua en avance, accompagné de trois experts de l'Identité judiciaire. Léane se recoiffa machinalement et ouvrit. Il la salua d'un coup de menton.

— Tu as pu régler tes problèmes avec ton éditeur ?

— Ça ne va pas se régler du jour au lendemain. C'est surtout une bataille d'avocats.

Colin la fixait d'un œil inquisiteur. Léane savait qu'elle n'était pas dans son état normal, le stress et la peur suintaient de chacun de ses pores. Elle avait gardé un ton neutre et n'avait qu'une hâte : qu'il foute le camp, afin qu'elle aille interroger Giordano.

— Tu peux rester sur le canapé mais ne touche plus à rien, le temps qu'on fasse des prélèvements. L'un des techniciens va venir prendre tes empreintes.

— Mes empreintes ?

— T'as peur qu'on te fiche ?

— Non, mais...

Colin eut un pâle sourire.

— Ne t'inquiète pas, c'est juste pour les comparer à celles qu'on va relever sur les éléments de contact comme les poignées, le volant du 4 × 4, les portières. Ça permettra de procéder par élimination. On fera pareil avec celles de Jullian, mais on ne va pas aller l'embêter à l'hôpital, puisqu'on possède déjà ses empreintes suite au cambriolage.

— Vous en avez pour combien de temps ?

— Environ deux heures. OK ?

Colin ôta son blouson, son écharpe, posa son portefeuille sur un coin de meuble et indiqua aux techniciens les endroits où opérer. Léane les observa appliquer leurs produits, leurs poudres un peu partout, jusqu'aux interrupteurs de la chambre. Colin les aidait afin qu'ils aillent plus vite.

Léane enfonça ses doigts dans l'encre à la demande d'un des techniciens, qui pressa ensuite ses phalanges sur un papier. Avec discrétion, elle afficha le tableau des marées sur son smartphone et fit un rapide calcul. Une fois à Ambleteuse, vers 21 heures, elle disposerait de deux heures pour interroger Giordano avant un nouveau cycle. Il ne faudrait pas traîner.

Colin lui lançait des coups d'œil réguliers, mais il gardait ses distances. Il prenait le relevé d'empreintes très au sérieux, ordonnait, participait, naviguait de pièce en pièce... Ils terminèrent un peu avant 20 heures. Le flic enfila son blouson et laissa sortir les techniciens de l'IJ. Il resta sur le pas de la porte.

— On a tout ce qu'il faut. Désolé pour les traces de poudre un peu partout. Malheureusement, on n'assure pas le nettoyage après notre passage. T'enverras la facture au ministère de l'Intérieur.

Léane ignorait s'il plaisantait ou pas.

— Ça va, je m'en occuperai.

— Évidemment, je te tiens au courant si on a des infos sur le parasite grâce aux empreintes. Tu es sûre que ça va aller ? Tu n'as vraiment pas l'air dans ton assiette.

— C'est... compliqué. D'un côté, cette histoire avec mon éditeur. Et de l'autre, se dire que... quelqu'un était peut-être ici, chez moi. Tu comprends que, avec tout ce qui se passe, ce n'est pas facile.

— Je... Tu veux peut-être que je te tienne un peu compagnie ? J'ai une bonne bouteille de blanc à la maison et... (il regarda sa montre) je devais récupérer deux douzaines d'huîtres chez le poissonnier, le magasin est fermé mais je le connais bien, il va m'ouvrir. C'est ça, avoir des relations.

Léane rabattit davantage la porte.

— C'est gentil, Colin, mais une autre fois. Je suis crevée, je vais grignoter un truc vite fait et me coucher tôt.

Il acquiesça, mais Léane vit un iceberg glisser sur son visage.

— Une autre fois, oui. N'oublie pas l'alarme.

Il la salua d'un geste, puis resta figé sur le perron. Il se dirigea alors vers la remise à chars à voile. Léane blêmit : la vitre cassée, elle avait oublié. S'il entrait là-dedans, il allait découvrir les plans de l'instrument de torture, les bottes crottées avec la flaque gelée. Léane se précipita.

— Pas d'inquiétude, c'est moi qui ai fait ça ! Je ne savais plus où Jullian avait mis la clé du cadenas.

— Une envie de char à voile ?

— D'aller voir les phoques, plutôt, hier, pour me changer un peu les idées. Les jumelles étaient à l'intérieur.

Il lorgna par la fenêtre, on n'y voyait rien.

— Je comprends... Mais c'est quand même vachement humide ici, pour ranger des jumelles...

Il lui fit un signe de la main et reprit la route. Lorsqu'il se rendit compte qu'il avait oublié son portefeuille, il fit demi-tour. Un quart d'heure après son départ de « L'Inspirante », il frappait de nouveau à la porte mais n'obtint aucune réponse. Les lumières étaient éteintes, et la voiture de Léane, garée devant le garage auparavant, avait disparu.

36

Dix minutes après le départ de Colin, Léane sortit avec un sac de sport à la main, dans un tel état de tension qu'elle manqua de s'embourber dans le sable en faisant marche arrière. Il lui fallut ensuite plus d'une heure et quart pour rejoindre Ambleteuse. Le trajet avait été allongé à cause de la purée de pois qui avait effacé le paysage juste après Le Touquet.

Elle estima que la mer commencerait à encercler le fort vers 22 h 45, ça lui laissait un peu plus d'une heure avec Giordano. C'était trop court. Une fois garée sur le parking à bateaux, elle s'enfonça dans le brouillard. Ses pas pesaient des tonnes, une partie d'elle ne voulait pas entrer là-dedans, affronter son regard, mais une autre avait un besoin immédiat de réponses.

La lourde silhouette du fort ne lui apparut qu'au dernier moment, comme une orque jaillie des ténèbres. Léane rassembla ses forces, s'enferma dans le ventre du monstre et descendit vers la réserve de nourriture. Les photos de Sarah croisées au fil de sa progression lui donnaient le courage de poursuivre.

Elle inspira et entra dans la pièce.

Sous la lueur morne de l'ampoule, Grégory Giordano avait les yeux clos, la tête sur sa poitrine. Il ressemblait à un pantin désarticulé, et Léane eut l'impression que son épaule gauche était déboîtée. Son poignet était bleu, sa main libre en sang : il avait gratté la pierre autour du pieu qui maintenait la chaîne, cinquante centimètres au-dessus de sa tête. Les boîtes de conserve étaient vides, renversées, seul restait un fond d'eau dans une bouteille.

Après quelques pas, Léane glissa son nez dans son écharpe et, sans bruit, positionna la main libre dans la menotte, qu'elle referma aussitôt. Le prisonnier émergea, poussa un grognement, puis se débattit tel un fauve en cage.

— Qu'est-ce que vous faites ?

Sans lui répondre, elle prit le seau en métal et alla le vider à l'extérieur. Elle revint avec un récipient rempli d'eau de pluie récupérée grâce aux fuites dans la casemate. Puis elle sortit un gant de toilette de son sac de sport, l'imbiba d'eau glacée et l'approcha du visage de Giordano, qui détourna la tête.

— Laissez-moi faire. Que j'y voie un peu plus clair.

— Libérez-moi ! Vous deviez revenir ! Combien de temps vous... comptez encore me laisser croupir ici ?

Il refusait qu'elle le touche. Sa toux avait empiré et lui déchirait la poitrine. Il finit par céder. Avec délicatesse, Léane ôta le sang séché, prit dans son sac une compresse, de l'antiseptique, et nettoya la plaie au front, à l'œil et au niveau de l'oreille.

— L'œil est encore gonflé. Vous n'avez pas l'air d'avoir de fièvre mais je vais quand même vous donner de quoi vous soigner. Je vous ai rapporté des sous-vêtements et des vêtements chauds. Ils appartiennent à mon mari et devraient vous aller. Vous pourrez vous changer et vous laver tout à l'heure.

Il redressa son dos, grimaça lorsqu'il fit rouler sa nuque. Léane lui donna deux cuillères de sirop contre la toux, du spray pour la gorge et du Dafalgan avec de l'eau, qu'il avala sans rechigner. Elle observa le pied blessé : presque violacé, deux fois plus gros que l'autre, gercé par le froid. Léane n'avait aucune solution et préféra ne pas y penser : elle fouilla encore dans son sac et en sortit un paquet de Marlboro, ainsi qu'un Zippo en argent.

— Vous reconnaissez ?

Il acquiesça. Elle lui planta une cigarette entre les lèvres. Alluma. L'homme pompa avant de tousser à s'en décrocher les poumons.

— Quel jour... on est ?

— Vendredi... le 22, il est... bientôt 22 heures.

— Vendredi... Où on est ? Dites-moi où on est.

Léane s'assit sur son sac, juste en face de lui. Jullian ne lui avait même pas dit où il le retenait, lui avait ôté toute dignité, ne lui avait laissé aucun espoir, afin d'éviter que des liens se nouent entre eux. Elle avait étudié ce genre de relation entre bourreau et victime, l'avait écrit noir sur blanc dans *Le Manuscrit inachevé*. Elle fit tourner le briquet entre ses doigts et garda un ton neutre.

— J'ai parlé à votre fille, Roxanne.

Giordano agita ses mains suspendues, força sur ses chaînes dans un effort vain.

— Si vous touchez à un seul de ses cheveux !

Léane ne bougea pas d'un millimètre et attendit qu'il se calme. Elle poursuivit quand elle fut sûre d'avoir une oreille attentive :

— Elle m'a dit que vous aviez trouvé le bonnet sur un chemin de randonnée du côté de La Chapelle-en-Vercors, en février dernier. Où exactement ?

Il cracha sa cigarette au sol.

— Vous croyez que votre taré de mari ne m'a pas déjà posé la question ? Dites-moi d'abord où on est.

— Non.

Nouvelle quinte de toux. Son regard revint vers Léane ; il y brillait comme une forme de résignation.

— Qu'est-ce que vous voulez que je vous dise ? Tous les chemins se ressemblent, là-bas... C'était il y a presque un an. Il y avait les bois, des arbres partout... (Il inspira un bon coup.) Écoutez, je sais, pour votre fille. Depuis que je suis enfermé ici, votre mari m'a répété l'histoire en long, en large.

— Vous m'avez dit ne pas la connaître quand je vous ai montré sa photo.

— Je voulais sortir ! Ça peut se comprendre, non ?

Il désigna le briquet du menton.

— Vous me montrez ce briquet pour... pour me faire comprendre que vous êtes allée chez moi... Vous avez fouillé ma maison, comme votre mari... Vous savez déjà tout ce que je vous raconte, hein ? Vous me testez...

Il grimaçait de douleur à chaque geste. Léane resta de marbre, elle devait surpasser sa pitié, et la petite voix qui, au fond de sa tête, clamait l'innocence de cet homme. Elle alla chercher la photo de Sarah sous le pavé, dans le coin, et la lui montra.

— Vous allez dans un bled au milieu de nulle part, vous trouvez le bonnet de ma fille, ce bonnet-là, par hasard, vous dites. Vous avez travaillé à côté du service qui gère l'enquête sur la disparition de Sarah. Ça fait de drôles de coïncidences qui me font penser que mon mari a de bonnes raisons de vous retenir ici.

Léane ignora si l'œil droit de Giordano pleurait à cause du froid, ou s'il s'agissait d'une vraie larme d'émotion. Il garda le silence et baissa sa lourde paupière tuméfiée.

— Des coïncidences ! Les coïncidences ne... font pas les coupables. Vous écrivez des romans policiers, vous devriez le savoir...

— Comment vous le savez ?

— Les livres, chez moi... Votre mari était certain que... je les avais volés chez vous, dans votre bibliothèque... Mais c'est faux, c'est complètement faux, ces livres m'appartiennent. Ça n'a aucun sens... J'ai passé vingt ans de... ma vie à mettre des ordures derrière les barreaux... des salopards qui traitent les femmes et les enfants comme... des objets, qui vous feraient vomir rien qu'en écoutant le récit de ce qu'ils ont fait. Et c'est moi qu'on juge ?

La voix de Giordano était rugueuse. Léane sentit le froid de la cave l'envelopper. Prisonnière, elle aussi, de la mémoire de son mari. De son ignorance. Giordano s'étrangla dans ses sécrétions.

— Vous êtes ici, vous... vous ne savez rien. Votre mari ne vous a rien dit sur nos échanges. Pourquoi ? Qu'est-ce qui lui est arrivé ?

— Il a été violemment agressé, il a perdu la mémoire. Et j'ai le sentiment que vous n'y êtes pas pour rien.

Léane eut l'impression de voir, une fraction de seconde, un mouvement à l'extrémité droite de sa bouche, comme l'esquisse d'un sourire. Pourtant elle n'avait pas bougé, les lèvres étaient toujours aussi immobiles. Devenait-elle folle ? Était-ce dû au manque de sommeil ? Giordano donna un coup de menton vers ses chaînes.

— Vous allez m'accuser de son agression aussi, alors qu'il m'a emprisonné ici ?

— Peut-être un complice ? Quelqu'un qui vous recherche ?

— Vous délirez...

— Je veux savoir exactement ce qui s'est passé le jour de votre enlèvement.

— J'ai rien à gagner à vous répondre.

— Vous divorcez en 2010. Pourquoi ? Et pourquoi vous avez changé de boulot ? Qu'est-ce qui a bouleversé votre vie ?

— Bien sûr... Je divorce comme une personne sur trois, je quitte mon job parce que je n'en peux plus de bosser dans le pire service de la police, et vous allez me trouver un lien avec votre fille ! Quoi ? Je n'ai pas le droit de changer de travail ? Quoi que je dise, vous y verrez un lien. Vous allez suivre le chemin de votre taré de mari. Me battre à mort. Allez-y.

Il fit claquer ses chaînes.

— Faites-le !

Léane s'en sentait incapable. Elle se redressa, piétina pour se dégourdir les jambes. Elle ne pouvait pas lui céder du terrain, il fallait reprendre le dessus.

— Je le découvrirai par moi-même, et le temps que ça me prendra, vous le passerez dans ce trou. Et puis, mon mari va la retrouver, sa mémoire, bientôt. Et, ce jour-là, je n'aimerais pas être à votre place.

— Parce que vous aimeriez l'être aujourd'hui ?

— Vous n'avez toujours rien à dire ?

Il ne répondit pas. Elle alla vers le fond de la pièce, balança de la nourriture et une bouteille d'eau sur ses jambes. Elle abandonna les médicaments contre le mur, juste à côté de lui, et lui libéra une main.

— J'avais pris de quoi faire votre toilette, mais le temps manque. Je vous laisse les médicaments. Je reviendrai demain. Ou après-demain. Ou peut-être jamais.

— Non, non ! S'il vous plaît !

Elle s'éloigna. Une voix, dans son dos :

— J'étais flic de terrain... Je bossais auprès des macs et des putes tous les jours...

Elle s'immobilisa.

— Je côtoyais aussi le show-biz, les pointures, parce que c'est lié, tout ça. Drogue, fric, sexe, pas besoin de vous faire un dessin...

Léane se retourna, revint auprès de lui. Il la considéra avec mépris mais continua à parler :

— Qu'est-ce que vous voulez que je vous raconte ? Je dormais dans des hôtels minables avec, dans les pièces voisines, des putes qui se faisaient remettre en place, ou dans des palaces avec une... une tribu d'avocats ou de patrons qui commandaient des filles à trois mille euros la nuit... Parce que c'était mon job d'observer, de m'infiltrer, pour mieux les piéger. Je ne rentrais qu'un jour sur deux chez moi, avec des restes de poudre au fond du nez. Ça, c'est pour le divorce. Ça vous va ?

— Continuez. Pourquoi avoir quitté la police ?

— ... Mi-2010, on surveillait depuis des mois un réseau de proxénétisme géré par deux frères en Roumanie, qui... réinvestissaient le fric dans l'immobilier... Douze prostituées tapinaient entre Grenoble et Chambéry. Les frères menaçaient les familles au pays si elles n'obéissaient pas. Deux matrones les surveillaient, les terrorisaient et les battaient... Ces filles logeaient... dans un camp de Roms de la banlieue de Grenoble. Elles pensaient se rendre en France pour un emploi de serveuse ou de femme de ménage, elles sont devenues... des esclaves sexuelles... C'est comme ça que les choses fonctionnent, dans ce genre de réseaux.

Son regard se perdit dans le vague. Il était là-bas, avec elles. Léane restait immobile, droite.

— On est intervenus un soir... Ma femme venait de m'annoncer qu'elle me quittait, autant vous dire que... que j'étais pas bien. Quand... j'ai eu l'une des matrones en face de moi, j'ai... j'ai pété un câble. Je...

Même ses yeux paraissaient lourds quand il les releva vers Léane.

— Ce que votre mari m'a fait… c'est rien à côté de ce que, moi, je lui ai fait. Si un collègue n'était pas intervenu, je… l'aurais tuée. Cherchez sur Internet, « affaire des frères Petrescu », vous verrez que tout ça est vrai. C'était il y a sept ans. Mes chefs ont étouffé la bavure, surtout pour se protéger, eux, mais… j'ai dû quitter la police, me retrouver un job. Alors vous voyez, cette affaire Jeanson, j'étais même plus dans les locaux quand elle a commencé. J'ai rien à voir avec ça.

Léane touchait sans s'en rendre compte, du bout du pouce, la photo de Sarah, et cette phrase à l'encre noire qu'avait notée son mari.

— Vous pourriez me mentir.

Une longue toux ébranla Giordano, avant qu'il ne réponde :

— Je ne mens pas, appelez les flics, vous verrez.

— Pour qu'ils me tombent dessus ? Bien joué. Le Donjon noir, qu'est-ce que c'est ?

— J'en sais strictement rien.

Il avait répliqué du tac au tac.

— Vous bossez dans ces milieux-là, et vous ne connaissez pas ?

— *J'ai bossé* dans ces milieux-là, c'est du passé. Bordel, est-ce que des coïncidences méritent que je subisse tout ça ? C'était qu'un bonnet trouvé au milieu de nulle part, merde. Un simple bonnet.

Léane n'en pouvait plus.

— Je… suis désolée.

Elle se précipita dans l'escalier, malgré les cris et les supplications, et traversa la cour avec des larmes sur les joues. Qu'avait-elle fait ?

Qu'est-ce qu'*ils* avaient fait ?

Dès qu'elle poussa la lourde porte en bois, elle reçut un paquet d'embruns en pleine figure. Les dernières marches avaient disparu sous l'eau, des courants puissants tourbillonnaient au pied des remparts, jaillis de la purée de pois. Plus loin dans le gris suspendu en gouttelettes glaciales, des rochers de chaque côté du chemin affleuraient encore, assaillis de part et d'autre par les gerbes blanches.

Le fort s'était transformé en île.

37

Vic s'était fait remettre en place par son chef pour le coup du portable sorti de l'armoire à scellés et le sac arraché. Les menaces avaient plu – blâme, suspension, changement de service –, mais il savait qu'Alain Manzato avait trop besoin de lui, surtout dans cette enquête, pour mettre ses menaces à exécution. Vic avait l'habitude : le temps de régler les comptes viendrait plus tard.

Aussi, après quelques magouilles administratives, le portable fantôme trouvé dans le véhicule de Delpierre, celui-là même qu'ils avaient pris pour celui de Rose, avait reçu un *nouveau numéro de scellés, ni vu ni connu*. Ensuite, sur réquisition du procureur et ordonnance de commission d'expertise, l'engin s'était retrouvé avec une demande d'analyse prioritaire entre les mains d'un expert de la section technologie numérique, au laboratoire de la police scientifique d'Écully, près de Lyon.

En cette veille de réveillon, Vic et Vadim se tenaient aux côtés de Marin Tremblay, le spécialiste du numérique en question. Après avoir créé une carte SIM de test, à l'image de l'original, l'expert l'introduisit dans l'appareil et alluma.

— On va retrouver le téléphone dans l'état où il était lors de sa dernière utilisation. Comme il y avait l'identification par empreinte digitale, le propriétaire n'a pas jugé nécessaire de mettre de code PIN, c'est un obstacle de moins.

On ne voyait rien avec l'écran brisé, aussi Tremblay avait-il relié le téléphone à son ordinateur. À l'aide d'un logiciel, il pouvait piloter le portable avec son clavier et sa souris. Une application de SMS s'afficha. Vadim se concentra sur le moniteur.

— Tu avais raison. La dernière chose que Delpierre a faite avant qu'on ne lui pique sa Ford, c'est de communiquer par messagerie...

L'expert remonta le fil de la discussion entre Delpierre, *alias* Docteur Watson, et son contact, dont seules apparaissaient les initiales : PM.

— On a déjà eu Docteur Watson, je parierais pour Professeur Moriarty, lança Vic. Le grand méchant des romans de Conan Doyle.

— De vrais petits comiques...

Sur l'écran, le premier message de la discussion remontait au jour du vol à la pompe, le 18 décembre 2017.

16:02:23 PM : urgent. Connecte-toi

16:03:12 DW : un pb ?

16:03:52 PM : Nettoyage. Pose pas de questions. Envoie confirmation quand tout est OK

16:04:18 DW : C'est comme si c'était fait

[...]

19:28:12 DW : colis récupéré

19:31:23 PM : OK, confirme quand fini

[...]

22:31:02 PM : Alors ? Les photos ?

22:47:22 PM : tout s'est bien passé ?

23:54:30 PM : pourquoi tu réponds pas ? QU'EST-CE QUE TU FOUS ?!?

Marin Tremblay mit la fenêtre de côté.

— Rien d'autre.

Il navigua dans l'application, puis dans la liste des contacts. Déception : « Moriarty », écrit en toutes lettres, était son seul contact, et ce morceau de conversation que les flics venaient de lire les seuls SMS qui subsistaient sur le téléphone de Delpierre. Vadim manipulait un paquet de cigarettes entre son pouce et son index.

— Delpierre prenait soin de supprimer tous les messages au fur et à mesure. Sauf que là, comme il s'est fait piquer son portable en même temps que sa voiture, il n'a pas pu effacer cet échange.

— On dirait bien qu'il n'utilisait ce téléphone que pour ça, communiquer avec le Docteur Watson. On va pouvoir récupérer les SMS ?

— À voir. En théorie, la puce mémoire du mobile n'égare jamais une seule lettre des textos, même ceux mis dans la corbeille. Mais, pour faire simple, les données qu'on pourra retrouver seront en vrac. Il faudra cartographier le montage de la puce, identifier le codage, tout remettre dans l'ordre. Bref, vu le modèle de portable et l'acharnement des constructeurs à sécuriser de plus en plus leurs engins, ça va prendre du temps, au moins une semaine, sans garantie de résultat. On va aussi se procurer le détail des appels de ce Moriarty, c'est malheureusement tout ce qu'on peut faire sans avoir le portable en notre possession. Toutes les données importantes sont stockées sur la carte SIM…

Vic pointa le premier message de la conversation.

— Moriarty ordonne à Delpierre de se connecter. Peut-être à un site Internet ?

— C'est ce que je vais regarder.

Le technicien double-cliqua sur un bouton du téléphone et fit apparaître toutes les applications en cours de fonctionnement. Celle des SMS, bien sûr, un navigateur Internet ouvert sur une page d'achat en ligne de matériel de moulage, et une application dont le logo était un oignon.

Le technicien bascula sur celle-ci.

— Votre Delpierre avait lancé un navigateur TOR. La porte d'accès au darknet.

Vic et Vadim savaient ce que cela signifiait. Le darknet, le Web profond… Un espace caché et inconnu du commun des mortels, un monde électronique où l'on surfait de manière anonyme et accédait aux pires déviances. On pouvait y acheter et y vendre de la drogue, des armes, organiser des meurtres, déposer et visualiser des images pédophiles en toute impunité. Les terroristes s'en servaient pour communiquer, fabriquer des bombes, recevoir leurs instructions. Pour y accéder, il fallait installer TOR, et surtout connaître les adresses d'accès, une suite aléatoire de chiffres et de lettres que l'on ne récupérait que *via* des gens avertis, des réseaux ténébreux… Une chance, pour Vic et Vadim, que Delpierre n'ait pas eu l'occasion de refermer son navigateur, car le système ne laissait ni historique ni point d'entrée et, quand on l'ouvrait, on tombait sur une boîte vide qui réclamait une adresse.

TOR était positionné sur une page noire à l'adresse incompréhensible, avec deux animations placées en plein milieu. Sur la gauche, celle d'une hache dont du sang coulait de la lame, et, à droite, celle d'un œil dont la pupille se dilatait et se rétractait. Un véritable amateurisme dans la construction de la page, mais ceux qui fabriquaient ces accès se fichaient de l'esthétique.

L'expert prit un Post-it et un stylo.

— Je vous note l'adresse avant de cliquer.

— Pas la peine.

— Vous… êtes certain ?

Vadim fit tourner sa main au niveau de sa tempe.

— Il a retenu et il pourra même vous la ressortir sur son lit de mort. Cherchez pas à comprendre, il est comme ça.

Tremblay fixa Vic d'un air surpris et cliqua sur l'œil animé. S'ouvrit une page d'identification, avec demande de mot de passe. Il entra n'importe quoi et cliqua sur « Valider », sans succès.

— Inaccessible.

— Vous trouverez le moyen de pénétrer le système ?

— Sans le mot de passe, ça peut prendre des semaines en fonction de la complexité. On a des robots qui peuvent tester des mots de passe, mais ils doivent envoyer des requêtes, attendre la réponse avant de passer au suivant.

Il revint vers la page d'accueil et sélectionna cette fois la hache. Un message apparut un bref instant – « Identification réussie » – et le système l'orienta vers une nouvelle page, qui proposait deux liens : « Moriarty » et « Docteur Watson ».

— On a de la chance que la session de Delpierre soit restée ouverte. Lequel en premier ?

— Docteur Watson.

Il s'exécuta. Une galerie de photos s'afficha. Le technicien se recula sur son siège, comme fouetté par ce qu'il découvrait. Delpierre avait posté des photos des cadavres posés sur des bâches, leurs têtes toujours recouvertes de sacs plastique. Chaque photo avait été prise à côté d'un trou creusé dans la terre, avec flash et sans doute de nuit, dans la nature. Il avait placé les corps parfois de face, parfois de dos ou de profil, de telle sorte qu'on ne voie pas les parties écorchées. À l'évidence, Delpierre ne voulait pas que Moriarty découvre ce qu'il leur faisait avant de les amener là. Vic poussa un soupir.

— Voilà comment notre « nettoyeur » apporte au Professeur Moriarty les preuves du travail bien fait. Il poste les photos des cadavres à côté des trous où il va les enterrer. Portables jetables, darknet, échanges minimalistes. Ils sont invisibles et très organisés. Pas des amateurs.

— Huit cadavres enterrés. Le neuvième était dans le coffre, il était allé le chercher quelque part et s'apprêtait à s'en débarrasser. Voilà ce qu'attendait Moriarty, cette nuit-là. Que Delpierre poste les photos du corps au bord de sa tombe.

Il y eut un long silence. Hormis ces clichés, il n'y avait rien. Pas de dates ni d'identités. Tremblay s'empara de nouveau de sa souris.

— J'enregistrerai ces photos sur mon disque dur et vous les enverrai dans la journée.

Il afficha l'écran précédent et, après un coup d'œil aux deux flics, cliqua sur le lien « Moriarty ». La page était noire, avec juste un message écrit en blanc au milieu :

Le nettoyage s'effectuera au chalet « Edelweiss », isolé sur la droite, au bout du chemin de la colline Serre Beau, La Chapelle-en-Vercors.

38

— Un fort entouré d'eau à marée haute près de Boulogne-sur-Mer... Alors c'était ça, le secret... Vous savez l'ironie, dans tout ça ? C'est que j'ai débuté ma carrière à Boulogne, il y a plus de vingt ans. Je connaissais ce fort mais je ne l'avais jamais visité. Un retour aux sources, pour ainsi dire, mais pas dans les meilleures conditions, malheureusement...

Grégory Giordano se racla la gorge et cracha sur le côté, le plus loin possible.

— ... Votre mari aussi, il s'est fait piéger par la mer à plusieurs reprises. Tellement absorbé à me taper dessus qu'il se laissait surprendre par les marées... Je ne comprenais pas pourquoi il disparaissait et revenait quelques minutes plus tard, plus furieux que jamais...

Il fixa son pied gonflé dans une grimace. Léane, frigorifiée, était assise contre le mur d'en face, les bras serrés autour de ses jambes pliées. Elle l'observait sans rien dire, cherchait à percer ses secrets.

— ... Dans ces moments-là, je dégustais, croyez-moi.

Il désigna d'un signe de tête l'engin de torture.

— Bien sûr, vous savez comment il s'y est pris, pour mon pied. Comme vous l'avez si brillamment décrit dans votre livre, il l'a enfoncé dans cette fichue machine et il a tourné, doucement. Ces craquements... On ne peut pas les fuir, parce qu'ils résonnent à l'intérieur de vous, comme si votre propre esprit les amplifiait. Je les entends encore, je m'en souviendrai toute ma vie. Je ne sais même pas si je remarcherai correctement un jour. Votre mari, il était fou, un vrai parano. Plus lui-même quand il me tabassait. Mais vous, vous n'êtes pas comme lui.

Léane essayait de se convaincre de la culpabilité de Giordano, de son implication d'une façon ou d'une autre dans la disparition de Sarah. Mais, plus elle réfléchissait, plus elle se rendait compte que sa détention reposait sur des éléments dont elle ne pourrait pas obtenir les preuves. Dans la cour, sur son smartphone, elle venait d'effectuer des recherches rapides : l'histoire du démantèlement du réseau de prostitution par la police de Lyon était vraie, même si, comme l'avait dit Giordano, on n'évoquait pas le passage à tabac de la matrone. Elle lui demanda quand même de se justifier.

— Qu'est-ce que vous croyez ? Qu'ils allaient étaler cette histoire sur la place publique ? Un flic qui tabasse à mort une maquerelle ? Non, ils ont fait passer ça pour un règlement de comptes entre proxénètes et ont étouffé l'affaire, je vous l'ai déjà dit.

L'ex-flic lorgna le paquet de cigarettes posé à côté de ses jambes.

— Vous m'en donnez une autre ?

Léane tripotait la clé des menottes sans bouger. Giordano sourit et fit un mouvement de sa main libre.

— Bah, c'est pas grave.

— Le bonnet... Vous le trouvez par terre, sans savoir d'où il vient ni s'il est sale, et vous le mettez sur la tête de votre fille... Ça ne vous paraît pas bizarre ?

— Par pitié, non. Arrêtez, avec ce bonnet.

— Roxanne m'a dit que c'était vous qui l'aviez mis sur sa tête, ce jour-là.

— Et alors ? Quoi ?

Léane se mura dans le silence. Elle ressemblait à une araignée recluse dans son antre, à peine éclairée par l'ampoule du plafond. Giordano essaya de rapprocher le paquet de cigarettes avec son pied intact. Un geste tout bête, mais, pour lui, c'était un supplice.

— Dans chacune de mes paroles, vous allez trouver un prétexte pour me tomber dessus... Parce que, malgré les apparences, c'est vous la victime... C'est vous qu'on torture, hein ?

Léane ne répondit pas, alors il poursuivit :

— Je ne peux pas me mettre à votre place, mais je peux deviner ce que c'est que de perdre un enfant. Si vous saviez combien de fois j'ai dû affronter ça, dans mon job. Tous ces parents que je devais aller prévenir parce que le pire était arrivé à leur enfant. C'était peut-être ce qu'il y avait de plus difficile : les regards vides et désemparés des parents des victimes. Au moment de l'annonce, la lumière dans leurs yeux disparaît. Et on sait qu'elle n'y réapparaîtra plus.

Il avait réussi à attraper le paquet avec sa main libre. Il se débrouilla pour en sortir une cigarette et la glissa entre ses lèvres. Mais le briquet était inaccessible, posé deux mètres plus loin. Il en rit de bon cœur, puis s'étrangla une nouvelle fois.

— Même sans la fumer, ça me fait un bien fou. Rien que pour ça, je vous remercie.

— Ne me remerciez pas.

— Si, si, j'y tiens. Vous pensez me connaître, vous me jugez sans forme de procès, sur des *a priori*. Moi aussi, je pourrais vous juger. Peut-être que je ne devrais pas vous dire ça, mais je vous connais plus que vous ne me connaissez... Et, croyez-moi, ça n'a rien à voir avec la disparition de votre fille. Ça remonte à plus loin. Bien plus loin.

— Je serais curieuse de savoir.

— D'abord, donnez-moi du feu... s'il vous plaît. Je vais vous expliquer.

Léane hésita, puis alla lui allumer sa clope. Il tira une longue bouffée, souffla par le nez et poussa un râle de satisfaction.

— Ce que c'est bon.

— Je vous écoute.

Il ne réagit pas tout de suite, il se délectait de la saveur du tabac. Après deux minutes, il se lança :

— Vous avez un secret... Un terrible secret que vous cachez même à votre mari, parce qu'il... il m'a parlé de vous, mais sans aborder le sujet. Et vu ce dont il m'accusait, je suis persuadé que, s'il connaissait votre secret, il l'aurait évoqué. Disons qu'on était... dans le thème.

Léane ressentit comme une piqûre. Une alerte venue de son inconscient.

— Je n'ai pas de secret.

— Si, bien sûr, comme chacun d'entre nous... Vous avez morflé. Et pas seulement à cause de... la disparition de votre fille. Il suffit de lire vos livres pour comprendre que vous n'avez pas eu une adolescence banale.

— Vous êtes à côté de la plaque. Si quelqu'un a eu une adolescence normale, c'est bien moi.

— Vraiment ? Pourtant, les sujets que vous abordez, la noirceur, la précision des descriptions sordides. Dans... Oh, je ne sais plus lequel, dans un de vos livres vous décrivez une scène de viol, et moi qui bosse là-dedans depuis toutes ces années, je me dis : il faut être sacrément bien renseigné, presque l'avoir vécu pour en parler de cette façon...

Léane resta silencieuse, elle ne voyait pas où il voulait en venir.

— ... Vous vous cachez derrière votre pseudo, derrière vos écrits. La première fois où j'ai ouvert un de vos livres, c'était il y a sept ou huit ans, et j'ai pensé : ce mec-là, il en a chié, pour pondre des trucs pareils. *Ce mec-là...* Enaël Miraure. Miraure... C'est pas commun, ça, comme nom, si ? D'où il vous vient ?

Léane se raidit. La main qui remonte du fond de la gorge, les cinq doigts qui s'agrippent à sa langue, écartent ses mâchoires, chaque fois qu'arrive l'inspiration. Dès qu'Enaël vient l'habiter. Elle essaya de garder son sang-froid.

— Ce n'est pas compliqué. Miraure. Le miroir. Comme pour Léane/Enaël. Ça m'est venu comme ça.

— Comme ça... c'est la petite phrase toute faite que vous sortez aux journalistes ? Mais moi, il me disait vaguement quelque chose, ce nom. Un vieux truc coincé loin, loin dans ma mémoire.

Léane ne comprenait pas. Malgré l'écran de fumée, elle pouvait voir l'œil noir de Giordano briller, comme un gros diamant au fond d'une mine. Elle resta sur ses gardes, elle sentait de plus en plus qu'elle rentrait dans son jeu, et ça devenait dangereux.

— Un jour, à Lyon, j'avais un de vos livres au bureau et un ordinateur connecté aux fichiers de la police. Alors, j'ai cherché... Et j'ai trouvé. Nathan Miraure, qu'il s'appelait. C'est bien ça ?

— De qui parlez-vous, bon sang ?

— Vous deviez être toute jeune. Combien ? Quinze, 16 ans ? Et vous ne vous rappelez plus ?

Quinze, 16 ans... Elle eut alors un flash : 1991, c'était la date de sortie du roman de Michel Eastwood, *La Ronde de sang,* un livre qu'elle avait à l'évidence lu et oublié, par un phénomène de cryptomnésie. Coïncidence, là encore ? Léane en avait assez. Elle se dirigea vers le sac, en sortit le pistolet, ôta la sécurité d'un mouvement du pouce et le braqua. Ses tremblements la poussèrent à empoigner l'arme comme si c'était une hache.

— De quoi vous parlez ? Qu'est-ce qui s'est passé, en 1991 ?

Giordano leva sa main libre sans rien dire.

— Ce pseudo, c'est une pénitence ? Un moyen de ne jamais oublier ?

Léane respirait fort, un acide brûlait dans sa gorge, irradiait son ventre. Elle se rendit compte que son index était enroulé autour de la détente. Que lui arrivait-il ?

— Oublier quoi, bordel ?

Il verrouilla ses lèvres et ne parla plus, il savait qu'elle ne le tuerait pas. Avait-il décelé sa faiblesse dans son regard ? Elle retourna à sa place, posa l'arme à ses côtés. Elle le scrutait comme un adversaire lors d'une partie d'échecs. À quel jeu jouait-il ? Cherchait-il à la déstabiliser ? C'était réussi, en tout cas.

Elle songea à ses révélations. Qui était ce Nathan Miraure ? Léane se rappelait son premier roman… Au moment de se choisir un pseudonyme, Miraure lui était venu naturellement, en miroir à son prénom. Mais pourquoi cette orthographe particulière ? Elle ne s'était jamais posé la question.

Le temps passait, pesait sur ses épaules, ses reins. Depuis combien de temps n'avait-elle pas dormi ? Elle eut beau essayer de lutter, un moment, ses yeux décrochèrent et, lorsqu'elle les rouvrit, elle était couchée par terre, enroulée sur elle-même comme un chat. Un œil sur sa montre : 3 heures du matin.

Elle se redressa, fébrile, les muscles endoloris, avec l'impression d'être elle aussi prisonnière du fort. Il se dégageait de l'endroit une forme d'oppression. L'air manquait. Cette fois, c'était Giordano qui la fixait sans bouger, en silence, d'une expression étrange, un regard dont elle était incapable de dire s'il s'agissait de celui d'une proie ou d'un prédateur.

Elle remonta et alla uriner dans la nuit glacée. La brume l'isolait d'elle-même, tant elle était dense et grise, et Léane eut la sensation que ses membres ne lui appartenaient plus. Elle grimpa en haut de la tour, elle n'y voyait pas à un mètre, mais le ronflement des vagues lui parut lointain. La mer avait reculé et libéré le fort de son emprise. Elle prit un grand bol d'air et redescendit au sous-sol.

Elle ramassa le pistolet.

— Je vais vous libérer des menottes, le temps que vous vous laviez et vous changiez. Il y a tout ce qu'il faut dans le sac. Pas la peine de vous dire que je sais tirer et que je connais tout de ce flingue. L'avantage d'écrire des romans policiers et d'avoir des contacts dans le milieu.

Elle lança la clé sur son torse et s'écarta vers le fond de la pièce sans baisser son arme. Elle ne craignait rien : avec un pied dans cet état, Giordano serait incapable de se jeter sur elle. Il se défit de ses menottes et se massa les mains, les poignets, avec une grimace de soulagement.

— Merci.

— La ferme.

Elle essaya de rester dure, mais il lui arracha le cœur lorsqu'il voulut se lever sur une jambe et qu'il tomba sur les genoux dans un bruit sourd. Il roula au sol en criant. Une partie d'elle avait envie de l'aider, de l'apaiser, de l'emmener à l'hôpital. Aucun homme, coupable ou innocent, ne méritait un tel traitement. Elle se ressaisit, elle devait garder ses distances.

À quatre pattes comme un chien, il fouilla dans le sac, en sortit serviette, savon, gant de toilette et un paquet de vieux vêtements de Jullian.

— Rien pour me raser ?

— Faut pas trop m'en demander, d'accord ? Dépêchez-vous.

Il lui adressa un semblant de sourire. Il avait les dents blanches et bien plantées. Pour la première fois, Léane décela autre chose que du désespoir sur son visage. Il redevenait trop humain. Elle s'efforça de rester de marbre.

— Vous allez regarder ?

— J'ai déjà vu un cul. Vous n'avez qu'à vous tourner.

Il s'exécuta et se dévêtit avec une lenteur d'escargot, serra les dents quand le tissu effleura son pied meurtri, grelotta lorsque l'eau lui mordit la peau. Il portait un tatouage à l'épaule droite, un poisson avec une longue nageoire caudale, de couleur orange. Son corps était amaigri, mais les vêtements propres lui redonnèrent un peu de dignité, ce que Léane regretta : c'était d'autant plus dur de le garder enfermé dans ce trou. Mais que faire d'autre ?

— Vous allez remettre les menottes, à présent. À un seul poignet, ce sera suffisant. Et je veux entendre le déclic.

Il obtempéra et lui lança la clé avant qu'elle ne la lui réclame. Léane lui rapporta de la nourriture et de l'eau.

— La prochaine fois, je prendrai une attelle pour votre pied et des médicaments pour apaiser la douleur des fractures, je dois avoir ça. Avec son char à voile, mon mari se blessait de temps en temps. De toute façon, on ne peut pas faire grand-chose d'autre pour ce genre de blessure.

— Quand est-ce que vous allez revenir ?

Léane se sentait trop faible, trop influençable. Il fallait qu'elle parte. Elle fourra vite les affaires sales dans son sac, en referma le zip et se dirigea vers la sortie, sans lui adresser un regard.

— Léane ?

À l'appel de son prénom, elle eut la faiblesse de se retourner.

— N'oubliez pas que j'ai une fille, comme vous. Et qu'elle va réclamer son père.

Elle allait craquer si elle restait une seconde de plus. Elle s'engouffra dans la cage d'escalier. Cette fois, il ne la supplia pas lorsqu'elle disparut.

Juste le silence.

39

La douche brûlait la nuque de Léane. Les images du corps amaigri de Giordano lui arrivaient comme des coups de rasoir sur les rétines. Il parlait de coïncidences, pour le bonnet, le lieu de son travail et le reste. Un ensemble d'éléments indépendants qui, mis bout à bout, pouvait en faire un suspect. Mais au fond, il avait raison : on voyait ce qu'on voulait bien voir. Parce qu'il fallait à tout prix que Giordano soit coupable, que Sarah soit vivante.

Plusieurs voix luttaient en elle. L'une hurlait haut et fort qu'elle séquestrait un innocent, l'autre que Giordano était coupable. Coupable de quoi, d'ailleurs ? D'avoir kidnappé Sarah quatre ans plus tôt ? De l'avoir tuée ? Lui, un grand flic de la police judiciaire ?

Elle enfila une nouvelle tenue – jean, pull à col roulé, Kickers –, se recoiffa, observa son visage dans le miroir. Son propre reflet lui fit peur. La lumière du spot accentuait les arêtes de ses pommettes, entourait ses yeux clairs d'un halo sombre. La météo, le manque de sommeil la consumaient comme une vieille feuille de papier.

Avant de se mettre en route pour l'hôpital, elle fit une recherche sur Internet sur Nathan Miraure mais ne trouva rien, pas une ligne. Qui était ce type, bon sang ? Giordano prétendait qu'il avait cherché dans les fichiers de la police. Miraure était-il fiché, ou le flic prisonnier avait-il tout inventé ? Léane réfléchit, elle pourrait demander à Colin de se renseigner, mais hors de question de l'impliquer et d'éveiller le moindre soupçon.

Et s'il s'agissait d'un piège de Giordano pour attirer l'attention ? Et si ce type la manipulait, comme avaient l'habitude de le faire les flics, lors des interrogatoires ? Il l'avait appelée par son prénom, avait parlé de sa fille pour l'attendrir. Il savait s'y prendre.

Elle hésita, et l'envie de savoir fut la plus forte. Elle feuilleta son carnet d'adresses et contacta Daniel Évrard, un lieutenant de la police judiciaire de Lille, celui qui lui avait appris à tirer au pistolet, et son référent pour tout ce qui concernait les procédures et les enquêtes. Pouvait-il la rencarder sur un certain Nathan Miraure ? Son nom apparaissait-il dans le fichier des infractions ? Avait-il un casier ?

— Pourquoi tu veux savoir ça ?

— C'est un lecteur qui m'en a parlé lors d'une dédicace, il a déjà croisé un Nathan Miraure il y a longtemps, au moins vingt ans, et il avait le souvenir que ce Miraure aurait eu, à l'époque, des soucis avec la justice. Je porte quand même son nom en guise de pseudonyme, alors j'aimerais en savoir un peu plus sur lui.

— Très bien, je vais voir ce que je peux faire. Ça va toi, sinon ?

Elle discuta un moment, le remercia et raccrocha dans un soupir – il n'avait pas perdu l'occasion de l'inviter à boire un verre.

Une fois dehors, elle regarda dans la boîte aux lettres et y trouva le livre envoyé par Pam : Michel Eastwood, *La Ronde de sang*. Le serrer dans ses mains lui procura une drôle de sensation. Elle lut la quatrième de couverture et fut stupéfaite du résumé qui, sans aucun doute, avait de sacrés points communs avec son dernier roman.

Elle le posa sur le siège passager de sa voiture, à côté d'un paquet de photos souvenirs, et se rendit à l'hôpital. Une fois arrivée, elle grimpa à l'étage. Elle donna les clichés à une infirmière, expliqua qu'ils étaient destinés à l'orthophoniste, pour les exercices de mémorisation, et entra dans la chambre de Jullian. Il était en train de petit-déjeuner. Sans lui laisser vraiment le choix, elle écarta la tablette qui soutenait son plateau-repas et se coucha contre lui. Elle l'étreignit de toutes ses forces.

— J'ai tellement besoin de toi...

Elle se tut, elle aurait pu s'abandonner là des heures à dormir contre lui. Elle l'embrassa, et dans la fougue de ce baiser se dessinait l'envie furieuse de lui révéler qu'ils tenaient peut-être un salopard, un ex-flic capable de leur dire où était leur fille, qu'elle était peut-être vivante, vivante après ces interminables années, mais qu'il y avait autant de chances qu'ils se soient plantés de A à Z, qu'ils aient repris espoir pour rien. L'espoir pouvait vous couper la tête.

Jullian ne dit rien, il la serra contre lui, et elle put sentir son érection. Avant que leurs corps ne s'enflamment, Léane se redressa.

— On ne peut pas. Pas maintenant, pas ici.

— J'aurais bien aimé, pourtant. (Il ferma les yeux, respira ostensiblement.) Ton odeur... je la reconnais.

Il se leva, vint s'accroupir devant elle.

— Tu m'as manqué, hier. Je ne t'ai pas vue de la journée. Mon père m'a dit que tu avais eu des petits soucis avec ta maison d'édition ?

— Oui, mais rien de grave.

Il lui prit la main.

— Ils disent que je peux bientôt sortir, sûrement demain. Selon eux, un environnement familier va encore accélérer les choses. Mais il y a une condition : que je vienne tous les jours dans le service de réadaptation voir mon orthophoniste et que quelqu'un s'occupe de moi à la maison, dans les premiers temps. Tu seras là ?

— Je serai là, oui, bien sûr. Ça n'allait plus beaucoup, nous deux, tu sais, avec ce qui s'est passé mais... on va tout recommencer, d'accord ? Comme... une nouvelle vie. Demain soir, c'est le réveillon...

Elle pressa sa paume.

— Malgré tout ce qui se passe, je veux que ce soit un beau réveillon. On a toujours attaché une grande importance à Noël. Ton père sera de la partie.

— Très bien. J'ai passé la journée d'hier avec lui, et... Enfin, la mort de ma mère, c'est apparemment difficile pour lui, je vois qu'il a des idées noires, il n'arrive pas à s'en remettre, et mon amnésie n'arrange rien. J'ai peur pour lui.

— C'est pour ça qu'on ne peut pas le laisser seul pour le réveillon de Noël.

— Pourquoi ma mère s'est suicidée, Léane ? Mon père ne m'a quasiment rien dit sur elle. Il est bizarre quand j'aborde le sujet, comme s'il s'agissait d'un secret.

— Je n'ai jamais vraiment connu ta mère. Ton père l'a toujours tenue à l'écart de moi, de toi, comme si... oui, un secret, comme tu dis. Il y avait quelque chose d'indéfinissable entre eux, et je me suis toujours demandé pourquoi ils n'étaient pas séparés, parce que... il y avait clairement un manque d'amour de la part de ton père. Chaque fois qu'il venait ici, il était seul. Quand on allait là-bas, ta mère restait couchée, bourrée de

FRANCK THILLIEZ

médicaments... C'est difficile de t'expliquer tout ça ici, en quelques mots.

— Il faudra, pourtant. Je veux réapprendre le passé. Et qu'on parle aussi de tout le reste, d'accord ? Je veux dire... Sarah, ces quatre années... Je ne veux pas attendre que ma mémoire se décide à me rendre mes souvenirs, il faut que tu me racontes.

— C'est rude, ce que Jeanson a fait, Jullian, tu sais ? C'est... un monstre et...

— Sans doute, mais je dois partager tout ça avec toi, même si c'est douloureux. Tout savoir. Absolument tout, tu m'entends ?

Léane hésita et sortit la lourde clé de la porte du fort qu'elle posa dans la main de son mari. Le métal était si froid qu'il grimaça.

— Regarde-la, manipule-la. Elle sent la mer et le sel et elle a une signification particulière pour toi. Elle est importante, très importante. Essaie de te rappeler.

Il la fit rouler entre ses mains, la renifla. Ferma les yeux. Léane scrutait chaque ridule qui se creusait sur son visage.

— Dis-moi que tu te souviens. Que... tu vois des choses.

— On dirait la clé d'un manoir, ou d'un château.

— Un fort... C'est celle d'un fort.

Il secoua la tête.

— Je suis désolé. Tu m'expliques ?

— Je ne peux pas. Pas encore.

Jullian regarda alors au-dessus de l'épaule de Léane.

— J'ai l'impression que tout le temps où je serai dans cet hôpital, on ne sera pas tranquilles.

Léane se retourna et fut surprise de découvrir Colin à l'entrée de la chambre. Il fit semblant de frapper à la porte.

— Je ne vous dérange pas ?

Elle reprit aussitôt la clé, la mit dans sa poche et se releva, embarrassée. Colin avait suivi le geste, mais il n'avait pas pu voir qu'il s'agissait d'une clé.

— Ça va.

Le flic alla serrer la main de Jullian. Les deux hommes étaient debout, face à face.

— Du neuf au sujet de mon agression ?

— On avance petit à petit. Mais rien de très concret pour le moment. (Il se tourna vers Léane.) Je peux te parler deux minutes ?

Léane embrassa son mari avec tendresse.

— J'ai des trucs à faire cet après-midi, les courses, tout ça... Je reviendrai en fin de journée, d'accord ?

— D'accord...

Lorsqu'elle se retourna, Colin disparaissait dans le couloir. Elle le rejoignit à la machine à café. Il s'était servi un espresso et, pour la première fois, il ne lui proposa pas de boisson. Simple oubli, ou était-ce délibéré ?

— Je voulais te parler de deux choses. D'abord, j'ai étudié le compte en banque de ton mari. J'ai encore découvert une curiosité. Décidément...

Léane n'aimait pas son ton, mais elle n'en dit rien.

— ... Le matin de son agression, à 9 h 02, il a atteint le plafond autorisé pour ses retraits : deux mille euros à un distributeur du centre-ville. J'ai pu visionner la bande de vidéosurveillance de la banque, c'était bien lui...

Léane en resta sans voix. Une inconnue de plus dans l'équation.

— ... Ensuite, au sujet des empreintes qu'on a relevées hier chez toi... Certaines ne sont ni les tiennes ni celles de Jullian. On ignore de qui il s'agit, le type n'est pas fiché, mais une chose est sûre : elles appartiennent au parasite qui a cambriolé la maison il y a deux mois, les traces papillaires sont les mêmes. Et comme Jullian avait nettoyé parce qu'on avait laissé des marques de poudre un peu partout à l'époque, celles relevées hier sont forcément nouvelles et, donc, liées au fameux jour de l'agression.

Léane glissa une pièce dans l'appareil et récupéra sa boisson. Colin s'écarta pour laisser passer un patient en fauteuil roulant.

— Tu sais pourquoi je l'appelle le parasite ? Parce qu'un parasite profite de son hôte, il vit à ses dépens, à ses crochets, pour ainsi dire. Notre parasite a navigué chez toi comme un pou sur le dos d'un chien. Chambres, cuisine, salle de bains, il ne s'est pas gêné. Dans la voiture, aussi, sur le volant, les poignées intérieures. Il a même bu votre whisky, mangé dans votre réfrigérateur, parcouru vos albums de photos de famille. Ses empreintes étaient vraiment partout.

Léane se laissa choir sur un banc, le gobelet entre les mains. Elle imagina cet inconnu qui s'appropriait sa maison. S'était-il couché dans son lit ? S'était-il roulé dans ses draps, avait-il fouillé dans ses affaires ? S'était-il installé face à la baie vitrée pour contempler la mer comme elle le faisait, avec un verre d'alcool pour se réchauffer ?

— C'est dément.

— Oui, c'est dément, mais ces empreintes m'aident pas mal, elles me permettent de remonter le temps et d'y voir un peu plus clair.

Colin sortit son carnet, se lécha l'index et feuilleta les pages.

— Avec tous les éléments mis bout à bout, j'ai une assez bonne idée du scénario. D'abord, le parasite entre dans la villa il y a deux mois, fin octobre, sans traces d'effraction. Ou il a la clé, ou la porte est ouverte, ce qui n'est pas impossible vu que Jullian buvait beaucoup et ne devait pas forcément penser à verrouiller les issues. Il vole des objets – livres, savons – pour une raison qu'on ignore encore, pendant que Jullian dort à l'étage... En se réveillant, ce dernier signale le cambriolage, fait installer une alarme, change les serrures...

Léane but une gorgée de café, le trouva infecte et le jeta à la poubelle. Mieux valait éviter la caféine, de toute façon, elle comptait s'effondrer dans son lit une fois à la maison et dormir une nuit complète.

— ... Environ deux mois plus tard, le parasite revient. Il enlève ton mari. Où ? comment ? mystère, mais hors de la maison, en tout cas. Il l'enferme dans le coffre de son propre 4×4 et prend le volant. Dans la nuit de lundi à mardi, le parasite revient à la villa. Il ouvre la porte d'entrée avec la clé qu'il a probablement trouvée sur Jullian... Et là...

— ... Il est surpris par l'alarme, comme moi.

— Exactement, car, comme toi, il ne s'était pas douté qu'il y en avait une. L'agent de sécurité débarque, le parasite le baratine, titube, en faisant croire qu'il a picolé. J'ai fait le tour des bars, personne n'a vu Jullian, ce soir-là. C'est donc le parasite qui lui a ouvert en s'étant d'abord généreusement servi de whisky et en simulant une alcoolisation...

Léane s'aperçut que Colin n'avait pas chômé. Il déroulait les faits comme une horloge atomique enchaînait les secondes.

— ... On est mardi, 1 heure du matin, pas d'effraction, le parasite a la clé de la porte d'entrée en main, il fait semblant d'être soûl, l'agent n'y voit que du feu et le prend pour le propriétaire des lieux. Il repart. Et voilà, le parasite vient de prendre possession de la maison. Il referme derrière lui, tranquillement, fouille partout... Sûrement dans les affaires de ton mari. Tu as dû t'apercevoir que tous les dossiers rassemblés par Jullian depuis des années avaient disparu ? J'ai remarqué ça hier en relevant les empreintes...

Léane eut un hochement de tête timide. Comme elle aurait pu s'y attendre, Colin n'avait pas seulement relevé des empreintes, il en avait profité pour fureter un peu partout.

— Dans ce cas, pourquoi tu ne m'en as pas parlé ?

— Je... Je suis désolée. Avec tout ce qui s'est passé, je n'y ai pas pensé.

— C'était pourtant important. Si tu ne me racontes pas ce genre de « détail », comment veux-tu que j'avance ?

Il la fixa en silence, écrasa son gobelet et le lança à la poubelle. Léane se sentait de plus en plus mal à l'aise.

— Bref, entre 1 heure du matin et la fin de la journée, vers les 17 heures ou 18 heures, le parasite est comme chez lui. Ce qui se passe durant ce laps de temps, je l'ignore, mais on connaît la suite : il abandonne Jullian sur la digue et disparaît dans la nature...

Le flic referma son carnet et le rangea dans sa poche.

— Ce parasite, il est brillant, Léane, et nous lègue une sacrée énigme à résoudre... Quelles sont ses réelles motivations ? Pourquoi cette mise en scène ? Bref, voilà l'état des lieux pour le moment. Ah si, une dernière chose.

Il sortit de son blouson deux feuilles pliées en quatre et les tendit à Léane.

— Grâce à un vieil ami juge d'instruction à Lille, j'ai réussi à récupérer la liste des procès dans lesquels est intervenu John Bartholomeus...

Léane fronça les sourcils.

— Qui ça ?

— Tu sais, le psychiatre de Reims que ton mari a appelé avant son amnésie ?

— Oui, oui, ça me revient maintenant...

— Il n'y a strictement rien qui me parle dans cette liste et semble nous concerner, mais j'aimerais que tu y jettes un œil, on ne sait jamais.

— Très bien.

— Et sinon, est-ce que le père de Jullian possède une clé de la villa ?

Léane fronça les sourcils.

— Je... Je ne sais pas. Personnellement, je ne lui en ai pas donné mais peut-être que Jullian l'a fait. Pourquoi tu me demandes ça ?

— J'envisage toutes les possibilités. Bon, je ne t'embête pas plus longtemps, Jullian t'attend.

Il s'éloigna et, après quelques pas, se retourna.

— Au fait, il va falloir que je récupère mon porte-feuille, je l'ai oublié chez toi, hier. Comme tu devais te coucher tôt, je n'ai pas voulu te déranger quand je m'en suis aperçu. Je repasserai à la villa. Tu y seras ?

Un vrai pot de colle, celui-là. Léane acquiesça avec un sourire feint.

— Oui, mais en fin de journée. Je dois d'abord aller faire les courses pour Noël. Jullian sort sans doute demain.

— Je suis au courant, j'ai discuté avec son médecin.

Y avait-il seulement une chose qu'il ignorait ? Il partit pour de bon, cette fois. Léane le regarda s'éloigner, les lèvres pincées. Pourquoi cette question sur Jacques ? Allait-il se mettre à suspecter le père de Jullian, à présent ? Crispée, elle alla s'installer sur une chaise, la liste des procès lors desquels était intervenu le psychiatre Bartholomeus entre les mains. Elle tenait une bonne centaine de dates, de lieux, de noms d'affaires, étalées de

1998 à 2017. Elle les parcourut en vitesse sans grand espoir. Cette bouillie indigeste ne lui disait rien quand, soudain, ses yeux se bloquèrent sur la troisième ligne de la deuxième page.

Tribunal de grande instance de Lyon, octobre 2011, procès Giordano.

40

Puissance, douceur et surprise résumaient l'impression qu'offrait au voyageur le parc naturel du Vercors. D'un coup, les collines gracieuses pouvaient se briser en arêtes tourmentées, des panoramas grandioses surgissaient au détour d'un virage serré et chassaient la roche à grand renfort de pins, de plaines, d'étendues sans fin.

Après un morceau d'autoroute, Vadim enchaînait les courbes taillées dans les gorges ocre et brunes, la pédale légère, tandis que Vic et leurs deux collègues à l'arrière – Jocelyn Mangematin et Ethan Dupuis, une boule de muscles au crâne chauve – avaient ouvert en grand les vitres, le visage aussi blanc qu'une boule coco.

Les hommes de l'équipe de Manzato avaient obtenu une commission rogatoire au milieu de l'après-midi, un papier qui leur permettait de pénétrer dans l'habitation dont l'adresse figurait sur la page du darknet et de la fouiller. Le juge d'instruction suppléant avait pris au sérieux cette information, sans doute postée par Moriarty et trouvée avec les photos des cadavres que Delpierre avait enterrés.

D'après leurs recherches, le chalet baptisé « L'Edelweiss », lieu-dit Serre Beau à La Chapelle-en-Vercors, appartenait à un certain Alexandre Mattioli, 39 ans, casier vierge, et était déclaré en tant que résidence secondaire auprès des services fiscaux du département de la Drôme. Vic avait trouvé sur Internet des informations sur le propriétaire : une belle gueule, rasé de près, enregistré sur un tas de sites genre Copains d'avant, commercial dans le matériel de montagne et souvent photographié sur des salons ou des foires. Niveau fichiers, ses infractions se résumaient à des amendes pour excès de vitesse. Une équipe fonçait aussi vers Gap, là où l'individu avait sa résidence principale.

La Chapelle-en-Vercors se nichait entre les hauts plateaux. On aurait pu se croire en Laponie. Avec le bleu du ciel, le blanc éblouissait, scintillait en un épais tapis de diamants.

Guidés par leur GPS, les policiers traversèrent le village, en sortirent par le sud et, à l'extrémité du lieu-dit Serre Beau, repérèrent la colline, au pied de laquelle slalomait une route, qu'ils empruntèrent. Les pneus cloutés accrochés à la neige, ils poursuivirent jusqu'au bout de la voie, après un dernier virage.

Un peu plus loin se dressait « L'Edelweiss », seul au monde, une belle structure en rondins clairs, construite au-dessus d'un grand sous-sol. Du haut de gamme, estima Vic. La cheminée fumait, et un massif 4×4, type Range Rover, était garé devant.

Les quatre hommes sortirent sans un mot, les sens à l'affût. Vic observa autour de lui, l'endroit était prisonnier d'une beauté glacée, une espèce de banquise minérale arrachée au Grand Nord. Pas un voisin à cinq cents mètres à la ronde, juste cet insolite silence où l'on pouvait entendre la nature murmurer.

À l'arrière du terrain, deux enfants d'une dizaine d'années qui tournaient autour d'un bonhomme de neige s'interrompirent lorsqu'ils les virent approcher. Le garçon courut vers l'habitation, appelant son père. Vadim échangea un regard avec l'ensemble de l'équipe et glissa sa main sous son blouson ouvert, prêt à intervenir.

Alexandre Mattioli apparut sur le seuil, engoncé dans un gros pull irlandais, avec un jean et des sandales aux pieds. Il était différent des photos trouvées sur le Net : cheveux longs, barbe qui lui mangeait le visage, des airs de bûcheron. Il passa la main dans les cheveux de son fils, serré contre lui, et fit signe à sa fille de rentrer, la mine grave. La fillette se rua à l'intérieur du chalet. Le propriétaire des lieux voulut descendre les marches, mais Vadim prit les devants en brandissant sa carte tricolore.

— Criminelle de Grenoble. Laissez vos mains en vue, et tout ira bien. À part vos enfants, qui est à l'intérieur ?

L'homme montra sa stupéfaction, il laissa sa main droite sur la rambarde et la gauche un peu levée.

— Il n'y a que nous trois, mais… La police ? Qu'est-ce qui se passe ?

Vadim tendit un papier.

— On dispose d'une commission rogatoire du juge qui nous autorise à entrer dans votre chalet.

— Entrer chez moi ? Il… Il est arrivé quelque chose ?

Mangematin et Dupuis l'encadrèrent et, malgré ses protestations, firent les palpations d'usage. Comme il s'agitait, ils finirent par le menotter.

— Et on vous conseille de la boucler maintenant, ou on vous embarque illico.

Une fois dans le chalet, Vic sourit aux enfants et leur dit d'aller regarder la télé. Il fixa le sapin de Noël, avec sa farandole de cadeaux. Le décor, l'ambiance de fête, la surprise d'Alexandre Mattioli lorsqu'il les avait vus… Rien ne cadrait avec l'idée qu'il se faisait de Moriarty.

Dupuis veilla sur le propriétaire, ses trois collègues parcoururent l'ensemble des pièces. C'était un chalet de standing, avec Jacuzzi, deux salles de bains, trois grandes chambres, cuisine américaine et le confort à l'avenant. Une large baie vitrée et fumée offrait une vue à cent quatre-vingts degrés sur les hauts plateaux.

Après son exploration, Vic rejoignit Vadim dans le couloir du rez-de-chaussée.

— T'as quelque chose ?

— Que dalle.

Vic repéra des marches au bout du hall. Il les descendit et accéda à une porte qui donnait sur le vaste sous-sol. Skis, luges, cordes, piolets s'entassaient dans un compartiment sous les marches en bois. Vadim s'aventura dans ce bazar et renversa des skis, qui provoquèrent la chute d'autres objets.

— Merde !

Vic le laissa se dépêtrer et poursuivit sa fouille. Il souleva une bâche en produisant un nuage de poussière qui dissimulait une grosse motoneige inutilisée depuis des lustres. Il s'accroupit et observa le sol en linoléum. Il y passa son doigt.

— Sol propre. Pas de poussière alors qu'il y en a sur la motoneige et même la bâche qui la recouvrait.

— Lavé récemment ?

— J'ai l'impression.

Il se redressa, en pleine réflexion. Une multitude d'outils pendaient au-dessus d'un établi sur lequel s'entassait du matériel de bricolage. Vic s'empara d'un gros élastique bleu, suspendu avec des dizaines d'autres à un clou, et le tendit à Vadim.

— Le même genre d'élastique a été utilisé pour maintenir le plastique autour de la tête de la victime du coffre.

— T'es certain ?

— Cent pour cent. Un élastique bleu, bien épais. C'est ici que ça s'est passé. Va chercher Mattioli. Et rapporte le Bluestar.

Vadim s'exécuta, tandis que Vic sentait la sève de l'angoisse monter dans sa gorge. Il savait ce qu'il risquait de découvrir ici. Deux minutes plus tard, son collègue revenait avec Mangematin, le propriétaire, ainsi qu'un flacon pulvérisateur rempli de produit qui permettait, dans l'obscurité, de révéler les traces latentes de sang, même effacées ou nettoyées.

Vic se tourna vers Mangematin.

— Je vais éteindre. Surveille-le.

Le collègue serra le bras de Mattioli, et Vic appuya sur l'interrupteur. Le pulvérisateur en main, il se positionna au milieu de la pièce et se mit à actionner le pistolet.

Le sol se para alors d'une couleur bleue luminescente, si intense que le visage et les mains des policiers et de Mattioli apparurent blanchis et donnèrent l'impression de voler. Vic se déplaça de trois mètres, renouvela l'opération. Partout la même réaction.

— C'est beaucoup trop étalé et régulier. J'ai l'impression que le sol a été entièrement nettoyé à l'eau de Javel. Elle contient du sodium qui fait réagir le Bluestar et empêche la détection du sang.

— Qu'est-ce que vous racontez ? Je ne comprends rien à votre jargon, je n'ai jamais fait une chose pareille !

Au bout d'une trentaine de secondes, la luminescence commença à s'estomper. Vic alla rallumer et fixa Mattioli au fond des yeux.

— Il va falloir nous expliquer.

— Vous expliquer quoi ? Vous débarquez ici, chez moi, me passez les menottes, vous mettez ce produit dans ma cave, vous... Mais putain, qu'est-ce que vous cherchez ? Qu'est-ce qui se passe ?

Vadim l'attrapa par le col et le plaqua contre le mur.

— Il se passe qu'une pauvre fille qu'on a retrouvée lundi soir dans le coffre d'une voiture a probablement été butée dans votre putain de sous-sol. Et que, après avoir fait ça, l'assassin a tout nettoyé pour ne laisser aucune trace. Vous allez parler, monsieur Mattioli, maintenant, ou le cul au fond d'une cellule.

Soit Mattioli était un parfait comédien, soit il accusait vraiment le coup. Quand Vadim le relâcha, il croula contre le mur, jusqu'à se retrouver assis, les mains dans le dos. Groggy. Il lui fallut plus d'une minute pour lâcher le premier mot :

— Je… Je suis arrivé ce matin à « L'Edelweiss », vous… vous pouvez demander à mes enfants. Ma femme doit nous rejoindre demain matin pour… qu'on prépare le réveillon. On reçoit vingt personnes demain soir, ici ! Hormis quelques périodes que… que je me réserve en famille, je loue le chalet sur des plates-formes en ligne, comme LocHolidays. Le… le chalet était loué depuis une semaine, jusqu'à ce matin.

41

Suite aux propos de Mattioli, les flics se dévisagèrent comme des adolescents qui voient pour la première fois une femme nue. Vadim revint vers le propriétaire.

— Loué par qui ?

— Je ne sais plus, mais j'ai toutes les infos sur mon ordinateur portable, si vous...

— On y va.

Ils lui ôtèrent les menottes et remontèrent au rez-de-chaussée. En trois clics, Alexandre Mattioli se rendit sur le site LocHolidays et se connecta à son compte. À l'autre bout de la pièce, les enfants regardaient un dessin animé au calme, tandis que Dupuis fumait dehors, le téléphone à l'oreille. Le propriétaire montra dans un premier temps la petite annonce, avec une vingtaine de photos du chalet, du sous-sol à l'étage.

— Voilà ce que les gens peuvent consulter. Ça fait six ans que je loue « L'Edelweiss ». Jamais un problème. Je n'arrive pas à y croire.

Il cliqua sur un lien qui l'emmena sur sa page de gestion.

— Voilà... Loué par un certain Pierre Moulin, de samedi dernier à ce matin.

— « Un certain » ? Vous avez bien son adresse, son numéro de téléphone ?

— Absolument pas. Juste son mail.

Il afficha le mail en question : pie.moulin22@yopmail.com. Une fausse adresse, bien sûr. Il montra l'écran.

— Qu'est-ce que vous pouvez nous dire sur lui ? À quoi il ressemble ?

— Je ne l'ai jamais vu.

Vadim posa les deux poings sur le bureau, façon gorille.

— Ça commence à bien faire, tout ça. Bordel, vous louez votre chalet à un type que vous n'avez jamais vu ?

L'homme mettait du temps à répondre, choqué, ce qui agaçait d'autant plus Vadim, dont la patience était limitée.

— C'est le principe de la location en ligne, et ça se passe souvent de cette façon. Allez sur les forums, vous verrez. À l'arrivée des locataires, je laisse toujours la clé dans un endroit que je leur indique. En général, je fais un rapide état des lieux en leur présence le matin de leur départ, mais ceux-là étaient déjà partis à mon arrivée. Le chalet était impeccable, les draps de l'un des lits dans la machine à laver, et propres. La clé se trouvait au même endroit, alors je n'ai pas cherché plus loin. Et puis, nous avions eu des échanges de mails très cordiaux. L'homme m'a dit qu'il venait avec sa femme et sa fille de 6 ans. Il semblait sérieux, il a même payé quinze jours à l'avance. Vu le prix de la location à la semaine, on a forcément affaire à des personnes en qui...

— ... en qui vous pouviez avoir confiance, c'est ça ? Parce que des mecs friqués, forcément, ils ne vont pas vous piquer des petites cuillères, hein ?

Vadim était sur les dents. Il incita Mattioli d'un coup de menton à cliquer sur le profil de Pierre Moulin. Membre sur le site depuis cette année. Pas de description ni de commentaires. La photo d'un type trop parfait : mèche blonde, sourire éclatant, col de chemise bien visible. Évidemment, il n'avait loué aucun bien avant celui-ci.

— On vérifiera, mais il est fort probable que tout soit bidon. Faux mail, faux nom, faux profil créé pour l'occasion et, sans doute, fausse photo. Pierre Moulin, initiales PM, comme le Professeur Moriarty. Le fantôme toujours dans l'ombre, l'homme invisible dont on est incapable de décrire le physique.

— Le Professeur Moriarty ?

— Comment il a réglé ?

Alexandre Mattioli afficha une autre page.

— Virement sur mon compte de mille deux cents euros par Western Union.

Encore une piste impossible à explorer. Vadim eut un geste rageur. Western Union était un réseau d'agences mondial qui permettait des transferts d'argent par tous les biais, entre un donneur et un receveur. Vous pouviez entrer dans l'une des agences avec une somme en liquide et la virer sur le compte en banque d'un parfait inconnu, et ce n'importe où sur Terre. On ne vous posait aucune question. C'était par exemple comme ça que les prostituées venues de l'Est alimentaient les comptes de leurs proxénètes restés au pays.

— Et ça ne vous a pas interpellé, Western Union ? Personne ne paie de cette façon !

— Bien sûr que si. C'est autorisé par le site, et ce n'était pas la première fois. Je n'ai jamais eu de…

— Faites voir les autres fois.

Mattioli s'exécuta et alla dans l'historique de ses locations. Il désigna, avec le curseur de sa souris, trois enregistrements.

Février 2013, Paul Michalak avait loué le chalet pendant cinq jours. Avril 2014, Pierrette Mavrotte, six jours. Janvier 2015, Patricia Muette, cinq jours.

Trois PM.

Par trois fois, Moriarty avait loué ce chalet.

Vic fixa son collègue d'un air ahuri.

— Ce n'était peut-être pas la première fois que Delpierre nettoyait ce sous-sol. Peut-être qu'il y en a eu d'autres, il y a des mois, des années… D'autres filles de son horrible mannequin de peau, qu'il a exécutées ici sur ordre de Moriarty.

42

L'Identité judiciaire, arrivée en fin de journée et convoquée par Alain Manzato, avait décidé de se concentrer sur le sous-sol. Après avoir enfilé des combinaisons, surchaussures, charlottes et délimité l'endroit avec de la rubalise, une équipe restreinte de trois hommes scrutait chaque centimètre carré de la pièce qui, selon toute vraisemblance, était la scène de crime où la fille du coffre, et peut-être d'autres, avaient été tuées.

Deux heures après l'arrivée des policiers, le propriétaire Alexandre Mattioli accusait encore le coup. Il discutait avec Mangematin dans le salon, assis au bord du canapé, les mains entre les jambes et le regard vide. Comment réveillonner avec vingt personnes le lendemain, alors qu'une femme avait été tuée chez lui, voire plusieurs ? Comment dormir sur les lieux d'un ou de plusieurs massacres ? Comment continuer à y habiter ?

Vic, Vadim et Manzato se tenaient à l'entrée de l'une des chambres de l'étage. Vadim prenait des photos des pièces avec son téléphone. Deux autres collègues, venus avec le commandant, étaient en train de faire du porte-à-porte dans le village à un kilomètre de là : les habitants avaient-ils remarqué, entendu, ou vu quelque chose ces derniers jours ? Vadim livra des explications.

— D'après Mattioli, seule cette chambre aurait été utilisée pendant le séjour de la semaine dernière. Les autres étaient dans un état impeccable. En arrivant ce matin, il a trouvé les draps de ce lit dans la machine à laver. Encore humides car restés dans le tambour. Probable, donc, que le locataire était seul, et non accompagné de sa femme et de sa fille, comme indiqué dans la réservation…

Alain Manzato mâchait un chewing-gum, la bouche fermée. Les os de ses mâchoires faisaient rouler ses tempes, un vrai air de maton. Vic prit le relais :

— Mattioli n'a jamais vu ni Paul Michalak, ni Pierrette Mavrotte, ni Patricia Muette, ce qui correspond au personnage de Moriarty créé par Conan Doyle : on ignore à quoi il ressemble, personne ne peut vraiment le décrire. Chaque fois, des profils sont créés uniquement pour l'occasion, des photos de présentation probablement piquées sur Internet, des paiements anonymes. Chalet toujours rendu nickel.

Manzato s'avança dans le couloir et alla se planter devant la vue à cent quatre-vingts degrés, qui se résumait à des ombres découpées par le clair de lune.

— On saura peut-être qui s'est fait tuer dans ce sous-sol la semaine dernière. On a enfin obtenu le profil ADN de la victime du coffre au visage écorché. Il est en train d'être passé au FNAEG en ce moment même, j'attends le coup de fil d'un instant à l'autre. En espérant qu'une identité ressorte. Quant aux profils ADN des morceaux de peau de la « chose » trouvée à la cave de Delpierre, ils devraient suivre ces jours-ci.

Il revint vers ses hommes.

— Bon, on dirait que tout ce micmac se précise un peu plus. Même si on ne sait pas où Delpierre allait enterrer le corps, on sait d'où il est parti, maintenant :

le sous-sol de ce chalet, lundi dernier, soit deux jours après le début de la location.

Vic se mit à aller et venir le long de la baie vitrée.

— Si on se repasse le film en entier, qu'est-ce que ça donne ? Delpierre, *alias* Docteur Watson, s'apprête à mettre fin aux jours d'Apolline, la jeune aveugle, aux alentours de 16 heures, lundi. Le SMS d'un certain « Moriarty » arrive sur son téléphone jetable et lui demande de se connecter immédiatement au darknet. Delpierre se rend sur un site caché où la session restée ouverte nous permet de pénétrer le système. Sur cette page, on trouve une adresse laissée par Moriarty : celle de ce chalet... Il y a un « colis » à récupérer. Delpierre vient ici, en urgence. Pourquoi en urgence, on l'ignore, mais quelque chose a provoqué la cascade d'événements qu'on connaît. Delpierre débarque avec sa Ford et sa fausse plaque, entre dans le chalet...

Le lieutenant traversa le couloir et se rendit côté façade, là où ils étaient eux-mêmes arrivés en voiture.

— ... Difficile de dire si quelqu'un attendait Delpierre. En tout cas, lui et Moriarty ne se sont pas croisés ce jour-là.

— Qu'est-ce qui te fait dire ça ?

— Les SMS. À 19 h 28, Delpierre envoie un message à Moriarty, il annonce qu'il a récupéré le colis... L'inconnue du coffre *est* ce colis, et elle était ici, entre ces murs.

Les yeux de Vic se troublèrent. Il fixa l'obscurité, imagina des promeneurs se balader dans les alentours, poser un regard sur la façade de ce magnifique chalet sans se douter que de telles horreurs se déroulaient à l'intérieur.

— ... Delpierre charge sa victime, tuée d'un coup sur le crâne, dans le coffre de sa voiture. Il prend le temps de faire le ménage, fourre les draps dans la machine à laver, nettoie le sous-sol à l'eau de Javel, le produit le plus efficace pour effacer toutes les traces biologiques. Puis il se remet en route. En théorie, il doit aller se débarrasser du corps, l'enterrer, le photographier et poster la preuve de son travail sur le darknet à l'intention de Moriarty. Mais il fait un détour par chez lui pour trancher les mains, prendre le visage et les yeux afin de compléter sa « chose », et repart aux alentours de 21 heures. Mais survient le problème à la pompe à essence... Et nous voilà...

Manzato ne disait rien, Vadim non plus, les deux hommes écoutaient.

— ... Moriarty a loué ce chalet à trois reprises, toujours sous des identités différentes et de manière qu'on ne puisse pas le tracer. Il n'y a pas plus isolé et à l'abri des regards. Personne ne vous entend crier, dans un endroit pareil. Est-ce qu'il venait seul ? Accompagné de la fille du coffre chaque fois ? D'une autre fille ? Y a-t-il eu d'autres meurtres ici ? Impossible à dire pour le moment. Mais... j'ai la quasi-certitude que Moriarty reproduisait ce schéma ailleurs : fausse identité, location d'un logement de façon complètement anonyme *via* un site spécialisé...

Vadim acquiesça.

— ... Sinon, Moriarty n'aurait pas eu besoin de préciser l'adresse à Delpierre. Il aurait juste dit un truc du genre « colis à récupérer ». C'est ça ?

— Exactement. S'il précise l'adresse, c'est qu'il y en a plusieurs. Et puis, on a les peaux de huit victimes sur le mannequin. Huit victimes qui sont toutes passées par le coffre de Delpierre... Ils faisaient ça dans d'autres endroits, et ça peut être n'importe où dans la région.

Les trois hommes se murèrent dans le silence, en pleine réflexion. À quoi avaient-ils affaire ? Moriarty torturait-il des filles dans des locations isolées avant de s'en débarrasser grâce à Delpierre ? Qui les kidnappait ? Quel était le mode opératoire ? La sonnerie du téléphone de Manzato les tira de leurs pensées. Tandis que le commandant répondait, un technicien demanda aux deux lieutenants de les rejoindre dans le sous-sol, aux côtés de Mangematin qui s'occupait de dresser avec précision le procès-verbal de la scène de crime.

Ce dernier désigna un marteau rangé dans un sac à scellés.

— Il était remisé à son emplacement, là, sur le mur, mais il a réagi au Bluestar : c'est le seul outil nettoyé à l'eau de Javel.

Soudain, ce fut comme si Vadim recevait tout le poids du monde sur les épaules.

— Ce fumier de Delpierre lui a défoncé le crâne avec un putain de marteau. Une froide exécution... Et il s'est tiré une balle dans la tête sans qu'on puisse rien y faire. J'en ai ras le cul, vraiment ras le cul, de tout ça...

Mangematin les invita à le suivre. Ils s'avancèrent vers le renfoncement sous l'escalier.

— On a déplacé le matériel de ski, et voilà ce qu'on a trouvé. Le proprio est formel, ce n'est ni lui ni sa femme qui ont fait cette gravure. Encore moins les enfants.

Il dirigea le faisceau de sa lampe derrière la troisième marche, une zone invisible à moins d'être accroupi. Vic plissa les yeux. Un dessin gravé dans le bois. Il s'agissait d'un petit poisson avec une longue nageoire caudale pointue.

— Un xiphophore.

Vadim s'agenouilla aussi.

— Un quoi encore ?

— Un xiphophore, un poisson-épée, qu'on trouve dans les aquariums d'eau douce. Un classique, comme les guppys ou les néons. Hormis la nageoire, ce poisson n'a rien de spécial. Pas agressif, pas compliqué.

Vic passa ses doigts sur le bois entaillé.

— Fait au couteau avec soin.

Vadim prit une photo avec son portable.

— Une sorte de signature, tu crois ?

— Un endroit invisible sous un escalier... Ça y ressemble. Peut-être que ce salopard de Delpierre voulait laisser son empreinte dans ce lieu. Une manière de marquer un territoire, de se l'approprier. Je crois que, s'il n'y avait pas eu l'épisode de la pompe à essence, ils auraient continué à louer le chalet, comme si de rien n'était. C'est chic, c'est isolé, personne pour voir ce que tu y fais.

Manzato venait de raccrocher et descendait les marches. Il continuait à mâcher son chewing-gum, mais avec une lenteur extrême, comme si son organisme tournait désormais au ralenti. Il gonfla sa poitrine, expira puis revint vers ses hommes, les épaules basses. Il hocha le menton vers le sol.

— Voilà, on sait qui est la fille qui s'est fait buter ici, le FNAEG a parlé. On tient notre anonyme du coffre. Et on a un sacré problème.

43

Léane avait appelé le cabinet du psychiatre John Bartholomeus d'un téléphone public de l'hôpital. La secrétaire avait décroché. Oui, le docteur travaillait aujourd'hui, jusqu'à 18 heures, et, non, il n'y avait plus de place pour un rendez-vous dans la journée. Léane avait pourtant pris la route : elle devait parler au médecin coûte que coûte.

Elle arriva à Reims aux environs de 12 h 45, avec l'impression que chaque kilomètre parcouru se lisait sur son visage. Elle n'en pouvait plus. Il n'était plus question de jour, de nuit, de faim ni de soif, elle était en mode survie, deux poches lourdes et sombres sous les yeux. Juste une mère prête à tout pour retrouver sa fille, comme Jullian durant quatre interminables années. Elle prenait le relais.

Elle se gara dans une rue adjacente à celle du cabinet du psychiatre, une voie sans feu tricolore ni stop, qui permettait de prendre en vitesse le volant et de disparaître au virage, ni vu ni connu, une centaine de mètres plus loin.

Parce qu'elle le pressentait : une fois sortie du cabinet, il allait falloir courir. Et vite.

Pas un cheveu ne dépassait de son bonnet. Emmitouflée dans des vêtements qui cachaient en partie son visage, gants en laine aux mains, elle sonna à la porte du cabinet situé entre deux immeubles. Le bâtiment aux larges vitres opaques était, d'après la plaque accrochée sur la brique, partagé par quatre praticiens, du psychologue au pédopsychiatre. Un bip retentit, elle entra et aborda la secrétaire, assise derrière l'accueil.

— J'aimerais parler au docteur Bartholomeus.

— Son cabinet est exceptionnellement fermé entre 13 heures et 15 heures, c'est indiqué à l'entrée. Le docteur est parti déjeuner. Vous avez rendez-vous ?

Léane sortit en articulant un remerciement à peine audible. Elle se posta en face du bâtiment, sous le porche d'un immeuble et consulta de nouveau la photo de Bartholomeus trouvée sur Internet. La cinquantaine, lunettes en cul-de-bouteille, le visage sec comme du bois mort. Une vraie gueule de secret professionnel.

Deux heures à tuer. Elle retourna chercher le livre de Michel Eastwood dans sa voiture et, revenue à son poste d'observation, appuyée debout contre le mur, se mit à le lire. Prenant, dès le début. L'écrivain séquestré, l'intrigue policière, les chapitres courts… Chaque page qu'elle découvrait la déconcertait. Certes, c'était différent du *Manuscrit inachevé*, mais…

Léane ressentit un vif malaise et, plus elle s'immergeait dans sa lecture, plus elle se rendait compte que Pamela avait minimisé l'ampleur du désastre, ou ne l'avait pas vue. Léane avait caché des énigmes dans son roman, qu'elle n'avait signalées à personne. Elle avait notamment renforcé la présence du chiffre 2, avait mis en évidence des palindromes pour symboliser le miroir, le double. Laval, Noyon, le groupe ABBA… Eastwood avait utilisé le même procédé. Ou, plutôt, c'était elle qui avait reproduit ce qu'avait fait Eastwood. Un mot par-ci, une idée par-là. Ça lui sautait aux yeux, désormais. Elle avait écrit avec spontanéité, persuadée que les idées venaient de sa propre matière grise, sans volonté aucune de nuire, de plagier.

Plagier... Elle en eut envie de vomir. Qu'était-il arrivé à sa mémoire ? Pourquoi avait-elle occulté ce livre par un phénomène de cryptomnésie ? *Ce pseudo, c'est une pénitence ? Un moyen de ne jamais oublier ?* avait lâché Giordano. Mais oublier quoi ? Léane songea à cette vision récurrente qui l'avait accompagnée une bonne partie de sa vie – cette main d'Enaël remontant dans sa gorge –, à la noirceur de ses écrits, à la raison même de son besoin d'écrire. Contrairement à ce qu'elle racontait aux journalistes, tout cela devait avoir un sens.

Le psychiatre arriva à 14 h 50 et la libéra un temps de ses tourments. Il était engoncé dans un trois-quarts noir, un Stetson vert bouteille vissé sur la tête. Léane fourra le livre dans sa poche, courut et se mit en travers de son chemin.

— Docteur Bartholomeus ? Je ne vais pas vous déranger longtemps. Dans le cadre d'un travail que je vous expliquerai, j'aurais besoin de quelques informations sur un procès au cours duquel vous êtes intervenu en tant qu'expert. On peut se rencontrer rapidement ? Après vos rendez-vous, peut-être ? Ce ne sera pas long.

Il la considéra d'un air surpris, la contourna et continua à avancer, les mains dans les poches. Fermé comme une porte de prison.

— Désolé, mais ce n'est pas de cette façon que ça fonctionne, et je ne divulgue aucune information de ce type à qui que ce soit, sans une requête expressément formulée par...

Léane écarta le pan de son blouson.

— Ça vous va, comme requête ?

Il s'arrêta net. Léane serrait son pistolet dans sa main droite et pointait le canon vers lui à travers le tissu de son manteau. Sous son bonnet de laine noire, son front perlait de sueur. Elle pensa à la photo de Sarah pour se donner du courage.

— Un mot, un geste, et je n'hésiterai pas à utiliser cette arme. On va tranquillement entrer, vous d'abord. Ne faites pas de bêtises, et tout ira bien.

Elle se positionna derrière lui. Bartholomeus obéit. Il signifia à sa secrétaire de ne surtout pas les déranger, d'une voix qu'il voulut ferme, et ils pénétrèrent dans son cabinet. Léane verrouilla la serrure, sans le lâcher du regard. Le psychiatre se réfugia derrière son bureau, les mains un peu levées, paumes visibles.

— Écoutez, je...

— Je ne suis pas là pour vous faire du mal. Vous me livrez les informations que je vous demande et je repars. Et ne me parlez surtout pas de secret professionnel.

— Je... Je peux m'asseoir, au moins ?

Léane acquiesça. Elle pesa chacun de ses mots, prononcés à travers son écharpe. Il fallait en dire le moins possible et garder l'anonymat. À la rigueur paraître échappée d'un hôpital psychiatrique. Ça lui allait très bien.

— Le procès Giordano, Lyon, 2011. Vous y êtes intervenu en tant qu'expert. Qu'est-ce que vous pouvez m'en dire ?

Le praticien serra les lèvres.

— Rien, je ne...

— Docteur !

Il fixa le canon de l'arme qui s'agitait.

— Qu'est-ce que vous voulez savoir ?

Léane jeta une clé USB devant elle.

— Tout. Vous établissez un compte rendu pour chaque procès, je présume, que vous sauvegardez sur votre ordinateur. Copiez-le sur cette clé. Ensuite, expliquez.

Il fixa la clé sous ses doubles foyers, s'en empara et s'exécuta à contrecœur. Léane vérifia, se tenant juste derrière lui. Une fois le fichier copié, elle récupéra la clé et la glissa dans sa poche.

— Parfait. Je vous écoute, maintenant. Soyez précis, ça m'évitera de me coltiner tout le dossier.

Comme il gardait le silence, Léane lui colla le canon sur la nuque.

— C'est la dernière fois.

— Le… Le procès de M. Giordano s'est déroulé à huis clos sur demande de l'une des parties civiles, parce que… parce qu'il concernait des actes de viol et de barbarie. Il n'y a eu aucune médiatisation, la presse n'a jamais été au courant. Ça a été un dossier sensible qui aurait pu faire beaucoup de dégâts dans les rangs de la police française.

Viol… Barbarie… Léane sentit l'arme trembler au bout de ses doigts. Fébrile, elle alla s'asseoir sur le fauteuil, à gauche du psychiatre.

— Qu'est-ce que Grégory Giordano avait fait ?

— Il… Il faut d'abord resituer le contexte. Le service dans lequel M. Giordano travaillait à cette époque, la traite des êtres humains, est sans aucun doute le plus dur des services de police. Pédophilie, viol, esclavagisme, maltraitances, c'est le pain quotidien de ces policiers-là… Pour eux, c'est… côtoyer chaque jour le mal le plus abject et la violence à l'état pur, du réveil au moment de s'endormir. Quand ils réussissent à dormir. Ils flirtent en permanence avec les limites, ils sont confrontés à de telles horreurs qu'il leur devient difficile de savoir où est la frontière entre le bien et le mal…

Sans geste brusque, il ôta son chapeau et le posa devant lui. Ses cheveux hirsutes lui donnaient l'air d'un épouvantail ahuri.

— Je me souviens de ce procès, cette… ambiance tellement particulière, ce huis clos oppressant, dans la salle d'audience… Grégory Giordano était un bon flic, investi, il obtenait des résultats, résolvait nombre d'affaires importantes. Les premiers faits avérés et à charge le concernant remontaient à une dizaine d'années. Il a été prouvé que Giordano profitait largement de son statut : fellations, passes gratuites, soirées de dépravation, en échange de quoi il fermait les yeux sur certaines activités illicites. Durant toutes ces années à côtoyer les bas-fonds de la société, il avait profité des enquêtes pour se constituer un beau petit carnet d'adresses. Il connaissait chaque réseau, chaque trottoir, chaque lieu interdit.

Du pouce et de l'index droits, il se massa les yeux, dont le blanc rougit.

— … Le procès a révélé la montée en puissance de ses pulsions en 2008. Ses rapports sexuels deviennent de plus en plus violents, c'est comme… une bête qui veille en lui et jaillit lorsqu'il se retrouve seul avec ces prostituées de la banlieue lyonnaise. En même temps, il mène une vie normale avec sa femme et sa fille. Ils sortent, ont des amis. Bien sûr, Mme Giordano, même si leur couple commence à battre de l'aile, ne se doute absolument pas de ses activités, il mène une parfaite double vie… Difficile de vivre avec un policier qui travaille dans ces milieux obscurs et ne raconte jamais rien…

Il frotta les verres de ses lunettes avec une calme application, et les chaussa.

— ... La situation de Giordano bascule définitivement l'année d'après, lors de l'arrivée d'un réseau de jeunes filles de l'Est entre Lyon et Grenoble. C'est la période où le couple Giordano divorce – sa femme n'en peut plus de ses absences répétées, de ses silences. Elle obtient la garde de leur fille, ce qui rend le père dingue... Il met le grappin sur une jeune prostituée, à peine 18 ans, paumée, fragile, effrayée, qu'il a repérée lors d'une « intervention »...

Léane, l'arme sur les genoux, écoutait attentivement.

— ... Giordano exerçait sur elle des actes que, dans une relation consentie, on appellerait sadomasochistes, mais qui se révèlent, dans ce contexte, des actes d'humiliation, de viol et de torture. L'enquête a révélé qu'il aimait recevoir, mais surtout infliger la douleur. Ça a duré plus d'un an, et tout cela aurait pu continuer longtemps si Giordano ne s'était pas fait prendre en flagrant délit dans un hôtel de montagne, par une opération surprise de la police de Chambéry qui travaillait sur le démantèlement du réseau.

Léane était au bord de la nausée. Giordano avait omis de lui parler de ces horreurs. Enchaîné, mal en point, il avait réussi à la mener en bateau.

— Et... le verdict ?

— Nous étions trois psychiatres mandatés pour une expertise. Nous avions pour mission de dresser un bilan de l'état psychologique de M. Giordano qui, du jour où il a été arrêté, a tout fait pour laisser croire qu'il était dans une grande détresse mentale, que le divorce et le métier l'avaient broyé, qu'il n'était qu'une victime, lui aussi. Il était sous antidépresseurs, à ce moment-là, c'est vrai, les analyses toxicologiques l'ont prouvé. Cependant, était-il vraiment dépressif ? Mes deux confrères le pensaient, moi pas. Mais la majorité a eu raison, comme toujours…

Il portait encore le poids de son échec. Dans ses expressions, ses regards.

— … De surcroît, malgré ce qu'il lui avait fait endurer, l'état de son corps, photos à l'appui, la victime l'a couvert et a affirmé que les coups, les brûlures de cigarette, les coupures lui avaient été infligés par d'autres clients. Cette gamine était fragile, influençable, apeurée. Même avec Giordano derrière les barreaux, elle avait peur. Hormis le flagrant délit constaté par les flics de Chambéry, les témoignages n'existaient pas, les collègues de Giordano le dépeignaient comme un policier exemplaire. Au vu de tous ces éléments, il a pris trois ans ferme, avec interdiction d'approcher son ex-femme et sa fille encore un an après la sortie, le temps qu'il fasse ses preuves de bonne conduite : retrouver une situation stable, plus de problèmes avec la justice…

— Vous dites que, selon vous, il n'était pas dépressif. Alors qu'est-ce… qu'est-ce qu'il était ?

— Tout est dans le dossier.

— Je veux l'entendre de votre bouche.

Il resta immobile, un instant, les yeux dans le vague, puis revint vers son interlocutrice.

— Pour moi, Giordano présentait des traits de psychopathie et de perversion, au sens psychiatrique du terme : la volonté de posséder, de jouir sans limites et d'utiliser l'autre selon son bon plaisir. Réification de la victime, absence d'empathie, manipulation mentale, violence, désir d'infliger la douleur, le tout de manière froide et sous parfait contrôle. Le profil physique des filles qui l'intéressait était toujours rigoureusement identique, celles qui sortaient de ce cadre ne l'intéressaient pas, elles n'existaient pas…

Léane eut un frisson qui remonta le long de sa nuque rien qu'à l'idée qu'elle s'était retrouvée devant ce genre de prédateur.

— … En sus des antidépresseurs, on a trouvé des traces de cocaïne dans son organisme. La drogue est un stimulant et ne représente pas d'interaction dangereuse avec les médicaments qu'il prenait. Par l'un, il voulait peut-être annuler les effets de l'autre tout en gardant, comment dire, toute sa vigueur, tout son appétit sexuel. En regard des éléments que j'ai exposés dans mon rapport, je pense qu'il aurait dû être soigné en hôpital psychiatrique. La prison ne résout rien pour des individus comme lui.

— Vous… pensez qu'il aurait pu recommencer à peine sorti ?

Bartholomeus ne répondit pas, ce qui, en soi, constituait une réponse. Léane était sous le choc : Giordano avait menti. Certes, il avait tabassé un proxénète, mais pas dans le cadre de l'opération dont il avait parlé. Il n'avait pas non plus évoqué le procès, la prison, les tortures…

Avait-elle eu un vrai pervers enchaîné en face d'elle ? Un salopard qui, malgré l'état dans lequel il se trouvait et sa situation dramatique, continuait à jouer, à contrôler, à manipuler ? Un psychopathe dépourvu d'empathie ?

— Autre chose, docteur. Le Donjon noir, vous connaissez ?

Il acquiesça avec gravité.

— J'ai omis de vous en parler. Il s'agit d'un club dont Giordano était un régulier. L'enquête a révélé que, au moment où il tenait cette prostituée sous son emprise, il entretenait depuis des mois une relation d'ordre sadomasochiste avec l'une des employées du Donjon noir. Mistik, de son vrai nom Charlotte Henry. Elle était artiste performeuse il y a plus de vingt ans…

Son téléphone sonna, il le mit d'un geste lent en mode silencieux.

— ... Si vous faites quelques recherches sur elle, vous verrez en quoi consistait son art, vous... vous comprendrez mieux le genre d'ambiance qui planait au procès. Elle a été convoquée à charge, le but étant de montrer jusqu'où Giordano était capable d'aller dans ses pratiques sexuelles. Mais elle ne l'a pas enfoncé, au contraire. À l'évidence, elle était de son côté.

Jullian n'était peut-être pas remonté jusque-là. Il avait sans doute trouvé la piste du Donjon noir dans les affaires de Giordano, mais avait-il vu, quelque part, le nom de Mistik ? Peut-être son enquête s'était-elle terminée dans une impasse.

— Une... Une dernière chose, docteur. Le profil physique des filles qui l'intéressait, quel était-il ?

Il réfléchit, dirigea son regard vers le plafond, avant de le poser sur Léane.

— Si je me souviens bien, belles, fines, grands yeux bleus, blondes.

Léane reçut un tel choc qu'elle fut incapable de formuler la moindre pensée, parce que tout se mélangeait sous son crâne, parce qu'elle n'en pouvait plus de cette route, de cette tension, de ce stress, du manque de sommeil. Elle considéra son arme, ce canon qu'elle avait pointé vers le psychiatre, elle, Léane Morgan, et eut l'impression que ce bras, cette main serrée autour de la crosse ne lui appartenaient pas. Elle se redressa, pas loin de tituber, fit un pas en arrière.

— Vous ne... me verrez plus jamais... Si... (elle ferma les yeux, fit un effort pour trouver ses mots) si j'apprends que vous avez appelé la police, je reviendrai. Je... Oubliez-moi.

Elle le tint en joue jusqu'à la porte, rangea son arme sous son blouson et sortit sans un regard pour la secrétaire. Elle ne courut pas mais marcha vite dans la rue, bifurqua deux cents mètres plus loin, regagna sa voiture et démarra en quatrième vitesse. Son cœur battait si fort et si vite qu'elle avait la sensation d'avoir sprinté jusqu'à l'épuisement.

Jullian et elle détenaient un homme qui avait fait de la prison pour, entre autres, tortures et viol sur une jeune femme de 18 ans. Un homme qui entretenait des relations sadomaso, qui fantasmait sur les blondes aux yeux bleus, comme Sarah. Elle pensa alors à Roxanne, à ses cheveux teints en noir. Le noir, l'astuce d'une mère pour détourner les pulsions du père, pour protéger sa progéniture. Même s'il était ressorti en homme libre et était autorisé à revoir Roxanne, Grégory Giordano n'en demeurait pas moins, au fond de lui-même, un prédateur.

Et elle songea au bonnet, le bonnet de Sarah que Giordano avait enfilé sur la tête de sa fille, elle se rappela soudain les paroles de l'adolescente : « Mon père aime bien quand je le porte. » Et elle vit alors sa propre fille, sa grande fille, son bébé, avec ce même bonnet, sa longue chevelure blonde en cascade sur ses épaules, qui tournait d'un mouvement ample dans la neige, en pleurs sans doute, les bras écartés face à Giordano, Giordano qui l'avait matée dans ce coin perdu du Vercors, avec une étincelle grise au fond des yeux, cigarette aux lèvres.

Et si Giordano le prédateur était revenu sur le lieu de ses méfaits avec sa propre fille, pour y revivre ses sales fantasmes de pervers ? Et si, quand il regardait Roxanne porter ce bonnet, c'était Sarah qu'il voyait ?

Ses doigts s'agrippèrent au volant, jusqu'à s'enfoncer dans le caoutchouc. Plus question de coïncidences, cette fois. Giordano était impliqué, Léane en avait désormais l'intime conviction. Il fallait qu'il parle.

La route vers le Nord était interminable. Elle se surprit à piquer du nez à plusieurs reprises. Elle trouva un chewing-gum dans la boîte à gants qu'elle mâcha vite pour ne pas s'endormir. La météo avait évolué, pas assez glaciale pour les flocons, mais la pluie s'abattait sur son pare-brise. Elle dut maintenir le volant comme la barre d'un navire en pleine tempête.

Enfin, elle arriva à destination, aux alentours de 18 h 30. Elle traversa d'abord Berck-Ville, puis Berck-Plage, station morte, déserte, fouettée par le crachin, à un point tel qu'on se demandait si on ne se trouvait pas déjà en pleine mer. Sur la gauche, le phare mordait la nuit, et dans son faisceau jaunâtre se lisait toute la violence des éléments. C'était comme si la ville tout entière se repliait sur Léane, l'emprisonnait.

Elle se gara dans le sous-sol de « L'Inspirante » pour éviter d'être trempée. Elle voulait se changer en coup de vent, manger un morceau avant de foncer vers Ambleteuse, dans des conditions météo qui la décourageaient déjà. Il y avait de la lumière dans la maison.

Était-il possible que…

Elle remonta en toute hâte par l'escalier qui donnait dans le couloir et se précipita dans le salon.

Jullian était assis sur le canapé, un album photo à la main.

44

Léane lâcha son blouson et s'écroula dans les bras de son mari. Elle le serra fort, le visage enfoncé dans le creux son épaule. Ne plus penser à rien, rester là, à deux, dans l'insouciance du moment présent.

Elle passa ses mains sur son crâne, avec délicatesse autour de la blessure, lui caressa les oreilles, la nuque, l'embrassa, s'écarta pour mieux le contempler. Il portait de vieux habits, une chemise trop large. Malgré ses hématomes, son visage encore un peu tuméfié, elle le trouvait beau. Elle l'avait toujours trouvé beau, avec ou sans ses petites rides, même au lever du lit ou quand, plus jeune, il n'était pas coiffé. Il avait beaucoup maigri depuis la dernière fois où elle l'avait vu, avant la sortie du livre. Elle sentait ses os.

— Ils t'ont laissé sortir ?

— Oui. J'ai pu signer les papiers de sortie en début d'après-midi, Bercheron était dans le coin. Il est toujours dans le coin, celui-là, d'ailleurs, et il a promis au personnel de me raccompagner à la maison. Et me voilà. T'étais où, toi ?

— J'ai dû faire un méchant aller-retour à Paris. Des trucs à régler avec ma maison d'édition. J'aurais aimé être à l'hôpital pour…

— Laisse tomber, tout s'est bien passé. On reprendra les séances avec l'orthophoniste le lendemain de Noël. Tiens, le flic avait d'ailleurs oublié son portefeuille sur la table.

Jullian désigna du menton les traces de poudre noire, sur les meubles, les verres, les poignées.

— Bercheron m'a expliqué pour cette histoire de parasite. Le cambriolage il y a deux mois, tout ce qui tourne autour de mon agression... Il m'a montré son carnet avec ses notes, des photos avec ce mot, dans le coffre du 4×4. « VIVANTE ». Et aussi cette histoire de bonnet. C'est incompréhensible, c'est horrible. Je...

— Il n'aurait pas dû te raconter tout ça, c'était à moi de le faire. Je suis désolée.

Léane en voulut à Colin, il avait sans doute cherché à faire le forcing, à agresser la mémoire de Jullian. Ce dernier s'assit, se prit la tête entre les mains.

— C'est moi qui suis désolé. De ne pas me rappeler, de t'avoir laissée comme ça, dans le brouillard. Mais je t'avoue que c'est compliqué pour moi. J'aimerais tellement comprendre ce qui s'est passé, ce qui a pu m'arriver, ce que... ce que j'ai fait dans cette maison pendant ces moments où on n'était plus ensemble. Il y a forcément une explication à tout ce qui se passe.

Léane s'installa à côté de lui, se serra contre lui, épaule contre épaule. Elle fixa l'écran de télé, figé sur l'image d'une vieille vidéo où elle avait filmé Jullian en train de faire le fou sur la côte, peut-être du côté de Wimereux.

— On va comprendre, on va découvrir la vérité, tous les deux. J'en suis sûre.

— Tu penses qu'elle est cachée au fond de ma tête, la vérité ?

— Je l'espère, Jullian. Je l'espère de tout cœur.

Le vent soufflait sous les tuiles, la pluie battait les vitres. Il se dirigea vers le bar, prit un verre et l'agita.

— Je ne sais même pas quoi te servir. Je ne sais pas ce que tu aimes, ce que tu détestes. Je ne sais plus rien de toi.

— Pour ce que j'aime, c'est du whisky. Un écrivain ne pourrait pas boire autre chose. Je déteste la vodka, la bière et le gin tonic.

Jullian s'en servit un également. Ils trinquèrent, et il y eut des miroitements à la fois tristes et gais dans leurs yeux au moment où leurs verres s'entrechoquèrent. Ce vide abyssal autour d'eux, le manque, l'absence de Sarah. Léane avait envie de le prendre par le bras et de l'emmener dans le fort, de le confronter à Giordano, de tout lui expliquer, mais c'eût été le prendre en otage, le rendre ennemi de lui-même. Et puis, quelle décision pourrait-il prendre face à l'homme enchaîné ?

Jullian se leva, longea la bibliothèque, puis la baie vitrée. On n'y voyait plus rien dehors, à peine apercevait-on, entre les gouttes, les reliefs des dunes et le long couloir de ténèbres qui se jetait sur la baie fouettée par le vent.

— Quel endroit magnifique ! Tellement pur et sauvage. Et cette villa… Je me sens si bien, ici. C'est curieux, parce que, d'un côté, j'ai l'impression que tout ceci est familier, l'emplacement des objets, l'atmosphère. Oui, j'ai vécu dans ces pièces, j'ai caressé ces meubles, j'en suis sûr, au fond de moi. Mais, de l'autre, c'est comme si je visitais cette maison pour la première fois.

Léane pinça ses lèvres, ne dit rien. Comment ne pas songer à Giordano et se dire qu'ils n'étaient ni plus ni moins qu'en sursis ? Qu'il faudrait finir par le libérer, un jour, pour rendre la justice, et que ce jour-là ce serait eux que l'on enfermerait ?

À moins qu'il ne fût coupable, qu'il n'ait fait du mal à Sarah.

Son téléphone sonna et chassa ces pensées. Daniel Évrard, son contact à la PJ de Lille, cherchait à la joindre. Elle hésita à accepter l'appel, mais c'était important. Elle fit un signe à Jullian.

— Mon éditeur...

Elle s'isola au fond de la cuisine et répondit.

— Oui, Daniel.

— J'ai trouvé ton Nathan Miraure, j'ai un dossier à son sujet sous les yeux. Mais c'est pas vraiment le genre de truc à balancer comme ça, au téléphone. Peut-être qu'on devrait en parler en tête à tête et...

Léane observa de loin son mari. Il inspectait les livres de la bibliothèque, manipulait des objets posés sur les meubles, le regard perdu, vers les baies vitrées, comme s'il cherchait à se souvenir. Elle chuchota :

— S'il te plaît, explique-moi. C'est un peu compliqué pour moi en ce moment de venir à Lille. Il est tard, mon mari sort juste de l'hôpital...

— Ça ne m'enchante pas, mais OK. L'affaire s'est passée en 1991...

Léane tira une chaise et s'assit. L'angoisse avait monté d'un cran.

— Nathan Miraure avait 19 ans, un jeune de Calais, sans emploi. Il a été incarcéré pour viol en février 1991, on l'a retrouvé pendu avec un drap dans sa cellule une semaine plus tard. Il s'était suicidé.

— In... Incarcéré pour viol, tu dis ?

— Oui, sur la personne de Barbara Vuillard, elle avait 16 ans à l'époque, comme toi d'après le dossier... Vous étiez copines.

Léane eut l'impression de recevoir un ballon de foot en pleine poitrine, l'un de ceux qui vous plaquent au sol et vous coupent la respiration. Barbara avait été sa meilleure amie au collège, puis au début de l'année de seconde. Toujours ensemble, jusqu'à ce que sa copine déménage – Léane était d'ailleurs incapable de se rappeler où.

— ... Ça s'est passé pendant le carnaval de Dunkerque, en février. Ce jour-là, vous êtes un groupe de cinq filles, Barbara fait la connaissance de Miraure dans un café, le soir de la bande de Malo. La fête, l'alcool, la foule... Vous perdez de vue trois de vos copines alors que vous étiez censées rester ensemble. Le groupe se scinde, tu te retrouves seule avec Barbara, et Nathan Miraure vous colle au train toute la nuit. Le type propose de vous raccompagner en passant par la plage et les dunes. Il attend que vous soyez seules pour devenir entreprenant avec ton amie. Elle refuse, tu essaies de t'interposer mais c'est là qu'il sort un couteau... Il t'interdit de bouger, de crier, demande à ce que tu t'assoies dans le sable. Pendant ce temps-là, il viole Barbara sous tes yeux. J'ai les photos de... de l'état de ton amie, je t'épargne les détails. La police attrapera ce type quelques jours plus tard.

Léane se tassa sur sa chaise, comme un animal blessé. Rien ne lui revenait. Pas un cri, pas une image.

— Je... Je ne m'en souviens pas. C'est... Non, ce n'est pas possible.

— Je suis désolé de te l'apprendre de cette façon, Léane. Mais tu étais là, ton identité figure noir sur blanc dans le rapport. Tu n'as pas été capable de témoigner, tu ne te souvenais de rien, pas même d'être sortie au carnaval, comme si tu avais été sous l'emprise de GHB. Mais tu n'avais rien dans le sang, pas une goutte de substance illicite, même pas d'alcool, tu ne buvais pas. Le rapport établi par le psychologue parle d'une

« amnésie traumatique ». Une espèce de bulle occulte que ton cerveau a créée autour de cet épisode pour te protéger. Barbara n'a pas eu cette chance, malheureusement. Ce que tes yeux ont vu, c'est là, au fond de toi, mais inaccessible… Je ne suis pas psy, mais j'aurais tendance à dire que le choix de ton pseudo, des années plus tard, c'est un peu comme si… enfin, je dirais une espèce de fuite de ton subconscient vers ta conscience.

Léane avait beau chercher au plus profond d'elle-même, les images ne revenaient pas, mais la souffrance, elle, était bien présente, elle avait toujours été là, en filigrane, échappée du fond obscur de sa mémoire. Si elle ne se souvenait pas du drame, elle se rappelait, en revanche, les silences de ses parents, leurs yeux sombres lorsqu'elle leur avait demandé pourquoi sa meilleure amie ne revenait pas au lycée et ne voulait plus la voir ; elle comprenait son angoisse lorsqu'il s'agissait de se rendre dans des fêtes ou des lieux publics bondés… Tant d'autres choses encore. Et la vérité éclatait là, un quart de siècle plus tard, au beau milieu de l'une des pires périodes de sa vie.

Jullian apparut et la fixa d'un œil interrogateur.

— Il faut que je te laisse. Merci pour tout.

Et elle raccrocha d'un coup, avec l'envie d'exploser de chagrin, mais elle se retint parce qu'il le fallait, parce que ce n'était pas explicable. Elle se jeta sur son verre, qu'elle vida cul sec avant d'enchaîner avec un autre.

1991… Date de sortie du livre de Michel Eastwood. Elle l'avait donc lu mais il avait fait partie de la bulle d'amnésie, avait été gommé de sa conscience, comme le viol de Barbara. Inaccessible, mais pas du tout effacé, juste mis sous clé.

Comme Jullian, elle aussi avait la mémoire fracturée mais d'une autre façon, et ce souvenir infect que son propre inconscient lui avait dérobé avait sans doute fait d'elle l'écrivain qu'elle était.

De l'horreur d'une nuit était né son succès.

Jullian lui prit le verre des mains.

— Qu'est-ce qui se passe ?

Si elle ne faisait rien, elle allait s'effondrer. Alors, elle l'embrassa avec cette envie d'aimer, de donner, qui la prenait aux tripes. Et c'était lui, son mari, Jullian, qui allait prendre sa lumière, tandis qu'elle garderait sa noirceur en elle, comme elle l'avait toujours fait parce que c'était ça, son destin, vivre en permanence derrière un pseudo, un autre elle, un double insolite, un miroir trompeur qui en rien ne reflétait la vérité.

Barbara... Pardonne-moi...

Et la ronde des sens se mit à tourner, à la transporter, c'étaient comme des pétales de fleur qui explosaient derrière ses paupières, des bourdonnements d'ailes qui faisaient frémir ses muscles. Et le feu du désir brûla, un vrai geyser qui l'étourdit, propulsa loin ses idées noires pour ne garder que la violence abrupte d'une seconde naissance, l'accouchement d'une nouvelle vie de couple, malgré les tempêtes, les fantômes, les bourrasques qui les encerclaient.

Et même quand il la porta jusqu'au lit, sous ce vent qui hurlait à la mort dans les tuiles, ces embruns projetés contre la façade, elle ne cessait de l'embrasser, comme pour rattraper le temps perdu, les mois d'abstinence et de déchirements. Elle sentit la fournaise de son corps, chaque battement dans ses artères, l'électricité de ses nerfs sous sa peau, et quand il vint en elle, ce n'était pas la résurgence de leur relation mais l'instinct qui le guidait, et tout alla vite à cause du manque, ce manque qui vous empêchait de prendre votre temps, qui accélérait les secondes et contractait les minutes.

Y avait-il une mémoire de l'amour ? Jullian avait perdu sa délicatesse, ses gestes attentionnés, ses caresses si particulières. Elle s'attendit à ce qu'il lui mordille les oreilles, les seins, mais pas le temps, pas le souvenir, juste ce va-et-vient ravageur, son corps maigre écrasé contre le sien, leur poitrine en feu.

Et au milieu de tous ces flashes incandescents sous son crâne, elle vit les visages tournoyer devant ses yeux : Sarah, Barbara, Roxanne, Giordano. Elle captura ce dernier visage, cette face de chair gonflée, cet œil droit tuméfié, et ne le lâcha plus. Tandis qu'elle jouissait, elle l'imaginait au fond de sa cave, qu'il crève, qu'il crève ce salopard, de faim, de soif, de froid, de douleur, même, puisqu'il aimait ça, la douleur, ce porc, il allait souffrir, la petite voix en elle y veillerait, et alors elle grogna de colère mêlée de plaisir, un son étrange, et Jullian grogna lui aussi, la bouche contre son épaule. Il frémissait comme un nouveau-né.

Et quand ils eurent fini, épuisés, étourdis, il roula sur le côté, la poitrine ambrée dans l'obscurité, tel le sommet d'une dune, le visage hagard, empreint d'innocence et de naïveté.

Elle se blottit contre lui lorsqu'il s'endormit du côté opposé à celui où il avait l'habitude de passer la nuit. Plus tard, sous l'effet combiné de l'alcool, des médicaments, de la fatigue et du reste, elle prit conscience du gouffre qu'il ressentait, parce qu'elle aussi était amnésique. *Amnésie traumatique*, avait dit le flic. Elle avait beau essayer de se rappeler, elle n'y arrivait pas. On pouvait vivre avec, l'amnésie ne faisait pas souffrir, jusqu'à ce qu'on se rende compte que des morceaux de notre vie nous avaient été volés par notre propre esprit et ne nous seraient peut-être jamais restitués.

Voilà pourquoi Giordano était important. Il était le morceau de mémoire disparu de Jullian.

Elle sombra avec la ferme intention de le faire parler.

45

Lorsqu'elle rouvrit les yeux, une lumière vive inondait la chambre. Les rayons du soleil faisaient miroiter les boiseries. La villa était si calme qu'on entendait la mer chanter dans la baie, égayée par le cri des mouettes. Par la fenêtre, les sommets des dunes avaient changé de forme, plus doux, plus arrondis, comme des nuages tombés du ciel.

Léane bascula sur le côté, la main ouverte devant le visage. 12 h 10, le 24 décembre 2017. Elle avait dormi d'un sommeil entrecoupé de réveils en sursaut et de visions terribles. Les dunes de Dunkerque, les masques du carnaval, les parapluies dans les rues et les battements sourds des grosses caisses. Barbara... Sa meilleure amie d'enfance... Qu'était-elle devenue, après toutes ces années ? Comment avait-elle grandi après un tel drame ? Léane en voulait à sa mémoire, et sans doute davantage à ses parents. Elle avait le droit de savoir.

Elle se leva, huma les bonnes odeurs d'épices, de poulet, d'huile d'olive. On était dimanche, un dimanche de réveillon, l'une de ces journées où la majorité des gens devaient s'être réveillés joyeux et s'affairer à leurs préparatifs. Elle, elle ne connaissait plus la saveur d'un Noël, d'un gâteau d'anniversaire, d'un réveillon en famille. Tout avait basculé, un jour de janvier 2014, où sa vie s'était arrêtée. Quatre ans de survie.

Elle descendit sans se presser, enroulée dans sa robe de chambre. Ces bonnes odeurs auraient pu lui rappeler des moments heureux du passé. Jullian adorait se mettre aux fourneaux. Il versait une cuillère d'huile sur les morceaux de viande qui doraient au fond de la poêle.

— Riz au curry, je crois que c'est l'une de mes spécialités. Je ne savais pas jusqu'à quelle heure tu dormirais, alors j'en ai aussi profité pour aller faire les courses du réveillon pour nous deux et mon père. J'ai pris la voiture, j'ai conduit et trouvé le magasin sans me poser trop de questions, c'est bien, non ? J'ai dû utiliser le liquide dans mon portefeuille, j'avais oublié que... enfin, mon code de Carte bleue. Tu le connais ?

— 7-2-2-0.

Il posa son index sur sa tempe.

— Enregistré. Sinon, on a fruits de mer, foie gras, chardonnay. Tu aimes, je crois ?

Léane acquiesça et sourit, presque avec timidité.

— J'ai aussi fait du nettoyage. Cette poudre noire des empreintes, partout... Disparue. Je ne veux plus de mauvaises ondes dans cette maison.

Léane n'arriva pas à garder le sourire, les souvenirs se bousculaient en elle. Jullian se tenait là, comme si de rien n'était. Il vint l'étreindre, s'écarta et la regarda dans les yeux.

— Je te promets de comprendre ce qui s'est passé, que je vais me battre pour retrouver la mémoire et continuer à faire ce que j'ai toujours fait, depuis quatre ans. Chercher la vérité.

Il montra son ordinateur portable allumé. Après en avoir effacé le contenu cinq jours plus tôt, il l'avait repris en main, avait réinstallé des applications. Sur l'écran et sortis de l'imprimante, des tonnes d'articles sur l'affaire Jeanson.

— Et, s'il faut recommencer de zéro, je recommencerai de zéro. Je ne lâcherai rien. Et tu seras là, et on va tout reconstruire, d'accord ?

Elle acquiesça et vint s'installer à table. Jullian servit les deux assiettes. Il s'était assis là où il s'asseyait toujours. Hasard ? Réflexe ? Amélioration progressive de sa mémoire ? Léane mangea sans appétit. Le plat était trop épicé, mais elle fit bonne figure. Elle pensait bien sûr à Barbara, à ses découvertes chez le psychiatre, à Giordano, elle devait à tout prix aller le voir dans son trou, le forcer à parler, jusqu'au bout, jusqu'à ce qu'il crache la vérité, parce qu'elle n'en pouvait plus, qu'on ne pouvait pas marcher *ad vitam* au bord du gouffre, et qu'il fallait que le cauchemar se termine.

Mais comment faire un aller-retour Berck-Ambleteuse dans la journée avec la présence de Jullian ? Lui mentir ? Comment se sortir de l'inextricable situation dans laquelle elle s'était fourrée sans qu'il soit au courant ?

On sonna à la porte. Jullian se leva avant même que Léane eût le temps de réagir.

— J'y vais.

Il ouvrit, une main sur le chambranle, resta figé, puis eut un mouvement de recul, bouche bée. Léane se dressa tel un cobra, comme son mari elle s'immobilisa, hypnotisée, et une flèche empoisonnée lui transperça le cœur, la sensation de *savoir* que le moment à la fois tant attendu et tant redouté était arrivé. Que l'individu derrière la porte était le Messie et la mort incarnée.

Savoir, enfin…

C'était maintenant.

C'était le moment.

Alors elle se précipita vers la porte, avec l'impression de bouger au ralenti, que le visage terrifié de Jullian était pris dans une pâte molle, et que la première chose qu'elle vit de l'homme – elle savait qu'il s'agissait d'un homme avant même qu'il n'apparaisse – était sa chaussure gauche pleine de sable, suivie par un gant noir, qui serrait une carte tricolore – ce bleu, blanc et rouge, dans l'angle droit.

Il n'était pas grand, fin comme un phasme, à l'allure un peu bancale, un type qui, dans une autre vie, une dimension où les enfants pourraient grandir heureux auprès de leurs parents, devait être sympathique, malgré la gravité imprimée sur son visage, en dépit de ses gros cernes noirs qui prouvaient qu'il ne dormait pas beaucoup, lui non plus, et que, s'il arrivait comme ça, un jour de réveillon, ce n'était pas de gaieté de cœur.

Il resta là, quelques secondes, puis se racla la gorge, comme s'il n'avait pas pu le faire avant, dans sa voiture, ou dehors, ou n'importe où, pourvu qu'il parle, qu'il crache ce que Léane redoutait depuis un millier de jours, ou des millions de secondes, autant de battements de cœur et de piqûres dans les poumons.

— Je m'appelle Vic Altran et voici mon collègue Vadim Morel, nous sommes lieutenants à la police criminelle de Grenoble… Nous nous sommes entretenus avec M. Bercheron au commissariat de Berck avant de venir vous rendre visite. Nous…

Léane aperçut Colin, qui entra avec eux, en dernier, la tête un peu basse, incapable de relever les yeux. Elle n'entendit plus la suite des paroles et s'effondra dans les bras de Jullian.

Sarah était morte.

46

C'était le mari qui avait emmené les trois policiers jusqu'au salon, les avait priés de s'asseoir, alors que la femme pleurait toutes les larmes de son corps. Elle n'y avait pas cru, bien sûr, mais sans entrer dans le détail, Vic avait préféré être formel et sans ambiguïté dès le début : ils avaient découvert le corps d'une jeune fille au début de la semaine, dont l'ADN correspondait à celui de Sarah, aucun doute n'était possible. C'était bien elle, et elle était morte.

Le couperet de la vérité était tombé.

Vic détestait ces situations, cette partie du métier où les proches des victimes étaient à la fois vivantes et mortes, tuées par l'attente, l'espoir. D'ordinaire, pour de telles distances, on appelait la police locale, qui se chargeait d'aller informer la famille, parce qu'il n'était pas concevable de faire ce genre d'annonce par téléphone. Ces parents-là avaient vécu pendant des années dans l'ignorance, le doute, la douleur, ils avaient droit à tous les égards et, surtout, aux explications claires d'un professionnel. Mais quand Manzato, au gré d'un appel au commissariat de Berck, était tombé sur Colin Bercheron et que, de fil en aiguille, ce dernier en était venu à lui révéler les éléments tout récents et étranges de sa propre enquête, le chef avait décidé d'y envoyer V&V par le premier train.

Aussi, prévenu de leur arrivée et avant de les accompagner à la villa, Colin leur avait préparé – à contre-cœur – le dossier de son enquête, puisqu'il y avait un lien évident entre les deux affaires.

Debout dans le salon, Vic considéra le mari, dont Colin lui avait expliqué l'amnésie suite à une agression. Il suivait le dossier Jeanson de près, il savait que ce père n'avait eu de cesse de rechercher sa fille, avait réclamé le corps, prêt à en découdre. Un bagarreur de l'impossible au visage marqué, blessé, devenu un voyageur sans bagages. Quant à la femme, Léane, il n'ignorait pas qu'elle était une célèbre romancière écrivant sous pseudonyme et dont il avait déjà eu l'occasion de lire quelques livres.

Colin gardait ses distances, en bon professionnel, mais il souffrait en silence de la découverte du cadavre, de ne pas en savoir autant qu'il voudrait, de ne pouvoir réconforter Léane dans ses bras, lui témoigner son soutien, partager sa douleur. Pas maintenant, pas devant les autres. Elle leva alors les yeux vers lui, vers eux – même regard noir, comme si elle les rangeait dans le même sac, des flics qui faisaient leur job –, des yeux rouges, gonflés, ceux d'une personne en sursis.

— Je veux la voir. Je veux voir ma fille.

Vic pinça les lèvres.

— Elle repose à l'institut médico-légal de Grenoble. Vous savez, je me dois d'être franc avec vous : vous ne la reconnaîtrez pas. Je… Je suis désolé. Le corps est trop abîmé, il ne possède plus aucun signe distinctif. Il n'y avait aucun moyen de nous rendre compte que la Sarah du coffre dans lequel nous l'avons trouvée était la même que celle dont les collègues possédaient les photos. Quatre ans se sont écoulés, la coupe de cheveux était différente, et le visage...

Il se tut. Le couple se resserra, comme pour faire bloc. Une muraille d'émotions que les deux flics allaient devoir affronter. Vic avait pesé chacun de ses mots, ce genre d'annonce était insoutenable, même pour lui. *Le corps est trop abîmé*, la bonne formule, sans doute, tandis qu'il se rappelait chaque mot de la légiste. Jamais, jamais ces parents ne devraient voir le cadavre nu de leur fille privée de visage ni accéder aux détails médico-légaux. Vic y veillerait, au moins jusqu'aux assises, s'ils attrapaient tous les coupables.

Léane luttait pour ne pas s'effondrer.

— Que c'est dur. Je... Je m'étais mis dans l'idée qu'elle était morte depuis longtemps, mais avec les événements des derniers jours... l'espoir était là. Il brûlait comme une petite flamme fragile, mais il était là.

Elle les fixa, sans animosité, sans colère, juste avec un gros nœud de chagrin dans le ventre.

— Expliquez-nous. Dites-nous tout.

— Nous avons découvert le corps sans vie de Sarah dans le coffre d'une voiture volée à une station d'autoroute, entre Grenoble et Chambéry. On pense que la mort remonte au jour même, début de semaine. Vous êtes en droit de savoir qu'elle a été brutale mais que votre fille n'a pas souffert.

Il laissa les blancs qu'il fallait, conscient que chaque phrase était une lacération et qu'adoucir la vérité, comme il le faisait, un vaste mensonge nécessaire. Colin ne disait rien, installé à la gauche des policiers, il n'avait même pas sorti son carnet. Jullian Morgan soutenait sa femme, lui caressait le dos, le regard à la fois triste et déterminé de celui qui a oublié mais veut comprendre.

— Vous avez attrapé le monstre qui a fait ça ?

Ce fut Vadim qui répondit :

— L'assassin présumé de votre fille s'est donné la mort avant qu'on puisse l'interpeller.

Nouvelle flambée d'émotions pour Léane, elle essayait de tenir bon, d'écouter chaque mot, de ne pas sombrer. Elle voulait revoir Sarah, même dans un tiroir de morgue, voir comment elle avait grandi, quelle jeune femme elle était devenue. Quatre ans, quatre fichues années...

— ... On ne peut pas vous donner son identité pour l'instant parce que l'enquête est en cours, mais c'était un type *lambda*, avec une situation, que vous auriez pu croiser n'importe où sans deviner qui se cachait derrière. Il vivait à la montagne et avait de graves problèmes psychiques. Sachez aussi que votre enfant n'est pas sa seule victime. Il reste de nombreux corps à identifier.

Léane posa ses mains jointes sur son nez.

— C'est pas vrai...

— Nous sommes conscients que c'est difficile pour vous, mais donner des détails ne servirait à rien. Les réponses viendront, laissez-nous, et surtout, laissez-vous encore du temps.

Léane prit une grande inspiration pour éviter que les sanglots ne l'envahissent de nouveau.

— Pourquoi ? Pourquoi Sarah ? Pourquoi il a fait ça ?

L'homme finit par lui répondre :

— Pour le moment, nous n'avons pas toutes les réponses. Nous sommes ici surtout parce qu'il était important que vous sachiez. Nous tenions, mon collègue et moi, à faire le déplacement de Grenoble pour vous informer au plus tôt...

Léane eut un discret mouvement de tête. Une manière, sans doute, de les remercier malgré tout.

— ... Mais nous avons de sérieuses raisons de penser que l'homme qui a agi de la sorte n'était pas seul. Il y a dans la boucle un autre individu qui se fait appeler Professeur Moriarty. À ce stade nous ne savons pas grand-chose de lui, juste qu'il est extrêmement prudent et calculateur, et qu'il donnait des ordres à l'assassin. Toujours est-il que, lundi dernier, un événement inattendu a grippé l'organisation de ces ordures. Comprendre tout cela est évidemment notre priorité absolue.

Un rayon de soleil dansa sur le sol, dans une diagonale qui traversait la pièce. Léane aurait préféré une tempête, un ciel noir, la neige. Comment le soleil pouvait-il se montrer alors que sa fille était morte ? Comment des gens allaient-ils pouvoir rire, s'offrir des cadeaux d'ici à quelques heures alors qu'elle serait face au néant, dans ce trou où plus rien ne brillait ? Tel était le prix de la vérité. Savoir, c'était arrêter de mourir à petit feu, mais ça vous mettait devant le miroir dégueulasse de votre propre existence. Comme avec Barbara.

Léane n'arrivait pas à comprendre.

— Et... Et Andy Jeanson, là-dedans ?

Vic prit les devants :

— Nous sommes en relation avec l'équipe qui suit ce dossier. Moi-même je le connais très bien...

Il préféra ne pas parler de son rapport avec le tueur, ni révéler que c'était lui qui avait compté les cheveux, ni évoquer l'énigme que Jeanson lui avait soumise. Hormis une poignée d'enquêteurs, personne n'était au courant.

— ... Il est désormais évident que Jeanson a menti au sujet de votre fille, qu'elle n'a jamais fait partie de ses victimes. Même s'il l'affirme, il ne pourra pas livrer l'emplacement de l'endroit où il l'a enterrée, puisqu'il n'existe pas. On doit comprendre pourquoi il a menti et revendiqué ce meurtre. C'est une donnée importante à ne pas négliger. En tout cas, bien que les deux affaires semblent, je dis bien « semblent », indépendantes, on a tout de même une partie de notre équipe qui fouille le passé des deux hommes, afin de vérifier s'il n'existe pas de connexion. On ne voudrait pas passer à côté de quelque chose.

Vadim prit le relais :

— Jeanson a le profil d'un narcissique qui se vante de ses exploits depuis le début. Peut-être qu'endosser le crime de votre fille n'a fait que flatter son ego et, en même temps, le plonger dans un nouveau problème de logique insoluble : qui s'était payé l'audace d'envoyer la mèche de cheveux à sa place ?

— Qui a envoyé cette mèche ?

— On ne sait pas, mais c'est évidemment une piste d'investigation sérieuse qui s'ouvre à nous. Quelqu'un au courant du mode opératoire de Jeanson, c'est certain. Si des éléments ont fuité à l'époque, l'histoire des cinq cent douze cheveux n'était pas connue du grand public. L'expéditeur est peut-être une personne qui, à un moment ou un autre, a eu accès à l'information et a décidé de vous faire du mal.

Léane se raccrocha à l'image de sa fille, à son sourire, à cette dernière photo que Sarah avait envoyée avant d'être kidnappée, pour ne pas exploser, ne pas avouer qu'elle retenait sans doute l'homme qu'ils recherchaient au fond d'une pièce sordide. L'autre flic prit la parole et la tira de ce silence de mort :

— L'équipe de Lyon a pris les choses en main, de son côté. On espère pouvoir interroger Jeanson dans quelques jours.

Il y eut encore un long silence, où chacun, à sa façon, prenait la mesure de la situation. Vic pensait au Voyageur, à son mensonge, à la partie d'échecs, l'Immortelle. Ces nouvelles informations allaient-elles lui permettre de percer le mystère, d'entrer dans la tête de ce malade ?

Léane gardait les yeux rivés au sol, deux cailloux humides et immobiles, tandis que Jullian proposa, à voix basse, comme s'il veillait un mort, un café, noir, serré, que les policiers acceptèrent.

Vadim parla entre deux gorgées :

— Nous savons à quel point c'est difficile. Mais au moins, vous savez. Vous allez pouvoir entamer le processus de deuil.

Léane secoua la tête.

— Il n'y aura pas de deuil tant qu'on n'aura pas attrapé tous les responsables. Tant que ma fille n'aura pas été vengée.

Le lieutenant acquiesça, il comprenait. Colin, lui, n'était plus avec eux, il réfléchissait. D'un coup, il sortit son carnet, en parcourut les pages et fixa soudain les deux collègues de Grenoble.

— Vous parlez d'un événement inattendu et inconnu qui aurait tout déclenché de votre côté, lundi dernier. Vous pouvez préciser ?

Vic posa sa tasse sur la soucoupe. Il jaugea son collègue du coin de l'œil et estima qu'il pouvait lâcher un peu de lest.

— L'assassin a, comment dire... reçu un ordre du fameux Moriarty. Un ordre par téléphone, qui sonnait comme une urgence. Cet ordre a provoqué la mort de Sarah, puis le transport de son corps en voiture. Alors qu'il mettait de l'essence, le véhicule de l'assassin pré-sumé a été dérobé et, après une course-poursuite, est tombé entre les mains de la police. C'est ce qui a lancé notre enquête.

Colin hocha la tête.

— Dans ce cas, nous avons un vrai point commun. Le lendemain, mardi, quelqu'un agressait violemment Jullian sur la digue, fouillait sa maison et effaçait toutes les recherches sur la disparition de Sarah. Mardi, ou peut-être ce même lundi, on enfermait Jullian dans le coffre de sa voiture, on ignore encore où. Venez voir...

Il les emmena au sous-sol, ouvrit le coffre et désigna le compartiment de la roue de secours, sous le tapis.

— Ici, Jullian cachait un bonnet qui ressemblait comme deux gouttes d'eau à celui que portait sa fille le jour de son enlèvement et là... (il désigna l'inscription sur la tôle) il a écrit « VIVANTE » avec son sang. Et, vivante, Sarah l'était sûrement à ce moment-là. Quatre ans après la disparition, alors que tout le monde pen-sait Sarah morte, ce mot disait vrai.

Il tourna son visage vers Jullian.

— TU disais vrai. Et si c'était toi, le fameux élément déclencheur ?

47

La question laissa tout le monde sans voix, Vic le premier. Jullian Morgan était-il le fusible entre les deux affaires, lui, l'homme sans mémoire ? Avait-il déclenché l'échange de SMS entre Moriarty et le Docteur Watson et tout ce qui avait suivi ?

Jullian, face à lui, se passa la main sur le crâne. S'il avait pu s'arracher les cheveux, il l'aurait fait.

— Je me sens impuissant, prisonnier de ma mémoire, j'ai les pieds et les poings liés. Je VEUX vous aider, mais je ne peux pas. Des souvenirs reviennent, malheureusement ce ne sont pas les bons. Je me souviens d'une connerie de tortue qui nage, mais je ne sais pas où j'ai trouvé le bonnet ni pourquoi je me suis cassé les ongles à écrire ça. Je suis désolé.

Vic imaginait sa détresse, lui l'hypermnésique. Mais sans doute valait-il mieux avoir trop de souvenirs que pas du tout. Sans eux, le passé n'existait pas et, sans passé, l'existence elle-même se résumait à une queue de comète.

Vadim se tourna vers Léane.

— Le bonnet dont on parle, il ressemble à celui de votre fille, ou *c'est* celui de votre fille ?

Léane répondit sans l'once d'une hésitation :

— C'est le sien. Même si on a trouvé un cheveu noir qui n'appartenait pas à Sarah, je suis sûre que c'est le sien. Quelqu'un d'autre peut très bien l'avoir porté. Il a été tricoté par sa grand-mère, il n'y en a pas deux comme celui-là. Je suis formelle.

Vadim acquiesça et s'adressa à Jullian.

— Dans ce cas, il n'est pas impossible que vous ayez vu votre fille en vie. Que, après toutes ces années, vous ayez été meilleur que nous et que vous l'ayez retrouvée par vos propres moyens. Que, d'une façon ou d'une autre, un individu vous ait attrapé, violemment agressé, enfermé dans le coffre de votre propre voiture et ramené ici. Pourquoi quelque chose d'aussi complexe et risqué pour votre agresseur ? Je l'ignore. Je veux dire, il aurait été facile pour lui de vous tuer et de vous faire disparaître. Non, il tenait à ce que vous restiez en vie... En tout cas, cette suggestion du lieutenant Bercheron n'est pas aberrante : possible que vous ayez allumé une mèche qui a déclenché tout le reste, et qui fait que nous sommes ici aujourd'hui.

Léane enfouit son visage dans ses mains, silencieuse. Jullian s'était mis à faire les cent pas, tête baissée.

— Je l'aurais retrouvée... J'aurais réussi à retrouver ma fille...

Vadim acquiesça.

— C'est pourquoi il est important de bien réfléchir, d'essayer de comprendre le processus qui vous a incité à agir de la sorte. C'est capital. Si vous n'avez aucun souvenir d'un voyage en montagne, peut-être avez-vous conservé un ticket de péage ou de plein d'essence sur une aire d'autoroute, le week-end dernier ? Des preuves matérielles qui indiqueraient que vous avez voyagé dans la Drôme, à une date et une heure précises, entre vendredi et lundi, par exemple ?

La Drôme... Là où Giordano avait trouvé le bonnet. Léane eut l'impression de recevoir un uppercut. Elle avala sa salive et, tentant de garder son calme, demanda :

— La Drôme, vous dites ? Quel coin ?

Vadim échangea un regard avec Vic, il ne voulait pas en dire trop mais son collègue acquiesça : il était de leur intérêt de lâcher un peu de lest, avec l'espoir de récupérer des informations en retour.

— Le Vercors, du côté des hauts plateaux. Pourquoi, ça vous évoque quelque chose ?

— Non, on n'a pas d'affinité particulière avec cette région. Et on n'a retrouvé aucun papier dans la voiture.

Colin apporta sa pierre à l'édifice :

— Et rien d'étrange sur les comptes en banque. Je les ai déjà épluchés. S'il s'est déplacé là-bas, il a tout payé en liquide.

Léane ne voulait pas rater le coche, elle devait en savoir davantage, pousser les flics à en dire plus.

— On parle de mon mari, de ma fille. Vous savez des choses, vous savez ce qui s'est passé, ce que Sarah faisait là-bas, dans le Vercors. Mon mari s'est battu pendant quatre ans, contre vents et marées ; il a collecté des éléments qu'on nous a dérobés. Quelqu'un est venu ici et a effacé les traces de Sarah, mais je suis convaincue qu'on peut vous aider. La mémoire de Jullian lui revient avec des objets, des photos... Montrez-nous, racontez-nous ce que vous pouvez. S'il vous plaît, faites-le, peut-être qu'il va se souvenir. On ne peut pas se quitter comme ça, vous de votre côté, nous du nôtre, sans avoir fait le maximum. Ma fille a été vivante pendant quatre ans alors que je la croyais morte. On a le droit de savoir.

Les deux flics parurent ennuyés, et Vadim finit par s'emparer de son téléphone portable.

— Très bien. On ne peut malheureusement pas vous en dire davantage sur l'enquête, j'espère que vous comprenez. Mais je vous montre juste l'environnement où nous pensons que vous auriez pu trouver ce bonnet ou apercevoir votre fille. Ne nous en demandez pas plus, d'accord ?

Jullian se rapprocha de l'écran, Léane vint se coller à lui. Vadim afficha les dernières photos, celles prises à l'extérieur et à l'intérieur du chalet d'Alexandre Mattioli. Il les fit défiler d'un mouvement de doigt. Façade, jardin, alentours, intérieur. Les chambres, le sous-sol. Jullian secouait la tête.

— Rien… Rien ne me revient. Je suis désolé.

Léane serrait les lèvres sans rien dire. Où était situé ce chalet, précisément ? Giordano avait-il trouvé le bonnet de Sarah près de cette habitation ? Y avait-il réellement un chemin de randonnée qui passait par là ou Giordano s'était-il approché de cet endroit en connaissance de cause ? Y avait-il croisé Sarah ?

Vadim sélectionna une dernière photo qui transperça le cœur de Léane. Il s'agissait de la gravure d'un poisson avec une longue nageoire caudale.

Trait pour trait le dessin tatoué sur l'épaule de Giordano.

Jullian, lui, paraissait dépité.

— Non, je ne vois pas. Cette gravure dans le bois, qu'est-ce que c'est supposé être ?

— Nous l'ignorons. Peut-être un sigle, une signature, laissée par l'assassin de votre fille, ou par Moriarty. Ou peut-être que ça n'a rien à voir avec l'enquête. On ne sait pas.

Cette fois, Léane avait la preuve irréfutable que Grégory Giordano était impliqué. Elle le tenait, ce salopard, comme Jullian avait dû le tenir et réussir à lui faire cracher le morceau. C'était sans doute les aveux forcés du flic qui avaient orienté son mari vers ce coin paumé de la Drôme.

Et, Colin avait raison, tout le reste en avait découlé.

Sarah était morte, mais elle réclamait justice. Léane se jura qu'elle saurait ce qui s'était passé durant chaque heure de ces quatre interminables années. Giordano était responsable, il allait payer. Ces flics se plantaient en pensant n'avoir affaire qu'à deux hommes. Il y avait Watson et Moriarty... et Giordano, au minimum. Mais Léane était muselée.

— Ces photos, vous nous les transmettez ? Ça pourrait l'aider.

Les flics acceptèrent et connectèrent en Bluetooth le téléphone de Vadim à celui de Léane. Puis tous remontèrent au salon, et Léane n'était plus tout à fait elle-même lorsque, avec Jullian, elle les raccompagna jusqu'à la porte. Une haine farouche brûlait dans son ventre, une envie d'être déjà là-bas, dans les entrailles du fort.

Vic tendit une carte de visite à chacun :

— Appelez-moi, quel que soit le motif ou le moment. Un souvenir, une image, un son, tout peut être utile. (Il fixa surtout Jullian.) On doit comprendre comment vous êtes remonté jusqu'à votre fille...

— Comptez sur moi. Sur nous.

— Nous vous tenons évidemment au courant des avancées de l'enquête, en contact rapproché avec le lieutenant Bercheron. Il est de notre intérêt de travailler avec lui. Encore une fois, soyez sûrs que nous allons tout mettre en œuvre pour punir les responsables. Tous les responsables.

Sa sincérité était manifeste. Au moment de serrer la main à Léane, Vic la regarda au fond des yeux :

— Des jours comme celui-là ne devraient pas exister, aucun d'entre nous ne devrait survivre à ses enfants.

Et ils sortirent. Quand Vic referma la portière arrière du véhicule de Colin, il s'effondra sur son siège, une paume plaquée sur le front, les yeux fermés comme pour ne plus voir l'horreur du monde.

— Je les plains.

De l'autre côté du mur, Jullian avait étreint sa femme, longtemps, tous deux debout au milieu du salon, tels des amants fossilisés par une violente éruption. Léane murmurait contre son épaule :

— Tu l'avais retrouvée… Oh, tu avais retrouvé notre fille, Jullian. Tu y étais arrivé, seul. Et elle était vivante… Vivante…

Il y eut un long silence.

— … Je m'en veux tellement. J'aurais dû te faire confiance, être avec toi durant toutes ces années. Mais je n'y ai pas cru…

Elle aurait aimé pleurer encore, cependant elle sentait le poids de la pierre qui se déposait autour de son cœur, cette matière froide qui empêchait son chagrin de remonter. Elle se détacha de son mari pour accrocher son regard. Ils étaient deux, unis pour le pire, isolés dans ces dunes, livrés à leur malheur, deux jusqu'au bout de leur histoire, au bout du monde.

— Ces policiers passent à côté de l'essentiel. Mais je ne pouvais rien leur dire.

— Comment ça ?

— Et si je te disais qu'on a l'un des coupables sous la main ? Qu'on a la possibilité de savoir ce qui s'est passé ?

Il fronça les sourcils.

— Qu'est-ce que tu racontes ?

— Il est temps que je te montre ce que tu as fait.

48

Dix-neuf heures. Deux cœurs battants, dans l'habitacle d'une petite voiture, au bord d'un parking où gisaient les remorques de bateaux aux pneus dégonflés, où l'odeur de rouille et d'abandon se mêlait à celle de l'écume. Sur la droite, le long de la digue lointaine, une poignée de lumières essaimées, comme des étoiles dans la nuit. Des gens, venus fêter le réveillon sur la côte, s'échanger des cadeaux et rire. À gauche, rien, le noir, la baie de la Slack, le sable humide, la végétation anarchique. Droit devant, léché par les dernières vagues, niché dans l'obscurité, le fort maudit, ce buste sinistre aux murs glacés, que Léane et Jullian devinaient à travers le pare-brise.

Jullian lui rendit son téléphone.

— Mon père ne répond toujours pas. Aucune nouvelle. Mais où est-ce qu'il est, bon sang ?

Léane ne l'écoutait pas. Elle pensait que Sarah était partie, loin, pour un voyage sans retour, peut-être volait-elle en ce moment au-dessus de la mer, le visage au vent, libre, libérée enfin de la violence des hommes. Quatre ans. De ténèbres, d'inimaginable, quelque part, où, quand, comment ? Insupportable de ne pas savoir, de savoir.

Le coup de fouet, soudain, de sa voix qui claque.

— La mer s'est assez retirée : on y va.

Elle lui prit la main.

— Pour tout ce qui va se passer là-dedans, je te veux avec moi. Tu dois redevenir celui que tu as été. N'oublie pas que c'est toi, Jullian, c'est toi qui as fait ça. Je n'ai fait que... nourrir cette chose.

— Nourrir cette chose ?

— Tu vas devoir être fort, ferme, intraitable. Si tu entres dans ce fort avec moi, tu ne pourras plus faire marche arrière. Je peux compter sur toi ?

— Tu peux compter sur moi, mais... tu me fais peur.

Ils sortirent. Et quand ils s'engagèrent sur la langue bordée de rochers, franchirent la porte, descendirent dans une gorge infectée des photos de Sarah – et ce froid, cette agression permanente sur la peau, jusqu'aux os –, elle ne lui avait toujours pas révélé pourquoi ils étaient là, à la recherche du fameux électrochoc qui lui rendrait d'un bloc la mémoire.

Grégory Giordano avait les yeux fixés dans sa direction lorsqu'elle entra en premier. Encore un peu plus rongé par l'humidité, arborant cet énorme pied désormais presque noir. Léane voulait capter son regard avant le choc de la surprise, cruelle, vengeresse, alors elle s'écarta d'un pas et laissa Jullian pénétrer dans cette arène qu'il avait lui-même fabriquée.

La stupeur figea les visages. Jullian était immobile, comme frappé par la foudre de sa découverte, tandis que Giordano ramenait ses jambes contre lui, le pied lourd, tel un gosse effrayé, la paupière droite plus gonflée que jamais, qui battait dans un réflexe. Léane ramassa la photo de Sarah, la plaqua dans les mains de Jullian, pour qu'il la serre, la ressente, y puise l'éclat de son passé et l'énergie pour se rappeler.

— « *Donne-moi la force de ne jamais oublier ce qu'il a fait.* » Regarde, c'est ton écriture. Ce monstre s'appelle Grégory Giordano, c'est toi qui l'as enfermé ici, qui l'as battu jusqu'au sang pour qu'il parle. C'est lui qui a ramassé le bonnet de Sarah près du chalet qu'on a vu en photo. Tu as collé toutes ces photos de notre fille le long des marches pour qu'elle te donne du courage. Souviens-toi, Jullian. Souviens-toi, ne me laisse pas décider seule. Aide-moi.

Jullian considéra la photo, fit glisser son index sur le visage de sa fille, porta son regard vers le prisonnier, les stocks de nourriture, la machine en bois qu'il avait confectionnée de ses propres mains, puis revint vers Giordano, bête traquée, acculée, qui les observait sans rien dire.

— Je... J'étais chez lui... Dans sa maison...

Léane acquiesça avec entrain.

— Oui, oui, c'est là-bas que tu l'as enlevé. Tu avais tes raisons, tu savais qu'il était coupable de *quelque chose* impliquant Sarah. Elle était encore en vie il y a une semaine, et ce... salopard le savait. Et maintenant, elle est morte. Elle est morte à cause de lui.

Jullian plaqua ses mains ouvertes sur ses tempes, sembla presser de toutes ses forces.

— Je... Je ne sais plus. Je n'arrive pas à me rappeler. Tout ça, ce fort, cet homme, je ne m'en souviens pas... Et si... Et s'il n'avait rien fait ? Et s'il était innocent ?

Léane se précipita vers le prisonnier, tira d'un coup sec sur le pull jusqu'à dévoiler le tatouage sur l'épaule droite.

— Tu reconnais ça ?

Jullian acquiesça.

— La photo de la gravure...

— Une gravure trouvée sur les lieux où notre fille a été tuée. Il n'est pas innocent. Il est impliqué jusqu'au cou, et les flics n'ont pas la moindre idée de son existence. C'est à cause de lui que Sarah est morte. On aurait pu la revoir vivante.

Giordano la repoussa violement, le visage gris comme la pierre. La défense par l'attaque, tel un rat pris au piège, un animal qui sent qu'il va crever dans son trou. Elle sortit son arme de sa poche et la pointa vers lui d'une main, tandis que, de l'autre, elle afficha la photo du xiphophore gravé dans le bois du chalet.

— Ma fille est morte à cause de toi. Je te laisse dix secondes pour nous expliquer.

Quand il découvrit la photo, il sembla pris de spasmes.

— Non, non, je n'ai rien fait, je vous jure que…

Léane colla le canon contre son crâne. Giordano bascula sur le côté en hurlant. Son poignet droit saignait à force de tirer sur la menotte. Jullian se précipita sur Léane pour l'éloigner.

— Arrête ! Tu vas le tuer !

Léane était raide comme un morceau de bois. Jullian la regarda dans les yeux.

— Faut réfléchir, on ne peut pas…

— On ne peut pas quoi ? Merde, Jullian, ressaisis-toi et ne me fais pas regretter de t'avoir amené ici. Ce n'est pas moi qui l'ai mis dans cet état !

Elle arracha la photo des mains de son mari et relut la phrase à voix haute, tel un mantra, comme avait dû le faire Jullian quand il lui broyait un à un les os du pied. Elle se rapprocha de nouveau de Giordano.

— Je recommencerai, jusqu'à ce que tu parles. Et si tu ne dis rien, je m'en prendrai à ta fille, Roxanne. Tu crois que je suis pas au courant que t'as fait de la prison pour viol et tortures sur des pauvres gamines exploitées ? Que t'es qu'un sale pervers, que t'aimes infliger la douleur ?

Giordano fixa Jullian.

— La laissez pas faire.

Léane obstrua son champ de vision en se rapprochant.

— Tu espères faire de ton bourreau un allié parce qu'il est amnésique ? Tu ne perds pas le nord...

Elle s'accroupit.

— T'aimes la douleur, hein, t'aimes ça ? Eh ben, tu vas la connaître. Je te jure qu'on ira jusqu'au bout. On ne peut plus faire demi-tour, ni toi, ni nous. Tous dans le même bateau. Sauve ta peau tant que tu peux et dis tout ce que tu sais.

Il se redressa du mieux qu'il put pour atténuer la douleur lancinante qui se propageait dans l'épaule.

— Vous allez me... me tuer, de toute façon. Jamais vous ne me... laisserez sortir d'ici... Pas après ce que vous m'avez fait subir.

Il désigna Jullian d'un coup de menton.

— C'est pour ça qu'il est revenu, même avec sa mémoire bousillée ? Tu pensais qu'il allait faire le travail que... t'es incapable de faire toute seule ? Mais il ne peut pas... Va falloir que tu te débrouilles seule.

Soudain, Jullian s'approcha à son tour et écrasa le pied blessé de tout son poids, jusqu'à ce que les os craquent. Ses yeux étaient redevenus vides. Giordano était au bord de l'évanouissement. Léane fixa son mari d'un air ahuri, mais Jullian ne décrocha pas un mot. Tel un automate, il regardait l'homme sombrer, revenir à lui, la tête lourde, ses yeux qui roulaient comme des billes. Le prisonnier avait de l'écume aux lèvres.

Cette fois, ce fut Léane qui faillit l'interrompre, mais elle retint son geste. Se rappelait-il ? Était-ce juste les instincts qui reprenaient le dessus ? Jullian recula alors brusquement, choqué par ce qu'il venait de faire.

Penser à Sarah, rien qu'à elle. *Vivante. Morte.* Quatre ans de calvaire. Son cadavre enfermé dans un coffre comme un vulgaire morceau de viande. Sa petite fille. Non, Jullian avait raison : pas de pitié pour ce type. Rajuster le canon de l'arme, le braquer, encore, ne rien lâcher. Un mauvais moment à passer, pour lui, pour eux, rien de plus qu'un rendez-vous chez le dentiste pour se faire arracher une dent, un passage obligé. Aller au bout, là, dans la folie de l'instant, la fièvre des émotions. *Sarah, morte.*

Giordano dut voir à l'infime étincelle dans ses yeux, au tremblement de ses doigts, qu'elle allait lui loger une balle, peut-être dans l'épaule, le bras, la clavicule, lui exploser un os, puis un autre, et ainsi de suite. Pourtant, au lieu de craquer, il réussit à lui sourire, un mouvement de lèvres qui fit frémir Léane.

— Je... parlerai... jamais... Allez... vous... faire... foutre...

Elle ouvrit le feu, mais quelque chose en elle lui ordonna de dévier son bras juste avant qu'elle appuie sur la détente. La balle s'écrasa dans le mur, à cinquante centimètres de sa cible. Elle n'avait pas pu, pas osé, les barrières étaient trop solides, elle n'avait pas la force, le courage de Judith Moderoi. Alors elle s'effondra à genoux devant lui, s'agrippa au col de son blouson, le secoua, le supplia « parle, parle, salopard », mais c'était comme agiter un corps mort, un mollusque, il ne résistait plus, se laissait faire, prêt à souffrir, encore, certainement parce que la douleur ne pouvait aller au-delà de ce qu'il endurait déjà.

Oui, il était prêt à partir avec ses secrets. Il abandonnait le combat.

Léane se redressa, elle ne savait plus quoi faire. Jullian restait en retrait, indécis, elle comprit qu'il ne se rappelait toujours pas, qu'il avait agi à l'instinct. Elle imaginait le chaos dans sa tête, les questions qui devaient s'y entrechoquer. Peut-être qu'elle n'aurait pas dû l'amener ici, garder l'enfer pour elle seule, mais c'était trop tard. Il savait, il saurait. Il avait su, de toute façon.

Elle le regarda, dépitée, l'attira pour qu'il la suive, et ils s'enfuirent, tandis que, dans sa geôle, Giordano s'évanouissait.

49

À minuit passé, Vic était stationné, tous feux éteints, le long d'un trottoir, les yeux rivés sur une maison aux briquettes de parement jaune et gris, avec une belle arche en pierre, éclairée avec goût, de laquelle pendait une guirlande. Vingt ans de sa vie, cette maison, autant d'années de crédit, de souvenirs, d'anniversaires, de Noëls. Pour les gens de la rue, c'était un soir parfait pour un réveillon, avec les flocons qui venaient caresser les épaules, les chapeaux, les écharpes, les bonshommes de neige, et ces garages qui s'ouvraient, en secret, dans lesquels se faufilaient des Pères Noël déguisés, souvent des membres de la famille, leur hotte remplie de cadeaux sur le dos.

Il inspira un bon coup, sortit et, un paquet entre les mains, alla sonner à la porte, comme un étranger. La voiture de ses beaux-parents était garée dans l'allée. Il entendait la musique, le claquement des couverts contre les assiettes, il dut s'y prendre à plusieurs reprises avant que Nathalie n'apparaisse. En une seconde, son visage changea d'expression, son sourire laissa place à un trait fin et droit. Elle se retourna, histoire de vérifier que ses parents n'étaient pas là, et entrebâilla la porte.

— Bon sang, il est presque 1 heure du matin, Vic. Qu'est-ce que tu fais là ?

— Je veux voir Coralie.

Elle le scruta de haut en bas, le sonda pour voir s'il n'avait pas bu, s'il allait bien à une heure pareille, jeta un œil par-dessus son épaule, vers son épave.

— Hors de question. Tu n'as rien à faire ici. Mes parents sont là, si mon père tombe sur toi, ça va mal se passer.

Vic poussa le battant.

— Tu ne comprends pas. J'ai besoin de la voir. Juste deux minutes. Deux petites minutes ici, sur le palier, et je repars. Je te promets.

Elle hésita, regarda le paquet, puis ses yeux. Était-ce la fatigue, ou avait-il pleuré ? Elle hocha la tête imperceptiblement.

— Je vais voir.

Elle referma. Cinq minutes plus tard, Coralie apparut dans l'embrasure. Vic la trouva magnifique, tellement femme dans sa robe pailletée, avec son chignon, ce long cou de cygne gracieux. Il avala sa salive et, sans réfléchir, la serra dans ses bras, et il songea à cette chance qu'ils avaient d'être en vie. Non, il n'avait jamais déclaré à sa fille qu'il tenait à elle, et, même en ce jour particulier, il n'y arrivait pas, c'était trop difficile, encore plus difficile que d'annoncer le décès de la jeune Sarah, tant les mots lui écorchaient la gorge comme du barbelé ; alors il resserrait son étreinte, son seul moyen d'expression.

— P'pa ! Tu... Tu me fais mal !

— Oh, excuse-moi.

Il s'écarta, gêné, se frotta les yeux avec sa manche, devant sa fille ahurie.

— Même pour ça, je ne suis pas doué.

Elle finit par lui sourire et lui prit le cadeau des mains, qu'il lui tendait timidement. C'était Nathalie qui s'était toujours occupée de ça, les cadeaux et compagnie.

— Merci, p'pa, c'est sympa. Je suis contente que tu sois venu.

Elle l'embrassa sur la joue. Vic lui rendit son sourire, approcha sa main de son visage, la dévia et la glissa dans ses longs cheveux.

— Joyeux Noël, ma puce.

Il n'en demandait pas plus. Il courut jusqu'à sa voiture, sans se retourner. Il n'en avait ni la force ni le courage, sans doute. Il retint ses larmes tant qu'il put mais, deux rues plus loin, il se mit à pleurer comme une Madeleine. Il ne savait plus s'il devait être triste ou heureux d'avoir encore sa fille, pas comme les Morgan, privés de leur unique enfant. Les Morgan qu'il avait abandonnés à leur sort odieux, à leurs regrets, à leurs questionnements dans cette grande maison isolée.

Il retourna à l'hôtel, une fois assuré que ses larmes avaient séché, dossiers sous le bras, salua Romuald d'une main, l'autre chargée d'une bouteille de gin, achetée dix euros soixante dans un boui-boui à la sortie de la gare de Grenoble et emballée à la va-vite dans un sac en papier.

— Joyeux Noël, Romuald.

— Joyeux Noël, monsieur.

— Comment va <u>MammaM</u> ?

— Bien, monsieur.

— Merci, bonne nuit.

— Bonne nuit, monsieur.

Il s'arma d'un dernier sourire, s'enfonça dans le couloir vide, vide comme le parking ou les chambres voisines, personne ne dormait dans un endroit pareil à Noël. C'était peut-être le seul avantage, il allait être au calme, l'hôtel pour lui tout seul. Il s'enferma à clé, chassa d'un geste le bazar au sol, y plaça la copie du dossier de Colin Bercheron, celle du dossier d'Andy Jeanson, sa bouteille d'alcool, le jeu d'échecs, positionna les pièces sur leurs cases respectives, prêt à se jouer sans doute pour la millième fois l'Immortelle de Kasparov.

Il se sentait prêt, plus que jamais, à affronter encore le Voyageur, mais cette fois il était armé d'un élément primordial : le tueur avait menti au sujet de Sarah Morgan. Il s'était approprié le crime, avait annoncé qu'il finirait par indiquer le lieu où il avait enterré le corps, or c'était impossible.

Pourquoi le Voyageur avait-il prétendu avoir tué Sarah ? S'il n'avait pas retenu la fille pendant quatre ans, alors qui l'avait fait ? Moriarty ? Pourquoi l'avoir gardée en vie si longtemps ?

Vic prit un papier et s'assit sur cette moquette dégueulasse couleur aile-de-pigeon. Sur la feuille, il nota le mot que lui avait dit Jeanson le jour de leur rencontre, « misdirection », ainsi que le numéro qu'il avait récupéré sur un carnet dans la poubelle de Delpierre, cette suite de chiffres coincée au fond de sa mémoire : 27654.

Il but une généreuse gorgée de gin, ouvrit le dossier et poussa le pion blanc de la case e2 vers la case e4.

La partie commençait.

50

La nuit agit comme un flux et un reflux. Il existe un moment où la douleur semble se retirer et devient si lointaine que vous la percevez à peine dans les limbes. Et, plus le réveil approche, plus la marée remonte. Les vagues grandissent, de plus en plus fortes et violentes, jusqu'à venir se briser sur un coin de votre âme. La douleur se réveille, pire que la veille, comme du sel versé sur une plaie.

En ce jour de Noël, Léane était recroquevillée dans le lit, immobile, la photo de sa fille à la main. Les mêmes images tournaient en boucle dans sa tête. Elle pensait à Sarah morte, à son cadavre découvert dans un coffre, étrangement elle voyait la voiture funèbre plantée au milieu des dunes de Dunkerque, avec la lune qui luisait sur la carrosserie, sous une pluie de confettis.

Ça y est, c'était fini, Léane ne reverrait plus jamais Sarah, hormis sur une table en acier, quand les flics l'auraient décidé. Elle ne récupérerait pas le corps de sa fille de sitôt, il fallait que l'enquête se termine, si elle se terminait un jour. Elle caressait le visage sur le papier glacé, avec acharnement, à en user la photo, et elle savait qu'elle répéterait ce geste chaque matin de chaque jour qui lui restait à vivre...

Jullian apparut à l'entrée de la chambre, il était midi passé. Il portait un jean noir et un pull en laine gris à col roulé, qu'il n'avait jamais aimé et qui était désormais trop large pour lui. Il s'avança, lui prit la photo des mains et regarda le portrait.

— Elle était si belle...

Il la posa sur la table de nuit et s'assit à ses côtés. Il lui caressa la joue du dos de la main.

— Je suis allé à l'adresse que tu m'as indiquée pour mon père, il ne répond pas. Sa voiture n'a pas l'air garée devant. Peut-être qu'il est reparti chez lui sur un coup de tête, mais pourquoi il ne répond plus à mes appels ? Je suis inquiet, je vais aller prévenir la police et voir si on ne peut pas entrer dans sa location. Il doit y avoir quelqu'un de garde là-bas, même un jour de Noël.

Léane acquiesça sans desserrer les lèvres. Jullian se releva.

— J'ai pensé à Sarah, à ce que nous ont raconté les flics, et à Giordano, toute la nuit. Il faut qu'on trouve une solution rapidement. Il est hors de question que ce salopard s'en tire et qu'on paie à sa place.

Même si les souvenirs ne revenaient toujours pas, son comportement vis-à-vis de Giordano avait radicalement changé. Jullian était incapable de l'expliquer, mais il *savait* que cet homme avait fait du mal à sa fille. Instinct, réminiscence, intuition ? Léane n'aurait pu le dire. Il sortit de la chambre sans se retourner. Deux minutes plus tard, Léane entendait le 4×4 démarrer. Le bruit du moteur se fit de plus en plus lointain, jusqu'à devenir imperceptible. *Une solution.* Il n'y en avait pas trente-six, Léane en était consciente, elle l'avait su dès qu'elle avait mis les pieds dans le fort. Giordano n'avait pas cédé face à Jullian avant l'agression, c'était un dur, capable d'encaisser. Alors que faire avec lui ?

Léane ne parvenait pas à envisager le pire, elle ne s'en sentait pas capable. Mais Jullian ? Avait-il gardé le feu de sa colère au fond de lui malgré tout ? Était-il prêt à tuer ? Or supprimer Giordano, n'était-ce pas prendre le risque de ne jamais connaître la vérité ?

Léane ne voulait pas abandonner, elle continuerait à se battre, à enquêter, autant que ses forces le lui permettraient. Elle sortit du lit, alla chercher son ordinateur portable et inséra une clé USB, celle avec l'expertise psychiatrique concernant Giordano. Après avoir chaussé ses lunettes de lecture, elle le parcourut en diagonale. *Perversité... prédation... manipulation... soumission...* Des mots qui revenaient au fil des pages. Le rapport de Bartholomeus était accablant. Traits de psychopathie... Giordano aimait infliger la douleur. Mais aussi la recevoir. Ce qui ne fit que renforcer ses convictions : le flic ne parlerait pas.

Elle n'apprit rien de plus que ce que lui avait raconté le psychiatre. Elle mit le document de côté et chercha sur Internet « Donjon noir » et « Mistik », sans espoir. Celle avec qui Giordano avait entretenu une relation semblait encore exercer dans l'établissement, puisque son nom et une photo ressortaient d'une soirée organisée récemment. Petite, cheveux blonds et presque rasés, piercing à la lèvre inférieure et aux oreilles, yeux d'un bleu abyssal, cicatrices aux pommettes. Un visage dur, carré. Léane eut la chair de poule rien qu'à affronter ce regard.

Ailleurs sur le Web, elle apparaissait sur un forum lié au sadomasochisme et aux pratiques extrêmes. Mais dès que Léane cliquait, les accès étaient refusés : il fallait être membre pour lire les messages, et les demandes d'inscription devaient être validées par un administrateur.

Elle abandonna la piste puis tapa « Charlotte Henry », le vrai nom de Mistik. Cette fois, les résultats furent plus éloquents, d'autres photos de la femme s'affichèrent. Elles dataient des années 1990. D'après une courte biographie sur Wikipédia, Charlotte Henry était née en 1968, en Belgique. Léane l'avait imaginée plus jeune, mais elle avait quand même 49 ans. Rien sur sa vie privée : elle avait fait partie du courant artistique dit de l'art corporel, de 1987 à 1992. Un courant qui consistait à étudier et à repousser les frontières du potentiel physique et mental à travers des performances souvent extrêmes, où le corps de l'artiste devenait une œuvre d'art à part entière. Rejet des conventions, des contraintes, flirt avec l'interdit. Henry ne faisait pas dans la demi-mesure. À maintes reprises, la jeune artiste s'était lacérée, flagellée, avait presque congelé une partie de son corps sur des blocs de glace, dormi sur des lits de clous ou des tessons de verre, devant un public toujours plus nombreux. Elle questionnait la douleur. Jusqu'où pouvait-on aller dans la souffrance qu'on s'infligeait ? Quelles étaient nos propres limites ? Puis elle s'était tournée vers l'autre, le miroir, celui qui regardait : jusqu'où était-il, lui, capable d'aller dans l'observation ?

Et dans l'action ?

Une barge.

De plus en plus, Henry implique le spectateur, lui demande de lui tendre l'outil avec lequel elle se fait mal, et elle observe le comportement de l'observateur, analyse, note. Est-il honteux quand il lui permet de se blesser ? Impliqué ? Y a-t-il, quelque part, une notion de plaisir sous-jacente à faire le mal ? À chaque représentation, son corps porte le poids et les stigmates de l'expérience précédente. Elle le sacrifie au service de son art.

Léane se promena de lien en lien, et il fallut creuser pour découvrir ce qui apparut sous ses yeux. Un article anonyme, sur un blog.

1992, Yougoslavie. Charlotte Henry réalise une performance intitulée *Item 48*. Durant quatre heures, entourée de quarante-huit accessoires – cordes, pinces, guirlandes, objets de plaisir ou de destruction –, elle s'abandonne aux visiteurs, les laisse libres de faire ce qu'ils veulent avec son corps habillé – elle porte une robe longue et des bottes noires à lacets.

Léane cliqua sur un lien contenu dans l'article, qui lançait la vidéo de la performance, filmée du début à la fin. Quatre heures de film d'assez mauvaise qualité – sûrement un vieux Caméscope sur trépied.

Au départ, les visiteurs considèrent Henry comme une curiosité de plus, on s'interroge, on n'ose pas l'approcher. Après une demi-heure – Léane accélérait ou sautait des séquences –, quelqu'un se met à lui lever le bras, un autre la fait pivoter. Henry garde les positions dans lesquelles on la place, ce qui amuse de plus en plus de passants, qui se mettent à participer. Certains claquent des doigts devant ses yeux ou soufflent sur son visage.

Au bout d'une heure, un homme entre deux âges glisse une main sous sa robe, tandis qu'elle reste figée. À un autre moment, une femme coupe une de ses bretelles avec une paire de ciseaux mise à disposition sur une table.

À l'issue de la deuxième heure, Henry est nue, sa petite culotte jetée en boule au sol. Certains détournent le regard, sans doute honteux d'avoir osé la regarder ne serait-ce que quelques secondes, mais la plupart restent. Par curiosité. Ou voyeurisme.

Henry termine attachée avec la guirlande et du câble électrique, le corps planté d'épines de rose, un individu pointe même le canon d'un pistolet sur sa tempe sans appuyer sur la détente. Y a-t-il des balles dans le chargeur ? Henry est-elle prête à mourir ce jour-là ? Rien ne le dit.

Léane sentit sa gorge se serrer quand, à la fin du film, un homme d'une quarantaine d'années saisit, parmi la multitude d'objets, un poing américain en forme de poisson, avec une longue nageoire caudale recourbée, capable de cisailler une joue.

Un xiphophore bien particulier, une arme blanche destinée à blesser, mutiler, tuer.

Le tatouage de Giordano.

Léane visionna le film en entier, au bord de l'écœurement. L'homme, un petit à lunettes, trapu, portant un chapeau, présent depuis le début, qui, à plusieurs reprises, a approché et touché l'artiste, lui entaille les deux seins et décrit deux arcs de cercle parfaits. Les lèvres d'Henry se sont réduites à un fil, des larmes coulent de ses yeux et, même si elle tremble, elle tient le coup.

Au terme de la performance, mal en point, du sang sur les seins et le ventre, elle entreprend de marcher parmi les curieux. Personne n'ose la regarder dans les yeux. L'homme à lunettes détourne la tête lorsqu'elle se dirige vers lui, et il part.

Fin de la vidéo.

Léane n'en revenait pas. Elle n'avait jamais entendu parler de ces performances ni vu des monstruosités pareilles, même lors des recherches pour ses romans. L'expérience avait été peu relayée, elle démontrait à quel point, sous l'impulsion du désir et avec une permission tacite, n'importe quel individu pouvait donner dans la perversion et la violence. En quatre heures, sans limites, on lui avait touché le sexe, on l'avait blessée à sang. Que se serait-il passé s'il y avait eu plus de temps ? Moins de public ?

Elle n'arriva plus à trouver d'informations sur Charlotte Henry après cette expérience, comme si l'artiste avait arrêté net ses activités, ou qu'elle s'était repliée dans l'obscurité. Mais une chose était sûre : cette femme ne pouvait pas être étrangère à l'affaire. Pas avec l'objet qui l'avait mutilée et dont on retrouvait le motif tatoué sur l'épaule de Giordano ou gravé dans un sous-sol où avait été retenue Sarah. Ce fichu poisson était le lien.

Henry, *alias* Mistik, aujourd'hui adepte de la souffrance dans un « donjon » lyonnais, savait des choses. Giordano ne voulait pas parler ? Mistik le ferait. Léane lui écraserait son flingue sur la tempe, si nécessaire.

Elle entendit le 4×4 revenir et ferma le navigateur, puis rabaissa l'écran de son ordinateur. Elle n'en parlerait pas à Jullian, bien consciente qu'elle avait fait une erreur en le confrontant à Giordano, en voulant forcer sa mémoire. Elle aurait dû chercher à le protéger du mieux possible et non le mettre devant cette violence insupportable.

Elle descendit dans le hall pour accueillir son mari.

— Alors ?

Il ôta son écharpe et son blouson et les accrocha au portemanteau.

— Alors on ne sait pas. La propriétaire a ouvert la maison, elle était vide. Mon père a visiblement pris son pardessus et son téléphone, et il est parti en voiture. Mais ses affaires sont encore là. Les flics vont se renseigner, voir s'il n'y a pas eu d'accident de la route signalé. Si demain on n'a aucune nouvelle, ils vont lancer une enquête pour disparition inquiétante.

— On dirait que le sort continue de s'acharner.

Léane le serra dans ses bras.

— Ça va aller, je suis sûre qu'on va le retrouver, que tout va bien se passer. Peut-être qu'il a eu besoin de prendre le large...

Elle avait les yeux grands ouverts. Elle n'y croyait pas une seconde.

51

Les immortelles étaient les parties d'échecs les plus célèbres jamais jouées, souvent appelées les « parties du siècle », de véritables œuvres d'art de réflexion et de logique qui laissaient éternellement leur empreinte, qui ne mouraient pas.

Garry Kasparov possédait son immortelle, l'Immortelle de Kasparov, jouée contre le Bulgare Topalov en 1999, et considérée par certains comme l'un des plus beaux duels de tous les temps. Après l'incroyable sacrifice d'une tour au vingt-quatrième mouvement, le Russe développe une combinaison de quinze coups qui entraîne sa victoire.

Voilà l'énigme qu'Andy Jeanson avait léguée à Vic, un an et demi plus tôt, dans un bureau de la brigade criminelle de Lyon.

Sous quel angle aborder le problème de Jeanson ? Fallait-il se focaliser sur la date de la partie ? L'endroit ? Le contexte ? Le nombre de coups ? Quarante-quatre, deux fois vingt-deux ? Jeanson était obsédé par le chiffre 2. 2 et ses multiples couvraient les murs de sa chambre. Cinq cent douze, le nombre de cheveux, valait 2 multiplié par lui-même huit fois d'affilée... Fallait-il aborder le problème d'un point de vue mathématique ?

Ou alors, la réponse se trouvait-elle dans la partie elle-même ? Mais la réponse à quelle question ? Fallait-il regarder ailleurs, hors du cadre, hors de l'échiquier, comme semblait l'indiquer l'indice « misdirection », ce terme utilisé en grande illusion, glissé par Jeanson à la fin de l'interrogatoire ?

À l'époque, Jeanson lui avait proposé une partie d'échecs dans la partie d'échecs. Un casse-tête que personne n'avait réussi à résoudre.

En ce jour de Noël, Vic s'était réveillé avec l'impression d'avoir avalé du plâtre. Les gorgées de gin avaient vite pris le dessus sur ses réflexions de la nuit, et il avait sombré au bout d'une demi-heure, ivre, crevé, presque incapable de grimper les trois échelons qui menaient à son lit au matelas premier prix et bourré d'acariens, pour se réveiller à plus de midi. Presque dix heures de sommeil, comme s'il avait rattrapé, en une fois, son retard du mois.

Après avoir déjeuné au chinois du centre commercial – bondé en ce jour spécial, on était loin de la dinde traditionnelle –, il regagna sa chambre et, sobre cette fois, se mit à lire le rapport de Colin Bercheron. Des faits précis : rien ne manquait. Le flic du Nord n'avait pas pris la chose à la légère. Cambriolage deux mois plus tôt, pas d'effraction, vol de quelques objets, dont des éléments de salle de bains et des livres de Léane Morgan. Insensé.

Ensuite... Voilà pile une semaine, quelqu'un, « le parasite », sans doute le cambrioleur déjà venu, entre chez les Morgan la nuit, déclenche l'alarme, se fait passer pour le mari auprès d'un agent de surveillance. Il laisse ses empreintes partout – sur la bouteille de whisky, le réfrigérateur, les meubles –, il n'est pas fiché. Il fait disparaître la documentation et tout ce qui tourne autour des recherches concernant Sarah Morgan. À 19 heures, ce même jour, Jullian Morgan est retrouvé inconscient sur la digue. Il a visiblement été frappé, étranglé, après avoir été enfermé dans le coffre de sa propre voiture et transporté là pour que, selon toute vraisemblance, on le retrouve. Il est emmené à l'hôpital, où il se réveille privé de sa mémoire.

Vic poussa les pièces sur l'échiquier. Défense Pirc, les Noirs laissent les Blancs construire un fort centre de pions pour pouvoir ensuite les attaquer à distance. Après cinq coups, il revint au dossier. L'affaire sur la côte du Nord portait, elle aussi, son lot de mystères, surtout quand on y ajoutait les découvertes dans le coffre du 4×4 : « VIVANTE », écrit avec le sang du mari, et, surtout, le bonnet, découvert sous le tapis, dont Vic avait la photo sous les yeux. Il sortit un cliché du dossier Jeanson, celui de Sarah Morgan le soir de sa disparition. Aucun doute, il s'agissait du même bonnet.

Il observa ce visage lumineux avec tristesse, ce portrait tiré en selfie, juste avant que Sarah n'aille courir cet hiver 2014. Elle irradiait de lumière sur le papier glacé. Une belle jeune femme, qui aurait dû avoir l'avenir devant elle. Il l'avait découverte privée de ses yeux et de son visage, le crâne défoncé, au fond du coffre de Delpierre, plus vieille de quatre ans. Quatre ans de son existence à vivre l'enfer, pour finalement être massacrée à coups de marteau dans un sous-sol, au fin fond du Vercors.

Vic se précipita vers la fenêtre et l'ouvrit en grand, au bord de la nausée.

Quelqu'un allait devoir payer. Il le fallait.

Il attendit d'aller un peu mieux et retourna au milieu de la chambre – juste deux pas à faire. Si Jeanson n'avait pas kidnappé Sarah, qui l'avait fait ? Pourquoi diable le tueur en série s'était-il approprié la victime de Félix Delpierre ? Par pur narcissisme ? Vic y croyait de moins en moins, il sentait une raison plus profonde. Plus complexe. Sinon, Jeanson ne lui aurait pas laissé cette énigme à résoudre.

Le flic fouilla dans leur propre dossier, et en tira le cliché de la « chose » de Delpierre, ce mannequin de peau auquel la pauvre Sarah avait contribué avec son visage, ses yeux et ses mains. Il le posa entre la Sarah en vie avec son bonnet et la Sarah morte au fond du coffre. Quelles étaient les autres victimes qui composaient la « chose » ? Où avaient-elles été enlevées ? Et Apolline, là-dedans ? Qu'est-ce que Delpierre avait fait d'elle ?

Il considéra encore la « chose », puis un détail l'interpella : Delpierre avait tué à huit reprises si on omettait Apolline. Jeanson aussi avait frappé à huit reprises. En s'octroyant le meurtre de Sarah Morgan, le Voyageur en était arrivé à neuf.

Une de plus que Delpierre.

Dame en h6, fou en b7. Vic envoyait les deux armées au front sur l'échiquier, deux adversaires qui se livraient une lutte intellectuelle de haut vol. Un défi à mort, à coups de neurones et d'adrénaline, pour un enjeu qui allait au-delà du simple cadre du monde échiquéen. Une idée fusa : et s'il existait une connexion entre les deux tueurs ? Et si, d'une façon ou d'une autre, chacun d'entre eux avait été au courant des activités de l'autre ? Et s'ils s'étaient livré une espèce de compétition, coup après coup, comme sur l'échiquier ? Qui avait en définitive envoyé la mèche de cheveux aux Morgan ? Delpierre ou Jeanson ?

Vic songea alors à Moriarty. Un grain de sable dans sa réflexion. Comment ce troisième homme pouvait-il s'inclure dans le schéma qu'il imaginait ? Une fraction de seconde, il se dit que Jeanson pouvait être Moriarty, mais impossible : il le voyait mal avec un téléphone dans sa prison ultra-surveillée en train d'envoyer des SMS à Delpierre ou de louer le chalet de La Chapelle-en-Vercors dix jours plus tôt.

Quelque chose clochait dans son modèle, l'impression d'être à l'ouest mais, d'un autre côté, pas loin de la vérité. Car cette idée de compétition entre deux tueurs lui plaisait.

Il se concentra sur le profil de chaque homme, très différent. Hormis pour Apolline, Delpierre n'avait à l'évidence pas agi seul, il était davantage un exécuteur qui travaillait de concert avec Moriarty, chargé d'éliminer et de se débarrasser des corps. Un malade qui fantasmait sur les morts. Jeanson, lui, était un vrai solitaire, du kidnapping à l'enterrement de ses victimes.

L'un, renfermé, mutique, sédentaire, niché dans l'ombre des montagnes. L'autre, intelligent, beau parleur, joueur, obsédé par les chiffres, en perpétuel mouvement avec son camping-car sur les routes de France.

Les deux enterraient les corps. Jeanson étranglait ou frappait au crâne. Pour Delpierre, ils ne savaient pas vraiment, puisque les victimes avaient la tête recouverte d'un sac plastique... Certes, Sarah Morgan avait été frappée avec un marteau, mais rien ne disait que Delpierre avait procédé de la même façon pour les autres.

Il manipula les pièces d'échecs, fiévreux, jusqu'à en arriver au plus beau coup de la partie, inattendu, destructeur, celui qui avait fait basculer le duel et entraîné la mort du camp noir : le sacrifice de la tour blanche de Kasparov en d6. Mémorable.

Il resta figé sur cette position, pour la énième fois, et observa l'échiquier sous tous les angles. Jeanson lui avait-il livré cette énigme pour ce seul coup magistral ?

La clé pouvait-elle se cacher derrière ce mouvement de la pièce blanche ? Vic s'était déjà posé la question des heures durant, bien sûr, sans rien en tirer.

Était-il possible que les routes de ces deux hommes se soient déjà croisées ? Qu'ils aient collaboré ? Que...

Il se mit brusquement debout et, encore une fois, il s'explosa le crâne contre la barre métallique du lit. Il se tordit en deux, les mains sur la tête, des jurons plein la bouche, et il maudissait cette chambre, sa situation, sa misérable vie.

Il calma la douleur avec une généreuse gorgée de gin – soigner le mal par le mal – et se revit fouiller les poubelles de Delpierre. Le papier à lettres, les enveloppes, le parfum féminin, jetés parmi les ordures... Il se rappela alors où il avait déjà vu le numéro 27654 noté sur la couverture du carnet.

C'était le numéro d'écrou d'Andy Jeanson.

Les deux tueurs communiquaient.

52

— Il va falloir qu'on le tue, Léane.

Les mots avaient claqué comme ça, au milieu de la nuit. Jullian s'était redressé dans l'obscurité de la chambre, les draps rabattus sur ses genoux. Léane ne dormait pas, elle avait les yeux grands ouverts et rivés au plafond.

— J'ai peut-être perdu la mémoire, mais ça n'enlève rien à mes actes. Je l'ai séquestré, attaché, frappé. Tu me connais, Léane. Dis-moi... Dis-moi sincèrement si tu crois que j'aurais pu agir comme ça sans savoir ? Sans avoir la certitude que c'était lui ?

Léane se tourna de son côté.

— Avant la disparition, tu étais un homme doux, mais tu avais tes convictions. Tu étais un ardent défenseur de la colonie de phoques de la baie, tu savais tenir tête aux pêcheurs, sans violence. Tu détestais la violence. Mais quand Sarah a disparu, tu as changé, tu n'hésitais plus à... avoir des gestes agressifs avec les gens qui se dressaient devant toi. Tu... Tu avais sombré, Jullian. Dans la colère, dans l'alcool.

— Alors, tu penses que je me suis trompé ? Que la colère aurait pu... m'aveugler ?

— Non. C'est lui, il n'y a aucun doute. Et je sais que tu le savais.

Elle sentit la main chaude de son mari sur son épaule.

— Tu aurais été à mes côtés si, toi aussi, tu avais su ? Tu m'aurais soutenu ?

— Je t'ai toujours soutenu. Autant que mes forces me le permettaient.

Elle entendit l'air qui s'échappa de la poitrine de Jullian, comme un soulagement.

— On doit réfléchir à ce qui se passe maintenant, et à ce qui risque de se passer si on ne fait rien... On ne peut pas le laisser dans ce fort indéfiniment. Ça devient trop risqué. Quelqu'un va finir par nous voir, un type plus curieux qu'un autre réussira à entrer là-dedans et découvrira Giordano...

Léane l'écoutait parler. Il avait le courage de formuler ce qu'elle pensait depuis des jours.

— ... Les flics finiront par croiser le nom de Giordano. Ils sont venus ici, dans notre maison, ils reviendront. Colin Bercheron est derrière la porte dès qu'on ouvre... Et puis... Et puis mon père, qui ne donne plus de nouvelles...

Un silence. Une absence. La main s'était retirée. Jullian ne bougea plus pendant une dizaine de secondes, avant de reprendre la conversation :

— ... Demain, la police va se mettre à sa recherche, c'est ce qu'ils m'ont dit. Les policiers seront partout. Giordano nous a déjà pris notre fille. Je refuse qu'il nous prenne notre liberté. Ce n'est pas comme s'il était innocent ou comme si on avait encore des doutes. Avec son tatouage, pas besoin de mémoire : on a la preuve qu'il est impliqué, qu'il a fait du mal à notre fille. Est-ce qu'il nous faut autre chose ?

— Il préfère se taire plutôt que de raconter ce qu'il a fait... S'il était innocent, il... il ne réagirait pas comme ça.

— Exactement. Si on veut se donner une chance de s'en sortir, on n'a pas le choix. Plus on tardera, plus ce sera compliqué.

Dans la pénombre, Léane devinait qu'il regardait ses mains ouvertes.

— Je me sens prêt à le faire.

Léane remonta ses genoux vers sa poitrine. Elle pensait à Mistik, au film où la jeune femme se faisait mutiler, au rapport de Bartholomeus. Quand elle avait écrit *Le Manuscrit inachevé*, elle s'était imaginée à la place de son héroïne, en train de tuer Arpageon. Elle avait vécu chaque étape dans son esprit, avait cru ressentir ce qu'on pouvait éprouver dans ce genre de situation : l'étouffer avec un oreiller, enrouler son corps dans une bâche en plastique, puis aller s'en débarrasser sous la terre, dans des bois ou au fond de l'eau. Mais là, c'était différent. Elle avait regardé Giordano dans les yeux. En dépit de ce qu'il avait fait, il restait un être de chair et de sang. Un être humain.

— Je... Je préfère qu'on attende encore un peu. Quelques jours, peut-être que la mémoire va te revenir, peut-être qu'il va parler.

— Tu sais bien que non. Et, même si la mémoire me revenait, qu'est-ce que ça changerait ? Fuir la fatalité ne sert à rien.

— On attend encore un peu, s'il te plaît. Juste un jour ou deux. Demain, je vais partir. Il y a une dernière chose que je dois vérifier.

— Quoi ?

— Je te le dirai si ça aboutit. Rien n'est moins sûr, mais c'est une piste que je ne peux pas négliger. Je veux aller au bout avant de... de prendre une quelconque décision.

— Pourquoi tu ne veux rien me dire ? Je pourrais t'aider, je...

— Seuls tes souvenirs pourraient m'aider.

— Comme tu veux.

Le silence les enveloppa, un silence qui heurtait les tympans plus qu'il n'apaisait. Léane sentait son pouls à ses tempes. Jullian avait sûrement raison : inutile de chercher à repousser le moment fatidique, il fallait se décider vite. Giordano ne méritait aucun procès. Une fraction de seconde, elle le vit dehors, et son mari et elle derrière les barreaux. Plus ils tarderaient, plus ce scénario était plausible.

Elle resta là, deux, trois heures, cette nuit d'après Noël, les yeux fermés, incapable de réfléchir, encore moins de dormir. Les visages tournoyaient encore. Son cerveau se déconnecta plusieurs fois, un sommeil plus fort que tout venait la cueillir, puis repartait. Des images dansaient sous ses paupières. Des nuages de langues de belle-mère, des bouches tordues dans le sable des dunes, des ongles cassés sur de la tôle.

Alors qu'une nouvelle vague l'enfermait dans son cocon de chaleur, un bruit frappa le pavillon de son oreille, remonta le canal auditif et, après analyse par le cortex, fut jugé comme anormal, voire dangereux.

Les yeux de Léane s'ouvrirent d'un coup. Le radio-réveil indiquait 3 h 22. Elle retint son souffle, tandis que Jullian respirait paisiblement à ses côtés. Avait-elle rêvé ? S'agissait-il du vent ? Non, elle avait bien entendu un claquement de portière, à l'extérieur. Elle se rappela alors qu'elle n'avait pas réenclenché l'alarme, se demanda même si la porte d'entrée était fermée à clé.

Il y eut un autre bruit, mais il ne venait pas de dehors, cette fois.

Un cliquètement d'outils, au rez-de-chaussée.

Quelqu'un était entré dans la maison.

53

Léane secoua Jullian, se jeta hors du lit comme un tigre. Elle se rua vers le dressing et récupéra le pistolet caché sous ses vêtements. Son mari se réveilla.

— Qu'est-ce...

Elle revint auprès de lui, enfila en deux mouvements sa nuisette.

— Chut... Je crois qu'il y a quelqu'un dans la maison, j'ai entendu du bruit.

Dans la pénombre, Jullian s'était redressé. Il vit l'arme qu'elle tenait, mais Léane gardait un doigt devant sa bouche. Les sons étaient infimes, imperceptibles. Un lointain grincement de porte, qui aurait presque pu passer inaperçu à cause des bourrasques. Jullian se glissa dans un caleçon, aussi agile qu'un félin.

— Où est ton téléphone ? Il faut qu'on prévienne les flics.

— En bas...

À pas de chat, Léane observa par la fenêtre. Au bout de la route, une masse noire était garée le long des dunes. Elle plissa les yeux, avec l'impression d'apercevoir un mouvement dans l'habitacle, comme si quelqu'un attendait au volant. Elle aurait dû hurler, allumer les lumières, menacer d'appeler la police, s'enfermer avec

Jullian, mais cette arme qu'elle serrait entre ses mains, et, surtout, l'envie de comprendre la bâillonnaient. Le parasite, le cambrioleur, l'agresseur – ou les trois réunis – était peut-être de retour.

Elle s'engagea dans le couloir. Après avoir envoyé Jullian à l'hôpital et en l'absence de véhicule, peut-être le parasite se croyait-il seul dans la maison. Allait-il encore siroter leur whisky, manger dans leur réfrigérateur ? Pieds nus, elle glissa tel un spectre jusqu'aux marches en béton, le Sig Sauer pointé devant elle, et descendit. Jullian avait attrapé une statuette en marbre rose et la suivait, une marche plus haut.

Des tintements de métal... Des clés qu'on entrechoque, songea Léane. De là où elle se trouvait, elle put voir un mince faisceau lumineux se refléter dans une vitre, avant de s'effacer. Un nouveau grincement de porte. Plaquée contre le mur, Léane se tourna vers son mari.

— Il est descendu au sous-sol.

Léane ne laissa pas à la peur le temps de l'affaiblir. Au moment où elle entendit la porte du garage s'ouvrir, elle dévala les marches et surgit dans la pièce où dormaient le 4×4 et sa voiture. Une silhouette terminait de remonter la porte quand elle la braqua et hurla :

— Si vous bougez, je tire ! Je vous jure que je vous abats comme un chien !

Tout se passa ensuite très vite. L'éclat dur des phares depuis l'extérieur, le grondement d'un moteur, la voiture inconnue qui démarra et ficha le camp sans le complice. Jullian se jeta sur la silhouette pétrifiée, la plaqua au sol et la roua de coups de poing, jusqu'à ce que, les mains au visage, elle le supplie d'arrêter.

Léane dut arracher son mari de sa victime. Jullian haletait, les yeux injectés.

— Arrête ! Tu vas le tuer !

Jullian finit par s'écarter, les mains en l'air. Il respirait comme un bœuf. L'intrus roula sur lui-même dans un grognement et finit par se redresser. Il se traîna jusqu'au mur de parpaings. Sans cesser de le menacer avec son pistolet, Léane alluma la lumière et referma le garage. Elle revint vers l'inconnu, le scruta. Une face plate de mérou, un nez en trompette qui pissait le sang, même pas 20 ans. Une sale gueule qu'elle n'avait jamais vue.

Jullian revint à la charge. Il l'attrapa par le col de son bombers et le cloua contre le mur.

— C'est toi ? C'est toi qui m'as tabassé et m'as envoyé à l'hosto, salopard ? T'es qui ? Qu'est-ce que tu cherches ?

L'individu écarquilla les yeux, il fixa Jullian, puis Léane, comme s'il ne comprenait pas lui-même ce qui se passait.

— Mais... Mais c'est vous, putain ! C'est vous qui m'avez demandé de vous cogner !

54

Léane eut l'impression de recevoir une gifle en pleine figure. Avait-elle bien entendu ? Elle retint le bras de son mari, qui s'apprêtait à frapper encore, et fouilla dans le blouson de l'intrus.

— Mon mari est amnésique. Il a perdu la mémoire à cause de toi. Explique tout, de A à Z. Et je te conseille de ne pas mentir. T'as dû remarquer qu'on était plus qu'au bout du rouleau.

Elle le délesta d'un cran d'arrêt et trouva son porte-feuille. D'après sa carte d'identité, il s'appelait Andy Bastien, domicilié à Abbeville, à cinquante kilomètres de Berck. Il habitait les quartiers est de la ville, les plus chauds. Elle dénicha aussi un papier du tribunal – Bastien semblait être sous contrôle judiciaire – et une autre carte d'identité : celle de Jullian. Elle la tendit à son mari.

Bastien pointa l'index sur Jullian.

— C'est lui… C'est lui qui est venu mardi dernier, le matin, en bas de mon immeuble. Un peu débraillé, genre le mec paumé. On était plusieurs à zoner… Il nous a demandé si y en avait un qui voulait se faire du fric facile…

Il se frotta le nez contre la manche de son bombers.

— ... Il nous a montré les biftons, et il m'a choisi parce que j'étais le seul à avoir une voiture. Je devais le retrouver à l'extrémité sud de la digue de Berck, au pied du phare, à 18 heures. Il ressemblait à un clodo, mais n'empêche qu'il m'a filé cinq cents euros en guise d'avance... Et il m'a dit qu'il y en aurait encore mille cinq cents une fois le boulot effectué...

Léane n'en croyait pas ses oreilles. Ça faisait deux mille euros. Pile la somme que Jullian avait retirée au distributeur ce matin-là. Le type ne mentait pas.

— ... Je me suis pointé à l'heure, je me suis garé dans un endroit tranquille et je suis allé à côté du phare. Je l'ai vu arriver depuis le chemin qui mène à la plage, son téléphone dans une main. (Il renifla.) Donnez-moi un mouchoir, putain ! Vous voyez pas que je pisse le sang !

Léane lui balança un rouleau d'essuie-tout posé sur l'atelier. Il s'épongea le nez et en glissa des mèches dans ses narines, la tête renversée.

— ... Ensuite, on a pris la direction de la digue, vers les phoques. Il faisait noir, il n'y avait pas un rat, et cette ambiance de merde, ça me fichait les jetons. Il n'arrêtait pas de me parler de sa fille, qu'elle aurait mon âge ou je sais pas quoi. Il avait picolé, c'est sûr, mais il tenait encore bien droit...

Léane écoutait sans bouger. Bastien était sans doute le dernier à avoir vu son mari avant son amnésie. Un homme au fond du trou, mal en point, un fantôme qui cherchait désespérément le coupable de la disparition de sa fille. Le jeune fixa Jullian dans les yeux.

— ... On s'est arrêtés près d'un banc et là, putain, vous m'avez d'abord demandé de... de vous étrangler, de serrer fort, jusqu'à ce que vous me disiez d'arrêter. J'ai failli me tirer en courant, mais vous m'avez montré la liasse de billets dans votre poche. Je me suis dit que vous n'étiez pas seulement bourré, mais aussi complètement barge...

Son regard revint vers Léane :

— Ouais, je l'ai fait. Je me... Je me suis mis derrière lui et j'ai serré de toutes mes forces, au moins vingt secondes. Quand je lâchais, il me disait « encore ».

Jullian secouait la tête, les lèvres pincées. Léane lut la détresse dans ses yeux, elle imagina ses démons intérieurs et ces dizaines de questions qui venaient le hanter, comme elles la hantaient, elle, dont celle-ci : pourquoi ?

— ... Ses yeux sortaient presque de leurs orbites quand j'ai arrêté. Je... Je voulais mon fric, c'était assez. Mais ce n'était pas fini. Il avait caché une batte de base-ball derrière un banc, il l'a mise entre mes mains, et il m'a demandé, en étant à peine capable de parler, de cogner juste là (il pointa une zone sur son crâne) d'un coup fort et sec. L'assommer direct, K.-O. Et qu'ensuite j'avais plus qu'à prendre le fric dans sa poche et me tirer.

Il ôta les mèches, en introduisit d'autres.

— Je l'ai fait... Je l'ai fait, putain. Il est tombé, raide, j'ai pris le fric et... et il y avait sa carte d'identité, je l'ai embarquée aussi, il y avait son adresse dessus... Avec un pote, on est venus dans la semaine jeter un œil à votre baraque, de loin, en se disant qu'un type qui se baladait avec deux mille euros sur lui, ça pourrait valoir le coup de... de le visiter. Quand on l'a vue, comme ça, au milieu des dunes, vide, sans lumière... on s'est dit qu'on reviendrait pour la vider le soir de Noël... Et je suis là. Bordel, avec ce que je vous ai mis, j'étais sûr que vous seriez encore à l'hosto.

Léane encaissa les révélations. Jullian la fixait avec effroi, comme s'il n'y croyait pas lui-même. Elle attrapa le jeune par le blouson, le poussa vers le coffre du 4×4, qu'elle ouvrit.

— Mon mari était enfermé là-dedans... Comment t'expliques ça ? Et comment t'expliques le cambriolage il y a deux mois ? Et tes empreintes, partout ? T'étais déjà rentré chez nous.

Il agita les mains.

— Non, non, je vous jure que j'ai rien fait de tout ça. Ce que je vous ai raconté, c'est la pure vérité, c'est la première fois que je viens chez vous. Ce... Ce truc dans le coffre, c'est pas moi. Me plombez pas, j'ai déjà un contrôle judiciaire au cul pour un autre cambriolage. Je veux pas aller en taule.

Aussi fou que cela pût paraître, Léane le croyait. Ce gamin avait des problèmes avec la justice, il était fiché, ses empreintes digitales étaient répertoriées. Colin l'aurait détecté si les traces correspondaient à celles du parasite. Il y avait, dans cette histoire, des nœuds plus obscurs, plus compliqués que ce qu'elle pouvait imaginer. Elle se dirigea vers la porte du garage et l'ouvrit. Jullian se précipita vers elle.

— Qu'est-ce que tu fais ? Tu ne vas quand même pas...

D'un mouvement de tête, elle indiqua à Andy Bastien de se tirer.

— J'ai ta carte d'identité. Si j'entends parler de toi de quelque façon que ce soit, je balance tout à la police. Oublie-nous comme nous on t'oubliera.

Une fois dehors, il se mit à courir en direction des dunes. Léane referma et se mit à aller et venir, pieds nus sur le sol glacé. Elle se tirait les cheveux vers l'arrière, insensible au froid.

— Qu'est-ce qui se passe ? Qu'est-ce qui se passe ? Pourquoi t'as fait une chose pareille ?

Elle remonta dans la chaleur du salon, se servit un grand verre d'alcool, qu'elle engloutit cul sec.

— Tu as tout planifié, tout effacé. Tes recherches, le disque dur de ton ordinateur, même ta mémoire... Tu as vraiment marché le long de la digue avec l'application de santé... Tu... Tu as gravé le message dans le coffre avec ton sang, non pas parce que tu y étais enfermé, mais parce que tu voulais le faire croire... C'est comme si tu avais volontairement semé des indices.

— Des indices ?

— Et puis... Le bonnet caché près de la roue de secours... Les photocopies de mon livre dans l'armoire... La clé dans ton pantalon de pêche...

— Quelle clé ?

— Tu savais que je la reconnaîtrais. Forcément... C'est comme si tu... si tu avais laissé le nécessaire pour... pour que je prenne le relais. Mais pourquoi ? Pourquoi tu as fait ça ? Pourquoi tu m'as mise dans une situation pareille ?

Il répondit qu'il ne savait pas, ne savait plus, ne se comprenait pas lui-même. Léane ne réussit pas à se resservir un autre verre, des mouches noires lui brouillaient la vue. Une première fois, elle crut perdre connaissance. Il fallait qu'elle se recouche, qu'elle oublie, elle aussi, au moins l'espace de quelques heures. Elle se traîna jusqu'à la salle de bains, ouvrit l'armoire à pharmacie. Goba un somnifère avec un peu d'eau et partit s'enfouir sous les couvertures.

Puis tout devint flou.

55

En ce début d'après-midi, le véhicule de police traçait la route, direction le centre pénitentiaire de Valence. Une balle en fusion sur le ruban d'asphalte, sous un ciel d'un gris mercure, gonflé de cristaux et prêt à cracher sa mitraille blanche.

· Dans la matinée, Vic avait expliqué au groupe ses déductions de la veille : deux tueurs en série qui avaient agi en même temps, qui se connaissaient, qui communiquaient. Le Voyageur était enfermé dans une prison haute sécurité, ne parlait avec personne, ne voyait plus son avocat et ne subissait des interrogatoires qu'après de lourdes procédures administratives. Et pourtant, Vic était persuadé que Delpierre avait eu des contacts avec lui par l'intermédiaire de courriers. Qu'est-ce que Delpierre avait à raconter ? Y avait-il une chance de remonter à l'identité de Moriarty grâce à des lettres ?

À la brigade, Mangematin avait progressé, il était en train d'éplucher le dossier des deux tueurs et avait surtout réussi à récupérer le rapport d'expertise psychiatrique, issu du procès de Delpierre autour du vol des corps à l'institut de médecine, en 2010. Ce type de rapport était le meilleur moyen de tout connaître d'un individu : ses goûts, ses tendances, son passé, de sa petite enfance à l'âge adulte. Y avait-il des points communs dans les parcours de Delpierre et Jeanson ? Peut-être s'étaient-ils rencontrés il y a des années, avaient-ils travaillé ensemble, ou s'étaient-ils connus enfants ? S'ils se livraient cette espèce de jeu incompréhensible, c'était sans doute une relation forte, intime, qui les unissait. C'était probablement dans le passé de ces deux hommes que se cachaient le visage de Moriarty et la clé de toute cette histoire.

Vadim avait les mains crispées sur le volant.

— J'en reviens pas, bordel... J'ai jamais vu un truc pareil. Des tueurs en série qui agiraient de façon organisée et commune, c'est ça ? Une sorte de concours pour laisser le plus de cadavres derrière soi ? Comment t'expliques ce genre de truc à ta famille, hein ?

— Tu ne l'expliques pas.

— Tu ne l'expliques pas, ouais, et tu finis par divorcer. Je n'ai pas envie de ça. Ça a été un Noël pourri, tu sais ? Je n'ai pas réussi à me sortir cette affaire du crâne, même quand on trinquait. Je souriais, mais je revoyais les Morgan en permanence. Ce pauvre type avec son amnésie et cette femme complètement paumée. Ils ont une maison magnifique, du fric, elle est célèbre, mais ils n'ont plus leur fille... Et il n'y a rien qui pourra la leur ramener. Qu'est-ce qu'il y a de pire que ça ? Perdre ses gosses, surtout dans des conditions pareilles.

La maison centrale se greffa à la grisaille, à proximité de la nationale 7, dans un désert de végétation morte, d'herbe glacée. Vadim hocha la tête pour désigner le cube de béton et de barbelés, de miradors ternes et de filets anti-hélicoptères.

— Tout ça à cause d'eux. Ils me dégoûtent.

Vic préféra ne rien dire, il n'en pensait pas moins. Ces individus enfermés là-dedans avaient ôté des vies, détruit des destins, des familles, et la seule solution qu'on trouvait était de les regrouper comme du bétail, à l'écart de la société, dans des endroits où, en définitive, ils pouvaient devenir encore plus violents. Mais existait-il d'autres solutions ? Vic ne savait pas, la politique et lui, ça faisait deux, il se contentait d'essayer de remplir ces lieux comme on le lui demandait, d'amener de la matière première dans la gueule de l'ogre pénitentiaire. Un bon petit soldat de la République.

Ils se garèrent sur le parking visiteurs et se signalèrent au premier poste de garde : ils avaient rendez-vous avec Claude Nédélec, le directeur. Cela ne leur évita pas de subir tous les contrôles de sécurité et de ne se retrouver dans son bureau qu'une demi-heure plus tard. Nédélec avait une coupe en brosse couleur gris taupe et de longues pattes touffues qui descendaient jusqu'au bas de ses joues. Il leur serra la main et leur proposa de s'asseoir. Après des échanges cordiaux, il entra dans le vif du sujet :

— Suite à l'appel de votre commandant, j'ai interrogé mes employés. Sachez que, depuis qu'il est détenu ici, Andy Jeanson n'est autorisé à envoyer aucun courrier, et que tous ceux qu'il reçoit sont ouverts et lus scrupuleusement. Rien d'étrange n'a été remarqué, si on omet le fait qu'écrire à ce genre d'individu est en soi étrange.

Il se pencha et alluma la lumière. Il faisait déjà noir dans le bureau.

— Donc, vous pensez qu'un autre tueur en série lui envoie des courriers... « Le Dépeceur », comme vous l'appelez ?

— Lui *envoyait*, il est mort. Il écorchait une partie du corps de ses victimes avant de les enterrer. Le nombre de ses victimes est identique à celui de Jeanson, les deux hommes n'ont rien à s'envier de ce point de vue-là.

Nédélec plissa le nez.

— Vous cherchez un homme, or Jeanson n'a que des admiratrices, aucun correspondant masculin.

— Le Dépeceur a très bien pu se glisser dans la peau d'une femme pour atteindre Jeanson. On pense qu'il parfume ses lettres, qu'il connaît votre détenu, il possédait son numéro d'écrou. Peut-être que les deux hommes avaient convenu d'un moyen de cacher des données dans le courrier, au cas où l'un d'eux se ferait prendre. On sait qu'avec l'instruction judiciaire en cours, c'est compliqué de parler à Jeanson sans les autorisations...

— Il est question de deux ou trois jours, oui, pour régler la paperasse. J'en suis désolé, croyez-moi.

— On ne peut pas attendre. Ce courrier qu'il reçoit, on en a besoin pour avancer. Vous avez signalé à notre commandant que cela ne vous posait pas de problème.

Le directeur acquiesça et se leva.

— Je vais vous fournir une copie de l'intégralité de ses lettres, à condition bien sûr qu'il ne s'en soit pas débarrassé. La promenade d'Andy Jeanson a lieu dans un quart d'heure, mes hommes sont déjà informés. Suivez-moi...

Il les emmena à proximité d'une photocopieuse, à l'extrémité de l'aile administrative.

— Vous allez attendre ici, les prisonniers parlent beaucoup entre eux, et je préfère éviter qu'ils voient des têtes inconnues. C'est préférable pour tout le monde si Jeanson n'est pas au courant. Je vais devoir aller vite, mes hommes et moi n'aurons que vingt minutes, c'est la durée pendant laquelle Jeanson sera hors de sa cellule. Le temps d'aller et de revenir, cela laisse *grosso modo* cinq minutes pour faire les photocopies qui vous intéressent et tout remettre en place.

Il s'éloigna et disparut derrière une porte. Vadim s'appuya contre une cloison, les bras croisés, et lorgna les différents bureaux en enfilade. Ça ressemblait à n'importe quelle administration. Pas de barreaux, des gens qui circulaient en liberté dans les couloirs et buvaient des cafés à la machine, des éclats de rire qui fusaient. Comment penser que, juste derrière ces murs, se concentrait un tel foyer de violence ?

Au bout de quelques minutes, le directeur réapparut, le front en sueur, accompagné d'un surveillant pénitentiaire qui le dépassait d'une tête. Ils marchèrent au trot jusqu'à eux.

— Voilà, on pense que tout y est. Tout était regroupé en un seul tas sous son matelas. Et pas d'odeur de parfum.

— Peut-être qu'il ne parfumait que les enveloppes ?

— On n'en a trouvé aucune, malheureusement. Allez, on n'a que quelques minutes…

Il posa le paquet dans un bac, appuya sur des boutons, et la machine recracha les cent quatre-vingt-douze photocopies en rafales à une vitesse record. Nédélec récupéra les originaux et serra la main des deux hommes.

— J'y retourne. Je compte évidemment sur vous pour me tenir au courant. Bon courage avec ça.

Les flics le remercièrent, récupérèrent le gros paquet de copies, franchirent les contrôles dans l'autre sens et regagnèrent leur véhicule. Vic était incapable de lire en voiture – ça le rendait nauséeux –, aussi voulait-il attendre d'être à la brigade pour s'intéresser au contenu de la pochette.

Il espérait pénétrer dans le cerveau de ces deux tueurs et découvrir leurs sinistres secrets.

56

Vadim revint avec un gobelet de café dans chaque main. Dans cette période d'entre deux fêtes, les locaux de la brigade criminelle étaient presque vides. Les affaires peu urgentes restaient en suspens, le temps que les flics rechargent leurs batteries. Mangematin était enfermé dans son bureau, le nez dans la paperasse, Dupuis et Manzato assistaient à une réunion avec le juge d'instruction et la PJ lyonnaise, pour exposer les derniers éléments de l'enquête. Un vaste bordel auquel Vic était content d'échapper.

Il était presque 18 heures quand il pénétra à son tour dans la pièce. Il avait sous la main la copie du message que Delpierre leur avait laissé au-dessus de la pile de DVD, lorsqu'ils avaient découvert la « chose » dans sa cave : *La surprise vous a plu ? Et maintenant voici mon héritage, enculés de poulets. Bon film.*

— C'est cette écriture qu'on recherche dans la pile de lettres.

Il parcourut les courriers un à un et les tendit ensuite à son collègue pour une seconde vérification. Vadim ne pouvait s'empêcher de lire certains passages.

— Je te jure, elles sont complètement tarées, ces nanas. Écoute ça : « *Je sais ce qu'on dit de vous, et que tout cela est faux. Quand je regarde vos belles photos, je vois un homme délicat, intelligent et honnête. Vous êtes un être humain, on n'a pas le droit de vous traiter comme ça, vous avez droit à une seconde chance.* » Blablabla. Comment on peut en arriver à aimer des ordures pareilles ? Faudrait qu'on leur montre les photos des cadavres, c'est sûr que ça les calmerait, ces hystériques.

Vic buvait son café en silence. Les lettres défilèrent sous ses yeux et, après une demi-heure, il avait fait le tour.

— Ce n'est pas si simple, je n'ai rien vu de ressemblant. Il a dû jouer son rôle jusqu'au bout et modifier son écriture.

— Ou alors on s'est carrément plantés ?

— On ne s'est pas plantés. Il va falloir toutes les lire, les presque deux cents. Les regrouper d'abord par expéditeurs, puis par dates, et procéder par élimination. Peut-être qu'on va trouver des termes bizarres, des choses soulignées, en gras, en majuscules. On doit tout scruter à la loupe.

Vadim ne cacha pas son ras-le-bol.

— Bon… J'en prends la moitié mais je te préviens, dans deux heures, *basta*. Avec Martine, on doit passer chez ma nièce pour lui apporter ses cadeaux.

Vic se mit à lire, dépité par tant de misérabilisme, d'incrédulité de la part de ses « fans ». Il connaissait le phénomène de l'attirance sexuelle des femmes pour les pires criminels. Landru avait reçu huit cents demandes en mariage avant que sa tête ne roule dans un bac. Breivik, le Norvégien aux soixante-neuf victimes, des adolescents pour la plupart, avait des milliers d'admiratrices. Comment lutter contre ce qui ne pouvait se combattre ? Vic se le demandait souvent, et, chaque fois, ça lui mettait un coup au moral.

Il avait lu à peine cinq lettres quand Jocelyn Mangematin arriva, dossier sous le bras, la bouche en cœur.

— J'ai un lien, j'ai un putain de lien entre Jeanson
et Delpierre !

Vadim tendit le cou comme un suricate, et Mangematin écrasa une pile de documents sur le bureau de Vic.

— Ce sont les copies du dossier d'expertise psychiatrique de Delpierre, établi lors de son procès, en 2010.
Je vous résume le contexte : on le juge à l'époque pour
vols de cadavres dans le labo d'anatomie de médecine
de Grenoble et faits de nécrophilie. Les psys nous ont
mâché le boulot, leur rapport retrace une bonne partie de l'enfance de notre bonhomme. Pas mal de bara-
tin inutile, mais le moment qui nous intéresse se situe à
la fin des années 1980. Delpierre a 12 ans à l'époque. Il
est fusionnel avec son père, bien plus qu'avec sa mère.
Ça commence à partir en vrille à la crise cardiaque du
vieux, en plein été… Ce jour-là, la mère est partie faire
le marché, le môme est seul à la ferme quand survient
le drame, et il reste à côté du cadavre pendant plusieurs
heures. Quand la mère découvre le tableau, le gamin est
prostré, en pleurs, et le père a déjà bien gonflé, si vous
voyez ce que je veux dire…

Vic avala de travers sa dernière gorgée de café froid.

— … D'après les psys, l'épisode le traumatise et
marque une vraie rupture dans son comportement.
À partir de là, il sèche l'école – personne ne sait où
il passe ses journées –, il n'aide plus pour l'exploita-
tion de la ferme, se renferme sur lui-même, devient
mutique.

Il fixa Vic d'un œil interrogateur.

— Et là, c'est toi, Vic, qui vas me donner la réponse.
Devine où sa mère décide de l'envoyer, ce môme ?

Vic haussa les épaules.

— Tu cales ? Un internat pour garçons, à une heure de Chambéry, où les mômes sont soumis à une discipline ferme et vivent dans l'isolement le plus strict. L'internat des…

— … Roches noires. Merde.

Vadim leva ses bras.

— Oh, on peut m'expliquer, là ?

Mangematin acquiesça et lui tendit une impression couleur. Sur la photo, l'école était un ensemble de longs blocs de pierres froides au toit en ardoise, cernée de pins noirs, protégée par de hautes grilles sombres. Pas très engageant. Vic intervint :

— Andy Jeanson est lui aussi passé par cet internat, de 1986 à 1988, sous l'identité d'Andy Mortier, le nom de sa mère. C'est écrit noir sur blanc dans son dossier. Il avait 14 ans lors de son admission dans l'établissement. À l'époque, sa mère l'élève seule, son père est parti avec une autre femme quatre ans plus tôt, sans réclamer la garde du môme et se contentant de payer une pension. Le jeune Andy, bien qu'intelligent, se heurte à des soucis à l'école à cause de son physique, il est en surpoids, se rend malade, se fait vomir. La mère, qui a des problèmes avec l'alcool, ne sait plus comment gérer la situation et l'envoie aux Roches noires.

Mangematin acquiesça avec conviction.

— Delpierre, lui, y reste de 1987 à fin 1989. Trois longues années, dont deux communes avec Jeanson. On ne sait pas ce qui s'est passé là-dedans, aucun rapport ne le stipule, et probable que personne ne s'y soit vraiment intéressé. Toujours est-il que, en sortant de là, Delpierre a 15 ans. À 18 ans, il se trouve un boulot : il bosse comme apprenti dans une morgue de Grenoble, on connaît la suite. L'attrait pour la mort, les jobs dans les abattoirs, le labo de la fac de médecine, la nécrophilie. Bref, l'internat n'a pas arrangé les choses, au contraire...

— ... C'est pire qu'avant. Deux gamins qui sortent de là, qui grandissent enfermés dans leurs obsessions et qui, des années plus tard, se mettent à kidnapper et tuer des jeunes femmes à la chaîne.

Vic considéra le cliché du bâtiment.

— C'est encore ouvert, cet internat ?

— L'internat en tant que tel n'existe plus depuis sept ans. Les locaux sont aujourd'hui utilisés comme centre de colonie de vacances l'été. Fermé l'hiver, mais un concierge reste en permanence sur place pour assurer la maintenance. J'ai eu le type en ligne, il s'appelle Félicien Jacob. Un vieux de la vieille, il est là-bas depuis les années 1970, il était un peu l'homme à tout faire à l'époque. Jardinage, nettoyage, petites réparations... Autant dire qu'il est la mémoire des lieux et qu'il pourrait nous en apprendre beaucoup...

— Tu l'as interrogé ?

— J'ai essayé, mais le mec n'est pas bavard. Il prétend ne pas aimer le téléphone... Donc je lui ai dit qu'on allait débarquer pour lui poser quelques questions. Ah, un dernier truc, et non des moindres. Notre concierge a été agressé, il y a une dizaine de jours.

Vic écarquilla les yeux.

— Comment ?

— Assommé au moment où il rentrait, après un tour d'inspection... Quand il s'est réveillé, il n'avait plus son trousseau de clés sur lui. Visiblement, rien n'avait été volé ni dégradé. Mais il est arrivé un truc de malade... Vous êtes bien accrochés à vos sièges ?

Mangematin fixa les deux paires d'yeux rivés sur lui et s'apprêtait à savourer son effet.

— Jacob vit dans une aile du bâtiment. Lorsqu'il a porté plainte à la gendarmerie du coin pour l'agression, les gars sont venus. Et là, il a affirmé que tout était normal, sauf que, selon lui, quatre livres avaient été ajoutés à sa bibliothèque.

Vadim fronça les sourcils.

— Des livres ? C'est quoi, ce délire ?

— Pas n'importe quels livres. C'étaient quatre bouquins d'Enaël Miraure.

57

Le véhicule de Vic s'enfonçait toujours plus entre les pins hiératiques, dans cette obscurité sans fin, ces virages de plus en plus serrés, comme si atteindre l'ancien internat devait être une épreuve, un combat acharné contre les éléments. Le flic s'était coltiné la route seul, la radio en sourdine. Vadim ne voulait pas manquer la remise des cadeaux à sa nièce, et Jocelyn Mangematin devait aller chercher à la gare ses parents qui arrivaient de Bretagne.

Il longea des lacs blancs, effleura des ravins gris et n'arriva qu'aux alentours de 22 heures, à la peine dans les ultimes kilomètres à cause de cette fichue neige. La grille était ouverte, Félicien Jacob avait été prévenu de sa visite. Quand il vit les phares trouer les ténèbres, il apparut sur le perron, tel un ogre gardant son antre. Vic ressentit l'infâme piqûre du froid lorsqu'il mit le nez dehors et enfonça ses pieds dans la croûte blanchâtre. Il alla saluer l'homme, carte de police brandie.

— C'est mon collègue que vous avez eu au téléphone.

Le concierge s'écarta et laissa entrer le flic. Il avait les mains comme des battoirs, une barbe épaisse qui tombait sur un vieux tricot, et son haleine empestait l'alcool fort. Un moyen, sans doute, de supporter les interminables nuits d'hiver dans la plus profonde des solitudes. Le premier village était à vingt minutes en voiture.

— Allons à l'intérieur.

Ils entrèrent. Les couloirs étaient glacés, les plafonds trop hauts, leurs pas résonnaient comme dans une cathédrale. Une farandole de dessins de mômes qui devaient dater de l'été dernier était encore accrochée au-dessus d'une rangée de portemanteaux. Vic fixait les colossales silhouettes des sapins à travers les vitres, devinait les montagnes, juste derrière. Il se représentait les enfants de l'époque, éduqués dans l'austérité, coupés de leurs familles. Il pouvait imaginer les affinités qui se créaient entre eux, en dehors des heures de classe, les secrets qu'ils se confiaient, les pactes qu'ils concluaient. Jeanson et Delpierre avaient-ils été amis ?

Les deux hommes se retrouvèrent dans un appartement de l'aile ouest, là où Jacob logeait. Dans le salon, la tuyauterie craquait, les gros radiateurs en fonte, posés à même le carrelage, dégageaient une chaleur de fournaise. En premier lieu, le locataire servit deux verres de vodka et en tendit un à Vic.

— Les gendarmes m'ont pris pour un taré quand je leur ai parlé des quatre bouquins. Tu parles, qu'ils s'en fichaient. Ils ont pris ma plainte, mais je suis sûr qu'elle est restée au fond de leurs tiroirs. Pour eux, j'avais bu un coup de trop, perdu mes clés et j'étais tombé, point barre. Mais ma bibliothèque, je la connais par cœur. J'ai jamais acheté ces livres.

— Vous avez vu votre agresseur ?

— Non. Ça s'est passé dehors, j'ai été surpris par-derrière. Il avait dû se garer beaucoup plus loin et venir à pied. La petite route qui longe le centre avait été déneigée, il n'y avait malheureusement aucune trace de sa présence.

— Pourquoi « il » ? Ça ne pouvait pas être une femme ?

— Euh… si, mais bon, j'ai pensé à un homme.

— Les gendarmes ont embarqué les livres ?

— Vous pensez ! Ils sont là-bas, au pied de l'étagère.

— C'est là que vous les avez trouvés ?

— Non, ils étaient là-haut, juste à côté des *Sherlock Holmes*.

Des *Sherlock Holmes*… Vic sentit son estomac se nouer et eut une certitude : Moriarty en personne était venu entre ces murs, c'était lui qui avait agressé le gardien. Il alla chercher les romans de Miraure, les feuilleta en vitesse. Sur la première page, il remarqua un gros tampon « SERVICE DE PRESSE »… Il avait entre les mains les livres dérobés dans la villa de la baie de l'Authie.

C'était à n'y rien comprendre. Moriarty était donc le cambrioleur de la villa de Léane et Jullian Morgan. Et il aurait parcouru huit cents bornes depuis le Nord pour venir déposer des romans ici, des semaines plus tard ? Pourquoi ? Que cherchait-il à raconter ? Une autre énigme, qui rendait déjà Vic dingue. Il se tourna vers son interlocuteur.

— Vous les avez lus ? Vous n'avez rien remarqué de bizarre dans le texte, entre les pages ?

— Oui, je ne m'en suis pas privé, je voulais comprendre pourquoi on me les avait apportés. Pourquoi ceux-là ? C'était une vraie énigme, en soi, digne d'un Conan Doyle. J'étais resté sur les vieux classiques, niveau polar, mais Miraure, c'est franchement pas mal. Et… vous parlez de bizarrerie dans les bouquins… Dans l'un d'eux, il y a un peu de sang sur une des pages. Le propriétaire de ces livres a dû se blesser en lisant.

— Quel livre ? Montrez-moi !

Félicien Jacob s'approcha et désigna *L'Homme du cime-tière*.

— Celui-là… À peu près au milieu.

Vic le feuilleta. Il remarqua la trace rouge, légère, en effet, dans l'angle de la page 170, et encore plus estom-pée sur la suivante. Peut-être une chance inespérée. Ou un leurre ?

— Donnez-moi un sachet.

Jacob s'exécuta. Vic emballa le livre avec soin. Il revint vers les fauteuils et engloutit sa vodka, cul sec. Le feu brûla dans sa trachée.

— Je pense que votre agresseur est l'individu que je recherche. Que tout a un rapport avec le passé de ce bâtiment.

Il avait capté l'attention de Jacob et s'installa en face de lui, les mains jointes entre ses genoux.

— Vous travailliez déjà ici dans les années 1980, et j'aimerais que vous fassiez appel à vos souvenirs. Les années qui m'intéressent sont plus précisément 1986 à 1988. Deux gamins étaient présents entre ces murs. L'un d'eux s'appelait Andy Mortier, il avait 14 ans et venait de Chambéry. L'autre, Félix Delpierre, avait trois ans de moins et venait d'Aillon-le-Vieux. Delpierre, Mor-tier, ça vous dit quelque chose ?

Le gardien se frotta la bouche puis posa sa lourde main devant lui.

— Comment voulez-vous que je me rappelle ? C'était il y a trente ans, et on accueillait plus de deux cents gamins chaque année. J'en ai vu défiler des milliers, des têtes blondes, et vous me sortez deux noms, comme ça. Qu'est-ce que vous voulez savoir sur eux, exactement ?

Vic voyait bien qu'il ne faisait aucun effort. Il lui ten-dit une photo d'Andy Mortier qui figurait dans son dos-sier. Elle datait d'avant son entrée à l'internat. Le gamin souriait à l'objectif. Ses joues bouffies étaient éclaboussées de taches de rousseur, ses sourcils en accent circonflexe lui donnaient des airs d'amuseur de galerie. Le regard était bien là, immuable, mais pour le reste, rien à voir avec le Jeanson meurtrier, au corps sec et musclé d'aujourd'hui.

— Tout. Qui Delpierre et Mortier fréquentaient, leur comportement, si leurs années ici se sont bien passées. Lui, c'est Mortier. Il vous évoque quelque chose ?

Son vieux regard d'ermite sembla se troubler. Mais il rendit la photo à Vic.

— Non, rien…

— Et Andy Jeanson, vous connaissez ? On en a pas mal parlé ces derniers temps dans les médias.

— Vous voyez une télé, ici ?

— Andy Mortier est Andy Jeanson. Il est l'auteur d'au moins huit meurtres de jeunes femmes qui se répartissent sur ces quatre dernières années. Il les emmenait dans son camping-car, les violait et les enterrait. Quant à Félix Delpierre, il a fabriqué, dans sa cave, un mannequin de peau avec ses victimes féminines qu'il dépeçait…

Jacob accusa le coup.

— … Alors je crois, monsieur Jacob, que ça serait vraiment bien que vous vous rappeliez ce visage, parce qu'il y a peut-être un troisième homme de la même trempe, sorti lui aussi de cet établissement et qui est encore dans la nature. C'est lui qui est venu pour vous agresser et qui a déposé ces bouquins. Je ne partirai pas d'ici avant de savoir pourquoi.

Le concierge chercha dans les prunelles de Vic une lueur à laquelle se raccrocher, mais il n'y en avait pas. Il observa de nouveau la photo, son visage se froissa, des dents abîmées apparurent sous les poils gris de sa barbe. Il voulut se resservir un verre, mais Vic lui bloqua le bras.

— Ce n'est pas comme ça que vous allez vous souvenir.

L'homme se dégagea, hésita.

— Des tueurs... Oui, oui, je me souviens de ce môme, maintenant... Et de l'autre aussi, Félix Delpierre, ils étaient toujours fourrés ensemble. Delpierre, tout le monde l'appelait « Cœur de pierre ». Il ne parlait jamais.

Il se leva.

— Suivez-moi.

Jacob ouvrit des portes, descendit un escalier, appuya sur des interrupteurs. Des lumières dévoilèrent d'infinis couloirs. Vic entendit une énorme chaudière ronfler, perçut des craquements de vieux bois. Son hôte poussa une lourde porte, qui révélait une gueule noire. Une ampoule illumina une nouvelle volée de marches.

— C'est en bas que ça se passe.

58

Nuit… Lampadaires aux auréoles de feu, qui brûlaient la glace des trottoirs lyonnais. Le froid tranchait,
comme une guillotine, gelait les visages, grillait les sourcils. Enfoncée dans une impasse, protégée par des voitures garées en enfilade, Léane observait cette trappe
qui se découpait dans la lourde porte en bois, en diagonale sur la droite, le filet de lumière qui jaillissait, les
silhouettes qui s'égrenaient derrière cette façade anodine, juste flanquée d'une enseigne sobre : « LE DON-
JON NOIR ».

Huit heures plus tôt, elle avait filé du Nord en voiture, avait mangé un morceau sur une aire d'autoroute
puis, aux alentours de 21 h 30, s'était garée le long des
quais de Saône et avait marché jusqu'à cette rue discrète
du 9ᵉ arrondissement de Lyon.

En route, elle avait eu le temps de gamberger sur les
événements de la nuit précédente et sur les aveux du
type à la face de mérou. Que s'était-il passé dans la tête
de Jullian pour qu'il demande à se faire agresser, alors
que Giordano gisait au fort ? Alors que, peut-être, il
avait retrouvé leur fille vivante ? Qu'est-ce qui l'avait
poussé à de telles extrémités, à occulter la vérité ? Léane
n'avait aucune réponse, c'était insupportable de ne pas

savoir, d'attendre que cette fichue mémoire revienne à son mari.

Un homme engoncé dans un gros trois-quarts échangea quelques mots à travers la trappe et se fit ouvrir la porte. Léane attendit encore une poignée de minutes et alla, elle aussi, frapper sur le bois. Un visage se dessina dans un carré de lumière bleutée. Une vraie gueule de pitbull, crâne chauve et tapissé de tatouages. Il ne dit rien et attendit. Il la lorgnait de haut en bas.

— Je peux entrer ?

Il referma la trappe d'un coup sec. Léane tambourina de nouveau. Raclement métallique. Le visage, encore, plus mauvais, cette fois.

— Recommence, et je m'occupe de toi.

— Je veux juste entrer ! Je…

Inutile, Léane parlait à un mur. Il était hors de question d'abandonner et de rebrousser chemin. Ni de pénétrer là-dedans de force, on lui casserait les dents. Que faire, alors ? Elle réfléchit et trouva une solution simple : si elle ne pouvait pas entrer, elle allait attendre que Mistik sorte. Une interminable nuit en perspective, mais c'était sa seule chance.

Elle alla chercher sa voiture au bord des quais et trouva une place sur le trottoir opposé, à une dizaine de mètres du club. Elle éteignit les phares, coupa le moteur et patienta, pelotonnée dans son blouson. Son téléphone sonna à 22 h 52. C'était Jullian qui appelait avec le fixe. Elle décrocha, lui affirma que tout allait bien, qu'elle ne savait pas si ses recherches aboutiraient mais qu'elle gardait bon espoir. En attendant, elle allait se coucher dans son appartement.

La voix de Jullian grésilla dans l'écouteur.

— Tu ne veux toujours rien me dire ?

— Je t'expliquerai. Mais pas maintenant. Des nouvelles de ton père ?

— Aucune. Je suis vraiment inquiet, Léane. Avec ce qui se passe, j'ai peur que... qu'il lui soit arrivé quelque chose. Les flics ont lancé des recherches. Je ne peux même pas les aider, je ne sais rien de lui, j'ignore même où il habite. Je ne m'en souviens pas. J'ai beau regarder des films, des albums, je ne progresse plus, tout est bloqué au fond de ma fichue cervelle.

— Fais confiance aux policiers, ils vont le retrouver. Repose-toi, essaie de dormir. Ça ne sert à rien de faire le forcing, ce n'est pas de cette façon que les souvenirs reviendront.

— Ce n'est pas pareil ici, sans toi, je... je me sens perdu. Dis-moi au moins que tout va bien, que... que tu ne me caches rien de grave, que tu ne vas pas faire de bêtises.

— Je n'en ferai pas.

— Reviens vite, d'accord ? Je tourne en rond, je vais devenir dingue. Je n'arrête pas de regarder les photos de Sarah, et, plus je la vois, plus je pense à Giordano. Ça me rend malade de le savoir enfermé dans le fort, de penser qu'on pourrait se faire prendre à n'importe quel moment...

Léane l'écoutait en silence. Elle se dit qu'elle aurait peut-être mieux fait de prendre avec elle la clé du fort. Jullian aurait-il l'idée de retourner là-bas, seul ?

— ... À ton retour, on agira, d'accord ? Je sais que ça va être difficile, mais il n'y a plus de marche arrière possible. Je ne veux pas te perdre. Nous perdre...

Léane raccrocha comme si le téléphone lui brûlait l'oreille. Elle observa ses deux mains ouvertes devant elle : elles tremblaient. Ces mains, elles n'étaient pas capables de tuer un homme, Léane l'avait compris quand elle avait dévié son tir au dernier moment.

Elle n'était pas une meurtrière.

59

Vic suivait Jacob dans un labyrinthe de dossiers entassés sur des étagères dont les planches ployaient sous leur poids. Ça sentait le vieux papier parcheminé et l'encre sèche. Comme Jacob le lui expliquait, ils se trouvaient dans les archives de l'internat.

— Tout y est, de 1922 à 2010. Vous trouverez ici l'histoire de l'internat mais, surtout, le pedigree complet de chaque gamin passé entre nos murs. Origines, comportement, résultats... Années 86-88, vous dites. C'est par là.

Il bifurqua, s'arrêta devant une rangée de casiers sombres. Face à lui, quatre classeurs se partageaient les années en question. Il s'empara d'une pochette posée juste à côté.

— Elle contient toutes les photos de l'internat prises à ce moment-là. Les bâtiments, les profs, les photos de classe...

Jacob s'affala sur la seule chaise disponible. Il se mit à fouiner dans le paquet de photos et les étala sur la table. L'une d'elles montrait l'ensemble des professeurs, stoïques, visages fermés. Il posa son index sur le plus grand d'entre eux.

— Il s'appelait Kevin Kerning, il était prof de sport. Les mômes l'appelaient KKK, Ku Klux Klan. Il était intraitable avec eux, il les faisait morfler... Avec lui, les plus faibles trinquaient encore plus...

Vic observa le type. Un colosse en survêtement.

— ... Delpierre et Jeanson étaient toujours ensemble, ils étaient dans la même chambrée et... ils n'étaient pas bons en sport. Kerning les avait pris en grippe. Ça me revient, je les voyais souvent faire des tours de piste, à bout de souffle, un quart d'heure après que tous les autres étaient rentrés aux vestiaires... Ça a duré des mois, les deux gosses en bavaient, croyez-moi. Puis ça s'est arrêté, progressivement, au fil des semaines. Kerning leur fichait la paix, mais... mais il continuait à les garder après les cours, leur faisait faire des étirements, ce genre de choses beaucoup plus tranquilles.

Il ne parla plus. Vic ne voulait pas le brusquer. Il s'assit sur le rebord de la table et parcourut les photos. La grande cour vide. Les bâtiments austères, enfoncés au cœur de la vallée. Il jeta un regard sur des photos de classe et, puisque Jacob ne parlait toujours pas, décida de rompre le silence :

— Vous pensez que Kerning prenait un peu trop soin d'eux ?

Le gardien des lieux serra les mâchoires.

— Kerning était le beau-frère du directeur ; ce que je pensais importait peu. J'étais juste le type de la maintenance. Si j'ai pu travailler toutes ces années à l'internat, c'est parce que... j'ai su me faire discret et que je ne l'ai jamais ouverte.

— Mais vous le pensiez.

Les pupilles grises du type se rétractèrent.

— Je le pensais, oui. Mais si c'est des preuves que vous cherchez, vous n'en aurez pas. Tout ça est loin et enterré.

Il considéra la paume de ses deux grosses mains, comme s'il y lisait le passé.

— Ce que je vais vous raconter, je le fais parce que je pense que ça peut vous aider et que… l'internat n'existe plus, et que ces histoires ont disparu avec lui. Mais… si vous allez voir d'autres personnes, le directeur ou je sais pas qui, vous…

— … Je ne vous ai jamais vu.

Jacob approuva d'un mouvement de tête.

— Ça s'est passé un jour comme celui-ci, l'hiver 1987, l'un des pires qu'on ait eus. On était descendus à des moins vingt, moins vingt-cinq degrés. Ce soir-là, aux alentours de 19 heures, c'est moi qui ai retrouvé Kerning au fond des douches de la salle de sport. Il était nu, recroquevillé comme un gosse. L'eau glacée lui coulait sur le corps et… (il plissa le nez) ses parties génitales pissaient le sang. Son… sexe était entaillé au niveau des testicules. Je l'ai emmené à l'infirmerie. L'ambulance a mis plus de trois heures à arriver à cause des conditions météo. C'était horrible…

Ses yeux s'évadèrent, un instant.

— … Depuis ce jour-là, il n'est jamais revenu enseigner à l'internat. Je ne l'ai pas revu. Aux dernières nouvelles, que j'ai eues un peu par hasard, il est mort il y a quelques années de maladie…

— Qu'est-ce qui s'était passé dans les douches ?

— Le directeur a raconté qu'il s'était blessé en essayant de se raser au rasoir à main. Il avait une telle emprise sur le personnel que pas un professeur n'a remis le sujet sur la table. Kerning a été remplacé dans la semaine…

— Vous aviez vu le rasoir ?

— Non. Mais le directeur m'a affirmé qu'il y en avait bien un, mais que, dans la panique, je ne l'avais pas remarqué.

— Kerning avait été agressé ?

— Forcément. C'était évident. Mais pourquoi, dans ce cas, n'a-t-on dénoncé personne, ou mené une enquête ? Il fallait vite oublier cette histoire, vous comprenez ? Et surtout, éviter que des rumeurs se propagent...

Vic imaginait la scène, l'ambiance entre ces murs gris. Si Kerning avait effectivement été attaqué au rasoir et n'avait pas dénoncé son agresseur, c'était qu'il avait de graves faits à se reprocher. Pédophilie ? Avait-il abusé de Delpierre ou de Mortier ? Le flic revint sur la photo des professeurs. Fixa Kerning.

— Vous, vous saviez que ce n'était pas un accident... Qui lui avait fait ça, selon vous ? Mortier ? Delpierre ? Un autre enfant ?

— Je ne sais pas. Il y avait des durs, ici, mais quel môme de 12-13 ans aurait pu faire une chose pareille à son professeur ? Lui entailler les parties sans que personne voie rien ? Bien sûr, j'ai pensé à ces deux-là. Peut-être qu'ils avaient agi ensemble, qu'ils avaient tendu un piège à Kerning. Delpierre était costaud. Est-ce qu'ils l'avaient menacé de tout déballer s'il les dénonçait ? J'ai posé des questions, discrètement, à leurs camarades, leur copain de chambrée. Rien n'a filtré. S'ils étaient coupables, ils cachaient sacrément bien leur jeu.

Vic parcourut de nouveau les photos, prit l'une d'elles et s'y attarda. Il la tendit à son interlocuteur.

— Toutes les chambrées étaient comme celle-là ?

Jacob acquiesça, les pupilles dilatées.

— Les mômes étaient par trois, oui. Enfin, il y avait quelques chambrées de deux ou quatre, mais globalement...

— Qui se trouvait avec Mortier et Delpierre ?

Jacob fixa le lit vide sur lequel Vic posait l'index.

— Ah, lui... Je... Je ne sais plus. Luc *quelque chose.* (Il passa sa langue sur ses lèvres.) Ah, je sais plus exactement. Un môme très discret, mais, aussi loin que je m'en souvienne, bon en sport, intelligent...

Il regroupa les photos de classe, chercha parmi les visages, se leva et retourna vers les rayonnages. Vic avait l'impression d'être revenu trente ans en arrière... D'entendre les voix des mômes et le claquement d'une règle, de sentir les odeurs de craie.

— ... Et puis oui, toujours plongé dans ses échecs et ses livres policiers. Je lui en rapportais, de temps en temps. Luc T... Je vais le retrouver...

Vic était aux abois.

— Des *Sherlock Holmes* ? Il lisait des *Sherlock Holmes* ? Jacob se tourna vers lui.

— Comment vous savez ? Vous... Merde, vous pensez que c'est lui qui est venu m'agresser ? Après tout ce temps ?

Vic ne sentit plus le froid, une vague de chaleur venait de le submerger. Trois gamins, dans la même chambre... Deux qui subissent des attouchements, se font peut-être violer, qui gardent le silence, parce qu'ils ont peur des menaces de leur professeur. Mais peut-être qu'ils se confient à leur copain de chambrée, ou que ce dernier n'est pas dupe, et qu'il a compris par lui-même. Ou peut-être encore que, lui aussi, il subit des attouchements.

Vic eut alors une certitude : Moriarty avait mutilé le prof de sport. Armé d'un cutter ou d'un couteau, il était allé dans les douches, probablement avec la complicité du duo Jeanson/Delpierre, et l'avait charcuté.

Jacob revint avec un classeur dont le dos indiquait « S-Z » et, avant même qu'il l'ouvre, ses yeux s'illuminèrent.

— Thomas ! Oui, c'est ça, Luc Thomas, qu'il s'appelait. Je m'en souviens, maintenant. Il n'a pas fait long feu, d'ailleurs. Quelques mois après le drame, il s'est tiré de l'internat. Fallait le vouloir, pour sortir d'ici, mais il a filé tout droit par la forêt. On ne l'a pas revu, et je crois qu'on ne l'a jamais retrouvé.

— D'où venait-il ? Qui l'avait amené à l'internat ?

— Ah ça, je ne sais plus exactement, ses parents, je présume ? Mais je vais vous le dire, tout est là-dedans.

Il parcourut les dossiers, lettre T. Une seule pochette, « LAURENT TEXIER ». Son front se plissa, il chercha avant, après.

— Merde, son dossier n'y est pas.

Il se rua sur les photos de classe, les parcourut encore.

— C'est impossible... Les photos de classe y sont toutes, sauf les siennes.

Vic fouilla aussi parmi les clichés, sans succès.

— Ce sont les seules photos ?

Jacob acquiesça. Il retourna dans les rayonnages, piocha deux classeurs dont les étiquettes indiquaient « A-F » et « M-R », les posa sur une table, ouvrit le premier à l'onglet « D ». Vic était collé à lui, épaule contre épaule. Pas de dossier « DELPIERRE ». Il fit de même avec le second classeur. La chemise grise qui concernait Andy Mortier n'existait pas non plus.

Vic se retrouvait face à un mur.

— Trente ans après, il est revenu ici pour effacer le passé et les visages.

60

Léane n'en pouvait plus. L'attente lui parut interminable, le givre s'accrochait aux fenêtres, et souvent elle sortait pour les gratter et faire circuler le sang dans ses jambes. Elle gelait sur place.

Le livre de Michel Eastwood reposait sur le siège passager. Léane l'avait tordu, manipulé dans tous les sens, en avait de nouveau parcouru certaines pages, à la recherche de ce morceau de passé oublié. Comment les avocats de sa maison d'édition allaient-ils gérer cette histoire ? Comment prouver qu'elle n'avait pas triché, alors que les points communs étaient évidents ? Léane ne ferait pas dans le sordide : ce qui s'était déroulé dans les dunes, ce soir-là, devait rester enfoui dans le passé. Barbara avait sans doute réussi à se reconstruire, quelque part. Peut-être avait-elle surmonté l'épreuve, et menait-elle une vie heureuse. Hors de question d'aller réveiller sa souffrance, si tant est qu'elle fût apaisée.

À partir de 2 h 45, des ombres commençaient à sortir au compte-gouttes. De larges silhouettes d'hommes, de couples parfois, même de femmes seules, dont les hauts talons claquaient dans le noir glacial. Comment étaient-elles parvenues à entrer au Donjon ? Par des connaissances ? *Via* un réseau ? Avec un mot de passe ? Qui gérait ce club très select ?

Aux alentours de 5 heures, Léane retrouva le froid de la rue et son impasse, elle savait, d'après le site Internet, que le Donjon fermait ses portes à cette heure-là. Elle lorgna la photo récente de Mistik, et se concentra sur la porte. Le pistolet pesait dans la poche intérieure de son blouson.

Les employés sortaient un à un. Son pouls s'accéléra quand elle reconnut la femme, un quart d'heure plus tard. C'était bien elle. Mistik fit deux bises au crâne tatoué avant de marcher le long du trottoir. Léane s'apprêtait à la suivre à pied mais elle entendit le bruit caractéristique d'une alarme qu'on désactive et vit des feux de voiture clignoter, cent mètres plus loin. Elle se précipita alors vers son propre véhicule, s'engagea dans le sillage de la berline rouge et n'alluma ses phares qu'après le croisement. Au fur et à mesure qu'elle parcourait les rues de la ville, son angoisse grandissait. Peut-être que le moment de vérité approchait.

Les routes glissaient, ce qui facilita la filature car Mistik ne roulait pas vite, et Léane pouvait se tenir à distance pour ne pas se faire repérer. Mistik s'engagea sur le boulevard périphérique Nord, la nationale 6, puis emprunta l'autoroute A6, sur une dizaine de kilomètres. Sortie Chasselay. Les lampadaires laissèrent place aux ténèbres de la campagne, avant que n'arrive la petite ville. La neige sur les toits, les rues brillantes et vides : tout était figé, gelé, mort, comme dans une boule à neige posée sur un meuble. Léane gardait la voiture rouge en ligne de mire. Celle qui la précédait traversa la ville et, après quelques virages, mit son clignotant devant un portail qui s'ouvrait au ralenti, gyrophare orange en action.

Plutôt que de s'arrêter et d'attirer l'attention, Léane poursuivit sa route, comme si de rien n'était. Dans son rétroviseur, elle vit le véhicule s'engager dans l'allée. Elle ne fit demi-tour que bien plus loin et attendit.

Dix minutes plus tard, elle sautait un muret et pénétrait dans le jardin. Face à elle, sous un ciel de lune et d'étoiles, une belle maison aux murs en pierre brute, aux fenêtres cintrées en bois, enfoncées comme des yeux curieux dans la façade. Seule une lumière filtrait par un soupirail à la vitre opaque, au ras du sol. Qu'est-ce que Mistik faisait dans un sous-sol ou dans une cave, à 6 heures du matin ?

Léane faillit avoir une crise cardiaque quand un chien surgit derrière elle. Un fox-terrier nerveux qui lui renifla les chaussures, le pantalon, puis s'assit devant la porte. Léane sortit son arme et, sans bruit, tourna la poignée de l'entrée. C'était ouvert.

61

Léane empêcha le chien d'entrer et fonça dans la maison. Elle arriva dans un couloir dont toutes les portes étaient fermées sauf une, d'où jaillissait un rai de lumière rouge. Léane avait l'impression de s'enfoncer dans la gueule d'un monstre.

Elle ouvrit plus grande la porte avec les dents serrées, redoutant qu'elle ne grince. Des marches, qui tournaient vers la gauche. Elle descendit et dut se baisser pour passer sous une voûte en pierre, au-delà de laquelle se déployait une salle de torture au plafond très haut. Clous, lames, fouets, agrafeuses brillaient sur un établi. Une table avec des entraves attendait sur la droite. Elle marqua un temps d'arrêt lorsqu'elle aperçut, accroché à côté de fouets, cravaches, bâillons, matériel sexuel divers, le xiphophore avec sa lame de rasoir. Il y avait encore un peu de sang séché sur le métal.

Elle retenait son souffle et entendait des doigts taper sur des touches, dans une autre pièce. Elle poussa un rideau en lanières, qui cliquetèrent. Autre salle de torture, autre type de matériel. Notamment, une cage à oiseaux géante, une espèce de sarcophage vissé au mur, et un bassin en forme de cylindre vertical, rempli d'eau et surmonté d'un système de chaînes et de poulies qui permettaient d'immerger un corps en suspension.

Mistik était dans un coin, avec son corps tout en nerfs, un pantalon de cuir et un maillot sans manches blanc, assise face à un ordinateur portable. Elle se retourna brusquement, les yeux écarquillés. Léane la braqua.

— Bouge un seul doigt, et je tire.

— T'es qui, putain ?

Léane décrocha une paire de menottes et les balança devant elle.

— Mets ça. Mains dans le dos.

Mistik fixa en vitesse son écran et voulut le rabattre, mais Léane fut plus rapide et donna un violent coup dans le pied de chaise, qui propulsa Mistik au sol. Elle fit claquer la culasse d'un mouvement et ajusta sa visée.

— Je vais te tuer dans ta cave sordide. Je te jure que je n'hésiterai pas.

Léane était à cran. Mistik recula, mains au sol, et obéit. Elle se leva, verrouilla les cercles d'acier autour de ses poignets. Son corps était lardé de cicatrices, de vieilles brûlures, de cratères bruns. Un vrai champ de bataille.

Léane observa l'ordinateur qui affichait une fenêtre de chat : la femme qu'elle braquait discutait avec quelqu'un. Son cœur bondit dans sa poitrine lorsqu'elle vit avec qui elle communiquait.

Moriarty. Ce malade dont les flics avaient parlé et qui, sans doute, avait maintenu Sarah en captivité pendant quatre interminables années.

6:13:42 Moriarty > D'accord ? apparut juste à ce moment-là sous ses yeux. Elle garda un œil sur Mistik et s'installa sur la chaise. Elle reconnut, sur l'écran, les adresses en .onion et le navigateur TOR : le darknet. Le logiciel était « TorChat », elle en avait déjà entendu parler par des équipes de cybercriminalité qui l'avaient aidée pour l'un de ses livres. L'équivalent d'un système de SMS anonyme du darknet. Chaque fois qu'on fermait la fenêtre, tous les messages disparaissaient. Aucune trace, aucun moyen de récupérer les archives.

Elle remonta en un coup d'œil le fil de discussion.

6:02:10 Mistik > Urgent. Réponds STP.

6:10:22 Moriarty > Qu'est-ce que tu veux ? Je t'ai dit de ne plus jamais me contacter ! C'est fini ! C'est la dernière fois qu'on parle, toi et moi. Explique.

6:10:57 Mistik > C'est toi qui m'as toujours dit de t'informer s'il y avait quelque chose de bizarre. Et j'ai l'impression d'avoir été suivie par une femme.

6:11:25 Moriarty > Où ? Quand ?

6:11:42 Mistik > Il y a un quart d'heure. Depuis le Donjon, je crois. La voiture est passée devant chez moi et a continué sa route. Plaque en 59. Le Nord.

6:12:32 Moriarty > Ça fait deux ans que tout est fini. Tu ne dois pas t'inquiéter et arrête de m'écrire à la moindre occasion. Les flics vont bientôt retrouver mon cadavre. C'est notre dernière conversation. Tout est fini. Plus rien n'existe. D'accord ?

6:12:58 Mistik > Ton cadavre ? Qu'est-ce qui se passe ?

6:13:42 Moriarty > D'accord ?

Le curseur clignotait sous ses yeux, attendait une réponse. Léane était sous le choc, mais elle ne prit pas le temps de réfléchir. Presque deux minutes que Moriarty patientait, il allait se douter de quelque chose. Elle se rua sur le clavier.

6:15:20 Mistik > D'accord.

Elle valida, ravala sa salive. Pas de réponse. Alors elle tapa intuitivement, parce qu'il fallait aller vite, ne pas perdre le contact et tenter le tout pour le tout :

6:16:27 Mistik > Il faut quand même qu'on se voie.

L'attente, l'angoisse dans sa gorge. Elle patienta une, deux minutes. Moriarty ne répondait plus. Peut-être qu'elle avait fait une connerie, qu'elle n'aurait pas dû écrire cette phrase. Elle ajouta :

6:17:12 Mistik > T'es encore là ? Réponds s'il te plaît. Je sais des trucs sur Giordano. Sur sa disparition.

Rien. Calme plat. Elle tapa du poing sur le bureau.
— Merde !
Elle se redressa. Ses yeux brûlaient de haine quand elle pointa son canon vers la poitrine de Mistik, assise dans son coin.
— Je te laisse dix secondes pour me dire qui il est. Je veux que tu me parles de Giordano et de Moriarty. Je veux comprendre pourquoi vous faites ça, toi et ces salopards.
Mistik posa ses grands yeux d'aigle sur ceux de Léane.
— Je veux comprendre, ou je te garantis que je te flingue.
— Tu le feras pas. T'as pas les couilles.
Léane sortit son téléphone et afficha la photo du visage défoncé de Giordano, menotté, les mains au-dessus de sa tête. Mistik encaissa mais ne céda pas. Elle montra les dents et cracha comme un serpent venimeux.

— Va te faire foutre !

Léane n'en pouvait plus, elle tremblait de la tête aux pieds. Elle agrippa Mistik par les cheveux et la colla au sol d'un coup de crosse sur le crâne. La femme roula dans un cri rauque. Plus de sentiments, terminé, juste l'instinct, le besoin de réponses. Lui faire cracher tout ce qu'elle savait, jusqu'au dernier mot, dans l'orage de sa colère. On pouvait résister aux coups, à la douleur d'une balle dans la jambe. Mais pas à la sensation de noyade, utilisée par tous les bourreaux du monde.

Et quand elle lui passa les pieds dans les entraves en métal qui pendaient, elle comprit que Mistik, à la façon dont elle se débattait et hurlait, ne supporterait pas. Peut-être aimait-elle voir ses esclaves s'enfoncer là-dedans, peut-être en tirait-elle une infinie jouissance, mais, aujourd'hui, c'était à elle de trinquer.

Léane tira sur une chaîne qui activa le système de poulies. Sa prisonnière fut décollée du sol, la tête en bas, les mains toujours menottées dans le dos. La barre à laquelle elle était attachée pivota jusqu'à ce qu'elle se trouve au-dessus du cylindre en Plexiglas. Mistik s'arrachait les cordes vocales, gigotait, et quand Léane manœuvra un levier qui immergea le corps, les cris se transformèrent en bulles tandis que le visage, grossi par l'épaisseur du plastique, se mua en un masque effroyable.

62

Le 16/07/2016

Mon très cher Andy,
C'est la troisième fois que j'ose vous écrire, j'espère que vous ne me prendrez pas pour une folle. Les mots ne viennent jamais facilement quand il s'agit de coucher sur papier ce qu'on ressent, ce que l'on retient au fond de son cœur, et on n'arrive pas toujours à exprimer avec des phrases ce qu'on aimerait dire.

Je sais à quel point vous souffrez, j'ai fait quelques recherches sur l'univers glaçant dans lequel on vous a enfermé. Ces cellules effroyables, ces couloirs sombres, ces règles strictes auxquelles on vous soumet. Ce n'est pas humain. Sachez que je serai toujours là pour vous soutenir, vous accompagner, et j'espère que ces quelques encouragements vous permettront de sortir un peu de votre cellule, de rêver, de penser à moi, pourquoi pas, moi qui déjà vous attends et vous attendrai toujours.

Chaque oiseau rare poursuit son envol, ne trouve en rien refuge éternel. Par rivières et sources douces en Sologne, aucun ibis ne trouve bonne et riche nourriture au rivage desséché. Pour avaler une libellule, il n'est pas en retard, l'oiseau, tiens !

Excusez-moi, j'ai l'impression que, comme l'oiseau, ma plume s'envole et que... j'en viens à écrire un peu n'importe quoi. *Vous avez déjà dû le constater sur les lettres précédentes. Cela m'arrivait souvent en classe, on me disait dissipée, distraite, lunaire. Est-ce une mauvaise chose d'être lunaire, d'avoir trop d'imagination ? Bref, je suis avec vous, Andy, moi, mon cœur et tout le reste. Les barreaux de votre prison ne doivent pas vous empêcher de vous envoler, tel l'oiseau, et de vous apporter un peu de soleil.*

Je sais que vous aimez l'originalité, la surprise, mais surtout les chiffres, c'est ce que cette presse qui vous salit tant raconte. Ainsi, comme la fois dernière, comme la prochaine, me voici décrite tout en numéros. J'espère ne pas vous lasser, déjà.

4, comme symbole de la solidité. Je suis solide comme vous, comme vous je sais affronter les épreuves. Je surmonterai celle qui vous tient loin de moi. 5, comme les sens, mon préféré est le toucher. 2, comme le couple, 2, base de tout, votre chiffre favori je crois. J'aime aussi le 0, vous le savez déjà, c'est le chiffre le plus parfait, celui qui absorbe tout. Le 9, multiple de 3, est la mesure des gestations. Sachez que bien sûr je vis seule depuis des années à présent, et que je n'ai pas d'enfants. Vous non plus, je me trompe ?

Une autre série pour que vous me découvriez un peu plus ?

Encore le 5, comme ces 5 mots importants pour moi : vie, combat, aventure, changement, liberté. 3 est plus sélectif que 5 ou 9, il limite les choix, s'il fallait choisir justement, ce serait vous, puis moi, puis nous. Je terminerai par le 4, ce carré parfait, rigoureux, comme vous l'êtes. J'aime les gens rigoureux, qui contrôlent, ceux qui ne laissent rien au hasard. Vous faites évidemment partie de ceux-là.

Voilà pour cette fois, je ne suis malheureusement pas une grande bavarde, ni à l'oral ni à l'écrit, j'espère que vous ne m'en tiendrez pas rigueur. Quelle cruauté, je ne sais même pas si vous recevez mon courrier, mais je continuerai à écrire. Pourrais-je espérer un jour avoir une réponse ? D'ailleurs, en avez-vous seulement l'envie ? J'ose espérer que oui. Je sais que nous sommes nombreuses à vous écrire, je ne suis qu'une admiratrice parmi d'autres, mais j'espère obtenir une place particulière dans votre cœur.

Avec toute mon admiration,

Votre dévouée Irène A.

Vic releva les yeux de la lettre quand Vadim entra dans le bureau, en ce mercredi matin. Sa nuit avait été courte. Après avoir prévenu par téléphone Manzato de ses dernières découvertes et envoyé des SMS à ses collègues, il était allé dormir quelques heures dans sa chambre d'hôtel, histoire de recharger les batteries. Puis il était passé à la première heure au laboratoire de police scientifique pour y déposer le livre récupéré à l'internat : Manzato avait fait le forcing pour obtenir une analyse ADN du sang présent sur l'une des pages en priorité absolue. L'affaire Chamrousse terminée, les laborantins avaient désormais plus de disponibilités pour agir vite. Ils se chargeaient aussi de terminer les analyses des ADN de la « chose ».

Vadim se délesta de son blouson et vint serrer la main de son collègue.

— Alors on sait enfin qui est Moriarty...

Vic lui expliqua l'histoire en détail. L'internat des Roches noires. L'acharnement du professeur de sport sur Delpierre et Jeanson, les actes de pédophilie présumés, les mutilations qu'il avait ensuite subies dans les douches, et la fuite, quelque temps plus tard, de leur copain de chambrée, Luc Thomas.

— Et pourquoi ce Luc Thomas serait revenu trente ans plus tard voler les dossiers de l'internat ?

— Peut-être qu'il s'est dit qu'on finirait par aller fouiner dans ces archives, un jour ou l'autre. Il brouille les pistes. A-t-il peur que Jeanson ne parle ? Que son visage, qu'il cherche tant à dissimuler, ne nous dise quelque chose ?

— Et l'histoire autour des livres de Léane Morgan ? Pourquoi les avoir apportés là-bas ?

— Je sèche. Mais une chose est sûre : ce qui se passe dans le Nord, au fond de la prison de Valence et ici, ce sont les fils d'une même pelote de laine. Moriarty n'est plus cent pour cent anonyme. Luc Thomas doit exister, quelque part. On va le retrouver, que ce soit grâce à la biologie ou aux recherches dans l'Administration. Jocelyn et Ethan sont en train de se brancher là-dessus.

Vic agita sa main.

— Tiens, amène-toi. Je viens de trouver un truc.

Vadim vint se coller contre lui et observa la lettre que désignait Vic. En en-tête, une date et un « Mon très cher Andy ». Le courrier était signé « Irène A. ».

— Irène A. pour Irène Adler. L'un des personnages de Conan Doyle.

Vic tendit à son collègue le paquet.

— Tu peux chercher les autres courriers d'Irène ?

Vadim acquiesça et s'installa à côté de lui. Pendant ce temps, Vic relut plusieurs fois sa lettre, avec soin, les sourcils froncés. Que signifiait ce passage presque incompréhensible au milieu du texte ? Et cette histoire de chiffres ? La lettre lui paraissait à la fois banale et complètement étrange. Il imaginait Félix Delpierre, dans sa cave, en train de rédiger ce courrier en face de sa « chose », de se casser la tête, de se mettre dans la peau d'une femme, jusqu'à changer son écriture.

— J'en ai une autre. « Irène A. »

Vadim lui en tendit une nouvelle. Vic lut avec attention, et fut surpris par la manière dont la structure se répétait : deux ou trois paragraphes de généralités, avant un passage obscur de quelques lignes, dans lequel il était cette fois question d'arbres et d'océan. Puis, vers le bas de la lettre, Irène A. recommençait avec son histoire de chiffres et concluait par un dernier paragraphe bourré de sentiments. Vic attendit que Vadim lui trouve un autre courrier et trouva de nouveau cette structure.

Il mit les lettres côte à côte, se concentra sur les paragraphes énigmatiques. Il savait que la solution était juste là, sous ses yeux. Il se représentait Jeanson ouvrant le courrier parfumé et décryptant, au nez des gardiens, les mots que lui avait adressés Delpierre. Il devinait alors sa jouissance, son pouvoir.

« *Chaque oiseau rare poursuit son envol, ne trouve en rien refuge éternel* », relut-il avec la plus grande attention. Ou encore, dans une autre missive : « *Cette oriflamme rouge ploie sans erreur, ni trop engagé, resserré, riche étoffe.* » Même phrase incompréhensible, même nombre de mots, et même…

Alors il vit. Les lettres s'illuminèrent dans sa tête comme des balises sur la piste d'un aéroport.

— Je le tiens !

Vadim leva un regard vers son collègue.

— Qu'est-ce que t'as trouvé ?

Vic ne répondit pas, il ne l'avait même pas entendu. Il prit un papier, un stylo, et se mit à souligner certaines lettres.

« *<u>C</u>haque <u>o</u>iseau <u>r</u>are <u>p</u>oursuit <u>s</u>on <u>e</u>nvol, <u>n</u>e <u>t</u>rouve <u>en</u> rien <u>r</u>efuge <u>é</u>ternel. <u>P</u>ar <u>r</u>ivières <u>et</u> <u>s</u>ources <u>d</u>ouces en <u>S</u>ologne, <u>a</u>ucun <u>i</u>bis <u>n</u>e <u>t</u>rouve <u>b</u>onne <u>et</u> <u>r</u>iche <u>n</u>ourriture <u>au</u> <u>r</u>ivage <u>d</u>esséché. <u>P</u>our <u>a</u>valer <u>u</u>ne <u>l</u>ibellule, <u>il</u> <u>n</u>'est <u>pas</u> <u>en</u> <u>r</u>etard, <u>l</u>'oiseau, <u>t</u>iens !* »

— Il y a un paragraphe spécial dans chacune des lettres écrites par Delpierre. C'est dans ce bloc que l'auteur transmet le début de son message, et c'est la clé de tout. Il suffit de coller les premières lettres de chaque mot de ces passages pour comprendre.

Vadim s'approcha et se pencha.

— « C-o-r-p-s e-n-t-e-r-r-é p-r-è-s d-e S-a-i-n-t-B-e-r-n-a-r-d, P-a-u-l-i-n-e P-e-r-l-o-t. »

Il dévisagea Vic.

— Merde. Qu'est-ce que ça veut dire ?

Vic mit quelques secondes à répondre.

— L'Immortelle de Kasparov… Je crois que j'ai compris.

Dans la foulée, Vic nota en vitesse une succession de chiffres.

— Regarde. Si on colle tous les chiffres cités plus bas dans ce même courrier, on obtient 4522093 pour le premier paragraphe, et 553594 pour le second. Soit 45.22.09.3, et 5.53.59.4 si on ajoute les points. C'est écrit dans le rapport, ce sont les coordonnées GPS exactes de la tombe de Pauline Perlot. Voilà donc exactement ce que Delpierre a transmis à Jeanson par l'intermédiaire de cette lettre : « Corps enterré près de Saint-Bernard, Pauline Perlot. 45.22.09.3E, 5.53.59.4N ». C'est l'endroit précis où les collègues ont déterré le cadavre, Vadim.

Vadim resta sans voix, l'œil rivé sur les autres courriers.

— Attends, je ne pige pas. T'es en train de me dire que… que…

— Que j'ai bien l'impression qu'Andy Jeanson n'a fait que nous répéter ce qui était écrit dans ces courriers. Qu'il a endossé tous les meurtres. Les huit.

Un silence. Vic se lissa les cheveux vers l'arrière, percuté de plein fouet par ses découvertes.

— Les corps qu'il livre aux flics et au compte-gouttes depuis deux ans sont ceux de Delpierre. Il s'est sacrifié, Vadim, à l'image de la tour blanche dans l'Immortelle de Kasparov. Le Voyageur, considéré comme l'un de nos pires tueurs en série, n'a peut-être tué personne.

— Ça ferait presque deux ans que Jeanson roule les enquêteurs dans la farine ? Que cette ordure, qui a plus d'articles dans la presse qu'une rock star, nous fait croire qu'elle a commis les meurtres d'un autre ? Qu'on ne voit pas que les victimes présumées de Jeanson et celles de Delpierre sont rigoureusement les mêmes ?

Vic hocha la tête avec conviction.

— La « misdirection ». En attirant l'attention et la lumière sur lui, le Voyageur nous empêchait de regarder ailleurs. On ne recherchait plus les victimes, on attendait juste que Jeanson nous livre les cadavres. C'était ce qui allait se passer avec Sarah Morgan. Delpierre allait l'enterrer, comme les autres, et c'est Jeanson qui, quelques semaines plus tard, nous aurait révélé l'emplacement du corps, en s'octroyant le crédit du meurtre.

— C'est dément.

— Ce que je raconte ne fait pas de Jeanson un innocent, loin de là. On a les preuves irréfutables qu'il a effectivement kidnappé toutes ces filles, mais peut-être que son rôle s'arrêtait là. Exactement comme celui de Delpierre s'arrêtait au « nettoyage ». La différence, c'est que l'un est situé au début de la chaîne, et l'autre à la fin.

— On aurait donc affaire à un seul et même réseau organisé. Jeanson, Delpierre et, au beau milieu de tout ça, le fameux Moriarty, *alias* Luc Thomas.

— Je le crois, oui. Les trois copains de chambrée... Des types qui, trente ans après, ont reformé leur groupe

415

pour kidnapper, séquestrer, torturer et tuer de pauvres filles, chacun cantonné à sa tâche. Jeanson était coincé, de toute façon. Pris pour pris, auteur de kidnappings en série, il risquait dans tous les cas la prison. Alors il a endossé les meurtres. C'est une manière pour lui de continuer à jouer. Ils jouent tous, ces salopards...

Vadim mesurait à peine l'impact de leurs découvertes. Un tueur en série qui n'en était pas un... La déroute de la police, bernée de toute part... Jeanson et Delpierre, deux mômes sans doute détruits par les épreuves et les sévices subis dans leur jeunesse, qui n'avaient jamais vraiment réussi à se reconstruire... Avaient-ils vu, en Moriarty, leur sauveur ?

— Une question bête : si le rôle de Jeanson se cantonnait aux enlèvements, pourquoi il envoyait les mèches de cheveux des mois plus tard ?

— Pour exister. Parce que ça lui donnait de l'importance, une identité. Avec ces mèches, ce mode opératoire, il est devenu « le Voyageur », traqué par toutes les forces de police. Il a fait naître une légende. Sa légende. D'une certaine façon, il a fonctionné comme Delpierre qui, en kidnappant Apolline ou en fabriquant sa « chose », voulait lui aussi exister, mais de manière beaucoup plus discrète. On a tous besoin d'exister par soi-même, de ne pas être le sbire d'un autre...

Vic feuilleta les courriers sélectionnés par son collègue.

— Il n'y a plus qu'à vérifier pour ceux-là et s'assurer que...

Ses mots restèrent sur ses lèvres lorsqu'il découvrit la date de l'une des lettres. Jeanson avait reçu une missive, plus longue que les autres, qui datait du mercredi précédent, sept jours plus tôt.

Deux jours après l'histoire de la pompe à essence.

Delpierre, qui se savait piégé, conscient que la police ne tarderait pas à l'appréhender, avait voulu adresser à Jeanson un ultime message. De nouveau, Vic s'empara de son stylo et se mit à noter d'une écriture frénétique les premières lettres de chaque mot. Le texte qui apparut sous ses yeux lui donna la chair de poule.

L'inconcevable.

Il prit sa feuille, bondit de son fauteuil et fonça vers la porte.

— Appelle les secours !

63

— Je n'ai jamais vu son visage. Je ne sais pas qui il est, je te le jure.

De grosses veines zébraient le front de Mistik, à dix centimètres de la surface. L'eau ruisselait dans ses yeux, sa nuque, entre ses seins. Elle avait cru se noyer, à plusieurs reprises. Voir un corps se débattre avec tant de hargne avait été insupportable pour Léane. Mais la langue de sa prisonnière s'était déliée au fur et à mesure.

— ... La première fois où j'ai rencontré Moriarty remonte à 2013. Une nuit, il est venu me voir pour une séance au Donjon. Il portait un de ces masques vénitiens avec un long bec...

Elle eut une grosse quinte de toux, cracha de l'eau, et Léane eut l'impression que ses yeux allaient sortir de leurs orbites.

— ... Ça arrivait souvent que... que des hommes viennent masqués ou maquillés, pour préserver leur anonymat. Le Donjon est un... un club select, dans lequel on n'entre que par cooptation. Il est renommé parce qu'il entretient le culte du secret sur... sa clientèle. Pas de noms, pas de fichiers, pas de photos. Les gens qui... qui le fréquentent sont friqués et prudents. Des avocats, des notables, qui mènent deux vies parallèles, l'une à la lumière, auprès de leur famille, de leurs amis, et l'autre dans l'obscurité.

Elle se cabra dans une grimace pour limiter l'afflux de sang dans son cerveau. Son visage était rouge comme l'enfer.

— … Moriarty connaissait mon passé, mon goût pour la souffrance. Mais il ne voulait pas de rapports charnels, il voulait juste observer… Alors c'est ce qu'il a fait, il restait dans un coin, et il regardait des hommes en action. Mais le Donjon reste un établissement soumis à des règles. Pas de sang, pas d'actes extrêmes, genre coupures au couteau, qui pourraient nuire à sa réputation. Moriarty, il voulait voir plus, il *savait* que j'en offrais la possibilité à ceux qui y mettaient le prix. Alors ses séances d'observation se sont poursuivies ici, dans mon donjon intime…

Le business du vice, de la torture, de la femme-objet… Léane imaginait sans peine les scènes de torture, les cris, les chairs meurtries. Un bourreau qui officiait, un observateur masqué… Pourquoi Moriarty n'avait-il pas de rapports physiques ? Léane évoluait dans un univers marginal, codifié, sans tabou, un espace déjanté où les gens normaux étaient l'anormalité.

— … Moriarty savait que c'était entre ces murs que j'amenais les hommes les plus extrêmes, ceux qui pouvaient payer. Après des mois de séances, on avait noué une vraie relation de confiance, tous les deux.

Elle renifla, pleurait peut-être en même temps. Les grosses coulées noires de maquillage lui donnaient des airs de pierrot morbide. Elle pointa une zone de la cave.

— Il y a des trous dans le mur, qui donnent sur une autre pièce. C'est là, derrière, qu'il matait, à l'insu de mes clients... Et puis un jour, il m'a annoncé qu'il ne viendrait plus mais m'a proposé un deal. Quelque chose d'extrêmement simple et qui me rapporterait beaucoup d'argent. Il m'a parlé du darknet, a installé des trucs sortis de je ne sais où sur mon ordinateur. C'est *via* le « TorChat » qu'on a poursuivi nos échanges... Une fois, il m'a fourni l'adresse d'une boîte mail, une longue suite de chiffres et de lettres, et m'a expliqué ce qu'il attendait de moi : que je la transmette à mes clients les plus radicaux, ceux que... que j'amenais dans ma cave, ceux qui... n'avaient aucune limite. Il voulait les plus friqués, mais surtout, il voulait les pires.

Léane écoutait sans bouger, les poings serrés.

— ... Est-ce que tu sais à quoi ressemble un homme qui n'a plus de limites ? Un homme qui ne te voit plus comme une femme, mais comme le territoire de l'assouvissement de ses fantasmes ? Une bête, un démon. C'est cette bête-là que Moriarty attendait. Alors, tout ce que j'avais à faire, c'était fournir à ces hommes ce mail, que Moriarty changeait régulièrement par sécurité. Je devais dire à ces hommes que, envoyer un message à cette adresse *via* le darknet, c'était la promesse d'une « *expérience ultime* », anonyme, sécurisée.

— Quelle expérience ?

— J'en sais rien.

Léane actionna le levier. Elle détourna la tête quand les yeux révulsés de Mistik apparurent derrière le Plexiglas. Son corps s'arc-boutait comme si elle recevait des décharges électriques. Au bout d'une quinzaine de secondes interminables, elle la remonta.

— Il m'a jamais dit, putain ! Mais... je... me doutais que... que c'était pas sain, que... ça avait forcément un rapport avec des déviances extrêmes, vu toutes les précautions que Moriarty prenait pour préserver le secret... Et toi, tu me parles de meurtres... Alors c'est ça... C'est ça, « l'expérience ultime »... C'est la possibilité d'aller encore plus loin. Le *no limit*, qui peut conduire à la mort. Ces choses-là ne sont pas que dans les films. Elles existent... Sans le contexte de mes expériences, il y a des années, sans la barrière sociale de l'observateur, je suis sûre et certaine que des hommes seraient allés au bout. Qu'ils auraient fini par me violer, me torturer, me tuer, ce n'était qu'une question de temps. Dans ces moments-là, j'ai vu la bête tapie au fond de chacun d'entre nous... Faites sauter les barrières, la bête se libère. C'est cette bête-là que Moriarty cherchait.

Léane avait la main crispée sur le levier. Moriarty avait-il offert la possibilité de tuer, pour ceux qui y mettaient le prix ? Elle eut l'impression de recevoir des coups de poing dans la poitrine, des rafales de plus en plus violentes qui lui détruisaient tout l'intérieur.

Le corps de Mistik oscillait comme un pendule.

— ... J'ai... J'ai fourni cet e-mail à... des hommes. De temps en temps, je trouvais une enveloppe avec du liquide dans ma boîte aux lettres. Puis ça s'est arrêté brusquement. J'ai reçu la dernière enveloppe en février 2016, avec un mot : « *C'est fini. Plus de contact, sauf urgence.* »

Février 2016. Andy Jeanson avait été arrêté un mois plus tôt. Léane ne voulait pas n'y voir qu'une coïncidence. Jeanson en prison, un maillon de la chaîne avait-il été brisé ?

— Combien ? À combien de ces monstres t'as transmis le mail ?

Mistik hésita, mais quand elle vit Léane pousser la
manette, elle se ravisa.

— Vingt... Peut-être plus. Je sais pas, et je sais pas
si tous l'ont utilisé...

— Et Giordano faisait partie du lot ?

Elle acquiesça. Léane ressentit une chaleur de fournaise dans son ventre.

— Parle-moi de lui. Votre rencontre, vos rapports.

— Giordano était un flic bien connu dans les milieux
de la nuit... Respecté par certains, craint par la plupart.
Un vrai chien fou... Ça... Ça lui arrivait de descendre
au Donjon, toujours très tard, histoire de finir la nuit.
Il avait ses entrées. Après plusieurs rencontres, on a fini
ici. Il était tordu, vraiment tordu... Peut-être le pire
d'entre tous. Il est allé jusqu'à se tatouer sur l'épaule
son « jouet » préféré...

— Le xiphophore.

— Oui. Chaque fois que j'avais Giordano en face de
moi, muni de ce couteau, je revoyais ce petit homme à
lunettes, chétif, venu de nulle part il y a vingt-cinq ans,
qui avait pris cet objet et m'avait taillardé les deux seins.
Giordano était de cette trempe-là. Doux à un moment
et démon la seconde d'après. Quelque chose ne devait
pas tourner rond dans sa tête, déjà avant la taule. Puis il
s'est fait prendre au cours d'une affaire de traite des êtres
humains. Les flics ont enquêté sur lui et sont remontés
jusqu'au Donjon. Ils étaient au courant qu'il s'y rendait
de temps en temps, qu'on y avait eu des séances... J'ai
été appelée à témoigner, j'ai minimisé les faits, je n'ai
jamais parlé de notre relation dans cette cave.

— Pourquoi ?

— Parce que… Parce que c'est ici, mon vrai business. Le Donjon n'est qu'une façade, un moyen de ferrer le poisson, qu'est-ce que tu crois ? Giordano est revenu vers moi à sa sortie de prison. La taule ne l'avait pas apaisé, au contraire. Il était encore plus affamé, plus dangereux. Il… Il me prenait à la gorge et il serrait, serrait. Il me charcutait avec le xiphophore et l'instant suivant, il me prenait contre lui en pleurant comme un gosse. L'enfermement avait définitivement dévissé les boulons dans sa tête. Je crois qu'il aurait fini par me tuer si je l'avais laissé faire…

Léane s'en voulait d'avoir été si faible devant ce salopard menotté dans le fort. Il s'était bien fichu d'elle.

— …J'avais rencontré Moriarty pendant que Giordano était en taule. Alors j'ai parlé du darknet à Giordano, je lui ai fourni l'adresse mail. Il avait beaucoup d'argent grâce à un héritage, il correspondait en tout point au profil qu'attendait Moriarty. Après ça, je ne l'ai plus revu. Cet e-mail… C'était comme une porte vers un autre monde, tu comprends ? Ceux qui la franchissaient disparaissaient de ma vie, pour passer dans une autre dimension. Tu viens de m'apprendre laquelle.

Chaque mot, chaque image blessait Léane au plus profond de sa chair. Sarah, comme d'autres malheureuses victimes, avait peut-être été le terrain de jeu de ces malades. Des surfaces de chair où les limites n'existaient pas. Elle eut envie de s'effondrer, de se coucher dans un coin et de se laisser mourir. Mais sa colère la raccrochait à la vie.

— Ces hommes… Je veux savoir qui ils sont. Donne-moi les noms de ces salopards.

Mistik cracha.

— Tu crois qu'ils me laissent leur carte de visite ? Ce ne sont que des masques, des visages et des corps, des mains qui torturent. Ils paient cher pour mon silence, tu piges pas ? Ils sont allés au plus profond de moi et, pourtant, je ne connais aucun d'entre eux. Ça remonte à trois ou quatre ans, tout s'est perdu dans l'obscurité... Et même si t'en retrouves un, qu'est-ce que tu crois ? Qu'il parlera, des années après ? Personne ne parlera. Dans ce milieu, c'est la loi du silence. Ils travaillent dans les tribunaux, fréquentent les clubs select. Ils peuvent tout se payer, y compris notre douleur. Ils nous consomment. Toi comme moi, on n'est que des objets...

Léane n'en pouvait plus. Il aurait fallu qu'elle mette les flics dans la boucle, qu'ils enquêtent sur le Donjon et retrouvent les clients de Mistik, mais elle était pieds et poings liés. Était-il possible que tout s'arrête maintenant ? Qu'elle reparte sans réponses ? Était-elle allée au bout de ses recherches, de ses possibilités, de ses forces ?

Elle serra les dents, raffermit sa main autour du manche.

— T'as entraîné toutes ces jeunes filles vers la mort, tu le savais. C'est à cause de toi si...

Elle se tut, ferma les yeux. Mistik n'était pas une victime, elle avait fait partie de la chaîne meurtrière, elle avait occulté la vérité en toute conscience et, au fond d'elle-même, elle savait. Léane songea à Sarah, à son sourire, à cette dernière photo de sa fille si heureuse de vivre pour se donner encore un peu de courage.

Mistik ne pouvait plus vivre.

Elle mit son autre main sur le levier, gonfla ses poumons, tandis que sa prisonnière hurlait. Léane fit pivoter la barre et lâcha la chaîne. Mistik s'effondra au sol, juste à côté du cylindre. Léane la traîna jusqu'à la cage et l'y enferma. Ensuite, elle balança la clé du cadenas dans l'eau.

— Vaudrait mieux pour toi qu'il m'arrive rien.

Léane fit demi-tour et se figea devant l'ordinateur. Sur l'écran était apparue une nouvelle ligne.

6:31:52 Moriarty > RDV après-demain, 22 heures. Étretat. L'Aiguille creuse.

64

Les pins noirs se dressaient à l'infini, une véritable armée de l'ombre, muette, sinistre, ancrée dans la neige, cette croûte grise et silencieuse qui étouffait la vie, le mouvement, l'espoir. Pas un animal, pas une feuille qui bruissait, juste, parfois, çà et là, des blocs de neige se décrochaient des branches et les faisaient craquer. Alors, d'une seule et même voix, la forêt se mettait à gémir, comme si une main de golem vrillait ses troncs et la torturait.

Smartphone ouvert sur le GPS en main, Vic courait dans le labyrinthe à en perdre haleine, des cristaux translucides accrochés aux poils de sa barbe de trois jours. La neige l'engloutissait, le faisait chuter – comme ses collègues, il n'avait pas de raquettes. Loin devant, un rideau noir et dentelé, qui s'ouvrait telle une mâchoire : la chaîne de Belledonne, impérieuse. Derrière lui, Vadim, Manzato, deux ambulanciers et un médecin urgentiste, chargé de sa lourde trousse de secours, peinaient. Le froid s'infiltrait dans les gorges, glaçait l'oxygène, brûlait les poumons. Dans l'alignement de leurs regards inquiets, les torches écorchaient la nuit, dévoilaient des trous sournois, de la roche dangereuse, des congères dures comme du bois. Il gelait à pierre fendre.

Manzato rompit le silence.

— Combien ?

— Encore environ... cinq cents mètres.

Les véhicules étaient garés à un kilomètre, au bord de la départementale. L'endroit où ils se dirigeaient, à une heure de Grenoble, était un ancien chemin de randonnée, inaccessible en voiture. Les pentes écorchaient, les racines s'accrochaient à la terre glacée comme des araignées géantes. Vic avait le pantalon et les chaussures trempés, les pieds frigorifiés, mais il redoubla de courage. Apolline était une battante, elle avait réussi à surmonter son handicap, à s'épanouir malgré la cécité. Malgré l'ultimatum fixé par Delpierre, elle pouvait encore être en vie. Le flic priait pour qu'elle le soit.

Malgré la douleur de ses muscles brûlants, il revoyait chaque mot qu'il avait décrypté dans l'ultime lettre postée par le Dépeceur, et qui donnait, à la fin, un message au terrible présage :

Ils vont me coincer, question de jours. Ils ne savent rien. Comme promis, j'emporterai notre secret. Moriarty a définitivement disparu. Sans doute pour réaliser son magistral coup d'éclat dont il a toujours parlé. La plus belle des disparitions, aux yeux de tous. C'est un vrai magicien. Profites-en pour briller une dernière fois. Apolline Rina. Aveugle. Ma fierté à moi. Enfermée gîte abandonné, proche ruisseau Grande Valloire, La Ferrière. 45.17.32.7N, 6.06.50.8E. Elle vivra encore cinq ou six jours. Attends une semaine avant de dire aux flics. Qu'elle crève juste dans leurs bras. Adieu, vieux pote.

Cinq ou six jours... Depuis la veille ou l'avant-veille. Vic puisa dans ses dernières forces, il chevaucha les obstacles, s'accrocha aux branches. Il fallait qu'il la sauve, qu'elle soit en vie, pour lui, pour ses collègues, pour sa propre fille : comment grandir dans un monde où la moindre lueur s'éteignait, même celle de l'espoir ? Si Apolline était partie, tout sombrerait dans les ténèbres, sans retour possible. Vic ne supporterait plus ce monde-là.

Il atteignit un plat, enfin, une petite clairière dans un creuset de granit, une impression d'étouffement, tant les flancs des montagnes étaient rapprochés par l'obscurité. Loin dans l'éclat des torches, sous les étoiles, la masse noire du gîte se dessina, une bouche de pierre au toit en légère pente qui semblait surgie d'une autre époque. Autour, une neige immaculée, sans la moindre empreinte de pas. Les hommes s'approchèrent, à bout de souffle, trempés de sueur sous leurs blousons. Toutes les issues du bâtiment avaient été obstruées avec des planches clouées. Il devait régner, à l'intérieur du vieux refuge comme derrière le regard d'Apolline, une nuit perpétuelle.

Les hommes se jetèrent sur les planches en travers de la porte, et il ne fallut pas moins de trois paires de bras pour en tordre les clous. Une partie du chambranle céda dans un craquement. Quand il y eut assez de place pour se faufiler, Vic se rua à l'intérieur le premier, son arme et sa torche entre les mains. Une odeur d'antiseptique mêlée à celle du sang lui heurta les narines. D'un geste vif, il balaya du regard la pièce délabrée. Des morceaux de tuile, de planche, de verre jonchaient le parquet. Son faisceau se figea alors sur un matelas à même le sol, dans l'angle droit de la pièce.

Son cœur se souleva quand il éclaira un corps enroulé dans de grosses couvertures. Les moignons des bras, posés sur la laine grise, étaient serrés dans d'épais pansements aux extrémités sombres, ce jaune mêlé de rouge caractéristique des plaies mal soignées, purulentes. Deux poches translucides étaient accrochées au mur, reliées au bras gauche par un cathéter. Elles étaient vides.

Sans réfléchir, Vic se précipita vers le corps immobile d'Apolline. Le visage était blanc, trop blanc, creusé, les lèvres paraissaient congelées, d'un rose éteint, les yeux étaient perdus dans le néant, immobiles, couverts d'un voile translucide. Elle ne réagissait pas à leur présence, ne bougeait pas. Vic la secoua avec délicatesse, appela « Apolline, Apolline ». Il se recula lorsque le médecin ordonna de lui laisser la place. En retrait, Manzato restait debout, sa poitrine se levait et retombait dans un nuage de condensation. Son visage n'exprimait que colère et résignation. Delpierre avait nourri Apolline, l'avait soignée par des poches à coup sûr bourrées de médicaments, enroulée dans un cocon de chaleur, pour qu'elle ne meure pas trop vite. Juste pour les blesser encore plus, eux, les flics. Comme si le mal qu'il avait fait ne suffisait pas.

Le médecin resta concentré sur sa tâche. Il ôta ses gants fourrés et chercha le pouls au niveau de la carotide, sans le trouver. Ses mâchoires se serrèrent mais il n'abandonna pas : peut-être Apolline était-elle juste trop faible ? Le test du réflexe de la pupille était impossible. Alors, d'un geste, il sortit un stéthoscope de son sac, ôta les couvertures et dévoila la poitrine nue. Une fois les embouts enfoncés dans ses oreilles, il plaqua le pavillon de son appareil sur le frêle torse, côté cœur.

Une étincelle passa dans ses yeux.

— J'ai un pouls.

65

L'Aiguille creuse… Le roman de Maurice Leblanc… L'endroit exact où se terminait son propre livre, *Le Manuscrit inachevé*. C'était sur la falaise d'Étretat, face à l'aiguille, que Moriarty lui donnait rendez-vous le surlendemain. À elle, Léane, ça paraissait évident. Comment avait-il su ?

Il était l'un de ses lecteurs, il connaissait ses romans sur le bout des doigts. Et il voulait qu'elle le comprenne. Léane allait affronter le monstre.

Elle doubla le phare de Berck dont le faisceau s'était mis à balayer la côte, à travers les rideaux noirs de pluie, s'enfonça sur la route entre les dunes grises, martelées d'eau, encore et encore. Et, plus elle approchait de « L'Inspirante », plus la boule grossissait dans son ventre. Elle pensa à Giordano, enfermé dans son fort. Trois jours qu'elle n'était pas allée le voir. Elle en venait à espérer qu'il soit mort.

Au loin, les lumières du rez-de-chaussée étaient allumées. Pas de 4×4, le véhicule devait être rangé au sous-sol. Léane vit soudain une silhouette sortir de la villa, lampe torche allumée à la main. L'ombre portait l'ignoble tenue de pêche jaune, avec les grandes bottes, le poncho, la capuche sur la tête. Léane éteignit les phares et coupa le moteur.

La forme marqua un arrêt – malgré le vent, elle avait sans doute vu ou entendu quelque chose –, observa en direction de la route. Pouvait-il s'agir de Jullian ? Léane ne savait pas. La silhouette courait vers la remise à chars à voile. Elle disparut à l'intérieur. Léane repensa au cadenas fermé, au fait qu'elle ait dû briser la vitre pour pouvoir entrer. Que faire ? Et si Jullian était blessé ? Et si elle avait affaire au parasite ? Elle hésita, sortit de sa voiture et se précipita vers la remise. Le vent lui fouettait les cheveux. Dans l'obscurité, elle observa par la fenêtre.

L'homme fouillait parmi les outils. Elle découvrit son profil et alla ouvrir la porte d'un coup. Il se retourna dans un sursaut.

— Qu'est-ce que tu fais ? lança Léane.

Des gouttes dégoulinaient sur les joues de Jullian. Il baissa sa capuche lentement. Son visage était découpé par les ombres, ses pommettes acérées comme des carreaux de flèche. La pluie martelait les murs, la toiture. De l'eau entrait par la vitre brisée et éclaboussait les cerfs-volants qui tournaient sur eux-mêmes.

Il l'examina, puis lui tourna le dos et reprit sa fouille.

— Il aurait mieux valu que tu rentres plus tard.

Léane lui agrippa le bras.

— Pourquoi ?

Il fit volte-face, le manche d'une pelle serré dans le poing.

— Pour ça.

Avec sa tenue de pêcheur, il ressemblait à l'un de ces malades de films d'horreur prêts à faire un massacre. Léane s'écarta, sous le choc.

— Me dis pas que…

— Suis-moi.

Il remit sa capuche et se précipita sous la pluie, direction le garage. Un coup d'œil vers les dunes, le phare, dans cette nuit violente, pour s'assurer qu'aucun véhicule n'arrivait. Il souleva la porte et, une fois que Léane fut entrée, referma derrière eux. Le 4×4 attendait, encore trempé. Les pneus baignaient dans de grosses flaques. Jullian appuya sur l'interrupteur, le néon grésilla. Léane avait l'impression de se réveiller d'un cauchemar pour atterrir dans un autre, et se réveiller encore, sans jamais se retrouver dans la réalité. Chaque jour qui passait était pire que le précédent.

Son mari ouvrit d'un geste sec le coffre.

Bouffée de mort en pleine figure. Giordano les observait, la bouche en coin, les yeux grands ouverts, presque sortis de leurs orbites. Il était roulé dans une bâche, contorsionné pour pouvoir entrer dans l'espace confiné. Du sang séché lui maculait les cheveux, les tempes, le front. Léane porta les mains à son visage.

— Qu'est-ce que tu as fait ?

Jullian enfonça la pelle dans le coffre.

— Je ne supportais plus de ne pas savoir, de me dire qu'il avait peut-être les réponses. Alors je suis retourné au fort, je voulais le faire parler, je voulais qu'il crache la vérité…

Du bout des doigts, il fit pivoter la tête du cadavre et dévoila la masse sombre des cheveux collés au crâne.

— … Et il était mort, Léane. Ses bras étaient toujours en l'air, mais son menton tombait sur son torse. Je crois qu'il s'est cogné la tête violemment contre le mur, à plusieurs reprises, jusqu'à en mourir. Tout l'arrière est défoncé…

Léane tremblait de tous ses membres. Elle eut une vision : Jullian qui tenait Giordano par les cheveux et lui fracassait le crâne contre les briques.

— … Alors j'ai chargé le corps dans la voiture et je l'ai rapporté ici. Il me fallait une pelle. La remise était fermée, donc j'ai cassé le cadenas.

Léane resta sans voix. Eux, dans leur garage, avec un cadavre dans le coffre. Jullian lui mentait-il ? Avait-il tué Giordano ou juste découvert son corps sans vie ? Qu'est-ce que ça changeait, au fond ? Ils l'avaient tué à deux. Il ôta son poncho, le roula en boule et le fourra dans un plastique. Il fit de même avec le pantalon, puis les bottes.

— J'ai bien relu tes romans à l'hôpital. Pas de traces, procéder étape par étape, c'est ce que tu écrivais. Je me débarrasserai de ces vêtements. On nettoiera le coffre à l'eau de Javel pour détruire les restes de sang.

Après avoir remis ses chaussures, il enfonça le paquet dans le coffre. Léane sursauta quand il le referma.

— On ne va pas paniquer, d'accord ? On ne risque strictement rien. Il y a la forêt de Montreuil-sur-Mer avec ses étangs à une vingtaine de kilomètres. Il fait cinq ou six degrés, le sol est détrempé et n'est pas gelé, ça facilitera le travail. Je vais enterrer Giordano profondément et, si je n'y arrive pas, je lesterai le cadavre et le jetterai dans l'eau. Personne ne le retrouvera.

Il revint vers sa femme, lui saisit les épaules. Il y avait de la folie derrière le disque sombre de ses pupilles. Léane eut l'impression de se retrouver face à un tueur qui maîtrisait chacune de ses émotions. Comment pouvait-il garder un tel contrôle de soi dans une situation pareille ?

— On va s'en sortir, tu m'entends ?

Et, comme elle ne réagissait pas, il la secoua.

— Tu m'entends ? Je ne laisserai personne se mettre en…

Il ne termina pas sa phrase. Un bruit de moteur se fit entendre, de plus en plus distinct. L'éclat blanc des phares, qui glisse sous la porte de garage. Léane ne respirait plus. Qui arrivait ? Un bruit de portière retentit.

Doigt sur la bouche, Jullian alla observer dans la fente entre la porte du garage et le mur.

— Merde, c'est Bercheron.

Il vit que Colin marqua un arrêt devant le garage. Si eux avaient vu la lumière des phares, lui devait voir celle du néon. Jullian serra les mâchoires.

— Toujours là quand il ne faut pas, celui-là.

Il le suivit des yeux aussi loin qu'il put. L'homme se dirigeait vers la remise, dont la porte battait à tout rompre sous l'effet du vent.

— La porte…

Le flic disparut à l'intérieur, y resta quelques secondes. Puis il sortit, ramassa un objet et l'observa.

— Je crois que c'est le cadenas. L'espèce de petite fouine…

Colin le remit en place pour bloquer le battant. Léane voyait la grosse veine saillir du cou de Jullian qui se contorsionnait pour surveiller Colin. Le flic monta les marches du perron. Le bruit de la sonnette, qui glaça Léane.

— On n'est pas obligés de répondre, fit Jullian.

Léane se lissa les cheveux en arrière nerveusement.

— Il… Il a vu les lumières. Et puis le cadenas fracturé. Si… Si on ne répond pas, ça va empirer la situation. Il pensera que quelque chose de grave est arrivé et il appellera des renforts. On doit aller lui ouvrir.

Jullian réfléchissait à toute vitesse.

— Très bien. Mais on parle le moins possible.

Léane vérifia que son mari n'avait pas de sang sur ses vêtements et remonta dans l'escalier au pas de course.

66

Apolline allait vivre.

C'était ce qu'avait annoncé le chirurgien à la sortie du bloc, huit heures après l'admission de la jeune fille. Vic le remercia de toutes ses forces et lui demanda qu'on le prévienne lorsqu'elle pourrait recevoir de la visite.

Il s'enferma dans les toilettes et se massa les tempes plusieurs secondes. Il était fatigué. Fatigué de leur course sans fin, de leur lutte inutile, depuis toutes ces années. Félix Delpierre n'avait pas gagné, mais il avait laissé une jeune femme anéantie, brisée, qui ne retrouverait plus sa vie d'avant.

Il se passa de l'eau fraîche sur le visage et noya son regard dans le miroir. Peut-être attraperaient-ils bientôt Moriarty, et après ? Un autre arriverait, pire encore ? Un tueur d'enfants ? Un type qui se ferait exploser au milieu d'une foule ?

Une goutte d'eau dans l'océan, songea-t-il. Peut-être, mais, s'il abandonnait, est-ce que le monde tournerait mieux ? Il prit une grande inspiration et sortit rejoindre Vadim, qui l'attendait sur le parking. Son collègue mit le contact et démarra.

— Comment ça s'est passé ?

— Elle va s'en sortir, si tant est qu'on puisse s'en sortir en étant aveugle et amputée des deux mains...

Il ne parla plus, les yeux rivés vers les sommets blancs qui écrasaient la ville. Ces montagnes lui paraissaient de plus en plus austères, monstrueuses. Combien de malades comme Delpierre s'y cachaient ? Combien de jeunes filles comme Apolline y étaient retenues prisonnières ? Vadim le sentait au bord du gouffre.

— Si elle est vivante, c'est grâce à toi.

— Peut-être qu'elle aurait mieux fait d'y rester, finalement.

Il regretta ses mots, l'espace d'un souffle. Mais à quelle vie Apolline était-elle promise ?

— L'image d'elle que j'ai vue dans ce gîte plongé dans le noir et le froid... Elle va m'accompagner jusqu'au bout, Vadim, avec toutes les autres. Aussi nette que le premier jour. Jamais je ne pourrai l'effacer de ma mémoire. Et tu ne peux pas imaginer à quel point c'est atroce.

Si, Vadim se doutait de l'enfer qui devait brûler au fond du crâne de son collègue, cependant il ne dit rien. Parce que, lui aussi, il morflait, lui aussi, il affrontait ces images, même si le temps finissait par les estomper. Mais il n'oubliait pas.

Clignotant, départementale. Le véhicule fit face au fort de la Bastille, accroché à la falaise, avant de le laisser dans les rétroviseurs. Vadim rompit le silence et embraya sur leur affaire :

— Bon, deux choses. Les ADN de la « chose » de Delpierre sont identifiés. Neuf profils différents qui sont bien les neuf victimes kidnappées par Jeanson. Ça confirme scientifiquement tout ce qu'on a découvert entre les deux hommes...

Vic gardait le silence. Vadim soupira.

— Cache ta joie. Sinon, on a commencé à taper dans pas mal de fichiers. Luc Thomas est un nom très répandu, beaucoup trop d'occurrences ressortent pour l'instant, et il nous faut une date de naissance précise pour accéder à certaines données. J'ai aussi vérifié le fichier des personnes recherchées : rien. La disparition de Luc Thomas remonte à trente ans, le fichier n'existait pas encore vraiment, mais un document papier doit traîner quelque part. C'est les gendarmes qui gèrent ce coin-là. Dupuis est en ce moment même dans leur brigade, ça ne devrait pas être trop compliqué de retrouver la trace du dossier.

— On va dire ça.

— On va dire ça, ouais, mais la vraie bonne nouvelle provient de Mangematin. Il vient de m'appeler de Chambéry, il sort de chez l'ancien directeur des Roches noires. Le type a plus de 80 berges et termine sa vie dans un EHPAD. Bref, plus très en forme. Évidemment, quand tu lui parles de cette histoire de prof de sport, il confirme la thèse de la coupure de rasoir. D'après Mangematin, il ne lâchera rien, cette affaire est perdue dans le passé, son beau-frère est mort et, lui, il n'en est pas bien loin.

— Il lui a parlé d'Andy Jeanson ? Et des horreurs commises par Delpierre ?

— Oui, mais sans grand résultat. La mémoire qui flanche, si tu vois ce que je veux dire... Il se souvenait vaguement de Luc Thomas, à cause de cette fugue et du fait qu'on ne l'ait jamais retrouvé. Il se rappelait que le môme venait de Voiron, alors j'ai appelé l'état civil de là-bas. C'est peut-être notre seul coup de bol dans cette histoire, il n'y a qu'une famille Thomas qui puisse correspondre, et un seul contact : Marie-Paule Thomas.

Sa mère. Elle est prévenue de notre visite, elle ignore pourquoi...

— Trente ans que son fils a disparu, et nous on débarque avec notre paquet de mauvaises nouvelles. On la ménage, d'accord ? Il y en a marre, de briser des vies.

Les deux flics arrivèrent à Voiron une demi-heure plus tard. Vic rajusta sa veste lorsqu'il frappa à la porte d'un pavillon, au cœur d'une résidence agréable, avec vue sur les montagnes. La femme qui apparut avait de grands iris de chat, d'un vert intense, enfoncés dans un visage tout en rides. Les yeux avaient gardé leur jeunesse, pas le reste. Ses cheveux gris et ondulés tombaient sur ses épaules avec négligence, il lui manquait des dents. Vadim lui tendit la main, les présenta en vitesse et lui annonça la raison de leur visite.

— Nous sommes venus vous parler de votre fils...

Un mélange d'incompréhension et de stupeur tordit le visage de la femme.

— Luc ?

— On peut entrer ?

Elle acquiesça. Vic sentit une odeur de vieux chien quand elle les fit pénétrer à l'intérieur. Les livres et les journaux étaient dispersés partout, entassés dans les coins, sur des planches affaissées, au-dessus des meubles. Elle les pria de s'asseoir sur un canapé couvert de poils et se figea, dans l'attente.

— Nous recherchons votre fils, madame Thomas. Nous pensons qu'il est impliqué dans une affaire assez grave.

Marie-Paule Thomas sembla se rétracter, sous le choc.

— Luc ? Une... Une affaire assez grave ? Quel genre d'affaire ?

— Pour le moment, nous ne pouvons malheureusement pas vous en dire davantage. Nous sommes conscients que c'est une rude nouvelle, mais nous avons besoin de votre aide. Tout d'abord, il nous faudrait la date de naissance de votre fils, c'est pour les recherches dans les fichiers. Il faut aussi que vous nous expliquiez qui il était, que vous nous fournissiez quelques photos de lui enfant. On ignore à quoi il ressemble. La seule piste qu'on ait, c'est l'internat des Roches noires. Son dossier a disparu des archives, on pense que Luc est venu le rechercher, ainsi que toutes ses photos, il y a une quinzaine de jours, après avoir agressé le gardien...

— Mon Dieu !

Les yeux de Marie-Paule se mouillèrent. Elle les essuya vite avec un mouchoir.

— Vous... Vous ne trouverez pas de photos de Luc ici. Il détestait qu'on le photographie. Il baissait toujours la tête lors des photos de classe. Chaque fois qu'il voyait des portraits de lui, il les volait ou les déchirait. Pourtant, c'était un bel enfant, mais...

Elle retenait ses mots. Vic et Vadim échangèrent un regard.

— Vous avez bien des photos de lui tout petit. On fait toujours des photos dans les premières années.

Elle secoua la tête.

— Mon mari et moi, nous ne pouvions pas avoir d'enfants. Luc n'était... n'est pas notre fils biologique. Nous sommes passés par l'aide sociale à l'enfance pour l'adopter.

Elle entrecoupait ses phrases de longs silences. Vic et Vadim ne dirent rien pour la laisser parler à son rythme.

— À l'époque, nous habitions à Paris, dans le 10e arrondissement. Il avait 5 ans quand nous avons enfin pu l'accueillir dans notre appartement. Luc était un enfant abandonné. On nous avait expliqué que les premiers jours de sa vie avaient été atroces. C'est horrible de faire des choses comme ça à son bébé.

Elle se leva et se dirigea vers la cuisine.

— Il me faut un café. Vous en voulez un ?

Ils acceptèrent volontiers. Elle revint avec des tasses pleines. Vic la remercia.

— Qu'est-ce qui s'était passé ces premiers jours ?

Elle afficha une grimace.

— Luc a été découvert au fond d'un container à ordures, du côté des usines de Saint-Denis, pas loin de la voie du RER. Vous vouliez sa date de naissance officielle, c'est le 4 mai 1973. Enfin, celle fournie par l'Administration, en tout cas. Un type qui passait par là tôt le matin a entendu des cris de nourrisson. Le bébé était dans un sac parmi les déchets, tout bleu, avec le cordon ombilical encore relié au nombril et du sang séché sur lui. Quand les médecins l'ont recueilli et ont réussi à le sauver, ils ont crié au miracle. Ce bébé aurait pu mourir de mille façons, mais il était bien vivant. On n'a jamais retrouvé qui l'avait jeté là-dedans.

Vic but une gorgée. Rejet natal, pas de racines, adoption tardive : Moriarty n'était pas parti avec les meilleures chances dans l'existence.

— Luc était au courant des circonstances de sa naissance ?

Elle baissa les yeux.

— Il avait 7 ans quand on a déménagé ici, mon mari travaillait dans le traitement de l'eau. Luc savait qu'il avait été adopté, mais... ignorait les circonstances de son abandon. Un de ces soirs, fort tard, on a regardé avec mon mari un reportage sur le déni de grossesse. Des femmes qui, aussi incroyable que cela puisse paraître, ne grossissent pas, échappent à tous les radars, même à l'œil de leur conjoint. Avec mon mari, on était persuadés que Luc était le fruit d'un déni. Il était né tout petit, le cordon avait été mal coupé, le sang pas essuyé… Et puis, sa découverte dans les poubelles… Certaines des mères en déni considèrent l'être qu'elles ont mis au monde comme un déchet plutôt qu'un être humain.

Elle caressa sa tasse du dos de la main, comme s'il s'agissait de la joue d'un enfant.

— C'est horrible, un déni de grossesse, vous savez ? Dans certains cas, l'utérus de la mère ne se développe pas vers l'avant comme lors d'une grossesse normale, mais s'étire vers le haut. Le bébé grandit le long de la colonne vertébrale et se développe debout, comme pour passer inaperçu, se cacher d'une mère qui ne veut pas de lui. Vous imaginez le traumatisme du gosse, alors qu'il n'est même pas encore né ? Les médecins disent qu'on ne garde aucune mémoire de nos premières années. Mais un enfant né d'un déni… Je suis persuadée qu'il a ce rejet au fond de lui, un rejet qui le ronge, le ronge…

Elle releva ses yeux clairs vers les policiers.

— On discutait de ça entre nous, mais malheureusement Luc était descendu sans faire de bruit et avait tout entendu. Il… Il avait 12 ans. Je m'en voudrai toute ma vie… Luc était déjà renfermé, solitaire, mais c'était un gosse extrêmement intelligent et doué. Il adorait la lecture, surtout les romans policiers, il en dévorait plus d'un par semaine, enfermé dans sa chambre. À 12 ans, vous vous rendez compte ? Ces histoires de crime le fascinaient. Et il était bon élève, mais… asocial, isolé, toujours au fond de la classe. Ça le perturbait de ne pas savoir d'où il venait, qui étaient ses parents, pourquoi ils l'avaient laissé. Dans cette période de préadolescence, il devenait difficile à gérer. Plus colérique, toujours en opposition. Quand il a entendu notre conversation, tout ça a empiré. Ses résultats ont commencé à chuter, il s'est encore plus renfermé et a commencé à faire des trucs bizarres.

— Du genre ?

— Se faire mal, se donner des coups de poing, être incapable de se regarder dans le miroir. Du jour au lendemain, il ne m'a plus regardée pareil, comme si je le dégoûtais. C'est là qu'il a détruit les photos sur lesquelles il apparaissait. Toutes, sans exception. Il se grimait le visage, se maquillait, portait des masques effrayants. C'était comme si quelque chose de sombre était venu l'habiter. On n'arrivait plus à avoir d'autorité sur lui. Une fois, il a disparu pendant trois jours, c'est la gendarmerie qui nous l'a ramené : il s'était caché dans les bois. Il ne voulait plus revenir vivre avec nous. C'était devenu invivable. Je… Je voulais qu'on aille consulter un psy, mais pour mon mari, il n'en était pas question. On nous a conseillé l'internat des Roches noires, l'établissement avait une sérieuse réputation et pouvait redresser les cas difficiles. On l'a envoyé là-bas à ses 14 ans. Étonnamment, ça avait l'air de fonctionner, il ne se faisait pas remarquer, suivait les cours. Mais, quelques mois après, il a fugué. Les gendarmes l'ont cherché longtemps et, cette fois, on ne l'a pas retrouvé. C'était d'autant plus compliqué qu'ils n'avaient pas sa photo.

Vic fronça les sourcils.

— Pas même celles de son dossier aux Roches noires ? On l'a bien photographié là-bas, non ?

— Luc avait tout embarqué, même son dossier. Il avait réussi à pénétrer dans le bureau de l'intendance, apparemment. Il avait tout prévu, il n'avait pas fait les choses à moitié. Il avait même pris un sac de linge, des vêtements manquaient dans son placard. Il voulait disparaître pour de bon.

Vic et Vadim pensèrent à l'agression du gardien. Trente ans après, Thomas était revenu pour effacer une fois pour toutes les éléments qui pouvaient le relier à lui. Sans dossiers, plus de Jeanson ni de Delpierre, plus de liens, hormis dans les mémoires. Cambriolage chez les Morgan, données effacées, Moriarty avait procédé à un grand nettoyage. Pourtant, Vic ne comprenait pas pourquoi il avait apporté des livres de Miraure avec une tache de sang à l'intérieur. Au fond de lui, souhaitait-il qu'on le retrouve ? Se faire prendre ?

— Son départ a détruit notre couple. On a divorcé deux ans après.

— Jamais de courriers ? Ou un autre signe de vie ?

— Jamais.

Vadim se leva et s'éloigna pour répondre à un appel. Marie-Paule Thomas reposa sa tasse d'une main fébrile et fixa Vic.

— Qu'est-il devenu ? Qu'est-ce qu'il a fait de mal ? Dites-le-moi, c'est mon fils. Je vous en prie.

— Je ne peux pas, j'en suis sincèrement désolé. Mais sachez que l'homme qu'il est devenu maintenant n'a plus rien à voir avec l'enfant que vous avez élevé. Et vous n'y êtes pour rien. Trente ans ont passé.

Elle serra les lèvres. Vic se leva à son tour et lui donna une carte de visite.

— N'hésitez pas à m'appeler. Quand vous voulez. Et si nous retrouvons votre fils... nous vous préviendrons, bien sûr.

Quand ils sortirent, Vic se dit qu'il vaudrait peut-être mieux qu'elle ne sache jamais, s'ils attrapaient Moriarty. Mais il était son fils, elle avait le droit de savoir.

Même s'il s'agissait du pire des monstres.

67

Léane jeta un dernier coup d'œil en direction de Jullian, qui acquiesça pour indiquer que tout allait bien. Elle rajusta ses vêtements, se passa une main dans les cheveux puis ouvrit la porte d'entrée. Colin, trempé, se dressait devant elle, mine fermée. Elle hésita une fraction de seconde, puis finit par s'écarter.

— Ne reste pas sous la pluie.

Colin s'avança d'un pas et frotta ses pieds sur le tapis. Jullian vint le saluer. Avec ses cheveux courts, on ne voyait pas qu'il avait affronté la pluie, mais les manches de son pull étaient encore gorgées d'eau. Le flic les observa tous les deux, le visage grave. Léane avait déjà vu ce regard-là.

— Ne nous dis pas qu'il est arrivé quelque chose à Jacques.

Colin serra les lèvres. Léane plaqua ses deux mains sur son visage. Puis elle alla se serrer contre Jullian. Son mari l'étreignit, elle sentit son souffle chaud dans son cou.

— Je suis désolé. Son corps a été repéré par un pêcheur dans la baie de l'Authie, du côté de Groffliers, en début d'après-midi. Il s'était échoué à marée basse entre les bateaux.

Léane vacilla. Jullian l'emmena vers le canapé et la garda contre lui.

— C'est horrible... Horrible.

Jullian lui caressait le dos, comme si c'était elle qui avait perdu son père. Colin s'avança et vint s'asseoir en face d'eux. Son blouson ruisselait. Il les observa en silence.

— Je tombe sans doute au mauvais moment, j'en suis navré.

Tout se mélangeait dans la tête de Léane. Des images crues, des bruits atroces. Tantôt, elle voyait le cadavre blanc rouler dans les vagues, puis être poussé sur le sable par le courant. Tantôt, Giordano et son regard de poisson crevé au fond de son coffre. Colin était assis juste au-dessus d'un cadavre.

— Une procédure judiciaire a immédiatement été ouverte...

— Une procédure judiciaire ? Vous ne pensez quand même pas... qu'il aurait été tué ?

— C'est une démarche normale dans ce genre de situation. N'oublions pas que tu as été agressé, qu'il y a eu le cambriolage et la présence du parasite chez vous. Nous devons tout vérifier, scrupuleusement.

— Qu'est-ce qui s'est passé ?

— Le véhicule de ton père était garé au niveau du chenal de l'Authie. De là, il pouvait aller se promener dans la baie à marée basse. On a trouvé une bouteille de vodka aux trois quarts vide sur le siège passager. Le médecin légiste a fait les premières constatations sur place. L'autopsie devrait le confirmer, mais il pense fort à une noyade, certains signes sont caractéristiques, notamment les pétéchies dans les yeux. Quant à la date de la mort, elle remonte à plusieurs jours...

Il leur laissa le temps d'encaisser la nouvelle. Léane leva les yeux vers le visage de son mari. Il était calme. Pas de larmes, juste une tristesse de circonstance.

Colin se racla la gorge et fixa Léane.

— Le chenal de l'Authie, c'était un coin que Jacques Morgan connaissait ?

Elle mit du temps à répondre.

— Oui, quand il revenait dans la région, il aimait bien aller là-bas. Il descendait vers la baie, allait observer les oiseaux migrateurs pendant des heures.

Elle tourna la tête vers Jullian.

— Ton père a toujours été un solitaire.

Jullian lui serra la main, alors que Colin poursuivait :

— C'est l'un des endroits les plus dangereux de la côte, la marée monte à une vitesse folle et encercle les promeneurs imprudents, surtout en ce moment avec les gros coefficients... Il était au courant ?

Léane acquiesça, une main sur le crâne. C'était pire qu'un cauchemar mais, au moins, cette horrible annonce pouvait cacher l'état de panique dans lequel elle se trouvait juste avant.

— Oui, oui, bien sûr. On le lui répétait chaque fois.

Elle se tut, incapable de trouver ses mots. Colin prenait des notes.

— Les clés de voiture étaient encore sur le contact, les portes non verrouillées. Peut-être avait-il trop bu et oublié de fermer. Il s'est engagé dans la baie, inconscient du danger, et s'est laissé surprendre par l'eau. Même les bons nageurs peuvent y rester, tellement les courants sont puissants.

Il fit passer sa langue sur ses lèvres, avant de poursuivre :

— Ou alors il existe une autre explication.

— Il savait qu'il ne reviendrait pas...

Colin acquiesça et fixa Jullian.

— Tu as passé beaucoup de temps avec lui à l'hôpital... Tu m'as dit que ton père n'allait pas bien, qu'il ressassait le suicide de son épouse. Peut-être l'agression et l'amnésie ont-elles aggravé la situation ? Peut-être qu'il a eu l'impression de se retrouver définitivement seul ?

— Je... Je ne sais pas quoi vous répondre.

— Pas d'amélioration, pour ta mémoire ? Rien qui pourrait m'aider ? Un souvenir, un détail lié à ton agression ? Aux jours précédents ? Tout est important.

Jullian secoua la tête.

— Je suis désolé.

Colin tourna les pages de son carnet, relut ce qu'il avait écrit.

— J'ai encore quelques petites questions à poser. Je sais que c'est difficile, mais... je préfère le faire maintenant.

— Oui, bien sûr. Allez-y.

— Tu as dit aux collègues que tu n'avais plus de nouvelles depuis le jour où je t'ai déposé ici, à ta sortie de l'hôpital, samedi 23. C'est ça ?

— Oui. Il était venu me voir le matin.

— Comment il était ?

Jullian haussa les épaules.

— Je... Je ne sais pas. Normal ? Je n'ai rien remarqué qui aurait pu présager un tel geste.

— C'était la dernière fois que tu le voyais ?

— Oui. De retour ici, je lui ai passé un coup de fil depuis le fixe pour lui dire que j'étais sorti. C'était son répondeur, j'ai laissé un message.

— Tu te souviens de l'heure exacte ?

— Je n'en sais rien, peut-être 16 heures ? En quoi c'est important ?

Colin nota.

— Ça peut permettre de dater plus précisément le jour et l'heure de sa mort. Il avait son téléphone portable dans sa poche. L'appareil est devenu inutilisable à cause de l'eau, bien sûr, mais nos experts peuvent faire des miracles. Possible qu'ils réussissent à accéder au journal des appels. Si ton coup de fil n'est pas dedans, ça voudrait dire que le portable était déjà immergé. De toute façon, on verra auprès de son opérateur.

Colin referma son carnet dans un claquement sec et se leva. Il tendit la main à Jullian, fit un signe à Léane et s'écarta.

— Les terribles nouvelles s'enchaînent depuis quelques jours. Je suis tellement désolé.

— Quand est-ce que je vais pouvoir voir mon père ?

— D'ici à deux jours je pense, le temps que nous réalisions tous les examens. Évidemment, nous vous tiendrons au courant, pour les démarches.

Ils le raccompagnèrent jusqu'à la porte. Colin s'arrêta sur le seuil et se tourna vers Léane.

— Il y a un pépin avec la cabane ? J'ai vu le cadenas fracturé, au sol.

— Rien de grave. Jullian a dû ranger la clé quelque part, mais... on n'a pas eu d'autre choix que de forcer le verrou.

Il leur adressa un regard plein de compassion et sortit. Quand il eut démarré, Jullian eut un long soupir, les mains plaquées sur le front.

— C'est de la folie... De la pure folie...

Il revint vers Léane et la serra contre lui.

— C'est mon père qui est mort, et c'est toi qui as les larmes aux yeux. Si tu savais comme je m'en veux. Quand le flic nous a annoncé le décès, j'étais triste, bien sûr, parce que c'est horrible de perdre son père. Mais ce père, c'était comme un inconnu, pour moi. Ça me dégoûte d'être comme ça.

Léane était sous le choc, incapable de parler. Il renforça son étreinte.

— Tous ceux qui sont autour de moi meurent. Ma mère, mon père, ma fille… Le passé n'est que douleur. Je crois que je ne veux pas me rappeler. À quoi bon ? Pourquoi s'acharner à faire revenir des souvenirs qui me rendront plus malheureux encore ? Pourquoi je devrais me remémorer ce que j'ai vécu avec Sarah alors qu'elle est morte et que je ne la reverrai jamais ?

Il s'écarta d'elle, la fixa dans les yeux.

— Je ne veux plus me souvenir. Je n'irai plus aux séances à l'hôpital.

Léane ne savait pas quoi penser. Peut-être avait-il raison. Ne valait-il mieux pas que cela reste à jamais enfermé ? Pourquoi souffrir une seconde fois ?

Jullian lui caressa le visage du dos de la main.

— Il va falloir qu'on soit forts, tous les deux. On se débarrasse de Giordano, on fait un bel enterrement à mon père et, ensuite, on reconstruit tout. On repart de zéro.

68

De la brigade, les quatre hommes de l'équipe Manzato avaient lancé des recherches intensives afin de retrouver Luc Thomas, né à Paris le 4 mai 1973. Un gosse récupéré au fond d'une poubelle, entre la vie et la mort. Un gamin de 14 ans qui avait sans doute mutilé son professeur de sport pour venger ses copains de chambrée et qui avait disparu, sans plus donner signe de vie.

Les flics disposaient d'une batterie de fichiers grâce auxquels, aujourd'hui, il était presque impossible d'échapper aux écrans radar. Il y avait toujours un papier administratif qui raccrochait un individu à un lieu, une ville, un organisme. Fichiers des personnes recherchées, des antécédents judiciaires, des permis de conduire, des cartes grises, des vols aériens, des fournisseurs d'accès, Internet et téléphone. Vous ne possédiez pas de portable ? Sans doute aviez-vous une voiture et, donc, un permis ? Non ? Vous aviez bien un compte bancaire, dans ce cas, vous laissiez une trace dans le FICOBA[1]. Et ainsi de suite.

Mais pas Moriarty. Pas Luc Thomas, aperçu pour la dernière fois à l'internat des Roches noires trente ans

---

1. Fichier national des comptes bancaires et assimilés.

plus tôt, le 3 juin 1988. Pas d'adresse, pas de trace informatique, pas de visage.

Vic était assis à son bureau depuis plusieurs heures, la tête farcie de données. Il relisait la dernière lettre de Delpierre à Jeanson. « *Sans doute pour réaliser son magistral coup d'éclat dont il a toujours parlé. La plus belle des disparitions, aux yeux de tous. C'est un vrai magicien.* » Qu'est-ce qu'il avait voulu dire par là ?

Vadim, qui n'était pas en meilleure forme, enchaînait les coups de fil. Il raccrocha en rage.

— Que dalle ! *Nada !* Définitivement volatilisé !

Ethan Dupuis arriva dans la foulée, des documents sous le bras.

— Il a fallu remuer un peu de poussière pour récupérer le dossier de la disparition de Luc Thomas, la plupart des gendarmes qui le géraient étant partis à la retraite. Mais il y a deux ou trois choses intéressantes.

Il tendit une photocopie à Vadim. Vic s'écarta de son bureau et vint se placer à leurs côtés.

— C'est le portrait-robot dressé à l'époque, d'après la description des parents. Ça ne ressemble à rien, je vous l'accorde. Mais on n'a pas mieux.

Vic scruta ce visage issu d'un mélange de nez, de fronts, de joues sortis d'une base de données. Les traits étaient grossiers, les yeux trop espacés, la bouche semblable à une amande. Seule certitude : Luc Thomas était brun aux yeux noirs. Enfin, à l'époque.

— Le chef du groupe, Simon Sorel, n'a jamais vraiment lâché l'affaire. Tu sais, le dossier irrésolu qui te hante toute ta vie ? Du temps où il bossait encore, il remuait au moins une fois par an toutes les administrations de France pour retrouver la trace du môme. Sans succès. En 2002, quatorze ans après la disparition, il est retourné chez Marie-Paule Thomas avec une équipe de police scientifique, a raflé des vêtements du môme, qu'il a fait découper en morceaux dans les laboratoires pour y rechercher de l'ADN. Ça a coûté bonbon, mais ils ont trouvé des traces biologiques.

Vic reposa le portrait-robot.

— T'es en train de nous dire qu'on dispose du profil ADN de Moriarty ?

— Ouais, il tourne dans le FNAEG depuis un bon bout de temps. Sans succès.

Les conclusions s'imposèrent à Vic. Luc Thomas, porté disparu, n'avait donc jamais eu le moindre souci avec la justice. Depuis le jour de sa fuite, il avait vécu en clandestin.

— Globalement, voilà tout ce qu'on a. J'ai discuté avec Sorel au téléphone, il en était venu à penser que le môme était mort. Quand je lui ai expliqué qu'on le traquait, il est tombé de haut, le pauvre gars.

— Je veux bien le croire.

— Je vous laisse le dossier, j'en ai une copie.

Il les salua et sortit. Vic retourna à sa place et réfléchit à voix haute.

— 1988... Imagine, tu t'échappes des Roches noires avec la volonté qu'on ne te retrouve pas. Tu n'as laissé aucune photo derrière toi. Tu disposes d'un petit sac de fringues, sans doute un peu de nourriture. C'est quoi, la première chose que tu fais ?

Vadim se leva et se rendit à la fenêtre. Il s'appuya contre le radiateur, les mains dans le dos.

— Si je ne veux pas qu'on me rattrape, je monte dans le premier bus ou train venu et m'éloigne le plus loin possible de ma région. En 88, il n'y avait pas toutes les caméras de vidéosurveillance, pas d'Internet, pas de portable. Si je me fonds dans la masse d'une grande ville à des centaines de kilomètres de là, on n'a aucune chance de me retrouver, surtout sans photo.

— Et après ? Comment tu survis ?

Vadim haussa les épaules.

— Tu ne survis pas. Un môme de 14-15 ans, dans les rues d'une ville qui n'est pas la sienne, il finit forcément par se faire ramasser par les flics, l'hôpital ou les services sociaux. S'il avait donné sa véritable identité à une quelconque administration, Sorel et son équipe l'auraient retrouvé.

— Et comment tu fais, pour ne pas donner ton identité ?

— Personnellement, je joue les muets, les traumatisés. Celui qui ne comprend pas. Sans papiers, comment on peut savoir qui je suis réellement, si je ne le dis pas ?

Vic acquiesça avec conviction.

— Ou si je ne m'en souviens pas... Moi, je joue les amnésiques. Le môme fait celui qui ne sait plus qui il est ni d'où il vient. Tu réponds juste « Je sais plus » à toutes les questions qu'on te pose...

— Façon Jullian Morgan.

— Dans ce genre-là, oui. Dans ce cas, il est fort probable que, au bout d'un certain temps, un juge pour enfants te fournisse une nouvelle identité. Nouveaux papiers, nouvel état civil, nouvelle date de naissance. On te place dans une famille d'accueil, où tu grandis comme s'il s'agissait de ta vraie famille, où tu te reconstruis une identité, qui vient écraser l'ancienne encore bien présente au fond de ta mémoire. Et voilà comment Luc Thomas se fabrique une nouvelle vie et disparaît complètement des écrans de contrôle.

Vic balança le stylo qu'il mordillait d'un mouvement rageur.

— C'est dingue, cette histoire. C'est comme si Moriarty était à portée de main et que, chaque fois qu'on peut l'attraper, il nous glisse entre les doigts. On sait exactement qui il est, on connaît son âge, l'endroit où il a grandi, on dispose même de son code génétique, mais il n'a pas de visage ni d'identité.

Il regarda sa montre, prit son blouson et salua son collègue. Vadim parut surpris.

— Déjà ?

— Quoi que t'en penses, j'ai une vie, moi aussi...

Une demi-heure plus tard, il entrait dans la chambre d'hôpital d'Apolline, accompagné par une infirmière qui refermait la porte en douceur. La jeune fille dormait, elle était branchée et perfusée de partout. Des bande-lettes blanches étaient enroulées autour de ses avant-bras. Le père était là, courbé sur une chaise. Il se leva en silence. Vic lui tendit la main.

— Monsieur Rina... Je fais partie des policiers qui l'ont retrouvée. Comment va-t-elle ?

Le père ne lui serra pas la main.

— Comment elle va ? Deux mois... Deux mois qu'elle était enfermée avec un malade qui lui a tranché les mains, et vous me demandez comment elle va ?

Son visage se crispa davantage.

— Vous savez quoi ? J'ai appelé hier vos collègues au commissariat d'Annecy. Ce type qui s'occupe de l'affaire, il... il était en congé. En congé, vous vous ren-dez compte ?

Il fixa le lit, immobile.

— Elle était séquestrée par un psychopathe de la pire espèce pendant que, vous, vous continuiez à rire, à sor-tir, à aller au cinéma. Je peux comprendre que tout ça, ça ne vous a pas empêché de vivre, et je ne vous en veux pas personnellement.

— Écoutez, je...

— Elle est morte. Dans sa tête, elle est morte. Elle se réveille en hurlant dans le noir le plus complet. Elle ne comprend pas pourquoi elle ne peut plus sentir ses mains. Elle ne supporte plus qu'on l'approche, qu'on la caresse. On ne sait même pas si elle nous entend.

Il était à bout de nerfs. Il essuya une larme avec la manche de son pull.

— Sa mère est au lit depuis des semaines, pire qu'un zombie, gavée d'anxiolytiques. Notre couple n'y survivra pas. Comment ma fille va grandir, maintenant ? Expliquez-moi ce qu'elle va devenir ?

Vic regarda Apolline. Lui aussi, il aurait aimé lui caresser le front, les cheveux, mais il comprenait ce père. Il le comprenait tellement.

— Sachez qu'on a fait tout ce qui était en...

— Oui, je sais. Mais sortez d'ici. Et ne revenez plus.

Vic baissa la tête et fit demi-tour. Une voix résonna dans son dos, au moment où il franchissait la porte.

— Vous avez une fille ?

Vic se retourna.

— Elle s'appelle Coralie. Elle a presque l'âge d'Apolline.

L'homme serra les mâchoires.

— Dans ce cas, faudrait que ça vous arrive, un jour. Vous comprendriez mieux ce qu'on peut ressentir. Vous avez beau être ici, montrer votre fausse compassion, vous êtes extérieur à la détresse des gens.

Vic descendit l'escalier, les yeux dans le vide. Le père d'Apolline avait raison. Comment comprendre ce qu'on ne vivait pas soi-même ? Coralie lui manquait tellement, il en était malade, et pourtant, elle était encore vivante. Alors comment imaginer la douleur de ceux qui ont tout perdu ?

Il redoutait déjà le retour dans sa chambre d'hôtel pourrie. En même temps, il ne se voyait pas errer. Retourner au boulot ? Peut-être, oui, en définitive. À peine dehors, il vit le panneau « MATERNITÉ » et s'engagea sans réfléchir dans le bâtiment. Il n'avait pas mis les pieds dans ce genre d'endroit depuis la naissance de Coralie. Il contempla, en silence derrière une vitre, les nouveau-nés dans leurs couveuses, leurs si petites mains toutes roses. Il ressentait l'envie de caresser la vie, de voir des sourires sur des visages, d'entendre des bébés pleurer.

Il voyait les couples heureux, les pères paniqués, les mères attentives. Une maternité était sans doute l'un des plus beaux endroits sur Terre, un grand voyage au pays du bonheur. Il ferma les yeux, assis sur une chaise, et se souvint de chaque seconde de la naissance de sa fille. Lui, mort de peur dans sa combinaison bleue, Nathalie qui lui serrait la main, en larmes, les lunettes couleur écaille de tortue de l'obstétricien, les taches de rousseur de la sage-femme, les aiguilles qui défilaient dans un tic-tac qu'il pourrait reproduire au détail près.

Bon Dieu, ce qu'il avait été heureux ! Et le bonheur était là, dans sa tête.

Durant une dizaine de minutes, il fut là-bas, dans la salle d'accouchement, sourire aux lèvres, jusqu'à ce que son téléphone sonne, l'arrache au passé et le ramène dans un monde où tout avait explosé.

C'était Manzato.

— Deux choses, Altran. La première : l'ADN du sang sur la page du livre vient de parler. La trace est identique à celle déjà présente dans le FNAEG, ce qui confirme à cent pour cent que le Luc Thomas des années 1980 est bien le Moriarty qu'on recherche... C'est quoi, ces cris de bébé ?

Vic s'éloigna d'un bon pas dans le couloir.

— Oh, la femme derrière moi, à la boulangerie. Et la deuxième nouvelle ?

— La meilleure : ça y est, on va pouvoir interroger Jeanson, mais ça se fera à la maison centrale. Un transfert dans les locaux de la PJ de Lyon aurait demandé une semaine supplémentaire, avec toute la paperasse et les mesures de sécurité. On aura moins de temps pour l'interrogatoire, mais on peut agir tout de suite.

Vic s'arrêta en haut de la cage d'escalier, une main sur la rambarde.

— Jeanson connaît la raison de l'interrogatoire ?

— Non. Il doit forcément se douter que c'est lié à Delpierre. Il ne sait rien de ce qu'on connaît, ni de ce qu'est devenu Delpierre, ni de ce que ce dernier aurait pu nous révéler. Ça va être le jeu du chat et de la souris. On va essayer de le mener en bateau au début. Le laisser prendre l'ascendant, lui faire croire qu'il a la main. Possible qu'il nous parle d'Apolline et nous livre l'endroit où il prétend l'avoir retenue. Et là, on le renverse. On a trois heures pour lui faire cracher tout ce qu'il sait sur Moriarty, pas une de plus.

Un silence. Vic dévala l'escalier.

— Altran ?

— Je vous écoute.

— Avec l'équipe de Lyon, on est tous d'accord : demain, c'est toi et Vadim qui vous y collez. Tu connais les différentes affaires sur le bout des doigts, t'as un rapport privilégié avec ce taré, et faut avouer que t'as été plutôt bon jusqu'à présent. S'il doit parler, c'est à toi qu'il le fera.

Vic sentit un frisson le parcourir.

— Merci.

— N'en rajoute pas. Quant à Vadim, il saura jeter de l'huile sur le feu au bon moment et éviter que Jeanson ne prenne trop le dessus sur toi. On se fait tous un brief à 7 heures avec les équipes de Lyon. À 10 heures, vous êtes face à lui avec un objectif : le démonter, le pousser dans ses retranchements pour qu'il nous révèle enfin sous quelle identité se cache Moriarty.

69

L'enfer. La pluie, se fracassant contre le pare-brise, sur le parking d'un magasin de bricolage, à trente-cinq kilomètres de Berck. Les lumières des enseignes, éclatées en étoiles rouges et bleues. Enfoncée dans le siège passager du 4×4, Léane ne voyait que des ombres à travers les carreaux, des silhouettes grises, diffuses, comme sur une peinture de Munch. Elle sursauta quand Jullian ouvrit la portière arrière et y déposa du matériel de jardinage acheté juste pour masquer l'acquisition des trois sacs de chaux vive, le tout payé en liquide. Puis il se glissa dans l'habitacle, trempé, et mit le contact.

Ils n'échangèrent pas un mot pendant le trajet. Les lignes blanches défilaient sous la voiture et les éloignaient peu à peu de la civilisation. La lueur du GPS, les phares, les feux arrière, les virages, la peur d'un contrôle routier, d'un accident, du moindre pépin qui pourrait les mener sans détour au fond d'une cellule. Très vite, la forêt se resserra autour d'eux.

Jullian bifurqua sur un chemin boueux et parcourut deux kilomètres. Le corps empaqueté tanguait dans le coffre, claquait contre les parois à chaque soubresaut. Un bruit atroce. Léane ouvrit la portière et vomit. Jullian lui posa une main sur l'épaule.

— C'est bientôt fini...

Il chercha l'endroit le plus touffu et le plus difficile d'accès. Cinq minutes plus tard, il arrêta le véhicule en travers du chemin, de façon à éclairer les ténèbres, les troncs écorchés, les branches nues. Au loin, un étang luisait.

— J'ai une lampe. Quand je commencerai à creuser, tu couperas les phares. Ça va prendre un bout de temps.

Il sortit. Léane le vit traîner la bâche bleue entre les arbres. Il se mit à fouiner, à genoux, sans doute à la recherche du meilleur emplacement proche de l'eau, un sol sans trop de racines ni de cailloux. Dans le froid, il revêtit la tenue jaune de pêcheur, mit la capuche, enfila les bottes, apporta la chaux vive et fit un signe. Léane les plongea dans l'obscurité, elle percevait juste la lampe torche, posée à même le sol, et l'ombre folle de son mari qui s'était mis à soulever la terre à coups de larges pelletées. Elle ferma les yeux pour échapper au spectacle, mais ne vit sous ses paupières que des cadavres hurlants. L'image de Jacques Morgan, encerclé par les eaux, ne la quittait plus. Elle le voyait sombrer dans les flots, la bouche grande ouverte. Pourquoi un acte si désespéré ? Qu'est-ce qui lui était passé par la tête pour qu'il mette fin à ses jours ?

Vingt-trois heures. Un calvaire interminable, lui couvert de boue, le visage tordu de douleur, d'épuisement, la pluie qui complique la tâche, elle qui l'observe, s'enfonce dans les ténèbres autant que lui dans la terre, qui vit le cauchemar de ses propres livres, et tous ces morts autour, farandole morbide de visages en souffrance. Comment survivre à tant de noirceur ? Comment espérer s'en sortir ? Elle songea à Moriarty, celui qui avait tout détruit, celui dont elle allait enfin découvrir le visage, bientôt, à Étretat, comme l'épilogue d'un fichu roman. L'issue ne pouvait être que tragique. Pour elle, pour lui... La fin d'une histoire.

Son téléphone vibra au fond de sa poche. Un SMS.

« Bonsoir Léane, c'est le docteur Grzeskowiak, de l'hôpital de Berck. Excusez-moi pour ce message tardif, mais j'ai pas mal discuté avec l'orthophoniste aujourd'hui, qui me signalait que Jullian n'était pas venu à sa séance d'hier, ni à celle d'aujourd'hui. Après cette discussion, j'ai bien étudié son dossier. Quelque chose me tracasse au sujet de sa mémoire. J'aimerais vous en parler directement et non par téléphone. Pourriez-vous passer à l'hôpital demain, seule, s'il vous plaît ? Ne dites rien à Jullian. »

Léane poussa un cri quand son mari ouvrit le coffre pour y fourrer la pelle, les sacs vides ainsi que la bâche. Elle était au bord de la crise de nerfs. D'un geste vif, elle effaça le message. Jullian ôta sa tenue maculée de boue et la roula dans le sac. Il s'affala sur le siège, les deux mains en sang sur le front. Son corps fumait comme une vieille chaudière.

— C'était l'horreur... Mais il est enterré profondément.

Il inspira un grand coup et se ressaisit.

— Bon... La pluie va lisser le terrain, d'ici à quelques heures rien n'indiquera que la terre a été remuée. Personne ne viendra jamais ici. On se débarrasse de la pelle, de la bâche et des sacs dans une décharge et on rentre à la maison. Je nettoierai la voiture de fond en comble, et, demain, dès que la marée le permettra, je retournerai au fort pour faire le ménage.

Il lui saisit le visage. Ses doigts étaient glacés comme la mort.

— C'est fait. Giordano n'existe plus. Ce salopard croupit en enfer, sous des kilos de terre.

— Dis-moi qu'il était mort quand tu es allé au fort. Que tu ne l'as pas tué.

— Je l'ai tué, Léane, dès le moment où je l'ai enfermé dans ce fort. Et tu le sais.

Il la sentait vaciller. Il sortit une photo de sa poche, la lui mit dans la main. L'encre avait coulé sur le visage de Sarah, mais on pouvait encore y lire : *Donne-moi la force de ne jamais oublier ce qu'il a fait.*

— J'ai peut-être oublié, mais j'ai gardé la force. Tout ce qu'on a fait, c'est pour notre fille, garde toujours ça en tête. On est deux, d'accord ? Jusqu'au bout.

Elle acquiesça.

— Jusqu'au bout...

Il se remit en route.

— Je ne l'ai pas tué.

Chaque fois qu'il le pouvait, il lui caressait le visage. Qu'allait-on lui annoncer sur la mémoire de Jullian ?

70

Vic prit une large inspiration et poussa la porte, suivi par Vadim. Il n'avait pas croisé le regard du Voyageur depuis le 19 juin 2016. La pièce était équipée de plusieurs caméras et de micros visibles. Deux gardiens qui avaient escorté le prisonnier jusqu'ici se tenaient debout, chacun dans un coin. Ils sortirent.

Andy Jeanson était menotté avec soin, mains devant, une chaîne reliée à l'anneau en acier de la table. Il était encore plus sec, plus acéré que la fois précédente, avec ses pommettes taillées en silex, sa peau collée aux os, grise comme les barreaux de sa cellule. Il s'était fait une série de tatouages, des étoiles enfilées les unes après les autres autour d'un collier d'encre, au niveau du cou. Il fixa Vic d'un air dédaigneux.

— T'as une sale gueule, poulet. C'est quoi ? Une affaire en cours qui te lamine à ce point ? Sur quoi tu bosses ? C'est peut-être trop dur pour toi, tout ça.

Vic s'installa sur la chaise en face de lui et posa une pochette beige à ses côtés qui attira, l'espace de deux secondes, l'attention de Jeanson. Il se concentra et parla d'une voix forte et directive.

— Vous êtes certain de ne pas vouloir la présence de votre avocat ? Tout ce que vous pourrez dire sera…

— Tsss... tsss... À quoi ça servirait ? Et tu peux me tutoyer, tu sais. On se connaît bien.

Dans sa tenue orange de taulard, le Voyageur se recula sur sa chaise, décontracté. Bien que menotté, la longueur de sa chaîne lui permettait quelque liberté de mouvement. Il fit rouler sa nuque, observa autour de lui, il prenait son temps. Vadim s'appuya contre une cloison, les bras croisés.

— Alors, la Kasparov-Topalov de 1999 ? Tu as progressé ? Je t'imagine bien devant l'échiquier, en train de chercher la clé d'entrée dans ma tête. Finalement, tu n'es pas à la hauteur.

Il claqua des doigts.

— Vous êtes superficiels, vous ne savez pas ouvrir vos yeux ni regarder en profondeur, derrière la complexité apparente de simples équations. Les réponses sont étalées sous votre nez depuis le début. Vous aviez juste à tendre la main et vous servir.

— Nous ne sommes pas ici pour parler de nous. Vous avez une idée de la raison pour laquelle on vous a sorti momentanément de votre trou ?

Les deux hommes se sondèrent. Jeanson joignit ses mains, doigts collés les uns aux autres.

— Comment veux-tu que je sache ? Je suis enfermé entre quatre murs, sans le moindre contact avec l'extérieur.

Il jeta un œil vers la caméra de droite.

— Ils sont où ? Derrière des écrans, bien au chaud ? Ils nous voient et nous écoutent ?

— Qui ça ?

— Tu le sais bien... Les parents de la petite Sarah Morgan. Vous pensez peut-être que c'est l'heure de la délivrance ? Qu'il suffit de me convoquer ici pour que je vous indique gentiment l'endroit où je l'ai enterrée ?

— On l'espère, oui. Peut-être que ça soulagerait votre conscience.

Il fit courir sa langue sur ses lèvres.

— Malheureusement, j'ai peur qu'il faille attendre encore un peu. Mais je peux éviter que vous vous soyez déplacés pour rien.

Les flics le laissèrent déblatérer et jouer comme un serpent avec sa proie. Tout y passa, comme chaque fois. Les tortures qu'il avait infligées, les cris, l'enfermement des victimes dans son camping-car, la façon dont il les avait enterrées. Jeanson aimait parler, il s'enfonçait dans un monde de mensonges et de fantasmes, et Vic s'en réjouissait. Le choc des révélations qu'il s'apprêtait à faire n'en serait que plus fort.

— ... Mais la bonne petite Sarah n'est pas au menu du jour. Le vrai menu, c'est moi qui le choisis, pas vous, c'est moi qui décide de ce que je vais dire, ou pas. Le sujet du jour, j'ai décidé, c'est Apolline Rina.

Vadim fit mine d'être pris, lui aussi, dans les filets du Voyageur.

— De qui tu parles ?

— Ça te le troue, hein, Mickey ? Appoline, la petite aveugle ? Celle qui, on dirait bien, vous a échappé.

Il se délecta de leurs regards étonnés.

— Puisqu'on a tout notre temps, j'aimerais bien un café.

Vadim posa ses poings sur la table.

— Va te faire foutre ! T'es pas au bistrot, ici.

Jeanson afficha un sourire carnassier.

— C'est plus compliqué pour vous quand je n'envoie pas de mèche de cheveux, hein ? Tout de suite, on ne comprend plus rien. On se demande ce que je raconte. Apolline, Apolline... Une si charmante jeune femme. Si vous saviez.

Il digressa encore, plein de complaisance, et relata des souvenirs qui n'existaient pas. Il s'en prenait aux Morgan, l'œil sur les caméras. Il pointa son index sur son cou.

— Neuf petites étoiles. Une par victime. Il y a une place privilégiée pour votre fille Sarah, juste là, sous la pomme d'Adam. C'est celle que j'ai aimée le plus. Je l'ai tellement bien baisée.

Vadim bouillait. Il échangea avec Vic un regard entendu : assez joué, Jeanson était mûr, gonflé à bloc dans son ego, il était temps de passer à l'offensive.

— Je pense que tu vas devoir te les faire enlever, tes étoiles, et que ça ne va pas être simple là où tu vas passer le reste de tes jours. Peut-être avec une lame de rasoir ? Tu trouveras bien quelqu'un pour s'en charger. Mais tu feras attention de ne pas te faire trancher la gorge.

Vic ouvrit sa pochette – il prenait son temps lui aussi – et poussa une photo vers le Voyageur. Un gîte. Jeanson fronça les sourcils.

— Pourquoi tu me montres ça ?

— Tu ne reconnais pas ? Un gîte abandonné, près du ruisseau de la Grande Valloire, à La Ferrière ? C'est pourtant là que tu as enfermé Apolline Rina, non ?

Vadim se mit à tourner autour de lui, avec une exquise lenteur, alors que Vic posait une autre photo. Apolline, sur son lit d'hôpital. Le flic avait cadré sur le haut du corps pour éviter de montrer les pansements aux mains.

— … Là où on vient de la retrouver vivante. Elle est à l'hôpital, mais d'ici quelque temps, elle va reprendre une vie normale, auprès de ceux qui l'aiment.

Le visage du kidnappeur se mua en une grimace. Ses doigts se contractèrent sur les photos, qu'il chiffonna et balança au visage de Vic.

— D'accord, tu veux jouer au con ? Tu sauras jamais, pour Sarah Morgan. (Il fixa une caméra.) Vous saurez jamais ce que j'en ai fait ! Allez tous vous faire foutre !

Vic se rapprocha, visage au-dessus de la table.

— Mais on sait déjà, Jeanson. On sait tout. Ne m'as-tu pas donné le problème de l'Immortelle pour que je le résolve ? Le sacrifice de la tour blanche en d6... La misdirection... On attire l'attention sur soi et on se sacrifie pour éviter que les petits copains ne se fassent prendre ? Quel sens de l'amitié !

Jeanson le dévorait des yeux, les veines avaient gonflé sur son cou. Il était perdu, Vic le sentait. Le lieutenant désigna les caméras.

— Il n'y a que des flics, là-derrière. Les parents de Sarah Morgan ne sont pas là parce qu'ils savent ce qui est arrivé à leur fille. Après quatre interminables années. C'est compliqué, je ne te le cache pas, mais ils vont pouvoir faire leur deuil.

Vadim s'approcha par la gauche.

— Tu n'as tué aucune de ces filles, tu n'étais que le sous-fifre chargé de les kidnapper. Tu te contentais de nous délivrer l'emplacement où ton pote Delpierre enterrait les corps.

Vadim hocha la tête en direction de Vic, qui poussa les copies des lettres vers le milieu de la table, et approcha son visage à dix centimètres de celui du prisonnier.

— Eh ouais, on est au courant pour les messages que Delpierre te faisait passer par le courrier de tes « fans ». Les coordonnées GPS des corps que tu te contentais de nous répéter. Tu t'es bien foutu de notre gueule, mais tout ça, c'est terminé.

Jeanson serra ses poings posés sur la table. Il respirait comme un buffle. Vadim ne le lâcha pas une seconde.

— On t'a eu, toi. On a eu Delpierre. Il nous manque juste le troisième homme, celui qui vous gouverne. Moriarty. Et tu vas nous dire qui il est.

Le tueur accusait le coup. Vic se leva à son tour.

— J'ai résolu ton problème, j'ai relevé ton défi. J'ai bien mérité de connaître son identité. Dis-le-moi, qu'on en finisse.

Le visage du criminel n'exprimait plus que haine et colère.

— Vous pataugez toujours dans la semoule, tous autant que vous êtes !

Vadim fit le tour de la table et fouilla dans le dossier. Il écrasa sur le plateau le portrait-robot de Luc Thomas, enfant.

— Luc Thomas, *alias* ton pote Moriarty, ça te dit quelque chose ? Vous trois, dans la même chambrée de l'internat des Roches noires. Les séances de sport un peu spéciales… Kevin Kerning qui vous forçait à lui faire des fellations, Delpierre et toi. Qui y passait en premier ? Toi, sans doute ? T'as toujours aimé te mettre en valeur.

— Ferme ta gueule, bordel !

— C'est ça que tu veux qu'on raconte aux médias ? La vraie histoire d'Andy Jeanson, le petit gros qui suçait des queues ? Le faux tueur en série qui n'a jamais tué personne et qui n'était que l'esclave de celui qui, plus jeune, a mutilé le sexe de son prof ?

Jeanson se leva et chercha à se jeter sur lui, mais ses chaînes le retenaient. Vadim ne bougea pas d'un pouce. Il fixait le détenu dans les yeux.

— Raconte-nous, ou je te garantis qu'on balance tout à la presse. Et on s'arrangera pour que tes copains de taule sachent que t'aimes sucer des queues. On peut te pourrir la vie à un point que tu ne peux même pas imaginer. Qui est Moriarty ? À quoi il ressemble ? Où

il vit ? Où est-ce que tu emmenais les filles que tu kid-
nappais ? Qui profitait d'elles et les torturait ? Toi ?
Moriarty ? Quelqu'un d'autre ? On veut que tu nous
expliques tout en détail. Un nom. Donne-nous un nom.
On a relevé tes défis, bordel ! Tu nous dois bien ça.

Andy Jeanson s'enfonça dans sa chaise, les bras tendus devant lui.

— Relevé mes défis ? Vous n'avez rien relevé du tout.
Vous n'avez pas trouvé l'essentiel. Dommage.

Jeanson avait repris son air supérieur, cette espèce
de rictus plaqué sur son visage qui donnait envie de le
gifler. Vic garda son calme.

— Qu'est-ce qui nous manque ? T'as parlé d'équations, tout à l'heure. Qu'est-ce que tu voulais dire ?

Le criminel garda le silence, il était désormais immobile. Vadim eut beau le relancer, le secouer, lui hurler
dessus pendant plus d'une demi-heure, rien n'y fit. Ils
comprirent que c'en était terminé, que le Voyageur avait
choisi de se taire.

Ce fut au moment où ils franchissaient la porte de
la pièce que la voix de Jeanson résonna dans leur dos.

— Vous pensez baiser Moriarty, mais c'est lui qui
vous baise.

Puis il baissa de nouveau la tête et se mura dans le
silence. Pour de bon, cette fois.

71

Giordano n'existait plus, avait dit Jullian. Mais il n'avait jamais été aussi présent dans l'esprit de Léane. Elle pensait aux jours d'enfer qu'il avait subis dans le fort, à sa fille Roxanne, qui ne reverrait jamais son père, à l'arrière de son crâne rouge sang, et à la silhouette agitée de son mari qui le recouvrait de terre. Des flics le recherchaient sans relâche. Peut-être le nom de Giordano ressortirait-il, un jour, de l'affaire Moriarty. Peut-être en viendrait-on à les interroger, Jullian et elle, dans six mois, un an, cinq ans. Comment vivre avec une telle épée de Damoclès au-dessus de la tête ?

Elle se gara sur le parking de l'hôpital sous un ciel gris cendre, qui donnait l'impression d'une nuit perpétuelle. Depuis combien de jours le soleil n'était-il pas apparu ? Elle courut sous le vent et se présenta à l'accueil. Le docteur Grzeskowiak l'attendait dans son bureau. Elle grimpa à l'étage avec une boule au ventre.

Le spécialiste lui tendit la main, referma la porte et la pria de s'asseoir. Il s'installa face à elle, de l'autre côté de son bureau. Il la scruta avec attention, l'air soucieux. Léane portait sur son visage le poids de sa nouvelle nuit blanche et du calvaire qu'elle traversait. Les bruits de pelle résonnaient encore en elle.

— Comme je l'ai dit dans mon message, je voulais vous entretenir au sujet de Jullian. Il n'est pas venu aux séances. Savez-vous pourquoi ?

— C'est... C'est son père. Son corps a été retrouvé du côté de Groffliers. Il a probablement eu un geste d'inconscience en s'aventurant dans la baie alors que la mer montait.

Grzeskowiak eut un pincement de lèvres.

— J'en suis sincèrement désolé. Quand cela est-il arrivé ?

— On ne sait pas exactement. Le corps a été découvert hier matin, mais on n'avait plus de nouvelles depuis le réveillon.

Le médecin poussa le dossier de Jullian sur le côté.

— Peut-être qu'on devrait remettre notre rendez-vous à plus tard et...

— Non, allez-y.

Il mit ses poings sous son menton.

— Comment Jullian prend-il la mort de son père ?

Elle haussa les épaules.

— Comme un amnésique.

Le médecin parut gêné. Il se racla la gorge.

— Avant ce... ce drame, dites-moi comment s'est passé le retour de votre mari à la maison. A-t-il retrouvé ses marques ? Y a-t-il des automatismes, des situations faisant appel à la mémoire qui lui sont revenus ?

Léane essaya de faire abstraction du marécage dans lequel Jullian et elle étaient embourbés et se concentra sur les choses simples.

— Ça se passait plutôt bien. Il était à l'aise dans la maison, n'avait pas mis longtemps à se rappeler la place des objets. Aujourd'hui, de petites choses lui reviennent, d'autres non. Il continue à dormir du mauvais côté du lit, par exemple, mais il me prépare des plats que j'aime, ou s'occupe de la maison, ce qu'il a toujours fait. Désormais, il peut aller conduire en voiture dans Berck. Il a repris ses habitudes dans son fauteuil, l'ordinateur sur les genoux pour faire ses recherches sur...

— Votre fille ?

Léane acquiesça.

— Ça reprend le dessus, ses obsessions sont tenaces.

— Et les souvenirs vous concernant ?

— Ça va...

Il comprit que Léane n'avait pas envie d'approfondir et n'insista pas.

— Ses collègues, son travail ?

— Il n'en parle pas encore. Vous savez, avant son agression, Jullian était, comment dire... au bout du rouleau. Pas sûr que ça allait pour le mieux au travail ou avec ses collègues. Dans votre message, vous me parliez de quelque chose de bizarre. Que se passe-t-il ?

Il posa sa main à plat sur un dossier.

— Vous le savez peut-être, la récupération des souvenirs personnels peut être brutale ou progressive, sous forme de souvenirs paraissant très lumineux, très détaillés, ou flous. Certaines scènes reviennent sous forme de flashes au réveil, en regardant des photos ou en touchant des objets. Sachez que ces deux dernières méthodes ont été particulièrement efficaces avec Jullian.

Il ouvrit la pochette, poussa un paquet de photos vers Léane.

— Elles sont à vous, vous pouvez les récupérer. Grâce à ces photos, il a pu se remémorer des scènes précises de son passé. Des lieux, des situations, des odeurs. Chaque jour, il faisait des progrès notables. Est-ce que vous pouvez regarder ces photos ?

Léane ne voyait pas où il voulait en venir, mais s'exécuta. Elle parcourut les clichés, un à un, et eut chaque

fois des pincements au cœur. Tranches de vie, de bonheur, les souvenirs qui revenaient, qui lui faisaient mal.
Ils étaient si jeunes, si heureux. Léane tiqua soudain.
Entre deux photos de vacances, elle s'attarda sur un cliché qui montrait une vieille Alfa Romeo, garée dans une
rue avec la tour de Pise en arrière-plan.

— Un problème ?

— Cette photo... elle ne me dit rien du tout.

— Vous êtes certaine ?

— Oui, oui... On est déjà allés en Italie, mais pas à
Pise. On n'a jamais eu ce genre de voiture. Je... Je suis
confuse.

— Pourtant, cette photo a fait réagir Jullian. Il en
avait un souvenir assez précis. Il ne se rappelait plus la
période, mais il était sûr d'être allé là-bas avec vous. Il
parlait de la chaleur, du bruit, et racontait même que
vous étiez montés en haut de la tour.

Léane secoua la tête.

— Je... Je ne comprends pas. Je... Je n'en ai aucun
souvenir.

Le médecin récupéra le rectangle de papier glacé.

— C'est normal. Cette photo ne vous appartient pas,
elle fait partie d'une série de clichés que nous utilisons
pour nos tests.

Léane était perdue.

— Qu'est-ce que ça veut dire ?

— La mémoire est extrêmement complexe, Léane,
elle peut parfois nous jouer des tours et créer de faux
souvenirs. Elle a horreur des vides et les comble d'elle-
même lorsque c'est nécessaire. Nous avons glissé cette
photo entre deux de vos photos de vacances bien réelles.
La question était donc de savoir si Jullian avait affaire
à un vrai « faux souvenir », s'il mentait juste pour nous

faire plaisir et prouver qu'il progressait vite, ou alors s'il était dans une quelconque démarche de simulation...

Léane se cala sur sa chaise, elle sentait que le pire était à venir.

— ... Cela fait près de dix jours que nous expertisons sa mémoire. C'est un territoire fragile, mouvant, malléable, les souvenirs n'appartiennent qu'au patient, la tâche n'est pas simple pour distinguer le vrai du faux, afin de nous rendre compte de la profondeur d'une amnésie. Nous avons réalisé une batterie d'examens poussés, notamment des questions auxquelles il devait répondre, des séries de gestes qu'il devait exécuter et qui sollicitaient d'autres mémoires, le but étant de vérifier la cohérence de ses réponses... Quand on teste les gens, on a par exemple toujours plusieurs manières d'aborder une même question. On recoupe ensuite les informations exactement comme le fait la police. On pose une question en rapport avec les souvenirs d'une certaine manière, on l'aborde ensuite par un autre biais...

Il prit des feuilles dans le dossier.

— Jullian a eu des résultats en dehors des normes à la quasi-totalité des examens, ce qui fait de son amnésie une amnésie un peu trop belle, trop caricaturale, si vous voulez. Je vous cite juste l'exemple d'un test de reconnaissance où il faut choisir la bonne réponse entre deux possibilités...

Il poussa les résultats vers Léane.

— ... Un amnésique a, en moyenne, un taux de bonnes réponses de cinquante pour cent. Jullian a eu moins de quinze pour cent de bonnes réponses.

Léane regarda les tests en vitesse. Des mots, qu'on demandait de retenir et qu'on mélangeait à d'autres... Des exercices de rappel... Elle les reposa devant elle.

— Qu'est-ce que ça veut dire ?

— Qu'il choisissait souvent la fausse réponse. Qu'il forçait, peut-être, son amnésie.

— Vous êtes en train de me dire qu'il... qu'il simulait ?

Grzeskowiak répondit avec calme, il prenait des précautions.

— Ces résultats sont, de manière générale, caractéristiques des patients qui ne sont pas amnésiques, mais qui veulent le faire croire.

Léane eut l'impression de recevoir un coup de poing en pleine figure.

— Ce... Ce n'est pas possible.

— Attention, je ne dis pas que c'est le cas, c'est seulement une hypothèse... plausible. Même si ses scanners n'indiquent pas la moindre lésion, il est malheureusement impossible d'avoir des certitudes à ce stade, le travail sur la mémoire n'étant pas une science exacte. Il arrive que certains patients accentuent en toute bonne foi leur amnésie pour obtenir un bénéfice corporel, juridique ou financier. Jullian n'a, me semble-t-il, aucun intérêt à simuler, si je ne me trompe. Il n'y a pas d'argent ou de faits juridiques en jeu.

— Il ne simule pas. À l'annonce du décès de son père, il... il n'a rien ressenti, enfin, juste une tristesse de circonstance. Il adorait son père. Vos tests ne sont pas fiables.

Le médecin n'essaya pas de la contredire.

— C'est possible, mais je voulais que vous soyez au courant. Une fois que... que Jullian aura fait tout ce qu'il faut pour son père, nous continuerons les séances, nous verrons ce que cela donne. Vous veillerez à ce qu'il vienne aux rendez-vous, c'est important, et évitez de lui parler de notre entretien, afin de ne pas fausser les prochaines expertises. Vous pourrez faire ça ?

— Je vais essayer.

Il se leva et la raccompagna vers la sortie.

— S'il y a une personne capable de démêler le vrai du faux, c'est vous, Léane. Vous vivez depuis longtemps avec lui. Tentez de tester sa mémoire, de détecter les incohérences. Vous seule êtes capable de juger de la véracité de ses souvenirs et, aussi, de son amnésie.

Il lui serra la main, et elle regagna sa voiture. Elle resta là, en pleine réflexion, sans bouger. Certes, Jullian était à l'aise dans la maison, il avait repris ses marques, certaines petites habitudes, mais comment imaginer qu'il ait simulé ? Simulé le fait de ne plus se souvenir d'elle, ni de la disparition de sa fille, ni de Giordano ? Pourquoi ? Elle revoyait son premier regard, à son réveil, il ne l'avait pas reconnue. Elle se rappela sa réaction à l'annonce de la noyade de son père. Il aimait Jacques. S'il simulait son amnésie, comment aurait-il pu paraître aussi insensible ? Comment aurait-il pu se retenir d'exploser en sanglots, quand les flics avaient annoncé la mort de Sarah ?

Elle mit le contact, pleine de doutes. Elle revit la manière dont Jullian avait écrasé le pied de Giordano, dans le fort. Pourquoi, soudain, une réaction si disproportionnée ? Avait-il eu des réminiscences ? Elle sentit un choc dans sa poitrine quand elle pensa aux révélations du type au visage de mérou : Jullian avait payé pour être frappé avec une batte de base-ball sur le crâne. Mais comment pouvait-il savoir que cela provoquerait à coup sûr une amnésie ? C'était impossible à prévoir.

Le doute s'amplifia.

Et si son mari avait planifié son agression pour pouvoir, justement, simuler une amnésie ?

72

Vic et Vadim montèrent en silence à l'étage de la maison de Jeanson. L'habitation était glacée, l'escalier craquait, de la poussière s'était déposée sur les rambardes, les meubles, et donnait une impression d'abandon. Vadim enrageait encore, parce qu'il ne comprenait pas ce qu'il fichait là.

Ils arrivèrent dans la chambre du Voyageur, celle d'un fou. Des formules mathématiques, partout sur la tapisserie, entassées, imbriquées, déliées comme de longs rubans d'encre incompréhensibles. Jeanson avait tout tapissé en blanc pour pouvoir écrire, dessiner des cygnes noirs, des pièces d'échecs, des cases numérotées, étaler la matière indigeste de son esprit obsédé sur le moindre centimètre carré de la chambre, y compris au plafond. Et puis le chiffre 2, partout, décliné à l'infini, en sommes, multiples, carrés, équations tordues. Vadim tourna sur lui-même, perdu.

— Bon, tu m'expliques, bordel ? Je n'y comprends rien, à ces conneries. Des mecs qui s'y connaissent bien plus que nous ont déjà tout analysé pour voir si Jeanson n'avait pas caché là-dedans des informations sur ses victimes. Il n'y a plus rien à trouver, ici. Alors, qu'est-ce qu'on fout ?

FRANCK THILLIEZ

Vic s'approcha de spirales, de nombres remarquables que Jeanson avait notés, avec des centaines, des milliers de décimales : Pi, racine carrée de 2, le nombre d'or. Il s'accroupit, se redressa, à l'affût.

— Jeanson a dit que les réponses étaient sous notre nez depuis le début... Qu'on ne savait pas ouvrir nos yeux ni regarder en profondeur, derrière la complexité apparente de simples équations. Et il y a quoi, dans cette chambre ?

— Des équations... Mais elles ne sont pas simples. J'y pige que dalle.

Vic passa sa main sur les écritures, se mit à ausculter la tapisserie. Il trouva le bord d'une bande et tira d'un coup sec. Vadim fronça les sourcils.

— Qu'est-ce que tu fais ? Merde, Vic, on ne va quand même pas...

— Aide-moi.

Vadim se mit à l'ouvrage. Il trouva finalement une forme de plaisir hargneux à déchiqueter la folie de Jeanson, à tirer de larges bandes qui lui restaient entre les mains dans un crissement. Il en grogna de bonheur.

— Ça fait du bien... Enfoiré... Va te faire foutre !

Il déblatérait, seul dans son coin. Malheureusement il n'y avait rien, derrière, seulement du béton. Vic s'arrêta d'arracher – c'était trop long et fastidieux – et plaqua ses mains sur le papier, à la recherche d'un défaut, d'une excroissance.

Et son acharnement paya : il trouva au bout d'une demi-heure, à l'arrière du lit, à environ un mètre de hauteur, là où était écrit, en gros, 44 – nombre de coups de l'Immortelle de Kasparov. Une bande y était un peu décollée, et ça sonnait creux derrière. Il tira et découvrit un trou d'une dizaine de centimètres, dans le béton. Vadim accourut.

Vic plongea la main à l'intérieur et en sortit un sac transparent avec des clés. Il les répandit sur le lit devant le regard de son collègue, les sourcils froncés. Pas de numéros de série, même couleur, formes différentes. Vadim les observa avec attention.

— Il y en a neuf. Les clés d'entrée des maisons des victimes, tu crois ?

— Fort possible...

— Comment il se les est procurées, putain ?

Vic fouilla encore dans le petit compartiment. Ses doigts palpèrent une surface lisse, plastifiée.

Une clé USB.

73

Pas loin de 16 heures, à la brigade. Les hommes étaient tendus, visages creusés. Jeanson avait-il livré en connaissance de cause l'indice qui avait mené à la cachette ? Ou son mépris, sa haine, son ego boursouflé l'avaient-ils poussé à commettre une erreur ?

Devant Manzato et Vadim, Vic enfonça une copie de la clé USB dans son ordinateur puis le contenu s'afficha. Il s'agissait d'une liste de répertoires, nommés avec des prénoms. Amandine, Justine, Fabienne, Sarah… Il y en avait neuf, comme les neuf clés, neuf prénoms féminins qui se succédaient à l'écran.

Vic se massa les tempes dans un soupir.

— Les répertoires portent les noms des neuf disparues. Les neuf jeunes filles que Jeanson a enlevées et que Delpierre a enterrées des mois plus tard.

Vic cliqua sur le dossier intitulé « SARAH » et dévoila une série de photos. Elles avaient été prises à l'intérieur d'une petite maison ou d'un appartement. Sur chacune d'elles, on voyait Sarah Morgan, tantôt en gros plan, tantôt en plan plus large, dans différentes pièces. Blonde, magnifique, habillée légèrement – robe d'été, maillot de bain, ou nue lorsqu'elle était sous la douche. Vic estima qu'elle n'avait pas plus de 17 ans là-dessus. Les photos avaient sans aucun doute été prises avant sa disparition. Vadim désigna le bas de l'écran.

— Il y a aussi des vidéos.

En effet, les icônes apparaissaient sous les photos. Vic lança l'une d'entre elles. Un œil palpitant apparut quelques secondes.

— C'est l'œil qu'on retrouve sur le darknet. Celui qui réclame un mot de passe lorsqu'on clique dessus.

L'œil disparut, puis on entendit une musique d'ambiance. Quelqu'un avait filmé Sarah, allongée nue sur son lit. Un corps parfait. Elle se caressait le sexe, les seins. Une longue scène de masturbation qui mit les hommes mal à l'aise. Vadim resta concentré.

— Ce plan réalisé en plongée, la fixité de l'image... On dirait une caméra cachée.

Vic passa les autres vidéos. On y voyait Sarah sous la douche, ou dans le séjour. Jamais elle ne fixait la ou les caméras, ni dans les films ni sur les photos. Elle avait été filmée à son insu.

— Peut-être avec des minicaméras incrustées dans les murs, dissimulées derrière des objets. Aujourd'hui, n'importe qui peut acheter des caméras haute définition pas plus grosses qu'une tête de clou.

Vic observa le mobilier, l'agencement des pièces. Sarah n'était pas chez elle, dans la villa de Berck. L'endroit était agréable, bien décoré, cosy. Jamais il n'y avait un plan sur une fenêtre, une vue extérieure qui pourrait donner une idée de l'endroit où ces vidéos avaient été tournées. Ville, campagne, montagne ?

— Vous avez vu comment c'est monté ? fit remarquer Vadim. Les plans, la musique langoureuse. Il y a eu un vrai soin pour le montage, pour que... la beauté de la jeune fille soit mise en valeur. Pour que tout soit le plus excitant possible.

Vic ne comprenait pas. Qui avait créé les films ? Moriarty ? Jeanson ? Delpierre ? Quel était leur but ? Il pensait au chalet luxueux de La Chapelle-en-Vercors, là où avaient été amenées certaines de ces filles. Vue sur les montagnes, Jacuzzi, coupe de champagne... Qui profitait de la location et des victimes ? Était-il possible que d'autres personnes soient impliquées ? Que d'autres connexions existent ? Le flic enrageait, il avait l'impression que l'essence même de l'affaire lui échappait.

Manzato posa ses poings sur le bureau.

— Change de dossier.

Vic cliqua sur un autre prénom, celui de Pauline, Pauline Perlot, la cinquième kidnappée. La présentation se répétait. Des photos ou des vidéos intimes de la victime, prises à son insu. La musique excitante. Le lieu était le même que pour Sarah.

Nouveau dossier. Justine, fraîche, sourire franc, pleine de vie. Filmée, elle aussi, dans différentes situations, mais toujours en ce même endroit. Tantôt vêtue, d'autres fois non. Aussi brune que Sarah était blonde.

L'équipe visionna les autres photos et vidéos. Vic écrasa son index sur l'écran.

— Toujours le même endroit. Des filles qui n'ont rien à voir entre elles, qui ne se connaissent pas et qui se font filmer à leur insu dans un lieu identique. Truffé de caméras miniatures. Il n'y a pas trente-six solutions...

— Une location ?

— Je crois, oui. Une location équipée de caméras cachées.

Le flic décrocha son téléphone et composa un numéro. On répondit au bout de trois sonneries.

— Léane Morgan ?... Vic Altran, le policier de Grenoble. J'espère ne pas vous déranger...

Il entendait le souffle du vent, des cris d'oiseau. Léane Morgan était peut-être au bord de la mer.

— … J'aurais besoin d'un renseignement qui va faire appel à votre mémoire. Est-ce que vous, ou votre fille, avez habité ou loué un appartement, ou une petite maison, avant sa disparition ? Période estivale, un canapé d'angle rouge, une douche à l'italienne, des meubles colorés et d'aspect ancien. Si vous le souhaitez, je peux vous faire parvenir des photos de l'endroit et…

— Je ne sais plus pour le mobilier, mais oui, on avait loué un appartement pour quelques jours à Annecy. C'étaient nos dernières vacances à trois.

Vic avait mis le haut-parleur.

— Et vous pouvez me fournir les informations ? L'adresse ? Le nom du propriétaire ?

— Vous avez trouvé quelque chose ?

— Peut-être. Mais j'aimerais vérifier avant de vous en dire plus.

— On était passés par un site de réservation en ligne, LocHolidays…

Les flics échangèrent un regard.

— … On a dû utiliser le service deux, trois fois en tout. J'avais un compte, je ne sais même pas s'il est encore valable. Il faudrait que je me connecte mais… Écoutez, je… je ne suis pas chez moi. Le mieux est que je vous donne le nom d'utilisateur et le mot de passe, regardez par vous-même. Je vous fais confiance.

Elle fournit les informations. Vic la remercia et raccrocha, avant de se précipiter sur son clavier. Il se connecta au site en question avec les codes de Léane.

— Ça fonctionne.

Il se rendit dans l'onglet des réservations.

— L'appartement est là…

Il pointa l'adresse, près du lac d'Annecy. Il cliqua pour accéder aux détails. La petite annonce du logement n'était plus en ligne, mais les photos de description y étaient toujours. Le canapé rouge, les meubles colorés... L'appartement avait été loué par les Morgan six mois avant le kidnapping.

— C'est sans doute comme ça que Moriarty sélectionne ses victimes. Il dispose d'un logement qu'il met en location. C'est comme un filet. Il filme les proies qui l'intéressent. Il dispose de toutes les informations qu'il veut sur elles. Leur adresse, leurs photos... Et il peut s'introduire dans le logement en leur absence, faire des photocopies des papiers, des doubles de leurs clés... C'est simple comme bonjour. Puis Moriarty transmet tout ça à Jeanson pour qu'il se charge de l'enlèvement des mois plus tard. Ils doivent laisser passer du temps, pour éviter que les flics ne fassent le rapprochement.

— Affiche-moi le nom de ce salopard.

Vic cliqua sur un lien. Il y avait une photo, l'une de celles déjà vues sous la fausse identité Pierre Moulin : le type blond au sourire éclatant et à la chemise bien propre. Le cadrage était le même. Vadim était surexcité.

— Même si la photo est fausse, c'est lui, c'est lui.

Sous le portrait, les coordonnées avaient été certifiées exactes par le site. En tant que loueur de logements, Moriarty avait probablement dû fournir de la paperasse et des références bancaires réelles.

Plus de PM, de Moriarty, de Docteur Watson, cette fois. Plus de possibilités de se cacher derrière des pseudonymes.

L'homme invisible qu'ils traquaient, le cerveau, le maillon central de la chaîne de mort, le Luc Thomas du passé s'appelait aujourd'hui David Jorlain.

74

Léane était debout face à la mer, dans cette baie qu'elle avait tant aimée. Seule, au chaud dans son blouson, elle fixait l'horizon. Au bord de l'eau, tout là-bas, des goélands au grand bec jaune et des bécasseaux longeaient l'écume, à la pêche aux petites crevettes grises ou aux minuscules poissons piégés dans les flaques. Ils allaient et venaient, leur bec se plantant au moindre mouvement. Puis, une fois leur somptueux ballet terminé, ils se reposeraient, se cacheraient pour fuir leurs prédateurs. Et recommenceraient, encore et encore. L'éternelle lutte pour la survie.

Son regard se perdit vers la gauche, direction le sud. À deux cents kilomètres de là, Étretat et ses falaises géantes l'attendaient, le lendemain soir. Sur la droite, vers le nord, à une heure de route, le fort d'Ambleteuse. Jullian venait sans doute d'y arriver. Il allait nettoyer et vider l'endroit où Giordano avait croupi et rendu son dernier souffle. Comme si trois gouttes d'eau de Javel suffiraient à gommer la cruauté de leurs actes.

La gorge serrée, Léane n'arrivait pas à oublier les propos du médecin. Et pourtant, l'épouse qu'elle était restait persuadée que son mari ne simulait pas. Elle l'avait testé au début de l'après-midi. Jullian n'avait jamais supporté qu'on laisse un couvercle de poubelle ouvert, il repassait toujours derrière pour le remettre en place. Or là, il n'avait pas réagi. Depuis son retour, il dormait du mauvais côté du lit. Il ne s'était pas laissé piéger par des noms, des lieux qu'elle avait évoqués de manière anodine. Ses yeux étaient restés éteints quand elle lui avait montré des photos de sa mère ou de son père, avec lui, enfant, posé sur leurs genoux.

Mais toujours, toujours, elle en revenait à cette agression qui l'avait presque laissé pour mort. Toute cette préparation qu'il avait orchestrée, ces fausses pistes. Le doute la rongeait, mais Léane n'avait plus l'esprit assez clair pour faire la part des choses.

Son téléphone sonna. Le flic de Grenoble. Elle répondit à ses questions, lui donna ses codes d'accès à son compte LocHolidays et raccrocha. La Criminelle semblait avancer. Peut-être ces policiers finiraient-ils par connaître la vérité ?

Le visage glacé, elle se retourna vers « L'Inspirante ». Avec ses lumières, sa forme, ses grandes vitres, elle ressemblait à un paquebot sur une houle de sable. Le théâtre du pire des thrillers. Quiconque raconterait ce que Léane avait vécu ces dernières semaines serait assuré de signer la meilleure histoire de l'année.

Mais encore fallait-il une fin à cette histoire. Un dénouement. Et Léane était incapable de savoir comment ça se terminerait sur les falaises d'Étretat. Dans *Le Manuscrit inachevé*, son héroïne Judith Moderoi était poussée dans le vide.

Une silhouette se découpa dans l'obscurité qui, avec son extrême langueur, prenait possession de la baie. Elle venait vers elle, dans cet espace infini de nature sauvage. L'allure, la démarche, la mèche rousse qui dépassait du bonnet et cet énorme blouson qui le faisait ressembler à un bonhomme Michelin... Colin. Léane frotta d'un geste ses larmes de froid et alla à sa rencontre. Le flic garda les mains au fond de ses poches.

— J'ai sonné. Puis je t'ai vue, seule...

Léane remarqua la sacoche d'ordinateur qu'il portait en bandoulière.

— Jullian avait besoin de s'isoler. Il est parti faire un tour avec la voiture le long de la côte. Il est perdu, incapable de remplir tous ces papiers nécessaires suite au décès de son père. C'est tellement difficile, ce qui se passe en ce moment. Il faut se mettre à sa place.

— Je comprends, bien sûr... Tout cela doit être extrêmement compliqué à gérer, même pour toi. Tu as une idée de l'heure à laquelle il va revenir ?

— Aucune. Et il est injoignable, vous ne lui avez toujours pas rendu son portable. Tu veux le voir ?

— J'aurais bien aimé, oui. J'ai du neuf au sujet de la mort de Jacques...

Ils se mirent en marche vers la villa. Léane croisa les bras, prise d'un mauvais pressentiment. Colin semblait plus que perturbé.

— ... Le médecin légiste a confirmé la noyade. Les analyses toxico ont révélé un fort degré d'alcoolisation, au moins trois grammes par litre de sang. Il est évident que, avec un tel taux, il devait difficilement tenir debout et surtout ne plus avoir conscience du danger dans la baie.

— Quelle horreur...

Ils marchèrent en silence sur une centaine de mètres.

— Je ne devrais pas être ici, Léane, je ne devrais pas te raconter tout ça parce qu'il y a une procédure en cours. Mais...

Il lui adressa un regard plein de tristesse et de résignation.

— ... On se connaît, et j'ai confiance en toi... S'il y avait quelque chose que je devrais savoir, tu me le dirais ?

— Évidemment. Mais... qu'est-ce qui se passe ?

Colin ne répondit pas tout de suite. Qu'avait-il découvert ? Léane avait l'impression qu'un nœud coulant se resserrait autour de son cou.

— Il faut que je te parle de ce type qui s'est pointé au commissariat, ce matin. Un ornithologue de Fort-Mahon, Bérenger Argoud, il bosse au parc du Marquenterre. Son nom t'évoque quelque chose ?

— Vaguement, oui.

— Il m'a dit que Jullian et lui se connaissaient bien, notamment à cause des phoques : Argoud les recense et étudie leur déplacement dans la baie de l'Authie depuis pas mal d'années. Il y a quelque temps, les deux hommes ont défendu la colonie et sont montés au créneau face aux pêcheurs.

— Je me souviens de ça, oui.

— Argoud était particulièrement intéressé par les grandes marées, il voulait comprendre à quel point elles affectent les comportements de la colonie. L'extrémité du chenal de Groffliers est son coin, c'est pour lui l'un des meilleurs postes d'observation de la colonie quand celle-ci n'est pas à la pointe de Berck. Le jour, il observe aux jumelles et prend des photos, mais, une fois l'obscurité arrivée, c'est-à-dire vers 17 heures en ce moment, il installe une caméra infrarouge à grand-angle, bien planquée des promeneurs éventuels. Il la place en hauteur, sur l'un des arbres de la pinède qui borde le nord de la baie. Tu vois où ?

Léane acquiesça. Colin lui faisait de plus en plus penser à une araignée en train de tisser sa toile. Ils arrivaient au pied des dunes.

— ... Argoud a regardé seulement hier, très tard, ses enregistrements du soir du samedi 23 décembre. Il m'a montré, Léane... il m'a montré ce que sa caméra a filmé.

— Ne me dis pas que... qu'on y voit la noyade de Jacques ?

Colin hocha la tête vers « L'Inspirante ».

— Et autre chose de très troublant. Allons au chaud.

75

D'après une recherche dans le fichier des permis de conduire, David Jorlain habitait la périphérie de Vienne, à une centaine de kilomètres de Grenoble. L'enregistrement indiquait qu'il était né le 12 juin 1973, à Pantin, soit environ un mois plus tard que la date officielle de la naissance de Luc Thomas. Une réquisition auprès des services fiscaux de l'Isère confirma qu'il avait réglé les taxes de l'année 2016 d'une propriété située à l'adresse du permis de conduire. Il y habitait donc toujours.

À presque 22 heures, quatre véhicules de police fonçaient sur la départementale 37, pleins gaz. Vadim était au volant de l'un d'eux tandis que Vic fixait la route, pensif. Avant leur départ, il avait à tout prix voulu donner un visage à David Jorlain, comme s'il avait autant traqué l'homme que ses traits. Jorlain n'avait ni passeport ni carte d'identité récente – celle avec la photo informatisée. Aussi, pour récupérer une photo en rapport avec une identité, il fallait joindre l'administration qui avait délivré le papier en question. Vic avait alors appelé la sous-préfecture, à Vienne, là où avaient été établis le permis de conduire et la carte grise, en 1997. On lui apprit que les archives avaient été ravagées par les flammes environ deux ans auparavant. Une enquête avait conclu à un incendie criminel.

Moriarty avait encore une fois effacé son visage.

Vic n'était pas aussi excité et confiant que ses collègues, quelque chose le tracassait, sans qu'il sache vraiment quoi. Les événements s'étaient sans doute enchaînés trop vite, ces dernières heures : l'interrogatoire de Jeanson, la clé USB cachée derrière les équations, puis l'identité de Moriarty. Comme si tout s'était débloqué d'un coup. Il fixa cette nuit aux étoiles timides, qui faisaient luire la neige. Les collines se dérobaient, chassées par la vitesse des voitures. Vic tourna la tête vers son collègue. Il voyait son œil droit briller et sa mâchoire inférieure poussée en avant.

La propriété était à l'image de l'homme : effacée du monde, invisible, sur les hauteurs de la ville, avec le Rhône en contrebas et la forêt autour. Il fallait emprunter un chemin en terre, à travers les arbres, pour y accéder. Une fois les véhicules garés bien en amont, les hommes descendirent, les plus balèzes devant. Tout était calme, trop peut-être. L'habitation en pierre, sur un étage, apparut. Ancienne, de taille moyenne, protégée par un portail et cernée par un haut mur de brique. Tous les volets étaient fermés, les lumières semblaient éteintes, mais une berline grise et une fourgonnette blanche siégeaient le long de la façade. Vic sentit le sel de l'excitation lui brûler les lèvres. Allaient-ils en finir ?

Ils n'eurent pas de mal à ouvrir le portail et, une fois dans le jardin, les hommes redoublèrent de prudence : tous avaient encore en mémoire le fiasco chez Delpierre. Très vite, avec des gestes précis et coordonnés, ils se répartirent pour surveiller les issues, tandis qu'un petit groupe compact s'occupait de la porte principale. Vingt secondes plus tard, ils fonçaient à l'intérieur, torches braquées, fusils à l'épaule.

Il n'y eut pas un seul coup de feu, cette fois. Étage, rez-de-chaussée, les équipes s'assurèrent de l'absence de danger. La maison semblait vide. Quelqu'un alluma les lumières. Depuis le salon, le chef du groupe d'intervention fit signe à Manzato et ses lieutenants d'approcher. Il avait le visage fermé. Quand les flics s'engagèrent en direction de la pièce, ils reconnurent l'odeur de la mort.

Le corps d'un homme en jean et tee-shirt gisait, la tête et les bras enfoncés dans l'âtre de la cheminée. Il avait en partie gonflé et avait été brûlé jusqu'aux coudes et la nuque. Les cheveux s'étaient rétractés sur le crâne comme de minces ressorts. Au sol, un peu en retrait, traînaient une bouteille de whisky et des pilules extraites de leur boîte. Des somnifères.

Manzato interdit à quiconque d'approcher et passa des coups de fil. Vic n'avait qu'une envie : se jeter sur le cadavre pour le retourner, affronter ce visage cramé, parti en fumée, ce faciès qui, encore une fois, allait lui échapper. Ça n'était pas possible, Moriarty ne pouvait pas être là, mort, suicidé ou il ne savait quoi, et parti avec les réponses.

Tout sauf ça.

Vic fit le tour des issues. Rien de cassé ou de suspect, la maison avait été verrouillée de l'intérieur. Une voix, derrière lui :

— Venez voir.

Mangematin les appelait depuis l'étage. Ils y montèrent et découvrirent que l'une des deux chambres était protégée par une porte blindée. Il y avait une grille à la fenêtre, le lit était scellé au plancher, la télé encastrée dans le mur et inaccessible. Une cellule ? Il songea à Sarah Morgan. L'une des premières kidnappées, la dernière tuée. Avait-elle été retenue ici et non dans la cave de Delpierre ? Avait-elle occupé cette chambre pendant quatre longues années ? Mais pourquoi ce traitement particulier, alors que toutes les autres étaient mortes peu de temps après leur enlèvement ?

Il enfila une paire de gants en latex et entra dans la pièce. Ouvrit le dressing. Des vêtements féminins, pliés avec soin. Robes, sous-vêtements... Il caressa une veste de survêtement et la reconnut : c'était celle que Sarah portait le jour de sa disparition. Moriarty ne s'en était jamais débarrassé.

Il se rendit dans la chambre voisine, celle sans porte blindée. Là où, selon toute vraisemblance, dormait le propriétaire des lieux. Propre, lit impeccable, des costumes et des cravates, bien rangés sur des cintres. Ça sentait le musc. Au mur, la copie d'un tableau de Greuze, *Jeune Fille avec une rose*.

Vadim se trouvait dans le bureau, au bout du hall, le nez plongé dans de la paperasse et des livres sur l'immobilier. Vic alla le rejoindre.

— Il bossait dans l'immobilier, on dirait. Location, vente. Un indépendant, un truc dans ce genre-là.

Vic s'appuya contre un mur dans un soupir. Vadim le considéra du coin de l'œil.

— Qu'est-ce que t'en penses ?

— Je ne sais pas, j'ai l'impression de me balader dans un musée... Tu te rappelles les derniers mots de Jeanson : « *Vous pensez baiser Moriarty, mais c'est lui qui vous baise.* » Et puis, dans sa lettre, Delpierre avait parlé de « *la plus belle des disparitions, aux yeux de tous* ». Il y a un truc qui cloche. Je n'imagine pas notre homme mourir de cette façon, la tête dans un feu de cheminée.

— Si ça, ce n'est pas la plus belle des disparitions, qu'est-ce que c'est, alors ? Peut-être qu'on ne saura jamais à quoi il ressemble, mais cet enfoiré est mort, Vic. Bel et bien mort.

Vic n'écoutait plus. Il redescendit dans le salon. Manzato saluait l'équipe d'intervention qui reprenait la route. Il revint vers son subordonné.

— L'IJ va arriver.

Il désigna le cadavre.

— J'ai appelé le juge et demandé une analyse ADN ultra-prioritaire. Demain, on aura confirmation qu'il s'agit bien de Moriarty.

Vic fixait la scène sans rien dire. Les médicaments, la bouteille, le corps dans l'âtre : l'impression d'être dans une partie de Cluedo, avec tous les éléments remarquables sous les yeux. Trop caricatural, trop simple. Moriarty n'aurait-il pas disparu avec beaucoup plus d'éclat, de panache ?

Ou alors Vic s'était-il trompé sur son compte ?

76

Colin et Léane entrèrent dans la villa. Le policier descendit la fermeture Éclair de son blouson et sortit l'ordinateur portable de sa sacoche.

— Je ne veux pas t'imposer le visionnage de ce film, mais... tôt ou tard, je pense que tu devras le faire, Léane. Autant que ce soit maintenant.

Il la sondait, l'observait, traquait chacune de ses réactions. Léane avait-elle intérêt à attendre Jullian ? À refuser de regarder cette vidéo ? Elle s'assit à ses côtés.

— Vas-y.

Colin cliqua sur un fichier. L'image infrarouge s'affichait dans les tons noirs et blancs, avec des nuances de vert. Léane reconnut cette partie de la baie, ces langues oblongues de sable, le zigzag de l'Authie, les oasis de salicornes et de cochléaires. L'image se brouillait parfois, il crachinait. L'heure, en bas, indiquait 17 h 02, le 23 décembre. Le flic accéléra la lecture et remit à vitesse normale, à 17 h 04. Il pointa l'écran.

— Là...

Léane remarqua une variation, loin, très loin au fond de la baie. Deux points lumineux qui finissaient par disparaître. Des phares. Colin accéléra encore.

— Ton beau-père vient d'arriver par la route le long du chenal. Il se gare sur le petit parking... Enfin, je le suppose, vu que c'est là qu'on a retrouvé son véhicule. Malheureusement, la végétation, la météo et la distance nous empêchent de voir quoi que ce soit. Ensuite, il ne se passe rien pendant une demi-heure. Peut-être est-il en train de s'enivrer, à l'abri dans sa voiture ? Et puis ça...

17 h 32. Léane imagina l'obscurité absolue dans la baie, la pulsation régulière du phare de Berck. Une silhouette ridicule sortait de la végétation. Elle chevauchait les fines bâches d'eau, s'avançait sur les grands bancs de sable, chutait à plusieurs reprises. Il pleuvait plus fort désormais, il était impossible de distinguer le visage, et Léane ne pouvait deviner l'identité de Jacques que parce qu'il s'approchait davantage. Son crâne chauve... Son imperméable... Il errait dans le noir tel un vagabond, s'enfonçait dans la baie, en direction de la mer et de la caméra, alors que, partout, l'eau montait. Elle enserrait Jacques sans qu'il s'en rende compte, comme une mygale cerne sa proie.

— C'est horrible. Horrible. Qu'est-ce que tu cherches, Colin, bon sang ?

— Deux minutes... Deux petites minutes... Attendons que la pluie baisse en intensité, tu vas voir.

Léane se fit violence. Jacques trébuchait de nouveau et restait assis dans le sable, trempé. Dans l'enfer de la nature, son corps était pris de petits soubresauts. Léane en était sûre : il pleurait, pleurait comme un gosse, faisait glisser du sable entre ses doigts. Lorsque la pluie cessa, Colin pointa l'extrémité droite de l'écran. Il lorgna Léane du coin de l'œil.

— Qu'est-ce que tu vois ?

Parmi la végétation, une autre silhouette...

— Mon Dieu !

Il figea l'image et fit crisser les courts poils roux de son menton, en pleine réflexion.

— Ça me fiche toujours autant la chair de poule. Quelqu'un l'a regardé mourir. Quelqu'un qu'on ne voyait pas à cause de la pluie mais qui était probablement là depuis le début, embusqué parmi les arbustes, à proximité du parking. Je t'épargne la suite, mais cet inconnu restera jusqu'à 17 h 55, heure à laquelle Jacques a été emporté, sans jamais appeler les secours.

Léane plongea son visage dans ses mains. Colin poussa une photo vers elle.

— Je suis désolé de t'infliger ça. On a tiré cette photo de la vidéo. On a fait tout ce qu'on a pu, on a agrandi, optimisé les réglages, mais on n'aura pas mieux que ce que tu as sous les yeux...

Léane observa le cliché.

— ... Impossible de dire s'il s'agit d'un homme ou d'une femme. Il y a semble-t-il cette capuche, et ce ciré de pêcheur. Avec ce vêtement, difficile de distinguer le moindre indice morphologique.

Léane était sur la frontière, elle marchait sur une arête de montagne avec le précipice de chaque côté. Le flic la sonda avant de s'éclaircir la voix.

— Je suis navré de te demander une chose pareille dans de telles conditions, mais... tout ça ne te dit rien ? On a un expert qui pense que cette tenue de pêcheur est de couleur claire, qu'elle pourrait être jaune, ou grise. Un peu comme celle-là...

Il indiqua la photo de Jullian dans le cadre, à côté de la bibliothèque. Léane pouvait désormais apercevoir le fond du gouffre. Elle allait s'écraser et ne plus se réveiller.

— Je... Je ne sais pas. C'est tellement brutal. Que veux-tu que je te réponde ? (Elle prit la photo entre ses mains.) Tout le monde possède ce genre de tenue, ici, ça pourrait être n'importe qui. Tu n'es quand même pas en train de... enfin, je veux dire, de te poser encore des questions sur Jullian ? Comme tu l'as fait pendant ces quatre dernières années ?

— Tu me connais, Léane... Je veux juste comprendre. Un père meurt en pleurant toutes les larmes de son corps, quelqu'un le regarde mourir, c'est naturel que la première personne que je veuille interroger, ce soit le fils, tu ne crois pas ? Avant de venir te rejoindre sur la baie, je me suis permis de jeter un œil dans la remise. Je n'ai pas trouvé la tenue qu'on voit sur la photo. Tu as une idée de ce que Jullian a pu en faire ?

— Non, non, comment veux-tu que je sache ? Je n'habitais plus ici, Jullian est amnésique. Qu'est-ce que ça veut dire, tout ça ?

Il sortit son carnet, lécha son index, tourna des pages.

— J'aimerais bien qu'on en revienne précisément à la journée du 23. C'est moi qui ai déposé Jullian ici après sa sortie de l'hôpital. Il devait être 15 heures... J'en ai profité pour récupérer mon portefeuille, d'ailleurs, tu te rappelles ? Je l'avais oublié la veille...

Léane hocha la tête en silence.

— ... On a vérifié sur les relevés téléphoniques de Jacques. Jullian a appelé son père à... 15 h 22, très exactement, un appel qui a duré moins de cinq minutes. Comme il l'a dit, certainement pour l'informer de sa sortie. C'est cohérent.

Il mit son doigt sur l'écran.

— Une heure et demie plus tard, son père vient se garer au bord de la baie, il s'enivre et va se noyer. Pourquoi un tel acte ? Pourquoi juste après la sortie de son fils ? Ça ne me paraît pas logique. Il allait voir Jullian chaque jour à l'hôpital. À sa place, je serais probablement venu ici, chez vous, pour voir comment se passait le retour à la maison. Je ne serais pas allé me noyer. Pourquoi attendre la sortie de Jullian pour agir ?

— Jacques n'allait pas bien.

— Oui, oui, je sais, Jullian l'a assez répété. Il suivait visiblement un traitement contre la dépression, vu les cachets trouvés dans sa location et les analyses toxico. Mais… quelque chose l'a profondément touché, ce soir-là, au point qu'il meure de ce qui ressemble à un suicide. J'ai besoin d'y voir clair, tu comprends, parce que cette histoire va m'obséder. Peut-être que tu pourras m'aider à combler le vide entre le moment où j'ai déposé Jullian ici et celui où l'on voit les phares sur la vidéo ? Si mes souvenirs sont bons, tu n'étais pas là au retour de Jullian pour l'accueillir. Tu te souviens vers quelle heure tu es revenue ?

Léane se leva et alla se servir un whisky, histoire de gagner du temps. Colin refusa le verre qu'elle lui proposait d'un coup de tête. Le 23, le 23, qu'est-ce qu'elle faisait ? Elle y était : elle revenait de Reims, après avoir menacé le psychiatre avec une arme et obtenu des informations sur Giordano. Elle se rappela avoir menti à Jullian, elle répéta ce qu'elle avait dit.

— Je revenais de Paris, toujours ces fichus problèmes de plagiat avec ma maison d'édition… J'ai dû rentrer vers 16 heures, 16 h 30 grand maximum. Je me souviens, j'ai été complètement surprise quand j'ai vu Jullian assis dans le fauteuil. À partir de ce moment, on ne s'est plus quittés.

— Tu en es certaine ?

— Absolument.

Colin serra les lèvres, prit des notes et referma son carnet d'un coup sec. Puis il la fixa, sans ciller, avec cet éclat morne dans le gris de ses prunelles, ses traits plombés, comme ceux d'un type qui apprend soudain que sa femme le quitte.

— Je vois.

Il se leva et rangea son ordinateur portable, sans plus décrocher un mot, sans même la regarder. À ce moment précis, elle comprit : il savait qu'elle lui mentait, qu'elle n'était jamais allée chez son éditeur. Bien sûr qu'il avait appelé là-bas, et il l'avait noté en rouge dans son maudit carnet : *Où était Léane, toutes les fois où elle prétendait être chez son éditeur ? Pourquoi ment-elle ?* Elle engloutit son whisky, il fallait qu'elle s'occupe, qu'elle comble ce silence de mort dans lequel le flic la plongeait. Pourquoi était-il venu, seul, avec cette vidéo ? Pourquoi la confronter elle, et non Jullian ? Avait-il voulu lui laisser une chance de se confier ? Est-ce qu'il s'était mis à la soupçonner, elle aussi ?

Elle le raccompagna jusqu'à la porte. Il se tourna vers elle.

— Garde la photo. Il est fort probable que je revienne demain pour poser des questions à Jullian. S'il veut m'appeler, ou toi, n'hésitez pas. Il y a quelque chose qui m'échappe dans cette histoire, des trous que je n'arrive pas à combler, mais tu sais, je suis un peu comme la marée. Ça prendra du temps, mais ces trous se rempliront, tôt ou tard. Au revoir, Léane.

Il se retourna, le nez enfoncé dans son col, et partit vers sa voiture en courant. Léane referma la porte, s'y adossa et prit une grande inspiration. Elle alla se saisir du cadre et repensa à la silhouette embusquée.

Elle se précipita dans le garage, fouilla dans la boîte à gants de sa voiture pour y trouver un ticket de péage du trajet d'autoroute depuis Reims jusqu'à la sortie, à dix kilomètres de Berck, le 23. L'horaire indiquait 18 h 48, environ une heure après la noyade. En théorie, Jullian aurait eu le temps de revenir à pied par la plage. En marchant vite, on en avait pour une bonne demi-heure en partant de l'extrémité du chenal. À cause de la marée, il aurait dû emprunter le pont, longer un chemin qui contournait le bois, et revenir sur le sable, plus au sud.

Mais qu'est-ce que ça voulait dire ? Que Jullian se trouvait aux côtés de Jacques dans la voiture avant la noyade ? Qui d'autre ?

Assise dans le fauteuil, devant la cheminée, Léane remonta une couverture jusqu'à ses épaules. Le froid ne la quittait plus. Les baies vitrées donnaient sur une obscurité absolue, c'était comme si la maison dérivait dans un espace glacé et infini.

Le mental de Jacques était fragile. Était-il possible que Jullian l'ait encouragé à s'enfoncer dans la baie ? Mais comment pouvait-on pousser un homme à mourir ? Par la menace ? Par des paroles ? Jacques pleurait, sur la vidéo. Les mots pouvaient blesser. Mais quels mots assez forts et destructeurs un amnésique aurait-il pu prononcer au point de contraindre au suicide ?

À moins que, comme le disait le médecin, Jullian ne soit pas ou plus amnésique.

Léane sursauta lorsqu'elle entendit le bruit du moteur, deux heures plus tard. Elle se contracta davantage au moment où la porte s'ouvrit. Jullian vint l'enlacer par-derrière, glisser ses lèvres dans son cou.

— C'est fait.

Ses mots, son odeur... Léane eut un frisson. Il vint se positionner face à elle, regarda la bouteille d'alcool, puis la valise fermée, debout sur ses roulettes.

— Qu'est-ce que ça veut dire ? Tu comptes partir ?

Léane prit son inspiration et sortit la photo de sous la couverture.

— Tu peux m'expliquer ?

Jullian considéra le cliché.

— Qu'est-ce que c'est ?

— Tu l'ignores ?

— Bien sûr ! Explique-moi.

— Il y avait une caméra, le soir où ton père s'est noyé. Elle était cachée dans les arbres de l'autre côté du chenal. Tu sais, Bérenger Argoud ?

— Qui ?

— Quelqu'un que tu connais bien, un ornithologue. Il s'intéresse à la colonie de phoques, comme toi. Colin est venu ici et m'a montré le film. Cette silhouette que tu vois sur la photo a regardé ton père se faire cerner par les eaux et se noyer.

Jullian se laissa choir dans le fauteuil.

— Je n'arrive pas à y croire.

Léane resta silencieuse, les genoux pliés contre son buste. Son propre mari lui faisait peur, des images violentes refluaient : Jullian qui broyait le pied de Giordano... La façon dont il avait cogné le cambrioleur à la face de mérou... L'arrière du crâne défoncé du flic... L'amnésie expliquait-elle toutes ces réactions exacerbées qu'elle ne lui connaissait pas ? Jullian était-il devenu aussi violent avant son agression ?

Une voix grave la sortit de ses pensées :

— ... quand même pas que j'ai quelque chose à voir avec ça ?

— Quand tu es sorti de l'hôpital, pourquoi tu as appelé ton père et pas moi ?

— Pourquoi ? Mais parce que je voulais te faire la surprise ! J'ai dit à mon père que tout allait bien, qu'on l'attendait le lendemain pour le réveillon. Je suis resté dans la maison, à prendre mes marques et à t'attendre, je ne voulais surtout pas t'appeler pour gâcher l'effet.

Il se releva, les mains sur la tête. Une grosse veine saillait sur son front.

— Merde, Léane ! Tu me soupçonnes ? Pourquoi j'aurais fait une chose pareille ? Il ne t'est pas venu à l'idée que cette silhouette, c'était peut-être ce fichu parasite qui nous a cambriolés ?

Il se dirigea vers la baie vitrée, l'ouvrit grand, observa la nuit. Le vent s'engouffra dans la pièce.

— Qui te dit qu'il ne nous surveille pas, en ce moment ? Qu'il ne cherche pas à nous détruire ?

Il resta là, figé devant l'immensité. Puis il revint vers sa femme, voulut la serrer dans ses bras, mais elle s'écarta. Se leva d'un bloc.

— Je suis désolée, je ne peux pas. Quelque chose a profondément changé en toi. Je ne sais pas quoi, et je ne sais pas si cette transformation avait déjà eu lieu avant que tu orchestres ta propre agression et nous plonges tous les deux dans cet enfer. Mais dans tous les cas, tu n'es plus l'homme que j'ai connu.

Elle alla enfiler son manteau et prit sa valise.

— Je retourne à Paris pour quelques jours, histoire de réfléchir.

Elle le fixa avec tristesse, lui qui avait les bras ballants et le dos voûté.

— Alors tu m'abandonnes au milieu de la tempête ? Tu nous laisses seuls ici, ma mémoire fracturée et moi ? Tous les deux, on est soudés à tout jamais, tu as déjà oublié ?

— Je n'ai pas oublié. À chaque heure qui passe, j'entends ces maudits coups de pelle. Dès que je ferme les yeux, c'est le visage boursouflé de Giordano que je vois. Mais j'ai quelque chose à faire demain soir. Un voyage qui, je l'espère, m'apportera enfin les réponses. Quelle que soit la façon dont ce calvaire se termine, rien n'est plus important que ça pour moi aujourd'hui.

77

L'autopsie était terminée, Vadim et Ehre avaient quitté la salle réfrigérée depuis un bout de temps. En ce vendredi 29, au milieu de l'après-midi, Vic était seul face au corps découvert dans la maison de la périphérie de Vienne, les mains enfoncées dans les poches de son blouson. Sous les éclairages, la partie basse du cadavre était d'un blanc presque bleu, comme s'il affleurait à la surface d'une eau cristalline. La moitié haute, elle, ressemblait à une terre de feu, noire et rouge, au relief lunaire.

Les conclusions de l'examen médico-légal avaient été en adéquation avec la scène de crime. Quand la légiste avait ouvert l'estomac, elle avait prononcé « whisky », rien qu'à l'odeur. Quelques somnifères n'avaient pas été digérés. Le corps n'avait pas été déplacé et ne présentait aucune autre lésion que celles liées à la chute dans la cheminée. Les analyses toxicologiques devraient confirmer ce qu'envisageait d'ores et déjà le médecin : une chute due à l'ingestion d'un cocktail mortel d'alcool et de somnifères.

Vic ne verrait donc jamais le visage de cet homme. Pourquoi Jorlain s'était-il acharné à effacer ses traits jusqu'à son dernier souffle ? Dans quel but ? Le flic songeait encore à l'histoire des romans de Léane Morgan déplacés de sa bibliothèque à l'internat. À l'agression du mari. À toute cette partie berckoise qui lui filait entre les doigts. Si Moriarty était bel et bien mort, il laissait une sacrée énigme derrière lui.

Vic éteignit les lumières, plongea le cadavre dans l'obscurité et resta là, sans bouger, comme s'il espérait que des explications jaillissent des ténèbres. Mais la mort n'avait pas décidé d'être bavarde, le silence l'indisposa, alors il sortit. Une poudreuse chatouillait Grenoble, des flocons si fins qu'il avait l'impression de respirer de la poussière glacée. Marre de l'hiver, de la montagne et de tout le reste. Qu'est-ce qu'il fichait encore ici ? *Coralie...* C'était elle, et elle seule qui le raccrochait à cette région où il avait vécu toute sa vie.

Il alla se coller dans son fauteuil, à la brigade, dans l'attente des résultats ADN. Pour une fois, alors que ses collègues retournaient la maison de Jorlain, il était incapable de faire autre chose que patienter. Il lui fallait la preuve ultime que l'homme de la cheminée était bien Moriarty, *alias* David Jorlain, *alias* Luc Thomas, *alias* un gamin venu d'ailleurs, abandonné dans une poubelle par une mère inconnue. Une existence en poupées gigognes. Né parmi les ordures, mort au milieu des cendres.

Vic soupira. Même avec le chef du réseau décédé, tout restait à faire. Combler les trous béants de cette enquête, comprendre les points obscurs. Retrouver les éventuels autres individus impliqués, en dehors du trio des Roches noires. Apporter des éclaircissements à tous ces parents, ces proches aux existences pulvérisées. Vic ignorait s'il trouverait la force de brasser du vide. Parce que c'était tout ce qui ressortait de cette histoire.

La nouvelle arriva aux alentours de 18 heures. Manzato entra dans le bureau avec deux papiers à la main, l'air victorieux.

— C'est lui, Altran. L'ADN prélevé sur le cadavre dans la cheminée correspond à cent pour cent à celui du petit Luc Thomas d'il y a trente ans.

Vic observa les résultats envoyés par le FNAEG. Les profils étaient identiques, les ordinateurs avaient confirmé la correspondance avec la trace génétique de Luc Thomas qui tournait depuis 2002 dans le fichier. Vic dut admettre que, cette fois, c'en était bel et bien terminé de l'homme sans visage, sans parents, sans racines.

Il rendit les feuilles à son chef et se perdit dans ses pensées, incapable d'écouter les directives qui lui heurtaient les oreilles. Plus tard... De nouveau seul dans son bureau, il se frotta les yeux. Fatigué. Usé jusqu'à la corde. Déjà, il imaginait la suite. Il faudrait expliquer à la mère adoptive de Luc Thomas qui avait été son fils. Parler aux Morgan et à tous les autres parents, les confronter à la dure réalité. La voix du père d'Apolline était encore si cristalline dans sa tête. *Vous avez beau être ici, montrer votre fausse compassion, vous êtes extérieur à la détresse des gens.* Non, il n'était pas indifférent. Il l'affrontait de plein fouet, à chaque victime qu'il croisait.

Les monstres existaient et existeraient toujours, avec ou sans lui. Et ils continueraient à dévorer des vies, quoi qu'il fasse.

Il enfila son manteau et se mit en route pour l'immonde zone commerciale où il survivait depuis plus de deux mois. *Misérable.* Existait-il meilleur mot pour le définir ?

Rivé à la machine à café du hall de l'hôtel, il attendit que Romuald termine son service pour aller voir son chien. Cet animal qu'il aimait tant, que personne ne lui volerait, et dont il oubliait la plupart du temps l'existence.

Le cocker anglais surgit du fond de sa niche et vint le gratifier de généreux coups de langue. Une folle boule de poils à la robe incroyable au niveau de la tête : noire côté gauche, et blanche côté droit, sauf autour des yeux où les couleurs s'inversaient. Vic se serra contre lui et roula dans la neige, en larmes. Face au miroir sans éclat de sa propre existence, il finit par prononcer haut et fort le nom de son chien.

MammaM[1].

---

1. Ceci est la fin du manuscrit original de Caleb Traskman. Comme noté dans la préface, les pages suivantes ont été écrites par son fils.

78

Léane roulait vers l'ultime rendez-vous.

Dans le calme opaque de l'habitacle de sa voiture, sans radio et téléphone éteint, elle avançait seule. Seule avec sa conscience, seule avec ses doutes, seule avec sa colère. Et sa peur. Parce qu'elle avait peur, naturellement. Qui ne ressentirait pas la peur à l'idée d'un tête-à-tête avec l'être infâme qui s'en était pris au sang de son sang ? Qui pourrait, sans crainte, se rendre sur les lieux où s'achevait tragiquement *Le Manuscrit inachevé* ? Pourquoi des personnages qui avaient affronté vents et marées s'en tireraient-ils ? Cela n'avait pas de sens. Si ses livres finissaient souvent mal, c'était parce que la vie était une garce, ni plus ni moins.

Elle se rappelait avoir déjà parcouru cette route deux ans plus tôt pour ses repérages, alors que son roman n'était encore qu'à un état embryonnaire dans son esprit. Elle, l'écrivaine à succès qui jouait à faire peur aux lecteurs, avait vécu un scénario plus tordu et plus douloureux que dans ses intrigues les plus diaboliques. Ce soir-là, elle écrivait à main levée l'épilogue de sa propre histoire. Et cette fin-là, elle ne la coucherait pas sur papier.

Elle put vite sentir la force de la nature souffler les dernières bougies de la civilisation. L'obscurité la plus complète l'accueillait désormais, les vastes ténèbres des falaises, du ciel sali de nuages annonciateurs de tempête ; son existence se résumait à deux traces de vie jaunâtres sur l'asphalte. Peut-être Moriarty ne viendrait-il jamais, peut-être cette virée solitaire n'était-elle qu'une étape supplémentaire dans la souffrance, mais elle se devait d'aller jusqu'au bout.

Étretat. Cette ville qu'elle chérissait, avec sa plage de galets protégée comme un trésor par les colosses de calcaire, ses coquettes maisons de pêcheurs et cette vue qui, le jour, s'ouvrait sur l'infini lui tendait à présent des bras inquiétants. En cette nuit d'hiver, une nuit de décembre où le vent vous lacérait les joues et vous craquait la peau des lèvres, Étretat prenait l'aspect affolant d'un morceau de roche noire arraché aux entrailles de l'enfer.

Léane se gara en ville avec deux heures d'avance, se réservant la possibilité de regagner rapidement le véhicule depuis l'aiguille. La prudence était plus que jamais de mise. Elle glissa une main sous son siège, tâtonna à l'aveugle, récupéra sa lampe, puis la crosse rugueuse du Sig Sauer : c'était l'arme de Giordano trouvée dans la table de nuit de Jullian qu'elle tenait là, au fond de sa paume moite, l'arme numérotée et référencée d'un flic dont le cadavre se désintégrait dans le ventre d'une forêt.

Son col relevé et un bonnet enfoncé sur sa tête, Léane s'extirpa de sa voiture, le plus anonymement possible, une silhouette parmi d'autres dans un théâtre d'ombres chinoises au décor aussi lugubre que majestueux. Des gens s'aimaient et mouraient ici. Des peintres, des romanciers avaient saisi chaque nuance de gris, de bleu, de rouge de ce paysage normand.

Elle courut en direction de la partie sud mais n'emprunta pas l'escalier à l'assaut de l'arête. Du haut de la ville, elle s'aventura dans la verdure et redescendit par le golf avec la vivacité prudente d'une proie. Le ciel était si sombre qu'on n'y voyait pas à un mètre, et le vent rabattait tout vers les falaises. Elle attendit, aux aguets. Moriarty était-il déjà sur place, lui aussi, embusqué quelque part ? Elle éclaira brièvement pour se fondre du mieux qu'elle put dans la végétation, à proximité de la passerelle qui se tendait vers la fameuse aiguille. Son corps s'élançait, comme mû par un dernier élan, fragile et pourtant préparé pour ce moment.

Dans l'optique d'une fin digne de ce nom, la pluie était de rigueur, bien sûr, et elle arriva sans se faire attendre. Des volées de clous qui perforaient la Côte d'Albâtre avec le ramdam d'un chantier naval. Léane redevint fœtus, la tête rentrée dans le puits de chaleur formé par son corps ramassé sur lui-même, et les bras enserrés autour de ses tibias. L'humidité et le froid insidieux léchèrent d'abord sa nuque, puis son dos, son ventre, avant d'attaquer ses os. Elle résista une demi-heure, transie, les lèvres bleues comme le fond d'une piscine, mais finit par se réfugier à l'abri, au-delà de la passerelle, dans « la chambre aux fées », cette gueule ténébreuse qui proposait en journée une vue directe sur l'aiguille. Elle ôta vite son blouson, ses gants, souffla sur ses mains ankylosées, et se frotta les épaules pour faire circuler son sang. Elle évitait certes la pluie, mais le vent rageur s'engouffrait comme dans une corne de brume, fouettait, hurlait sa complainte, lui offrant un avant-goût de ce que pourrait être la fin du monde.

Ce fut au moment où elle releva les yeux vers le nord, le long de l'arête, qu'elle entrevit la pulsation. Le cercle blanc d'une lampe semblait tanguer sur une mer en furie. Et il grossissait, grossissait.

Moriarty arrivait.

Léane s'empara de son arme, enleva la sécurité et se plaqua contre la paroi, sur la gauche de la cavité. Le petit morceau de femme qu'elle était tremblait de toute part. Enfin, elle y était. Au bout de la terre, de l'histoire, de son histoire, sans espoir de retour et sans possibilité de fuite. C'était elle ou lui, et c'était maintenant ou jamais.

Dans la roche juste derrière elle, elle perçut les cris d'une colonie d'oiseaux marins nicheurs, peut-être des goélands ou des sternes. Elle retint son souffle quand le cône de lumière dévora la grotte, les pas résonnèrent sur les dernières planches craquantes, et, lentement, l'ombre s'étira jusqu'à gagner le fond de l'espace, l'escalader comme pour prendre vie et enrober Léane en une ultime danse macabre.

Alors, le visage apparut. Quand elle le découvrit, Léane sentit ses dernières forces l'abandonner.

— Jullian…

Sa voix était à peine perceptible avec le grondement de la pluie. L'homme lui prit délicatement le pistolet des mains. Il savait qu'elle n'allait pas tirer.

— Ton mari est mort, Léane, la tête au fond d'une cheminée. On se ressemblait beaucoup tous les deux, à un point tel que, même toi, tu n'as pas vu la différence. Je m'appelle David Jorlain. Je suis son frère jumeau.

79

Léane était emportée dans un tourbillon d'émotions aussi violent que les vents qui battaient l'aiguille. Tout s'entrechoquait dans sa tête, comme si son cerveau était victime d'un court-circuit. Un instant, il lui dictait que Jullian ne pouvait pas être mort, puisqu'il était là, en face d'elle. L'instant d'après, que l'homme à l'entrée de la cavité était un étranger qui portait un masque imitant grossièrement le visage de son mari. Et la voix de Jullian, de l'inconnu, qui cognait à ses tempes :

— Les jumeaux ont exactement le même ADN, mais des empreintes digitales différentes. Le parasite a toujours été dans ta maison, et c'était moi. Ç'a toujours été mes empreintes que le rouquin a relevées sur les meubles, les poignées de portes. Il cherchait partout leur propriétaire alors qu'il m'avait en face de lui...

Léane s'assit, sinon elle allait s'effondrer. Elle ne sut combien de temps passa – des trous noirs l'aspiraient, durant lesquels elle n'existait plus – avant qu'elle se raccroche à la réalité : Jullian était mort, et un homme qui lui ressemblait tant avait pris sa place.

Et la voix, qui continuait à bourdonner :

— ... On dit que les destinées des jumeaux sont liées, quoi qu'ils fassent, où qu'ils aillent. Tu as déjà entendu ces histoires invraisemblables de sœurs ou de frères qui finissent par se retrouver, des dizaines d'années après leur séparation, même en vivant à des milliers de kilomètres l'un de l'autre ? Avec Jullian, nos destins se sont croisés il y a quatre ans. Le hasard a décidé que l'appartement que vous aviez loué à Annecy était le mien. Je te laisse imaginer ma surprise quand j'ai vu mon propre visage sur les enregistrements des caméras planquées dans chaque pièce...

Léane releva les yeux. La lumière de la torche coupait le visage de l'homme en deux, en plongeant toute une partie dans l'obscurité.

— ... Un jumeau, j'avais un frère jumeau. Et Jacques le savait. C'est en le braquant avec ce même flingue que j'ai dit à mon père qui j'étais, dans la voiture au bord de la baie. Il n'a pas fallu le forcer beaucoup pour qu'il se mette à boire et crache la vérité sur mon histoire, sur mes premiers jours. Je savais que j'étais né d'un déni de grossesse – une conversation malheureusement surprise chez ma famille d'accueil –, mais je n'avais pas les détails...

Léane se sentit comme aspirée par un gouffre. Tout semblait se dissoudre autour d'elle : la roche humide, la passerelle sur sa gauche, le visage de Moriarty, copie quasi conforme de Jullian.

— ... Il m'a raconté que ma salope de mère avait pourtant souhaité plus que tout au monde être enceinte. Qu'ils voulaient des enfants, qu'ils essayaient depuis des années, mais qu'ils n'y arrivaient pas. Puis un jour, ma mère s'est rendu compte qu'elle était enceinte en consultant un médecin par hasard. Elle en était à six mois, or elle n'avait pas grossi d'un kilo. Au plus profond d'elle-même, elle ne voulait plus engendrer. Elle n'est pas allée chez le gynécologue, elle a caché sa grossesse à tout le monde. Il y a plus de quarante ans, elle m'a expulsé sur le sol de sa chambre, seule comme une chienne, puis elle est allée se débarrasser de moi aux ordures à deux kilomètres de là, m'abandonnant au fond d'un sac-poubelle...

Léane encaissait. Cet homme avait pris la place de Jullian, il était entré dans sa maison, avait touché ses affaires. Il avait colonisé sa vie, couché dans son lit, l'avait violée. Et il avait tué Sarah.

— ... Elle était allongée dans la cuisine quand mon père est rentré quelques heures plus tard. Elle avait des douleurs dans le ventre, du sang qui coulait entre ses jambes. Son calvaire n'était pas fini, c'est là le plus fou : elle attendait un autre enfant. Un frère jumeau. Un putain de jumeau qui restait bien planqué au chaud, comme s'il avait senti le coup venir !

Il se tapa le front du plat de la main plusieurs fois, tel un forcené.

— C'est mieux que dans tes romans, putain ! Mon père l'a immédiatement conduite à l'hôpital. Elle a mis bas dans la voiture, la chienne, elle hurlait qu'elle ne voulait pas de l'enfant, qu'il fallait s'en débarrasser dans les poubelles, comme pour l'autre. Mon père aurait pu venir me rechercher, essayer, je ne sais pas, de voir si j'étais en vie ! Mais il ne l'a pas fait. Il a préféré convaincre sa salope de femme de ne jamais, jamais parler de cet accident de parcours mis au rebut. Ils devaient faire comme si je n'avais pas existé. Je suis né sans nom, sans date de naissance, sans origines. Dans un amoncellement d'ordures.

Il lui fit renifler son bras.

— Sens, sens-moi ça ! Ça suinte encore de ma peau. Mon frère, lui – tu permets que je l'appelle comme ça ? –, mon frère a connu un foyer. Peut-être que sa mère ne l'a jamais aimé, mais mon père, lui, l'a aimé.

Il n'a pas fallu beaucoup le pousser pour qu'il se noie lorsque je lui ai révélé qui j'étais, et ce que j'avais fait de son fils chéri.

Léane n'arrivait pas à pleurer, les larmes restaient bloquées. Elle respirait fort, à grandes goulées, pour essayer de retrouver son calme. L'homme s'assit en face d'elle, contre la paroi opposée.

— Tu as le droit de comprendre, Léane, je te dois bien ça. Toutes ces disparitions, ces filles enlevées... C'était juste... dans l'ordre des choses. Je fais certainement partie de ce que tu appelles dans tes livres des scories. Peut-être que j'aurais dû crever dans cette poubelle, finalement, peut-être qu'il y avait une fichue raison divine qui a poussé ma mère à me balancer. Sauf que j'ai survécu, Léane, je me suis accroché à la vie.

Léane ressentit la même douleur qu'à la disparition de Sarah. Elle s'était ouverte, offerte, avait confié ses plus intimes pensées à un homme qui n'avait que l'apparence de Jullian, un inconnu qui s'était caché sous un masque et s'était dissimulé derrière le rempart de l'amnésie. Tout lui revint par flashes : la voix différente, la sécheresse du corps, le crâne aux cheveux courts, cette soudaine violence. Comment avait-elle pu être dupée à ce point ?

— ... Au départ, les caméras dans mon appartement d'Annecy étaient là seulement pour que je puisse observer les familles dans leur intimité. Partager leurs rires, leurs cris. Les voir faire l'amour... Je louais mon appart sur les périodes de vacances et je dormais dans un petit hôtel, pas bien loin. Quand ils partaient se promener, j'allais récupérer les cartes mémoires, et je mâtais les vidéos le soir dans ma chambre...

Il baissa sa lampe. Le vent dansait dans les cheveux de Léane. Petit à petit, elle recouvrait ses esprits, ses forces. La douleur psychologique reviendrait, mais plus tard, comme la marée.

— ... Je fréquentais aussi les clubs, je buvais. Je vivais la nuit et je brûlais ma vie, par tous les excès... Des contacts noués au fil du temps m'ont permis d'avoir mes entrées au Donjon noir. Je voulais voir des chiennes souffrir, hurler sous les brûlures des cordes et de la cire de bougie.

Il avait les doigts rétractés, comme des serres d'aigle.

— C'est aussi la période où j'ai retrouvé la trace de Jeanson, mon copain de chambrée à l'internat – il galérait, entre chômage et travail au noir sur des chantiers en banlieue lyonnaise. Il avait toujours gardé contact avec le troisième, Delpierre...

Il faisait tourner l'arme devant ses yeux, un pli mauvais au coin des lèvres.

— Delpierre, qui ne s'était jamais remis de ses années d'internat... Delpierre, qui avait eu quelques soucis avec la justice en couchant avec des cadavres. Leur jeunesse avait été anéantie, ces types en portaient encore au fond d'eux la douleur. Un peu comme moi, mais pour des raisons différentes.

Léane recevait chaque mot comme si c'était un coup de scalpel.

— ... On s'est mis à se revoir régulièrement, à boire des verres, à... discuter de choses et d'autres... Notre trio s'est reformé, comme dans l'ancien temps, comme pendant ce fameux matin où ils m'ont aidé à taillader le sexe de leur prof de sport.

— Tu es fou. Ce n'est même pas de la folie, c'est au-delà, c'est...

— Je suis très lucide, au contraire. Grâce à Mistik, j'ai vu jusqu'où les hommes étaient capables d'aller, quelles bêtes féroces ils pouvaient devenir derrière des masques, combien ils étaient prêts à lâcher pour franchir les frontières et abîmer les femmes... Je voulais qu'ils les abîment, Léane, toujours plus, et je voulais les regarder faire. Alors j'ai monté le site sur le darknet, j'ai utilisé Mistik comme rabatteuse. Le concept pour ceux qui voulaient tenter l'expérience ultime était simple : la promesse d'avoir la fille pour quelques jours, rien qu'à soi, dans l'anonymat le plus complet, et de pratiquer le *no limit*. Jusqu'à la mort s'ils le souhaitaient... Ils allaient détruire des vies pour moi.

Léane sentit monter les crampes dans son estomac, mais elle n'avait plus rien à vomir.

— ... Je mettais à disposition sur le darknet des photos et des vidéos de la fille en question – je les choisissais pures, jeunes, pas encore souillées. Celui qui la voulait devait me proposer la plus grosse somme, tout simplement. Comme une mise aux enchères. Le « Christie's » des désaxés : et je peux te dire que ça se bousculait au portillon.

Léane se jeta sur lui, mais il fut plus rapide qu'elle. Il la repoussa violemment sur le côté, elle chuta lourdement sur l'épaule. Il lui écrasa la tempe droite avec le canon, et vrilla la chair. Elle hurla.

— Tu veux mourir maintenant ? Tu ne veux pas connaître la suite ?

Il se redressa, haletant, et lui braqua le faisceau de sa torche dans la figure.

— Dans le coin, là-bas.

Léane obéit tout en essayant de réfléchir à un moyen de s'en tirer. Derrière, par le trou taillé dans la pierre, le vide. Aucune échappatoire.

— Moi, j'avais acquis une maison en ruine près de Vienne, que je faisais retaper au noir avec le fric du réseau. David Jorlain n'était certes pas bien né, mais il avait des ressources insoupçonnées. Puis est arrivé ce qui représente le point d'orgue de mon existence : votre séjour à Annecy...

Léane était recluse dans un angle de la grotte, il l'avait contrainte à se rasseoir.

— ... Je suis venu chez vous une première fois il y a un peu plus de quatre ans, je suis entré dans votre villa avec la clé que j'avais moulée. J'y ai vu le bonheur parfait de mon frère, sa réussite, sa belle famille. C'était insupportable, ça ne pouvait pas exister. J'ai demandé à Jeanson d'enlever Sarah quelques mois plus tard, je comptais en faire la quatrième « vente », et je peux t'assurer qu'elle aurait fait péter les scores. Sa scène de masturbation, dans l'appart, était d'anthologie...

Léane devait surmonter la douleur des mots et trouver un moyen de sauver sa peau. Parce que, morte, elle ne pourrait jamais lui faire payer. Il ne devait pas s'en sortir.

— Ça a de la gueule, mon histoire, hein ? Une bonne fin de bouquin, tu ne trouves pas ? Mais attends, ce n'est pas terminé. Finalement, j'ai décidé de garder Sarah avec moi et je l'ai enfermée dans ma maison. Je voulais me rappeler à chaque instant ce que j'avais pris à mon père, à mon frère et, indirectement, à ma salope de mère. Ça n'a pas été simple tous les jours pour ta fille de vivre face à un oncle avec le visage de son père, je te l'accorde.

— Elle était innocente !

— C'est pour ça qu'elles étaient intéressantes, qu'est-ce que tu crois ? Je tiens quand même à te préciser que Giordano ne l'a pas touchée, d'ailleurs. Mais il n'était pas tout blanc, loin de là. Il s'en est payé une, la cinquième, Pauline Perlot. Et il est allé au bout avec elle.

Jorlain s'accroupit devant Léane et essuya ses larmes.

— Me touche pas !

Il la plaqua au mur, une main sur sa gorge.

— ... Faut quand même que je te dise un mot de ce putain de bonnet. Giordano a parlé, juste avant que je lui fracasse le crâne contre le mur. Comme ça...

Il lui frappa le crâne contre la pierre, doucement, et stoppa, avant de se redresser.

— ... Quand il baisait Pauline, quand, sur une semaine, il la brûlait et lui perforait le bide avec un couteau, c'était à sa fille qu'il pensait. Ce taré retournait régulièrement dans le Vercors avec sa propre gamine, sur les lieux où il s'était payé une vie avec l'héritage familial, pour revivre ses fantasmes. Ce bonnet, c'est Pauline qui le portait, pas ta fille. Sans doute qu'il traînait dans le camping-car, que Jeanson l'a mis sur la tête de Pauline, pensant que c'était le sien. Toujours est-il que Giordano avait réussi à récupérer le bonnet, à l'embarquer pour... se souvenir. Comme un trophée.

— Il aurait dû te reconnaître dans le fort. Pourquoi il a rien dit ?

— Parce qu'il n'a jamais vu mon visage. Tous les échanges avec les « clients » se faisaient *via* le darknet. L'anonymat, la mobilité, c'était une clé du système.

Il porta brièvement son attention sur la roche d'où on entendait les oiseaux crier.

— ... À partir de l'épisode d'Annecy, je me suis fixé comme objectif de changer encore une fois d'identité : je prendrais la place de ton mari. Le tuer et venir m'installer à tes côtés en simulant l'amnésie. Après tout, il a vécu pour deux, non ? J'avais droit à ma part du gâteau.

Un parasite, sans identité, sans racines, voilà ce qu'il était. Un être perdu et destiné à nuire, à détruire, mais doté d'une folle intelligence. Il s'était glissé à la perfection dans la peau de Jullian, dupant même Léane.

— ... J'ai failli le faire quand Jeanson a été arrêté, mais je n'étais pas prêt, et Jeanson n'a jamais craqué, au contraire : il a fichu un sacré bordel chez les flics. Mais avec son arrestation, Delpierre et moi on a tout stoppé, ça devenait trop risqué. J'ai continué à peaufiner ma future nouvelle vie. Je suis venu faire un tour chez vous il y a deux mois, il me fallait l'ADN de Jullian, je voulais être sûr qu'on avait le même profil génétique, sait-on jamais. J'ai envoyé tout ça à un laboratoire privé qui me l'a confirmé. J'en ai profité pour embarquer tes romans. Je voulais savoir qui tu étais... Prendre la place du jumeau était impossible sans l'agression et l'amnésie. L'amnésie, c'est tellement pratique. J'avais déjà fait ça gamin. Le hic, c'est que j'étais plus sec que Jullian, et ma voix légèrement plus haute, quelques rides placées différemment... Pour le reste, on était rigoureusement identiques.

Léane secouait la tête. Si seulement elle ne s'était pas séparée de Jullian. Les derniers mois de la vie de son mari lui étaient inconnus, elle s'était éloignée de lui, et Jorlain en avait profité. Il s'était laissé tabasser d'un coup de batte sur le crâne, sachant qu'il aurait pu y rester. Mais il avait pris le risque.

— Alors tu l'as tuée... Tu as tué ma fille.

— Je n'avais pas le choix. J'ai loué le chalet de La Chapelle-en-Vercors où on a passé encore deux jours, tous les deux. Je te fais pas un dessin... Puis je l'ai enfermée là-bas et j'ai envoyé un message urgent à Delpierre pour qu'il se charge de finir le boulot. Moi, j'ai pris le train en direction de Berck. Il était temps de faire table rase du passé et de me parer de mes nouveaux oripeaux. Ceux de Jullian Morgan...

Léane devait rassembler ses forces, non pas pour fuir, mais pour le tuer. Il ne pouvait pas quitter ces falaises, prendre sa voiture et rentrer chez elle, dans sa maison.

— ... Une fois à la gare, j'ai marché six kilomètres jusqu'à la villa. Ce soir-là, Jullian était de sortie – il devait torturer Giordano, quelle ironie. J'ai vu les phares de sa voiture, j'ai attendu qu'il sorte et je l'ai assommé par-derrière. Je lui ai attaché les mains, les pieds, et je l'ai enfermé dans le coffre du 4×4, puis j'ai repris la route, direction Vienne. J'ignorais évidemment qu'il planquait le bonnet de Sarah qu'il avait trouvé chez Giordano sous son blouson, qu'il allait réussir à le caler dans le compartiment de la roue de secours et graver ce putain de message sur la tôle...

Il secoua la tête.

— ... Tu aurais vu son visage quand j'ai ouvert le coffre ! C'était un moment tellement... Je ne sais pas comment te l'expliquer.

— T'es une ordure. T'aurais dû crever au fond de ta benne.

Il se tut, longtemps. Éteignait et rallumait sa lampe dès qu'il entendait un bruit, un froissement. Il manquait, chaque fois, une seconde d'obscurité pour que Léane s'élance vers l'avant et tente quelque chose. Mais il la laissa définitivement allumée quand il reprit la parole :

— ... Je l'ai forcé à avaler des médocs... Et je lui ai tout expliqué, comme je le fais avec toi. Il chialait comme un gosse. Quand il a perdu connaissance, j'ai échangé les papiers, les téléphones, les clés. Je devenais Jullian Morgan. Et je l'ai balancé dans le feu, il ne devait plus avoir de visage ni d'empreintes digitales... David Jorlain était mort.

Tout s'inversait dans la tête de Léane. Jullian Morgan était mort, et David Jorlain vivant. Il avait détruit sa famille. Et il suffisait d'un dernier coup de feu pour qu'il raie les Morgan de la surface de la Terre.

— ... Quand je suis revenu à « L'Inspirante » à 1 heure du matin, j'ai eu la surprise de l'alarme à surmonter, j'ai ensuite organisé mon agression le soir même, en prenant soin, avant, d'effacer les recherches de ton cher époux. Il était vraiment bon, tu sais ? Réussir à remonter jusqu'à Giordano, puis Mistik, et foutre le bordel comme il l'a fait, fallait avoir les couilles. T'avais vraiment un chouette mari.

Il lui balança des photos au visage. Celles du chien, de la bananeraie, des tortues.

— Le plan aurait dû être parfait, Léane, il était sans faille, même avec ces merdes qui nous sont tombées dessus. Une simple photo que je regardais en cachette suffisait à te faire croire que j'avais de vieux souvenirs de ce clebs laid comme un pou, ou des vacances. Tu ne pouvais pas te douter, mon amnésie n'était pas dure à simuler puisque je ne connaissais rien de votre vie... Le plus difficile, ç'a été de me retenir d'étrangler mon père lorsqu'il était en face de moi. Mais j'ai pris mon mal en patience, je savais qu'il finirait par prendre cher. Ç'a été tellement bon, de le voir suffoquer !

Il enleva son blouson et le lui jeta.

— Mets ça.

C'était l'heure. Léane ne bougeait pas. Il s'approcha et lui enfonça le canon dans le creux de l'épaule. Il tourna, jusqu'à ce qu'elle hurle.

— Allez, me force pas à être méchant. C'est le moment. Et tu le sais. C'est bien pour ça que t'es là, non ? Pour avoir le même destin que ton héroïne et finir l'histoire proprement. Enfin achever le livre de ta vie.

Elle finit par obtempérer. Sortir d'ici, approcher le vide. Elle avait plus de chances dehors qu'ici.

— Les flics ont peut-être découvert mon corps à l'heure qu'il est. Avec les indices que j'ai semés, ils ont dû remonter jusque chez moi et comprendre que David Jorlain, Moriarty et le petit Luc Thomas étaient normalement tous trois officiellement morts. Leur enquête sera bientôt bouclée.

Il se glissa derrière elle, arme braquée. Léane resta droite, forte. Vivre ou mourir, peu importait. Contrairement à lui, elle n'avait plus rien à perdre.

— Je ne serais pas venu ici si j'avais caressé l'espoir qu'on puisse s'en sortir tous les deux. Mais... merde, tu ne m'as pas laissé le choix quand tu m'as montré la photo de la baie, et que je t'ai vue partir hier soir avec ta valise. Ces derniers jours, tu t'es mise à avoir des doutes trop sérieux. T'es trop fragile, tu aurais fini par craquer et tout balancer au rouquin qui tuerait père et mère pour t'avoir. C'est dommage.

— Qu'est-ce que tu vas faire ? Me mettre une balle dans la tête ?

— Avec l'arme d'un flic que j'ai enterré ? Trop risqué. Non, tu vas te suicider, tout bêtement. T'as choisi l'endroit de la fin de ton dernier roman pour mourir, parce que tu ne supportes plus ce qui se passe autour de toi : la mort de Sarah, de mon père, mon amnésie... Les flics verront, sur les caméras des péages, que t'étais seule, ils n'auront aucun doute sur les circonstances de ta mort. Moi, je vais continuer à jouer mon rôle, récupérer la maison et tout le reste. Je vais me construire une nouvelle vie. Celle qu'on m'a refusée, celle qui aurait dû être la mienne.

Il la poussa d'un coup sec en direction de la passerelle. Léane retrouva les bourrasques et la pluie qui vint diluer ses larmes. Dans l'obscurité, entre les planches sous ses pieds et malgré la végétation, elle sentait la furie de la mer, et l'âpre roulement des vagues dressées pour engloutir, les courants déchaînés qui joueraient avec son corps, le feraient valser, l'emporteraient avant de le fracasser contre les rochers comme une simple boulette de polystyrène. Et elle se dit que l'histoire ne pouvait pas se terminer ainsi, que sans doute elle allait mourir, oui, mais lui, il ne pouvait pas continuer à vivre, à duper tout le monde, à usurper dans la violence la vie d'un autre.

Elle s'arrêta et se retourna.

— Donc, pour que ton plan fonctionne, tu ne peux pas me tirer dessus.

Alors, d'un bond, elle se jeta sur lui, les ongles fichés comme des serres dans ses joues. La surprise de cette attaque fit gicler une balle de l'arme en direction du ciel, puis l'arme elle-même, une parabole d'acier perdue dans le néant. Les oiseaux nichés dans les parois s'envolèrent par nuées en criant. Les deux silhouettes bondirent contre la rambarde, tout hurlait autour d'eux, le vent dans la cavité, le bois, le ciel, l'appel du large, et, de loin en loin, on aurait pu croire assister au ballet violent de deux danseurs rapides et funestes, comme dans un film muet. Et quand l'un penchait, l'autre le retournait, et l'un ou l'autre reprenait l'avantage, et tout recommençait, une sorte de combat épique, à la force, au courage, à l'épuisement, même à l'instinct, comme celle d'un lion contre un léopard, l'instinct qui peut décupler l'envie de vivre, de vivre pour survivre, jusqu'à ce que, finalement, l'un des deux combattants bascule par-dessus la barrière de sécurité, roule dans la pente vertigineuse de végétation et soit pulvérisé dans le vide – une trace blanche et aussi furtive qu'une étoile filante.

Et ce fut tout, et les oiseaux réapparurent, et le survivant s'attarda sur la passerelle, les mains sur la rambarde, la tête entre ses épaules agitées par la violence de son souffle, sa poitrine se levant et s'affaissant exagérément.

Puis le vainqueur reprit la direction de la terre ferme et s'évapora dans le chemin.

Chaque être se tut, livré enfin au noir éternel.

Composé par Nord Compo à Villeneuve-d'Ascq

Imprimé en France par CPI
en avril 2018
N° d'impression : 3028302

Fleuve Éditions, une marque d'Univers Poche,
est un éditeur qui s'engage pour
la préservation de son environnement
et qui utilise du papier fabriqué à partir
de bois provenant de forêts gérées
de manière responsable.

Fleuve Éditions
12, avenue d'Italie
75627 Paris Cedex 13

R11780/01